Mémoires de deux jeunes mariées

Première de couverture : Catrin Welz-Stein/La Collection.
Deuxième de couverture : [h] Patrice Cartier/Bridgeman Images ; [b, g] Collection Grob/Kharbine-Tapabor ; [b, d] Maison de Balzac/Roger-Viollet.
Troisième de couverture : [h, g] Bridgeman Images ; [h, d] Photo12/Alamy/Florilegius ; [b] Bernard Bonnefon/akg-images.
Page 290 : Bridgeman Images.
Page 293 : Bridgeman Images.

Cahier photos
Page I : [h, g] Bridgeman Images ; [h, d] Aurimages ; [b, g] Bridgeman Images ; [b, d] collection particulière.
Page II : [h, g] Jean-Paul Dumontier/La Collection ; [h, d] Staatliche Kustsammlungen Dresden/Bridgeman Images ; [b] CC0 Metropolitan Museum of Art/The Jules Bache Collection, 1949.
Page III : [h, g] Photo Josse/La Collection ; [h, d] Artothek/La Collection ; [b] Collection Christophel © Lorimar Film Entertainment/NFH Productions/Warner Bros/Etienne George.
Page IV : [h] Fine Art Images/Bridgeman Images ; [b, g] Bridgeman Images ; [b, d] Bridgeman Images.

170 *bis*, boulevard du Montparnasse, 75680 Paris Cedex 14

ISBN 979-10-358-2253-8
ISSN 2104-9610

CLASSICOLYCÉE

Mémoires de deux jeunes mariées

HONORÉ DE BALZAC

Dossier par Béatrice Ferrari
Agrégée de lettres modernes

BELIN ■ GALLIMARD

Sommaire

Arrêt sur l'œuvre

Le tour de l'œuvre en 10 fiches

Groupement de textes

Pour entrer dans l'œuvre

En 1829, après avoir fait scandale lors de la publication de son essai, *Physiologie du mariage*, Honoré de Balzac devient un auteur reconnu. Travailleur acharné, il se lance alors dans un énorme projet: dresser un tableau réaliste de son époque au sein d'une fresque romanesque monumentale dans laquelle se croiseraient toutes les catégories sociales. L'œuvre s'intitule un temps *Études de mœurs au* XIXe *siècle*, avant de devenir *La Comédie humaine*. En 1841, Honoré de Balzac signe le contrat de publication de ses œuvres complètes et publie *Mémoires de deux jeunes mariées* en feuilleton dans le journal *La Presse*. Le roman complet paraît l'année suivante; il est intégré au livre *Scènes de la vie privée*, de la première partie de *La Comédie humaine*, et est dédicacé à son amie George Sand.

Dès 1834, Honoré de Balzac songe à «peindre une âme de jeune personne» (lettre à Mme Hanska, 1838) dans un roman qui s'intitulerait *Sœur Marie des Anges*. En parallèle, il a l'idée d'un roman qu'il pense intituler *Mémoires d'une jeune femme*, puis *Mémoires d'une jeune mariée*. Il décide finalement de fusionner

ROMANTISME (1800-1850)

1799 Naissance d'Honoré de Balzac

Les Chouans, *Physiologie du mariage* **1829**

Scènes de la vie privée (1re éd.) **1830**

1833 Contrat de publication des *Études de mœurs au* XIXe *siècle*

1836 *Le Lys dans la vallée*

PREMIER EMPIRE
Napoléon Ier (1804-1814)

RESTAURATION (1815-1830)
Louis XVIII (1815-1824) — **Charles X (1824-1830)**

MONARCHIE DE JUILLET
Louis-Philippe Ier (1830-1848)

ces deux projets et de s'intéresser au destin de deux jeunes mariées. Il choisit la forme épistolaire, alors même que le genre n'est plus à la mode. Ce faisant, il nous fait entrer dans l'intimité de Louise et Renée, deux jeunes femmes fraîchement sorties du couvent, qui découvrent l'amour et le mariage. La première, de tempérament passionné, retrouve sa famille à Paris et fait la connaissance du mystérieux Felipe Henarez. La seconde, plus réfléchie, fait le choix d'un mariage de raison en Provence. La correspondance des deux amies permet de confronter avec subtilité deux visions très différentes du mariage, l'une privilégiant la force des sentiments, l'autre considérant que la maîtrise de soi et la raison sont les clés du bonheur.

L'auteur, en se mettant à la place de deux jeunes femmes et en leur cédant complètement la parole, réussit la prouesse de ne jamais laisser transparaître son propre point de vue. George Sand, dans une lettre datant de février 1842, remercie Honoré de Balzac pour ce roman qui est, pour elle, « une des plus belles choses » qu'il ait écrites. Elle considère cependant qu'il y « prouv[e] tout l'opposé de ce qu'[il voulait] prouver ». Tout en gardant à l'esprit que la société a évolué, il est intéressant de mettre en perspective ce roman audacieux avec les interrogations de notre époque sur les droits des femmes.

RÉALISME (1850-1890)

1842-1848 *La Comédie humaine*

1850 Mort d'H. de Balzac

1857 G. Flaubert, *Madame Bovary*

1883 G. de Maupassant, *Une Vie*

1841-1842 ***Mémoires de deux jeunes mariées*** (en feuilleton puis en volume dans la 1re éd. de *La Comédie humaine*)

1870-1893 Rédaction du cycle des *Rougon-Macquart* par É. Zola

SECOND EMPIRE
Napoléon III (1852-1870)

À George Sand[1]

Ceci, cher George[2]*, ne saurait rien ajouter à l'éclat de votre nom, qui jettera son magique reflet sur ce livre; mais il n'y a là de ma part ni calcul, ni modestie. Je désire attester ainsi l'amitié vraie qui s'est continuée entre nous à travers nos voyages et nos absences, malgré nos travaux et les méchancetés du monde. Ce sentiment ne s'altérera sans doute jamais. Le cortège de noms amis qui accompagnera mes compositions mêle un plaisir aux peines que me cause leur nombre, car elles ne vont point sans douleurs, à ne parler que des reproches encourus par ma menaçante fécondité, comme si le monde qui pose devant moi n'était pas plus fécond encore*[3] *? Ne sera-ce pas beau, George, si quelque jour l'antiquaire*[4] *des littératures détruites ne retrouve dans ce cortège que de grands noms, de nobles cœurs, de saintes et pures amitiés, et les gloires de ce siècle ? Ne puis-je me montrer plus fier de ce bonheur certain que de succès toujours contestables ? Pour qui vous connaît bien, n'est-ce pas un bonheur que de pouvoir se dire, comme je le fais ici,*

Votre ami,
DE BALZAC.

Paris, juin 1840.

---

1. **George Sand** (1804-1876): de son vrai nom Aurore Dupin, auteure française de nombreux romans tels que *La Mare au diable* (1846) ou *Indiana* (1832). Elle côtoie les artistes et écrivains de l'époque, comme Alfred de Musset (1810-1857), Gustave Flaubert (1821-1880) ou Honoré de Balzac (1799-1850).
2. En plus de son pseudonyme masculin, George Sand s'habille à la manière d'un homme, ce qui fait scandale à l'époque.
3. Honoré de Balzac évoque ici les reproches que lui vaut sa grande productivité littéraire, due d'après lui à la diversité du monde qu'il veut dépeindre dans ses romans. L'avantage de beaucoup écrire, comme il l'explique ici, est de pouvoir dédicacer ses œuvres à de nombreux amis, dont George Sand.
4. **Antiquaire**: ici, archéologue.

Première partie

I

À MADEMOISELLE RENÉE DE MAUCOMBE.

Paris, septembre.

Ma chère biche, je suis dehors aussi, moi ! Et si tu ne m'as pas écrit à Blois, je suis aussi la première à notre joli rendez-vous de la correspondance. Relève tes beaux yeux noirs attachés sur ma première phrase, et garde ton exclamation pour la lettre où je te confierai mon premier amour. On parle toujours du premier amour, il y en a donc un second ? Tais-toi ! me diras-tu ; dis-moi plutôt, me demanderas-tu, comment tu es sortie de ce couvent où tu devais faire ta profession[1] ? Ma chère, quoi qu'il arrive aux Carmélites[2], le miracle de ma délivrance est la chose la plus naturelle. Les cris d'une conscience épouvantée ont fini par l'emporter sur les ordres d'une politique inflexible, voilà tout. Ma tante, qui ne voulait pas me voir mourir de consomption[3], a vaincu ma mère, qui prescrivait toujours le noviciat[4] comme seul remède à ma maladie. La noire mélancolie où je suis tombée après ton départ a précipité cet heureux dénouement. Et je suis dans Paris, mon ange, et je te dois

1. **Profession** : dans la religion catholique, engagement définitif d'une religieuse qui prononce ses vœux au cours d'une cérémonie.
2. **Carmélites** : religieuses appartenant à l'ordre catholique du Mont-Carmel, centré sur la prière. Elles vivent recluses dans un couvent.
3. **Consomption** : ici, affaiblissement et amaigrissement progressifs.
4. **Noviciat** : période de préparation à la vie religieuse.

ainsi le bonheur d'y être. Ma Renée, si tu m'avais pu voir, le jour où je me suis trouvée sans toi, tu aurais été fière d'avoir inspiré des sentiments si profonds à un cœur si jeune. Nous avons tant rêvé de compagnie, tant de fois déployé nos ailes et tant vécu en commun, que je crois nos âmes soudées l'une à l'autre, comme étaient ces deux filles hongroises dont la mort nous a été racontée par monsieur Beauvisage, qui n'était certes pas l'homme de son nom : jamais médecin de couvent ne fut mieux choisi. N'as-tu pas été malade en même temps que ta mignonne[1] ? Dans le morne[2] abattement où j'étais, je ne pouvais que reconnaître un à un les liens qui nous unissent ; je les ai crus rompus par l'éloignement, j'ai été prise de dégoût pour l'existence comme une tourterelle dépareillée[3], j'ai trouvé de la douceur à mourir, et je mourais tout doucettement[4]. Être seule aux Carmélites, à Blois, en proie à la crainte d'y faire ma profession sans la préface de mademoiselle de La Vallière[5] et sans ma Renée ! mais c'était une maladie, une maladie mortelle. Cette vie monotone où chaque heure amène un devoir, une prière, un travail si exactement les mêmes, qu'en tous lieux on peut dire ce que fait une carmélite à telle ou telle heure du jour ou de la nuit ; cette horrible existence où il est indifférent que les choses qui nous entourent soient ou ne soient pas, était devenue pour nous la plus variée : l'essor[6] de notre esprit ne connaissait point de bornes, la fantaisie[7] nous avait donné la clef de ses royaumes, nous étions tour à tour l'une pour l'autre un charmant hippogriffe[8], la plus

1. **Ta mignonne** : par cette périphrase affectueuse, Louise se désigne elle-même.
2. **Morne** : sombre, triste.
3. **Dépareillée** : séparée de son binôme, du deuxième élément de la paire.
4. **Doucettement** : lentement.
5. **Louise de La Vallière** (1644-1710) : première maîtresse officielle du roi Louis XIV (1638-1715). Délaissée par ce dernier, qui lui préfère la marquise de Montespan (1640-1707), elle se tourne peu à peu vers la religion et rejoint l'ordre des Carmélites en 1674. Elle écrit en 1670 un ouvrage intitulé *Réflexions sur la miséricorde de Dieu*.
6. **Essor** : élan (sens figuré) ; impulsion de l'oiseau lorsqu'il prend son envol (sens propre).
7. **Fantaisie** : imagination.
8. **Hippogriffe** : animal imaginaire ailé mi-aigle mi-lion.

alerte[1] réveillait la plus endormie, et nos âmes folâtraient à l'envi[2] en s'emparant de ce monde qui nous était interdit. Il n'y avait pas jusqu'à la *Vie des Saints*[3] qui ne nous aidât à comprendre les choses les plus cachées ! Le jour où ta douce compagnie m'était enlevée, je devenais ce qu'est une carmélite à nos yeux, une Danaïde[4] moderne, qui, au lieu de chercher à remplir un tonneau sans fond, tire tous les jours, de je ne sais quel puits, un seau vide, espérant l'amener plein. Ma tante ignorait notre vie intérieure. Elle n'expliquait point mon dégoût de l'existence, elle qui s'est fait un monde céleste[5] dans les deux arpents[6] de son couvent. Pour être embrassée à nos âges, la vie religieuse veut une excessive simplicité que nous n'avons pas, ma chère biche, ou l'ardeur du dévouement qui rend ma tante une sublime[7] créature. Ma tante s'est sacrifiée à un frère adoré ; mais qui peut se sacrifier à des inconnus ou à des idées ?

Depuis bientôt quinze jours, j'ai tant de folles paroles rentrées, tant de méditations enterrées au cœur, tant d'observations à communiquer et de récits à faire qui ne peuvent être faits qu'à toi, que sans le pis-aller[8] des confidences écrites, substituées à nos chères causeries, j'étoufferais. Combien la vie du cœur nous est nécessaire ! Je commence mon journal ce matin en imaginant que le tien est commencé, que dans peu de jours je vivrai au fond de ta belle vallée de Gémenos[9] dont je ne sais que ce que tu m'en as dit, comme tu vas vivre dans Paris dont tu ne connais que ce que nous en rêvions.

---

1. **Alerte** : éveillée, vive.
2. **Folâtraient à l'envi** : s'amusaient gaiement et à souhait.
3. Les livres qui racontent la vie des saints catholiques, aussi appelés « hagiographies », sont nombreux et très appréciés au XIXe siècle.
4. **Danaïde** : dans la mythologie grecque, nom donné aux filles de Danaos. Elles furent condamnées à verser éternellement de l'eau dans un tonneau percé pour avoir assassiné leurs maris sur ordre de leur père.
5. **Céleste** : divin, parfait.
6. L'arpent est une ancienne unité de mesure de surface. Deux arpents correspondent à quatre à dix mille mètres carrés environ.
7. **Sublime** : ici, remarquable par ses qualités morales, spirituelles.
8. **Pis-aller** : solution trouvée à défaut de mieux (en l'occurrence, se rencontrer).
9. **Gémenos** : ville située en Provence, près de Marseille.

les gens occupés des affaires du royaume sont insouciants des leurs, et combien, une fois morte, on a peu pensé à cette noble femme, qui sera l'une des grandes figures féminines du dix-huitième siècle. Philippe a quasiment compris d'où venaient mes larmes. Il m'a dit que par son testament la princesse m'avait légué ses meubles. Mon père laissait d'ailleurs les grands appartements dans l'état où les avait mis la Révolution. Je me suis levée alors, Philippe m'a ouvert la porte du petit salon qui donne sur l'appartement de réception, et je l'ai retrouvé dans le délabrement que je connaissais : les dessus de portes qui contenaient des tableaux précieux montrent leurs trumeaux[1] vides, les marbres sont cassés, les glaces ont été enlevées. Autrefois, j'avais peur de monter le grand escalier et de traverser la vaste solitude de ces hautes salles, j'allais chez la princesse par un petit escalier qui descend sous la voûte du grand et qui mène à la porte dérobée de son cabinet de toilette[2].

L'appartement, composé d'un salon, d'une chambre à coucher, et de ce joli cabinet en vermillon[3] et or dont je t'ai parlé, occupe le pavillon[4] du côté des Invalides[5]. L'hôtel n'est séparé du boulevard que par un mur couvert de plantes grimpantes, et par une magnifique allée d'arbres qui mêlent leurs touffes à celles des ormeaux[6] de la contre-allée du boulevard. Sans le dôme or et bleu, sans les masses grises des Invalides, on se croirait dans une forêt. Le style de ces trois pièces et leur place annoncent l'ancien appartement de parade[7] des duchesses de Chaulieu, celui des ducs doit se trouver dans le pavillon opposé ; tous deux sont décemment séparés

1. **Trumeaux** : panneaux servant de support aux tableaux.
2. **Cabinet de toilette** : petite pièce aménagée pour la toilette (habillage, coiffure, maquillage).
3. **Vermillon** : rouge orangé.
4. **Pavillon** : bâtiment d'habitation appartenant à un ensemble.
5. **Invalides (hôtel des)** : monument parisien situé dans le VIIe arrondissement, construit à partir de 1670 sur ordre de Louis XIV pour accueillir notamment les soldats invalides ayant combattu pour la France.
6. **Ormeaux** : jeunes ormes, arbres majestueux.
7. **De parade** : destiné aux cérémonies officielles.

par les deux corps de logis[1] et par le pavillon de la façade[2] où sont ces grandes salles obscures et sonores que Philippe me montrait encore dépouillées de leur splendeur, et telles que je les avais vues dans mon enfance. Philippe prit un air confidentiel en voyant l'étonnement peint sur ma figure. Ma chère, dans cette maison diplomatique, tous les gens sont discrets et mystérieux. Il me dit alors qu'on attendait une loi par laquelle on rendrait aux émigrés la valeur de leurs biens[3]. Mon père recule la restauration de son hôtel jusqu'au moment de cette restitution. L'architecte du roi avait évalué la dépense à trois cent mille livres[4]. Cette confidence eut pour effet de me rejeter sur le sofa[5] de mon salon. Eh ! quoi, mon père, au lieu d'employer cette somme à me marier, me laissait mourir au couvent ? Voilà la réflexion que j'ai trouvée sur le seuil de cette porte. Ah ! Renée, comme je me suis appuyé la tête sur ton épaule, et comme je me suis reportée aux jours où ma grand-mère animait ces deux chambres ! Elle qui n'existe que dans mon cœur, toi qui es à Maucombe, à deux cents lieues[6] de moi, voilà les seuls êtres qui m'aiment ou m'ont aimée. Cette chère vieille au regard si jeune voulait s'éveiller à ma voix. Comme nous nous entendions ! Le souvenir a changé tout à coup les dispositions où j'étais d'abord. J'ai trouvé je ne sais quoi de saint à ce qui venait de me paraître une profanation[7]. Il m'a semblé doux de respirer la vague odeur de poudre à la maréchale[8] qui subsistait là, doux

1. **Corps de logis** : bâtiments principaux.
2. **Pavillon de la façade** : corps de bâtiment situé en retrait ou à l'angle de la façade.
3. Cette loi, indemnisant les propriétaires dont des biens ont été confisqués lors de la Révolution, est finalement votée en 1825.
4. La livre est une ancienne unité monétaire, équivalente au franc de l'époque. Un franc de 1820 équivaut à environ 4,50 euros ; 300 000 livres à cette époque représentent donc environ 1 350 000 euros.
5. **Sofa** : sorte de canapé.
6. La lieue est une ancienne unité de distance équivalant à environ quatre kilomètres. Deux cents lieues représentent donc environ huit cents kilomètres. Maucombe est un nom inventé, mais le lieu où réside Renée a été situé précédemment dans la vallée de Gémenos, près de Marseille (voir note 9, p. 17).
7. **Profanation** : manque de respect à l'égard d'un lieu sacré.
8. **Poudre à la maréchale** : maquillage pour les cheveux et les perruques.

de dormir sous la protection de ces rideaux en damas[1] jaune à dessins blancs où ses regards et son souffle ont dû laisser quelque chose de son âme. J'ai dit à Philippe de rendre leur lustre[2] aux mêmes objets, de donner à mon appartement la vie propre à l'habitation. J'ai moi-même indiqué comment je voulais y être en assignant à chaque meuble une place. J'ai passé la revue[3] en prenant possession de tout, en disant comment se pouvaient rajeunir ces antiquités que j'aime. La chambre est d'un blanc un peu terni par le temps, comme aussi l'or des folâtres arabesques[4] montre en quelques endroits des teintes rouges; mais ces effets sont en harmonie avec les couleurs passées du tapis de la Savonnerie[5] qui fut donné par Louis XV[6] à ma grand-mère, ainsi que son portrait. La pendule est un présent du maréchal de Saxe[7]. Les porcelaines de la cheminée viennent du maréchal de Richelieu[8]. Le portrait de ma grand-mère, prise à vingt-cinq ans, est dans un cadre ovale, en face de celui du roi. Le prince n'y est point[9]. J'aime cet oubli franc, sans hypocrisie, qui peint d'un trait ce délicieux caractère. Dans une grande maladie que fit ma tante[10], son confesseur insistait pour que le prince, qui attendait dans le salon, entrât. « Avec le médecin et ses ordonnances », a-t-elle dit. Le lit est à baldaquin, à dossiers rembourrés; les rideaux sont retroussés par des plis d'une belle ampleur; les meubles sont en bois doré, couverts de ce damas jaune à fleurs blanches, également drapé aux fenêtres, et qui est doublé d'une étoffe de soie blanche qui ressemble à de la moire[11].

---

1. **Damas**: tissu, généralement en soie, orné de dessins.
2. **Lustre**: éclat naturel.
3. **Passé la revue**: examiné.
4. **Arabesques**: ornements décoratifs, sculptés ou peints.
5. **Savonnerie**: manufacture réputée de tapis en velours.
6. **Louis XV** (1710-1774): roi de France de 1715 à 1774.
7. **Maurice de Saxe** (1696-1750): chef des armées de Louis XV.
8. **Louis François Armand de Vignerot du Plessis, duc de Richelieu** (1696-1788): homme politique et militaire français, petit-neveu du cardinal de Richelieu.
9. **Le prince n'y est point**: il n'y a pas de portrait du grand-père de Louise.
10. On peut lire ici « grand-mère »; en effet, Honoré de Balzac, s'inspirant de sa propre tante pour ce personnage, commet sans doute un lapsus.
11. **Moire**: étoffe aux zébrures mates et brillantes.

Les dessus de porte sont peints je ne sais par qui, mais ils représentent un lever du soleil et un clair de lune. La cheminée est traitée fort curieusement. On voit que dans le siècle dernier on vivait beaucoup au coin du feu. Là se passaient de grands événements : le foyer de cuivre doré est une merveille de sculpture, le chambranle[1] est d'un fini précieux, la pelle et les pincettes sont délicieusement travaillées, le soufflet est un bijou. La tapisserie de l'écran[2] vient des Gobelins[3], et sa monture est exquise ; les folles figures qui courent le long, sur les pieds, sur la barre d'appui, sur les branches, sont ravissantes ; tout en est ouvragé comme un éventail. Qui lui avait donné ce joli meuble qu'elle aimait beaucoup ? Je voudrais le savoir. Combien de fois je l'ai vue, le pied sur la barre, enfoncée dans sa bergère[4], sa robe à demi relevée sur le genou par son attitude, prenant, remettant et reprenant sa tabatière sur la tablette entre sa boîte à pastilles et ses mitaines[5] de soie ! Était-elle coquette ! Jusqu'au jour de sa mort elle a eu soin d'elle comme si elle se trouvait au lendemain de ce beau portrait, comme si elle attendait la fleur de la cour[6] qui se pressait autour d'elle. Cette bergère m'a rappelé l'inimitable mouvement qu'elle donnait à ses jupes en s'y plongeant. Ces femmes du temps passé emportent avec elles certains secrets qui peignent leur époque. La princesse avait des airs de tête[7], une manière de jeter ses mots et ses regards, un langage particulier que je ne retrouvais point chez ma mère : il s'y trouvait de la finesse et de la bonhomie, du dessein[8] sans apprêt ; sa conversation était à la fois prolixe et laconique[9], elle contait bien

1. **Chambranle** : cadre de bois ou de pierre.
2. **Écran** : panneau placé devant le feu pour se protéger de la chaleur et de la luminosité.
3. **Gobelins** : famille de teinturiers réputée.
4. **Bergère** : fauteuil large et profond.
5. **Mitaines** : gants fins qui laissent à découvert le bout des doigts.
6. **La fleur de la cour** : les personnes les plus en vue de la cour.
7. **Des airs de tête** : des poses caractéristiques des modèles de peinture ou de sculpture.
8. **Dessein** : intention, volonté.
9. **Prolixe et laconique** : abondante et concise, sans détails inutiles.

et peignait en trois mots. Elle avait surtout cette excessive liberté de jugement qui certes a influé sur la tournure de mon esprit. De sept à dix ans, j'ai vécu dans ses poches[1] ; elle aimait autant à m'attirer chez elle que j'aimais à y aller. Cette prédilection a été cause de plus d'une querelle entre elle et ma mère. Or, rien n'attise un sentiment autant que le vent glacé de la persécution. Avec quelle grâce me disait-elle : « Vous voilà, petite masque[2] ! » quand la couleuvre de la curiosité m'avait prêté ses mouvements pour me glisser entre les portes jusqu'à elle. Elle se sentait aimée, elle aimait mon naïf amour qui mettait un rayon de soleil dans son hiver. Je ne sais pas ce qui se passait chez elle le soir, mais elle avait beaucoup de monde ; lorsque je venais le matin, sur la pointe du pied, savoir s'il faisait jour chez elle, je voyais les meubles de son salon dérangés, les tables de jeu dressées, beaucoup de tabac par places[3]. Ce salon est dans le même style que la chambre, les meubles sont singulièrement contournés[4], les bois sont à moulures creuses, à pieds de biche. Des guirlandes de fleurs richement sculptées et d'un beau caractère serpentent à travers les glaces et descendent le long en festons[5]. Il y a sur les consoles[6] de beaux cornets[7] de la Chine. Le fond de l'ameublement est ponceau[8] et blanc. Ma grand-mère était une brune fière et piquante, son teint se devine au choix de ses couleurs. J'ai retrouvé dans ce salon une table à écrire dont les figures avaient beaucoup occupé mes yeux autrefois ; elle est plaquée en argent ciselé ; elle lui a été donnée par un Lomellini de Gênes[9]. Chaque côté de cette table représente les occupations de chaque saison ; les personnages sont en relief, il y en a des centaines dans

1. **Dans ses poches** : dans son intimité (expression).
2. **Petite masque** : petite fille rusée.
3. **Par places** : par endroits.
4. **Contournés** : faits de contours, de formes compliquées.
5. **En festons** : suivant une ligne formée d'arcs accolés.
6. **Consoles** : petites tables.
7. **Cornets** : vases.
8. **Ponceau** : d'un rouge vif foncé.
9. **Lomellini de Gênes** : famille noble d'Italie.

chaque tableau. Je suis restée deux heures toute seule, reprenant mes souvenirs un à un, dans le sanctuaire[1] où a expiré une des femmes de la cour de Louis XV les plus célèbres et par son esprit et par sa beauté. Tu sais comme on m'a brusquement séparée d'elle, du jour au lendemain, en 1816. « Allez dire adieu à votre grand-mère », me dit ma mère. J'ai trouvé la princesse, non pas surprise de mon départ, mais insensible en apparence. Elle m'a reçue comme à l'ordinaire. – « Tu vas au couvent, mon bijou, me dit-elle, tu y verras ta tante, une excellente femme. J'aurai soin que tu ne sois point sacrifiée, tu seras indépendante et à même de marier qui tu voudras. » Elle est morte six mois après ; elle avait remis son testament au plus assidu de ses vieux amis, au prince de Talleyrand[2], qui, en faisant une visite à mademoiselle de Chargebœuf[3], a trouvé le moyen de me faire savoir par elle que ma grand-mère me défendait de prononcer des vœux. J'espère bien que tôt ou tard je rencontrerai le prince ; et sans doute, il m'en dira davantage. Ainsi, ma belle biche, si je n'ai trouvé personne pour me recevoir, je me suis consolée avec l'ombre de la chère princesse, et je me suis mise en mesure de remplir une de nos conventions, qui est, souviens-t'en, de nous initier aux plus petits détails de notre case[4] et de notre vie. Il est si doux de savoir où et comment vit l'être qui nous est cher ! Dépeins-moi bien les moindres choses qui t'entourent, tout enfin, même les effets du couchant dans les grands arbres.

10 octobre.

J'étais arrivée à trois heures après midi. Vers cinq heures et demie, Rose est venue me dire que ma mère était rentrée, et je suis descendue pour lui rendre mes respects. Ma mère occupe au rez-de-chaussée un appartement disposé comme le mien, dans le même pavillon. Je suis au-dessus d'elle, et nous avons le même

---

1. **Sanctuaire** : lieu saint.
2. **Charles Maurice de Talleyrand-Périgord** (1754-1838) : homme d'État français.
3. Personnage de *La Comédie humaine*.
4. **Case** : maison et, au sens large, ensemble des membres de la famille.

escalier dérobé[1]. Mon père est dans le pavillon opposé ; mais, comme du côté de la cour il a de plus l'espace que prend dans le nôtre le grand escalier, son appartement est beaucoup plus vaste que les nôtres. Malgré les devoirs de la position que le retour des Bourbons leur a rendue[2], mon père et ma mère continuent d'habiter le rez-de-chaussée et peuvent y recevoir, tant sont grandes les maisons de nos pères. J'ai trouvé ma mère dans son salon, où il n'y a rien de changé. Elle était habillée. De marche en marche je m'étais demandé comment serait pour moi cette femme, qui a été si peu mère que je n'ai reçu d'elle en huit ans que les deux lettres que tu connais. En pensant qu'il était indigne de moi de jouer une tendresse impossible, je m'étais composée en[3] religieuse idiote, et suis entrée assez embarrassée intérieurement. Cet embarras s'est bientôt dissipé. Ma mère a été d'une grâce parfaite ; elle ne m'a pas témoigné de fausse tendresse, elle n'a pas été froide, elle ne m'a pas traitée en étrangère, elle ne m'a pas mise dans son sein[4] comme une fille aimée ; elle m'a reçue comme si elle m'eût vue la veille, elle a été la plus douce, la plus sincère amie ; elle m'a parlé comme à une femme faite[5], et m'a d'abord embrassée au front.
– « Ma chère petite, si vous devez mourir au couvent, m'a-t-elle dit, il vaut mieux vivre au milieu de nous. Vous trompez[6] les desseins de votre père et les miens, mais nous ne sommes plus au temps où les parents étaient aveuglément obéis. L'intention de monsieur de Chaulieu, qui s'est trouvée d'accord avec la mienne, est de ne rien négliger pour vous rendre la vie agréable et de vous laisser voir le monde. À votre âge, j'eusse pensé comme vous ; ainsi je ne vous en veux point : vous ne pouvez comprendre ce que nous vous

1. **Dérobé** : ici, secret, dissimulé.
2. Louis XVIII (1755-1824), membre de la famille des Bourbons, remonte sur le trône en 1815 après la seconde abdication de Napoléon Ier (voir note 2, p. 32). C'est le début de la Restauration.
3. **Je m'étais composée en** : je jouais le rôle d'une.
4. **Mise dans son sein** : prise dans ses bras.
5. **Faite** : adulte, mature.
6. **Trompez** : ici, déjouez, empêchez.

demandions. Vous ne me trouverez point d'une sévérité ridicule. Si vous avez soupçonné mon cœur, vous reconnaîtrez bientôt que vous vous trompiez. Quoique je veuille vous laisser parfaitement libre, je crois que pour les premiers moments vous ferez sagement d'écouter les avis d'une mère qui se conduira comme une sœur avec vous. » La duchesse parlait d'une voix douce, et remettait en ordre ma pèlerine[1] de pensionnaire. Elle m'a séduite. À trente-huit ans, elle est belle comme un ange ; elle a des yeux d'un noir bleu, des cils comme des soies[2], un front sans plis, un teint blanc et rose à faire croire qu'elle se farde[3], des épaules et une poitrine étonnantes, une taille cambrée[4] et mince comme la tienne, une main d'une beauté rare, c'est une blancheur de lait ; des ongles où séjourne la lumière, tant ils sont polis[5] ; le petit doigt légèrement écarté, le pouce d'un fini d'ivoire. Enfin elle a le pied de sa main[6], le pied espagnol de mademoiselle de Vandenesse[7]. Si elle est ainsi à quarante, elle sera belle encore à soixante ans. J'ai répondu, ma biche, en fille soumise. J'ai été pour elle ce qu'elle a été pour moi, j'ai même été mieux ; sa beauté m'a vaincue, je lui ai pardonné son abandon, j'ai compris qu'une femme comme elle avait été entraînée par son rôle de reine. Je le lui ai dit naïvement comme si j'eusse causé avec toi. Peut-être ne s'attendait-elle pas à trouver un langage d'amour dans la bouche de sa fille ? Les sincères hommages de mon admiration l'ont infiniment touchée : ses manières ont changé, sont devenues plus gracieuses encore ; elle a quitté le vous – « Tu es une bonne fille, et j'espère que nous resterons amies. » Ce mot m'a paru d'une adorable naïveté. Je n'ai pas voulu lui faire voir comment je le prenais, car j'ai compris aussitôt que je dois lui laisser croire qu'elle

---

1. **Pèlerine** : manteau ample, sans manches, à capuche.
2. **Soies** : poils de pinceau longs et soyeux en poil d'animal.
3. **Se farde** : se maquille.
4. **Cambrée** : courbée, en forme d'arc.
5. **Polis** : lisses et brillants.
6. **Le pied de sa main** : le pied aussi beau que sa main.
7. Personnage masculin de *La Comédie humaine*, surnommé « mademoiselle » en raison de sa délicatesse.

est beaucoup plus fine et plus spirituelle que sa fille. J'ai donc fait la niaise, elle a été enchantée de moi. Je lui ai baisé les mains à plusieurs reprises en lui disant que j'étais bien heureuse qu'elle agît ainsi avec moi, que je me sentais à l'aise, et je lui ai même confié ma terreur. Elle a souri, m'a prise par le cou pour m'attirer à elle et me baiser au front par un geste plein de tendresse. – « Chère enfant, a-t-elle dit, nous avons du monde à dîner aujourd'hui, vous penserez peut-être comme moi qu'il vaut mieux attendre que la couturière vous ait habillée pour faire votre entrée dans le monde[1] ; ainsi, après avoir vu votre père et votre frère, vous remonterez chez vous. » Ce à quoi j'ai de grand cœur acquiescé. La ravissante toilette[2] de ma mère était la première révélation de ce monde entrevu dans nos rêves ; mais je ne me suis pas senti le moindre mouvement de jalousie. Mon père est entré. – « Monsieur, voilà votre fille », lui a dit la duchesse. Mon père a pris soudain pour moi les manières les plus tendres ; il a si parfaitement joué son rôle de père que je lui en ai cru le cœur. – « Vous voilà donc, fille rebelle ! » m'a-t-il dit en me prenant les deux mains dans les siennes et me les baisant avec plus de galanterie que de paternité. Et il m'a attirée sur lui, m'a prise par la taille, m'a serrée pour m'embrasser sur les joues et au front. – « Vous réparerez le chagrin que nous cause votre changement de vocation par les plaisirs que nous donneront vos succès dans le monde. – Savez-vous, madame, qu'elle sera fort jolie et que vous pourrez être fière d'elle un jour ? – Voici votre frère Rhétoré. – Alphonse, dit-il à un beau jeune homme qui est entré, voilà votre sœur la religieuse qui veut jeter le froc aux orties[3]. » Mon frère est venu sans trop se presser, m'a pris la main et me l'a serrée. – « Embrassez-la donc », lui a dit le duc. Et il m'a baisée sur chaque joue. – « Je suis enchanté de vous voir, ma sœur, m'a-t-il dit, et je

---

1. **Faire votre entrée dans le monde** : apparaître pour la première fois lors d'un événement mondain.
2. **Toilette** : tenue.
3. **Jeter le froc aux orties** : renoncer à la vie religieuse (expression) ; le froc est une partie de l'habit du moine.

suis de votre parti contre mon père. » Je l'ai remercié ; mais il me semble qu'il aurait bien pu venir à Blois, quand il allait à Orléans voir notre frère le comte à sa garnison[1]. Je me suis retirée en craignant qu'il n'arrivât des étrangers. J'ai fait quelques rangements chez moi, j'ai mis sur le velours ponceau de la belle table tout ce qu'il me fallait pour t'écrire en songeant à ma nouvelle position.

Voilà, ma belle biche blanche, ni plus ni moins, comment les choses se sont passées au retour d'une jeune fille de dix-huit ans, après une absence de neuf années, dans une des plus illustres familles du royaume. Le voyage m'avait fatiguée, et aussi les émotions de ce retour en famille : je me suis donc couchée comme au couvent, à huit heures, après avoir soupé. L'on a conservé jusqu'à un petit couvert en porcelaine de Saxe[2] que cette chère princesse gardait pour manger seule chez elle, quand lui en prenait fantaisie.

II

LA MÊME À LA MÊME.

25 novembre.

Le lendemain, j'ai trouvé mon appartement mis en ordre et fait par le vieux Philippe, qui avait mis des fleurs dans les cornets. Enfin je me suis installée. Seulement personne n'avait songé qu'une pensionnaire des Carmélites a faim de bonne heure, et Rose a eu mille peines à me faire déjeuner. – « Mademoiselle s'est couchée à l'heure où l'on a servi le dîner et se lève au moment où monseigneur vient de rentrer », m'a-t-elle dit. Je me suis mise à écrire. Vers une heure mon père a frappé à la porte de mon petit salon et m'a demandé si je pouvais le recevoir ; je lui ai ouvert la porte, il est entré et m'a trouvée t'écrivant. – « Ma chère, vous avez à vous habiller, à vous arranger ici ; vous trouverez douze mille francs dans cette bourse.

---

1. **Garnison** : ville où sont installées des troupes militaires.
2. **Porcelaine de Saxe** : porcelaine allemande réputée.

C'est une année du revenu que je vous accorde pour votre entretien[1]. Vous vous entendrez avec votre mère pour prendre une gouvernante[2] qui vous convienne, si miss Griffith ne vous plaît pas ; car madame de Chaulieu n'aura pas le temps de vous accompagner le matin. Vous aurez une voiture à vos ordres et un domestique. – Laissez-moi Philippe, lui dis-je. – Soit, répondit-il. Mais n'ayez nul souci : votre fortune est assez considérable pour que vous ne soyez à charge ni à votre mère ni à moi. – Serais-je indiscrète en vous demandant quelle est ma fortune ? – Nullement, mon enfant, a-t-il dit : votre grand-mère vous a laissé cinq cent mille francs qui étaient ses économies, car elle n'a point voulu frustrer sa famille d'un seul morceau de terre. Cette somme a été placée sur le grand-livre[3]. L'accumulation des intérêts a produit aujourd'hui environ quarante mille francs de rente[4]. Je voulais employer cette somme à constituer la fortune de votre second frère ; aussi dérangez-vous beaucoup mes projets ; mais dans quelque temps peut-être y concourrez[5]-vous : j'attendrai tout de vous-même. Vous me paraissez plus raisonnable que je ne le croyais. Je n'ai pas besoin de vous dire comment se conduit une demoiselle de Chaulieu ; la fierté peinte dans vos traits est mon sûr garant[6]. Dans notre maison, les précautions que prennent les petites gens pour leurs filles sont injurieuses. Une médisance[7] sur votre compte peut coûter la vie à celui qui se la permettrait ou à l'un de vos frères si le ciel était injuste[8]. Je ne vous en dirai pas davantage sur ce chapitre. Adieu, chère petite. » Il m'a baisée au front et s'en est allé. Après une persévérance de neuf années, je ne m'explique pas l'abandon de ce plan. Mon père a été d'une clarté que j'aime. Il n'y a dans sa parole aucune ambiguïté. Ma fortune doit être à

1. **Entretien** : ensemble des biens matériels nécessaires.
2. **Gouvernante** : dame chargée de veiller sur une jeune fille, sur sa bonne conduite.
3. **Grand-livre** : livre des comptes.
4. **Rente** : somme d'argent obtenue grâce aux intérêts du placement financier.
5. **Concourrez** : participerez.
6. **Est mon sûr garant** : me le garantit, me l'assure.
7. **Médisance** : propos malveillant.
8. Le duc sous-entend que toute offense contre sa fille conduirait à un duel à mort.

son fils le marquis. Qui donc a eu des entrailles[1] ? est-ce ma mère, est-ce mon père, serait-ce mon frère ?

Je suis restée assise sur le sofa de ma grand-mère, les yeux sur la bourse que mon père avait laissée sur la cheminée, à la fois satisfaite et mécontente de cette attention qui maintenait ma pensée sur l'argent. Il est vrai que je n'ai plus à y songer : mes doutes sont éclaircis, et il y a quelque chose de digne à m'éviter toute souffrance d'orgueil à ce sujet. Philippe a couru toute la journée chez les différents marchands et ouvriers qui vont être chargés d'opérer ma métamorphose. Une célèbre couturière, une certaine Victorine, est venue, ainsi qu'une lingère[2] et un cordonnier. Je suis impatiente, comme un enfant, de savoir comment je serai lorsque j'aurai quitté le sac où nous enveloppait le costume conventuel[3] ; mais tous ces ouvriers veulent beaucoup de temps : le tailleur de corsets demande huit jours si je ne veux pas gâter[4] ma taille. Ceci devient grave, j'ai donc une taille ? Janssen, le cordonnier de l'Opéra, m'a positivement assuré que j'avais le pied de ma mère. J'ai passé toute la matinée à ces occupations sérieuses. Il est venu jusqu'à un gantier qui a pris mesure de ma main. La lingère a eu mes ordres. À l'heure de mon dîner, qui s'est trouvée celle du déjeuner, ma mère m'a dit que nous irions ensemble chez les modistes[5] pour les chapeaux, afin de me former le goût et me mettre à même de[6] commander les miens. Je suis étourdie de ce commencement d'indépendance comme un aveugle qui recouvrerait la vue. Je puis juger de ce qu'est une carmélite à[7] une fille du monde : la différence est si grande que nous n'aurions jamais pu la concevoir. Pendant ce déjeuner mon père fut distrait, et nous

---

1. **A eu des entrailles** : s'est montré sensible.
2. **Lingère** : personne chargée de la confection ou du soin du linge.
3. **Conventuel** : propre au couvent.
4. **Gâter** : abîmer, déformer.
5. **Modistes** : personnes chargées de créer, confectionner ou vendre des vêtements et des accessoires de mode féminins.
6. **Me mettre à même de** : m'entraîner, me préparer à.
7. **À** : par rapport à.

le laissâmes à ses idées ; il est fort avant[1] dans les secrets du roi[2]. J'étais parfaitement oubliée, il se souviendra de moi quand je lui serai nécessaire, j'ai vu cela. Mon père est un homme charmant, malgré ses cinquante ans : il a une taille jeune, il est bien fait, il est blond, il a une tournure et des grâces exquises ; il a la figure à la fois parlante et muette des diplomates ; son nez est mince et long, ses yeux sont bruns. Quel joli couple ! Combien de pensées singulières m'ont assaillie en voyant clairement que ces deux êtres, également nobles, riches, supérieurs, ne vivent point ensemble, n'ont rien de commun que le nom, et se maintiennent unis aux yeux du monde. L'élite de la cour et de la diplomatie était hier là. Dans quelques jours, je vais à un bal chez la duchesse de Maufrigneuse[3], et je serai présentée à ce monde que je voudrais tant connaître. Il va venir tous les matins un maître de danse : je dois savoir danser dans un mois, sous peine de ne pas aller au bal. Avant le dîner, ma mère est venue me voir relativement à ma gouvernante. J'ai gardé miss Griffith, qui lui a été donnée par l'ambassadeur d'Angleterre. Cette miss est la fille d'un ministre : elle est parfaitement élevée ; sa mère était noble, elle a trente-six ans, elle m'apprendra l'anglais. Ma Griffith est assez belle pour avoir des prétentions ; elle est pauvre et fière, elle est écossaise, elle sera mon chaperon[4], elle couchera dans la chambre de Rose. Rose sera aux ordres de miss Griffith. J'ai vu sur-le-champ que je gouvernerais ma gouvernante. Depuis six jours que nous sommes ensemble, elle a parfaitement compris que moi seule puis m'intéresser à elle ; moi, malgré sa contenance de statue, j'ai compris parfaitement qu'elle sera très complaisante[5] pour moi. Elle me semble une bonne créature, mais discrète. Je n'ai rien pu savoir de ce qui s'est dit entre elle et ma mère.

---

1. **Fort avant** : partie prenante, très impliqué.
2. **Louis XVIII** (1755-1824) : roi de France de 1814 à 1824 (avec une interruption, dite des « Cent-Jours », lors du retour de Napoléon Ier au pouvoir, de mars à juin 1815) (voir note 2, p. 26).
3. Personnage de *La Comédie humaine*.
4. **Chaperon** : personne à qui l'on confie la surveillance d'une jeune fille.
5. **Complaisante** : aimable, gentille.

Autre nouvelle qui me paraît peu de chose ! Ce matin mon père a refusé le ministère[1] qui lui a été proposé. De là sa préoccupation de la veille. Il préfère une ambassade[2], a-t-il dit, aux ennuis des discussions publiques. L'Espagne lui sourit. J'ai su ces nouvelles au déjeuner, seul moment de la journée où mon père, ma mère, mon frère se voient dans une sorte d'intimité. Les domestiques ne viennent alors que quand on les sonne. Le reste du temps, mon frère est absent aussi bien que mon père. Ma mère s'habille, elle n'est jamais visible de deux heures à quatre : à quatre heures, elle sort pour une promenade d'une heure ; elle reçoit de six à sept quand elle ne dîne pas en ville ; puis la soirée est employée par les plaisirs, le spectacle, le bal, les concerts, les visites. Enfin sa vie est si remplie que je ne crois pas qu'elle ait un quart d'heure à elle. Elle doit passer un temps assez considérable à sa toilette du matin, car elle est divine au déjeuner, qui a lieu entre onze heures et midi. Je commence à m'expliquer les bruits qui se font chez elle : elle prend d'abord un bain presque froid et une tasse de café à la crème et froid, puis elle s'habille ; elle n'est jamais éveillée avant neuf heures, excepté les cas extraordinaires ; l'été il y a des promenades matinales à cheval. À deux heures, elle reçoit un jeune homme que je n'ai pu voir encore. Voilà notre vie de famille. Nous nous rencontrons à déjeuner et à dîner ; mais je suis souvent seule avec ma mère à ce repas. Je devine que plus souvent encore je dînerai seule chez moi avec miss Griffith, comme faisait ma grand-mère. Ma mère dîne souvent en ville. Je ne m'étonne plus du peu de souci de ma famille pour moi. Ma chère, à Paris, il y a de l'héroïsme à aimer les gens qui sont auprès de nous, car nous ne sommes pas souvent avec nous-mêmes. Comme on oublie les absents dans cette ville ! Et cependant je n'ai pas encore mis le pied dehors, je ne connais rien ; j'attends que je sois déniaisée[3],

---

1. Ministère : ici, charge confiée par le roi.
2. Ambassade : mission confiée à un ambassadeur qui doit représenter son pays à l'étranger.
3. Que je sois déniaisée : que j'aie connu l'amour.

que ma mise[1] et mon air soient en harmonie avec ce monde dont le mouvement m'étonne, quoique je n'en entende le bruit que de loin. Je ne suis encore sortie que dans le jardin. Les Italiens[2] commencent à chanter dans quelques jours. Ma mère y a une loge[3]. Je suis comme folle du désir d'entendre la musique italienne et de voir un opéra français. Je commence à rompre[4] les habitudes du couvent pour prendre celles de la vie du monde. Je t'écris le soir jusqu'au moment où je me couche, qui maintenant est reculé jusqu'à dix heures, l'heure à laquelle ma mère sort quand elle ne va pas à quelque théâtre[5]. Il y a douze théâtres à Paris. Je suis d'une ignorance crasse, et je lis beaucoup, mais je lis indistinctement. Un livre me conduit à un autre. Je trouve les titres de plusieurs ouvrages sur la couverture de celui que j'ai ; mais personne ne peut me guider, en sorte que j'en rencontre de fort ennuyeux. Ce que j'ai lu de la littérature moderne roule sur[6] l'amour, le sujet qui nous occupait tant, puisque toute notre destinée est faite par l'homme et pour l'homme ; mais combien ces auteurs sont au-dessous de deux petites filles nommées la biche blanche et la mignonne, Renée et Louise ! Ah ! chère ange, quels pauvres événements, quelle bizarrerie, et combien l'expression de ce sentiment est mesquine[7] ! Deux livres cependant m'ont étrangement plu, l'un est *Corinne* et l'autre *Adolphe*[8]. À propos de ceci, j'ai demandé à mon père si je pourrais voir madame de Staël. Ma mère, mon père et Alphonse se sont mis à rire. Alphonse a dit : – « D'où vient-elle donc ? » Mon père a répondu : – « Nous sommes bien niais, elle vient des Carmélites. » – « Ma fille, madame de Staël est morte », m'a dit la duchesse avec

1. **Mise** : manière de s'habiller.
2. **Italiens** : ici, chanteurs d'opéras italiens.
3. **Loge** : compartiment de quelques sièges réservés à l'écart du reste du public.
4. **Rompre** : quitter, abandonner.
5. **Quelque théâtre** : un théâtre ou un autre (ici, « quelque » est indéfini).
6. **Roule sur** : repose sur, traite de.
7. **Mesquine** : basse, médiocre.
8. *Corinne ou l'Italie* est un roman de Madame de Staël (1766-1817) publié en 1807 ; *Adolphe* est un roman de Benjamin Constant (1767-1830) publié en 1816. Ces deux œuvres s'inscrivent dans le mouvement romantique.

douceur. – « Comment une femme peut-elle être trompée ? » ai-je dit à miss Griffith en terminant *Adolphe*. – « Mais quand elle aime », m'a dit miss Griffith. Dis donc, Renée, est-ce qu'un homme pourra nous tromper ?... Miss Griffith a fini par entrevoir que je ne suis sotte qu'à demi, que j'ai une éducation inconnue, celle que nous nous sommes donnée l'une à l'autre en raisonnant à perte de vue. Elle a compris que mon ignorance porte seulement sur les choses extérieures. La pauvre créature m'a ouvert son cœur. Cette réponse laconique, mise en balance contre tous les malheurs imaginables, m'a causé un léger frisson. La Griffith me répéta de ne me laisser éblouir par rien dans le monde et de me défier de tout, principalement de ce qui me plaira le plus. Elle ne sait et ne peut rien me dire de plus. Ce discours est trop monotone. Elle se rapproche en ceci de la nature de l'oiseau qui n'a qu'un cri.

III

LA MÊME À LA MÊME.

Décembre.

Ma chérie, me voici prête à entrer dans le monde ; aussi ai-je tâché d'être bien folle avant de me composer pour lui. Ce matin, après beaucoup d'essais, je me suis vue bien et dûment corsetée, chaussée, serrée, coiffée, habillée, parée. J'ai fait comme les duellistes avant le combat : je me suis exercée à huis clos[1]. J'ai voulu me voir sous les armes[2], je me suis de très bonne grâce trouvé un petit air vainqueur et triomphant auquel il faudra se rendre. Je me suis examinée et jugée. J'ai passé la revue de mes forces en mettant en pratique cette belle maxime de l'antiquité : Connais-toi toi-même[3] !

---

1. **À huis clos** : secrètement, en privé.
2. **Sous les armes** : équipée pour le combat.
3. Formule gravée sur le fronton du temple de Delphes, en Grèce, où la pythie rendait ses oracles durant l'Antiquité. Adoptée par le philosophe Socrate (470-399 av. J.-C.), elle est souvent reprise par Platon (vers 428-348 av. J.-C.) dans ses écrits.

J'ai eu des plaisirs infinis en faisant ma connaissance. Griffith a été seule dans le secret de ma jouerie à la poupée. J'étais à la fois la poupée et l'enfant. Tu crois me connaître? point!

Voici, Renée, le portrait de ta sœur autrefois déguisée en carmélite et ressuscitée en fille légère et mondaine. La Provence exceptée[1], je suis une des plus belles personnes de France. Ceci me paraît le vrai sommaire de cet agréable chapitre. J'ai des défauts; mais si j'étais homme, je les aimerais. Ces défauts viennent des espérances que je donne. Quand on a, quinze jours durant, admiré l'exquise rondeur des bras de sa mère, et que cette mère est la duchesse de Chaulieu, ma chère, on se trouve malheureuse en se voyant des bras maigres; mais on s'est consolée en trouvant le poignet fin, une certaine suavité[2] de linéaments[3] dans ces creux qu'un jour une chair satinée viendra poteler, arrondir et modeler. Le dessin un peu sec du bras se retrouve dans les épaules. À la vérité, je n'ai pas d'épaules, mais de dures omoplates qui forment deux plans heurtés. Ma taille est également sans souplesse, les flancs sont raides. Ouf! j'ai tout dit. Mais ces profils sont fins et fermes, la santé mord de sa flamme vive et pure ces lignes nerveuses, la vie et le sang bleu courent à flots sous une peau transparente. Mais la plus blonde fille d'Ève la blonde est une négresse[4] à côté de moi! Mais j'ai un pied de gazelle! Mais toutes les entournures[5] sont délicates, et je possède les traits corrects d'un dessin grec. Les tons de chair ne sont pas fondus[6], c'est vrai, mademoiselle; mais ils sont vivaces: je suis un très joli fruit vert, et j'en ai la grâce verte. Enfin je ressemble à la figure qui, dans le

---

1. Renée réside en Provence, Louise lui adresse donc un compliment en se considérant comme moins belle qu'elle.
2. **Suavité**: douceur, délicatesse.
3. **Linéaments**: traits, contours.
4. **Négresse**: femme noire (ce terme n'a pas de connotation injurieuse au XIXe siècle).
5. **Entournures**: ici, articulations (le terme désigne en couture la jointure du tissu au niveau des manches).
6. **Ne sont pas fondus**: ne passent pas imperceptiblement de l'un à l'autre (langage pictural).

vieux missel[1] de ma tante, s'élève d'un lis violâtre[2]. Mes yeux bleus ne sont pas bêtes, ils sont fiers, entourés de deux marges de nacre vive nuancée par de jolies fibrilles[3] et sur lesquelles mes cils longs et pressés ressemblent à des franges de soie. Mon front étincelle, mes cheveux ont les racines délicieusement plantées, ils offrent de petites vagues d'or pâle, bruni dans les milieux et d'où s'échappent quelques cheveux mutins[4] qui disent assez que je ne suis pas une blonde fade et à évanouissements, mais une blonde méridionale[5] et pleine de sang, une blonde qui frappe au lieu de se laisser atteindre. Le coiffeur ne voulait-il pas me les lisser en deux bandeaux et me mettre sur le front une perle retenue par une chaîne d'or, en me disant que j'aurais l'air moyen-âge. – « Apprenez que je n'ai pas assez d'âge pour en être au moyen et pour mettre un ornement qui rajeunisse ! » Mon nez est mince, les narines sont bien coupées et séparées par une charmante cloison rose ; il est impérieux[6], moqueur, et son extrémité est trop nerveuse pour jamais ni grossir ni rougir. Ma chère biche, si ce n'est pas à faire prendre une fille sans dot[7], je ne m'y connais pas. Mes oreilles ont des enroulements coquets, une perle à chaque bout y paraîtra jaune. Mon col[8] est long, il a ce mouvement serpentin qui donne tant de majesté. Dans l'ombre, sa blancheur se dore. Ah ! j'ai peut-être la bouche un peu grande, mais elle est si expressive, les lèvres sont d'une si belle couleur, les dents rient de si bonne grâce ! Et puis, ma chère, tout est en harmonie : on a une démarche, on a une voix ! L'on se souvient des mouvements de jupe de son aïeule[9], qui n'y touchait jamais ; enfin je suis belle

1. **Missel** : livre de prières.
2. **La figure qui [...] s'élève d'un lis violâtre** : périphrase désignant la Vierge Marie.
3. **Fibrilles** : petites veines.
4. **Mutins** : rebelles.
5. **Méridionale** : du Sud.
6. **Impérieux** : autoritaire.
7. **Dot** : ensemble des biens qu'apporte une femme en se mariant.
8. **Col** : ici, cou.
9. **Aïeule** : ancêtre (ici, la grand-mère de Louise, la princesse de Vaurémont, évoquée précédemment).

et gracieuse. Suivant ma fantaisie, je puis rire comme nous avons ri souvent, et je serai respectée : il y aura je ne sais quoi d'imposant dans les fossettes que de ses doigts légers la Plaisanterie fera dans mes joues blanches. Je puis baisser les yeux et me donner un cœur de glace sous mon front de neige. Je puis offrir le cou mélancolique du cygne en me posant en madone[1], et les vierges dessinées par les peintres seront à cent piques au-dessous de moi[2] ; je serai plus haut qu'elles dans le ciel. Un homme sera forcé, pour me parler, de musiquer sa voix[3].

Je suis donc armée de toutes pièces, et puis parcourir le clavier de la coquetterie depuis les notes les plus graves jusqu'au jeu le plus flûté. C'est un immense avantage que de ne pas être uniforme. Ma mère n'est ni folâtre, ni virginale[4] ; elle est exclusivement digne, imposante ; elle ne peut sortir de là que pour devenir léonine[5] ; quand elle blesse, elle guérit difficilement ; moi, je saurai blesser et guérir. Je suis tout autre encore que ma mère. Aussi n'y a-t-il pas de rivalité possible entre nous, à moins que nous ne nous disputions sur le plus ou le moins de perfection de nos extrémités[6] qui sont semblables. Je tiens de mon père, il est fin et délié[7]. J'ai les manières de ma grand-mère et son charmant ton de voix, une voix de tête quand elle est forcée, une mélodieuse voix de poitrine dans le médium du tête-à-tête[8]. Il me semble que c'est seulement aujourd'hui que j'ai quitté le couvent. Je n'existe pas encore pour le monde, je lui suis inconnue. Quel délicieux moment ! Je m'appartiens encore, comme une fleur qui n'a pas été vue et qui vient d'éclore. Eh ! bien, mon ange, quand je me suis promenée dans mon salon en me regardant,

1. **Madone** : représentation de la Vierge Marie.
2. **Seront à cent piques au-dessous de moi** : me seront très inférieures.
3. **De musiquer sa voix** : de moduler sa voix pour la rendre agréable à l'oreille.
4. **Virginale** : d'une grande pureté morale.
5. **Léonine** : forte comme un lion.
6. **Nos extrémités** : nos pieds et nos mains.
7. **Délié** : souple.
8. **Dans le médium du tête-à-tête** : lors d'une conversation rapprochée.

quand j'ai vu l'ingénue défroque de la pensionnaire[1], j'ai eu je ne sais quoi dans le cœur : regrets du passé, inquiétudes sur l'avenir, craintes du monde, adieux à nos pâles marguerites innocemment cueillies, effeuillées insouciamment ; il y avait de tout cela ; mais il y avait aussi de ces idées fantasques[2] que je renvoie dans les profondeurs de mon âme, où je n'ose descendre et d'où elles viennent.

Ma Renée, j'ai un trousseau de mariée[3] ! Le tout est bien rangé, parfumé dans les tiroirs de cèdre[4] et à devant de laque[5] du délicieux cabinet de toilette. J'ai rubans, chaussures, gants, tout en profusion[6]. Mon père m'a donné gracieusement les bijoux de la jeune fille : un nécessaire[7], une toilette, une cassolette[8], un éventail, une ombrelle, un livre de prières, une chaîne d'or, un cachemire[9] ; il m'a promis de me faire apprendre à monter à cheval. Enfin, je sais danser ! Demain, oui, demain soir, je suis présentée[10]. Ma toilette est une robe de mousseline[11] blanche. J'ai pour coiffure une guirlande de roses blanches à la grecque. Je prendrai mon air de madone : je veux être bien niaise et avoir les femmes pour moi[12]. Ma mère est à mille lieues de ce que je t'écris, elle me croit incapable de réflexion. Si elle lisait ma lettre, elle serait stupide[13] d'étonnement. Mon frère m'honore

---

1. **L'ingénue défroque de la pensionnaire** : le vêtement religieux que je portais quand j'étais pensionnaire du couvent. Le mot « défroque » désigne à la fois un vêtement religieux et le vêtement d'un mort. Cette défroque symbolise donc la mort de la jeune religieuse naïve et la naissance d'une nouvelle Louise, prête à entrer dans le monde.
2. **Fantasques** : originales et excessives, extravagantes.
3. **Trousseau de mariée** : ensemble de vêtements et de linge que reçoit une jeune femme en vue de son mariage.
4. **De cèdre** : faits du bois de cet arbre exotique et odorant.
5. **À devant de laque** : dont la façade est recouverte d'une peinture colorée et brillante.
6. **En profusion** : en grande quantité.
7. **Nécessaire** : coffret ou trousse contenant tout ce qui est utile à la toilette.
8. **Cassolette** : petit vase servant à brûler des parfums.
9. **Cachemire** : ici, châle fait de cette étoffe de laine très fine et légère.
10. Sous-entendu, à la cour du roi.
11. **Mousseline** : toile de coton claire, fine et légère.
12. **Pour moi** : ici, de mon côté.
13. **Stupide** : ici, frappée, muette.

d'un profond mépris, et me continue les bontés de son indifférence. C'est un beau jeune homme, mais quinteux[1] et mélancolique. J'ai son secret : ni le duc ni la duchesse ne l'ont deviné. Quoique duc et jeune, il est jaloux de son père, il n'est rien dans l'État, il n'a point de charge[2] à la cour, il n'a point à dire : Je vais à la Chambre[3]. Il n'y a que moi dans la maison qui ai seize heures pour réfléchir : mon père est dans les affaires publiques et dans ses plaisirs, ma mère est occupée aussi ; personne ne réagit sur soi[4] dans la maison, on est toujours dehors, il n'y a pas assez de temps pour la vie. Je suis curieuse à l'excès de savoir quel attrait invincible a le monde pour vous garder tous les soirs de neuf heures à deux ou trois heures du matin, pour vous faire faire tant de frais[5] et supporter tant de fatigues. En désirant y venir, je n'imaginais pas de pareilles distances[6], de semblables enivrements ; mais, à la vérité, j'oublie qu'il s'agit de Paris. Ainsi donc, on peut vivre les uns auprès des autres, en famille, et ne pas se connaître. Une quasi-religieuse arrive, en quinze jours elle aperçoit ce qu'un homme d'État ne voit pas dans sa maison. Peut-être le voit-il, et y a-t-il de la paternité dans son aveuglement volontaire. Je sonderai[7] ce coin obscur.

IV

DE LA MÊME A LA MÊME.

15 décembre.

Hier, à deux heures, je suis allée me promener aux Champs-Élysées et au bois de Boulogne par une de ces journées d'automne comme nous en avons tant admiré sur les bords de la Loire. J'ai

---

1. **Quinteux** : d'un caractère difficile.
2. **Charge** : responsabilité.
3. La Chambre des députés (l'équivalent de l'Assemblée nationale aujourd'hui).
4. **Personne ne réagit sur soi** : il n'y a pas d'interactions.
5. **Frais** : dépenses.
6. Louise évoque ici la distance affective entre les membres de sa famille.
7. **Sonderai** : explorerai (sens figuré).

donc enfin vu Paris ! L'aspect de la place Louis-XV[1] est vraiment beau, mais de ce beau que créent les hommes. J'étais bien mise, mélancolique quoique bien disposée à rire, la figure calme sous un charmant chapeau, les bras croisés. Je n'ai pas recueilli le moindre sourire, je n'ai pas fait rester un seul pauvre petit jeune homme hébété sur ses jambes[2], personne ne s'est retourné pour me voir, et cependant la voiture allait avec une lenteur en harmonie avec ma pose. Je me trompe, un duc charmant qui passait a brusquement retourné son cheval. Cet homme qui, pour le public, a sauvé mes vanités[3], était mon père dont l'orgueil, me dit-il, venait d'être agréablement flatté. J'ai rencontré ma mère qui m'a, du bout du doigt, envoyé un petit salut qui ressemblait à un baiser. Ma Griffith, qui ne se défiait de personne, regardait à tort et à travers. Selon mon idée, une jeune personne doit toujours savoir où elle pose son regard. J'étais furieuse. Un homme a très sérieusement examiné ma voiture sans faire attention à moi. Ce flatteur était probablement un carrossier[4]. Je me suis trompée dans l'évaluation de mes forces : la beauté, ce rare privilège que Dieu seul donne, est donc plus commune à Paris que je ne le pensais. Des minaudières[5] ont été gracieusement saluées. À des visages empourprés[6], les hommes se sont dit : « La voilà ! » Ma mère a été prodigieusement admirée. Cette énigme a un mot, et je le chercherai. Les hommes, ma chère, m'ont paru généralement très laids. Ceux qui sont beaux nous ressemblent en mal[7]. Je ne sais quel fatal génie a inventé leur costume : il est surprenant de gaucherie[8] quand on le compare à celui des siècles précédents ; il est sans éclat, sans couleur ni poésie ; il ne s'adresse ni aux sens, ni à l'esprit, ni à l'œil, et il doit être incommode ; il est

1. **Place Louis-XV** : actuelle place de la Concorde à Paris.
2. **Fait rester [...] sur ses jambes** : fait s'arrêter.
3. **Vanités** : prétentions à plaire, manifestations de l'orgueil.
4. **Carrossier** : fabricant de véhicules.
5. **Minaudières** : jeunes filles qui prennent des poses pour séduire.
6. **Empourprés** : aux joues rouges.
7. **En mal** : en moins bien.
8. **Gaucherie** : manque d'élégance.

sans ampleur, écourté. Le chapeau surtout m'a frappée : c'est un tronçon de colonne, il ne prend point la forme de la tête ; mais il est, m'a-t-on dit, plus facile de faire une révolution que de rendre les chapeaux gracieux. La bravoure, en France, recule à l'idée de porter un feutre à calotte ronde[1], et faute de courage pendant une journée on y reste ridiculement coiffé pendant toute la vie. Et l'on dit les Français légers ! Les hommes sont d'ailleurs parfaitement horribles de quelque façon qu'ils se coiffent. Je n'ai vu que des visages fatigués et durs, où il n'y a ni calme ni tranquillité ; les lignes sont heurtées et les rides annoncent des ambitions trompées, des vanités malheureuses. Un beau front est rare. – « Ah ! voilà les Parisiens », disais-je à miss Griffith. – « Des hommes bien aimables et bien spirituels », m'a-t-elle répondu. Je me suis tue. Une fille de trente-six ans a bien de l'indulgence au fond du cœur.

Le soir, je suis allée au bal, et m'y suis tenue aux côtés de ma mère, qui m'a donné le bras avec un dévouement bien récompensé. Les honneurs étaient pour elle, j'ai été le prétexte des plus agréables flatteries. Elle a eu le talent de me faire danser avec des imbéciles qui m'ont tous parlé de la chaleur comme si j'eusse été gelée, et de la beauté du bal comme si j'étais aveugle. Aucun n'a manqué de s'extasier sur une chose étrange, inouïe, extraordinaire, singulière, bizarre, c'est de m'y voir pour la première fois. Ma toilette, qui me ravissait dans mon salon blanc et or où je paradais toute seule, était à peine remarquable au milieu des parures merveilleuses de la plupart des femmes. Chacune d'elles avait ses fidèles, elles s'observaient toutes du coin de l'œil, plusieurs brillaient d'une beauté triomphante, comme était ma mère. Au bal, une jeune personne ne compte pas, elle y est une machine à danser. Les hommes, à de rares exceptions près, ne sont pas mieux là qu'aux Champs-Élysées. Ils sont usés, leurs traits sont sans caractère, ou plutôt ils ont tous le même caractère. Ces mines fières et vigoureuses que

1. **Feutre à calotte ronde** : chapeau rond fait de cette étoffe de laine non tissée et imperméable.

nos ancêtres ont dans leurs portraits, eux qui joignaient à la force physique la force morale, n'existent plus. Cependant il s'est trouvé dans cette assemblée un homme d'un grand talent qui tranchait sur la masse par la beauté de sa figure, mais il ne m'a pas causé la sensation vive qu'il devait communiquer. Je ne connais pas ses œuvres, et il n'est pas gentilhomme[1]. Quels que soient le génie et les qualités d'un bourgeois ou d'un homme anobli, je n'ai pas dans le sang une seule goutte pour eux. D'ailleurs, je l'ai trouvé si fort occupé de lui, si peu des autres, qu'il m'a fait penser que nous devons être des choses et non des êtres pour ces grands chasseurs d'idées. Quand les hommes de talent aiment, ils ne doivent plus écrire, ou ils n'aiment pas. Il y a quelque chose dans leur cervelle qui passe avant leur maîtresse[2]. Il m'a semblé voir tout cela dans la tournure de cet homme, qui est, dit-on, professeur, parleur, auteur, et que l'ambition rend serviteur de toute grandeur. J'ai pris mon parti sur-le-champ : j'ai trouvé très indigne de moi d'en vouloir au monde de mon peu de succès, et je me suis mise à danser sans aucun souci. J'ai d'ailleurs trouvé du plaisir à la danse. J'ai entendu force commérages sans piquant sur des gens inconnus ; mais peut-être est-il nécessaire de savoir beaucoup de choses que j'ignore pour les comprendre, car j'ai vu la plupart des femmes et des hommes prenant un très vif plaisir à dire ou entendre certaines phrases. Le monde offre énormément d'énigmes dont le mot paraît difficile à trouver. Il y a des intrigues multipliées. J'ai des yeux assez perçants et l'ouïe fine ; quant à l'entendement[3], vous le connaissez, mademoiselle de Maucombe !

Je suis revenue lasse et heureuse de cette lassitude. J'ai très naïvement exprimé l'état où je me trouvais à ma mère, en compagnie de qui j'étais, et qui m'a dit de ne confier ces sortes de choses qu'à elle. – « Ma chère petite, a-t-elle ajouté, le bon goût est autant

---

1. **Gentilhomme** : homme noble de naissance.
2. **Maîtresse** : ici, femme aimée.
3. **Entendement** : faculté de comprendre.

dans la connaissance des choses qu'on doit taire que dans celle des choses qu'on peut dire. »

Cette recommandation m'a fait comprendre quelles sont les sensations sur lesquelles nous devons garder le silence avec tout le monde, même peut-être avec notre mère. J'ai mesuré d'un coup d'œil le vaste champ des dissimulations femelles. Je puis t'assurer, ma chère biche, que nous ferions, avec l'effronterie[1] de notre innocence, deux petites commères passablement éveillées. Combien d'instructions dans un doigt posé sur les lèvres, dans un mot, dans un regard ! Je suis devenue excessivement timide en un moment. Eh ! quoi ? ne pouvoir exprimer le bonheur si naturel causé par le mouvement de la danse ! Mais, fis-je en moi-même, que sera-ce donc de nos sentiments ? Je me suis couchée triste. Je sens encore vivement l'atteinte de ce premier choc de ma nature franche et gaie avec les dures lois du monde. Voilà déjà de ma laine blanche laissée aux buissons de la route. Adieu, mon ange !

V

RENÉE DE MAUCOMBE A LOUISE DE CHAULIEU.

Octobre.

Combien ta lettre m'a émue ! émue surtout par la comparaison de nos destinées. Dans quel monde brillant tu vas vivre ! dans quelle paisible retraite achèverai-je mon obscure carrière[2] ! Quinze jours après mon arrivée au château de Maucombe, duquel je t'ai trop parlé pour t'en parler encore, et où j'ai retrouvé ma chambre à peu près dans l'état où je l'avais laissée, mais d'où j'ai pu comprendre le sublime paysage de la vallée de Gémenos, qu'enfant je regardais sans y rien voir, mon père et ma mère, accompagnés de mes deux frères, m'ont menée dîner chez un de mes voisins, un vieux

---

1. **Effronterie** : caractère impertinent.
2. **Carrière** : ici, cours de la vie.

monsieur de l'Estorade, gentilhomme devenu très riche comme on devient riche en province, par les soins de l'avarice. Ce vieillard n'avait pu soustraire son fils unique à la rapacité de Buonaparte[1] ; après l'avoir sauvé de la conscription[2], il avait été forcé de l'envoyer à l'armée, en 1813, en qualité de garde d'honneur[3]: depuis Leipsig[4], le vieux baron de l'Estorade n'en avait plus eu de nouvelles. Monsieur de Montriveau[5], que monsieur de l'Estorade alla voir en 1814, lui affirma l'avoir vu prendre par les Russes. Madame de l'Estorade mourut de chagrin en faisant faire d'inutiles recherches en Russie. Le baron, vieillard très chrétien, pratiquait cette belle vertu théologale[6] que nous cultivions à Blois: l'Espérance! Elle lui faisait voir son fils en rêve, et il accumulait ses revenus pour ce fils; il prenait soin des parts de ce fils dans les successions qui lui venaient de la famille de feu[7] madame de l'Estorade. Personne n'avait le courage de plaisanter ce vieillard. J'ai fini par deviner que le retour inespéré de ce fils était la cause du mien. Qui nous eût dit que pendant les courses vagabondes de notre pensée, mon futur cheminait lentement à pied à travers la Russie, la Pologne et l'Allemagne? Sa mauvaise destinée n'a cessé qu'à Berlin, où le ministre français lui a facilité son retour en France. Monsieur de l'Estorade, le père, petit gentilhomme de Provence, riche d'environ dix mille livres de rente, n'a pas un nom assez européen pour qu'on s'intéressât au chevalier de l'Estorade, dont le nom sentait singulièrement son aventurier.

---

1. **Buonaparte**: nom de naissance de Napoléon Bonaparte, ou Napoléon Ier (1769-1821), empereur des Français de 1804 à 1814.
2. **Conscription**: recrutement des jeunes hommes pour le service militaire.
3. **Garde d'honneur**: corps de cavalerie formé par Napoléon Ier pour l'accompagner dans ses déplacements.
4. **Lepizig**: ville allemande où se déroule du 16 au 19 octobre 1813 une bataille soldée par la défaite de Napoléon.
5. Personnage de *La Comédie humaine*, au service de Napoléon Ier.
6. **Vertu théologale**: dans la religion chrétienne, qualité morale qui se rapporte à Dieu. Les vertus théologales sont au nombre de trois: la Foi, l'Espérance et la Charité.
7. **Feu**: adjectif signifiant que la personne est décédée.

Douze mille livres, produit annuel des biens de madame de l'Estorade, accumulées avec les économies paternelles, font au pauvre garde d'honneur une fortune considérable en Provence, quelque chose comme deux cent cinquante mille livres, outre ses biens au soleil. Le bonhomme l'Estorade avait acheté, la veille du jour où il devait revoir le chevalier, un beau domaine mal administré, où il se propose de planter dix mille mûriers qu'il élevait exprès dans sa pépinière, en prévoyant cette acquisition. Le baron, en retrouvant son fils, n'a plus eu qu'une pensée, celle de le marier, et de le marier à une jeune fille noble. Mon père et ma mère ont partagé pour mon compte la pensée de leur voisin dès que le vieillard leur eut annoncé son intention de prendre Renée de Maucombe sans dot, et de lui reconnaître au contrat toute la somme qui doit revenir à ladite Renée dans leurs successions. Dès sa majorité, mon frère cadet, Jean de Maucombe, a reconnu avoir reçu de ses parents un avancement d'hoirie[1] équivalant au tiers de l'héritage. Voilà comment les familles nobles de la Provence éludent[2] l'infâme Code civil[3] du sieur de Buonaparte, qui fera mettre au couvent autant de filles nobles qu'il en a fait marier. La noblesse française est, d'après le peu que j'ai entendu dire à ce sujet, très divisée sur ces graves matières.

Ce dîner, ma chère mignonne, était une entrevue entre ta biche et l'exilé. Procédons par ordre. Les gens du comte de Maucombe se sont revêtus de leurs vieilles livrées galonnées[4], de leurs chapeaux bordés : le cocher a pris ses grandes bottes à chaudron[5], nous avons tenu cinq dans le vieux carrosse, et nous sommes arrivés en

1. **Hoirie** : héritage, succession.
2. **Éludent** : se dérobent à, évitent.
3. **Code civil** : recueil de lois, adoptées en 1804, sous Napoléon Ier, afin de préciser les droits des individus dans la société. Ce code impose notamment l'égalité des droits à la succession paternelle, à laquelle Honoré de Balzac est opposé, considérant qu'elle tend à appauvrir les familles (voir notes 1, p. 62 et p. 171).
4. **Livrées galonnées** : tenues des domestiques.
5. **Bottes à chaudron** : bottes hautes et évasées.

toute majesté vers deux heures, pour dîner à trois, à la bastide[1] où demeure le baron de l'Estorade. Le beau-père n'a point de château, mais une simple maison de campagne, située au pied d'une de nos collines, au débouché de notre belle vallée dont l'orgueil est certes le vieux castel[2] de Maucombe. Cette bastide est une bastide: quatre murailles de cailloux revêtues d'un ciment jaunâtre, couvertes de tuiles creuses d'un beau rouge. Les toits plient sous le poids de cette briqueterie[3]. Les fenêtres percées au travers sans aucune symétrie ont des volets énormes peints en jaune. Le jardin qui entoure cette habitation est un jardin de Provence, entouré de petits murs bâtis en gros cailloux ronds mis par couches, et où le génie du maçon éclate dans la manière dont il les dispose alternativement inclinés ou debout sur leur hauteur: la couche de boue qui les recouvre tombe par places. La tournure domaniale[4] de cette bastide vient d'une grille, à l'entrée, sur le chemin. On a longtemps pleuré pour avoir cette grille; elle est si maigre qu'elle m'a rappelé la sœur Angélique. La maison a un perron[5] en pierre, la porte est décorée d'un auvent[6] que ne voudrait pas un paysan de la Loire pour son élégante maison en pierre blanche à toiture bleue, où rit le soleil. Le jardin, les alentours sont horriblement poudreux, les arbres sont brûlés. On voit que, depuis longtemps, la vie du baron consiste à se lever, se coucher et se relever le lendemain sans nul souci que celui d'entasser sou sur sou. Il mange ce que mangent ses deux domestiques, qui sont un garçon provençal et la vieille femme de chambre de sa femme. Les pièces ont peu de mobilier. Cependant la maison de l'Estorade s'était mise en frais[7]. Elle avait

1. **Bastide**: petite maison de campagne.
2. **Castel**: petit château.
3. **Briqueterie**: assemblage de tuiles.
4. **Tournure domaniale**: allure de domaine.
5. **Perron**: escalier extérieur débouchant sur un palier.
6. **Auvent**: petit toit pour protéger de la pluie.
7. **S'était mise en frais**: avait fait des dépenses importantes.

vidé ses armoires, convoqué le ban et l'arrière-ban de ses serfs[1] pour ce dîner, qui nous a été servi dans une vieille argenterie noire et bosselée. L'exilé, ma chère mignonne, est comme la grille, bien maigre ! Il est pâle, il a souffert, il est taciturne[2]. À trente-sept ans, il a l'air d'en avoir cinquante. L'ébène de ses ex-beaux cheveux de jeune homme est mélangé de blanc comme l'aile d'une alouette. Ses beaux yeux bleus sont caves[3] ; il est un peu sourd, ce qui le fait ressembler au chevalier de la Triste Figure[4] ; néanmoins, j'ai consenti gracieusement à devenir madame de l'Estorade, à me laisser doter de deux cent cinquante mille livres, mais à la condition expresse d'être maîtresse d'arranger la bastide et d'y faire un parc. J'ai formellement exigé de mon père de me concéder une petite partie d'eau qui peut venir de Maucombe ici. Dans un mois, je serai madame de l'Estorade, car j'ai plu, ma chère. Après les neiges de la Sibérie, un homme est très disposé à trouver du mérite à ces yeux noirs qui, disais-tu, faisaient mûrir les fruits que je regardais. Louis de l'Estorade paraît excessivement heureux d'épouser *la belle Renée de Maucombe*, tel est le glorieux surnom de ton amie. Pendant que tu t'apprêtes à moissonner les joies de la plus vaste existence, celle d'une demoiselle de Chaulieu dans Paris où tu régneras, ta pauvre biche, Renée, cette fille du désert, est tombée de l'Empyrée[5] où nous nous élevions, dans les réalités vulgaires d'une destinée simple comme celle d'une pâquerette. Oui, je me suis juré à moi-même de consoler ce jeune homme sans jeunesse, qui a passé du giron maternel[6] à celui de la guerre, et des joies de sa bastide aux glaces et aux travaux de la Sibérie. L'uniformité de mes jours à venir

1. **Le ban et l'arrière-ban de ses serfs** : expression ironique empruntée au système médiéval, les serfs étant au service du seigneur. Pour faire honneur à Renée, on a convoqué le plus de serviteurs possible au dîner.
2. **Taciturne** : d'humeur triste et enclin au silence.
3. **Caves** : enfoncés.
4. **Chevalier de la Triste Figure** : périphrase qui désigne Don Quichotte, héros éponyme du roman de l'écrivain espagnol Miguel de Cervantès (1547-1616) paru de 1605 à 1615. Rendu fou par ses lectures, Don Quichotte se prend pour un chevalier.
5. **Empyrée** : espace céleste (sens propre), lieu imaginaire du bonheur (sens figuré).
6. **Giron maternel** : sein, protection (sens figuré).

sera variée par les humbles plaisirs de la campagne. Je continuerai l'oasis de la vallée de Gémenos autour de ma maison, qui sera majestueusement ombragée de beaux arbres. J'aurai des gazons toujours verts en Provence, je ferai monter mon parc jusque sur la colline, je placerai sur le point le plus élevé quelque joli kiosque d'où mes yeux pourront voir peut-être la brillante Méditerranée. L'oranger, le citronnier, les plus riches productions de la botanique embelliront ma retraite, et j'y serai mère de famille. Une poésie naturelle, indestructible, nous environnera. En restant fidèle à mes devoirs, aucun malheur n'est à redouter. Mes sentiments chrétiens sont partagés par mon beau-père et par le chevalier de l'Estorade. Ah ! mignonne, j'aperçois la vie comme un de ces grands chemins de France, unis et doux, ombragés d'arbres éternels. Il n'y aura pas deux Buonaparte en ce siècle[1] : je pourrai garder mes enfants si j'en ai, les élever, en faire des hommes, je jouirai de la vie par eux. Si tu ne manques pas à ta destinée, toi qui seras la femme de quelque puissant de la terre, les enfants de ta Renée auront une active protection. Adieu donc, pour moi du moins, les romans et les situations bizarres dont nous nous faisions les héroïnes. Je sais déjà par avance l'histoire de ma vie : ma vie sera traversée par les grands événements de la dentition de messieurs de l'Estorade, par leur nourriture, par les dégâts qu'ils feront dans mes massifs et dans ma personne : leur broder des bonnets, être aimée et admirée par un pauvre homme souffreteux[2], à l'entrée de la vallée de Gémenos, voilà mes plaisirs. Peut-être un jour la campagnarde ira-t-elle habiter Marseille pendant l'hiver ; mais alors elle n'apparaîtrait encore que sur le théâtre étroit de la province dont les coulisses ne sont point périlleuses. Je n'aurai rien à redouter, pas même une de ces admirations qui peuvent nous rendre fières. Nous nous intéresserons beaucoup aux vers à soie pour lesquels

---

1. **Ironie tragique** : il y aura bien deux Bonaparte à la tête de la France au XIXe siècle, Louis Napoléon Bonaparte (1808-1873) étant élu président de la IIe République en 1848, puis sacré empereur en 1852 sous le nom de Napoléon III.
2. **Souffreteux** : de santé délicate.

nous aurons des feuilles de mûrier à vendre. Nous connaîtrons les étranges vicissitudes[1] de la vie provençale et les tempêtes d'un ménage sans querelle possible : monsieur de l'Estorade annonce l'intention formelle de se laisser conduire par sa femme. Or, comme je ne ferai rien pour l'entretenir dans cette sagesse, il est probable qu'il y persistera. Tu seras, ma chère Louise, la partie romanesque de mon existence. Aussi raconte-moi bien tes aventures, peins-moi les bals, les fêtes, dis-moi bien comment tu t'habilles, quelles fleurs couronnent tes beaux cheveux blonds, et les paroles des hommes et leurs façons. Tu seras deux à écouter, à danser, à sentir le bout de tes doigts pressé. Je voudrais bien m'amuser à Paris, pendant que tu seras mère de famille à La Crampade, tel est le nom de notre bastide. Pauvre homme qui croit épouser une seule femme ! S'apercevra-t-il qu'elles sont deux ? Je commence à dire des folies. Comme je ne puis plus en faire que par procureur[2], je m'arrête. Donc, un baiser sur chacune de tes joues, mes lèvres sont encore celles de la jeune fille (il n'a osé prendre que ma main). Oh ! nous sommes d'un respectueux et d'une convenance assez inquiétants. Eh ! bien, je recommence. Adieu ! chère.

P.-S. J'ouvre ta troisième lettre. Ma chère, je puis disposer d'environ mille livres : emploie-les-moi donc en jolies choses qui ne se trouveront point dans les environs, ni même à Marseille. En courant pour toi-même, pense à ta recluse[3] de La Crampade. Songe que, ni d'un côté ni de l'autre, les grands-parents n'ont à Paris des gens de goût pour leurs acquisitions. Je répondrai plus tard à cette lettre.

1. **Vicissitudes** : épreuves.
2. **Par procureur** : grâce à un intermédiaire (Louise en l'occurrence).
3. **Recluse** : personne qui vit à l'écart du monde.

VI

DON FELIPE HENAREZ A DON FERNAND.

Paris, septembre.

La date de cette lettre vous dira, mon frère, que le chef de votre maison ne court aucun danger. Si le massacre de nos ancêtres dans la cour des Lions nous a faits malgré nous Espagnols et chrétiens, il nous a légué la prudence des Arabes; et peut-être ai-je dû mon salut au sang d'Abencérage[1] qui coule encore dans mes veines. La peur rendait Ferdinand si bon comédien que Valdez[2] croyait à ses protestations. Sans moi, ce pauvre amiral était perdu. Jamais les libéraux ne sauront ce qu'est un roi. Mais le caractère de ce Bourbon m'est connu depuis longtemps: plus Sa Majesté nous assurait de sa protection, plus elle éveillait ma défiance[3]. Un véritable Espagnol n'a nul besoin de répéter ses promesses. Qui parle trop veut tromper. Valdez a passé sur un bâtiment[4] anglais. Quant à moi, dès que les destinées de ma chère Espagne furent perdues en Andalousie, j'écrivis à l'intendant de mes biens en Sardaigne[5] de pourvoir à ma sûreté. D'habiles pêcheurs de corail m'attendaient avec une barque sur un point de la côte. Lorsque Ferdinand recommandait aux

---

1. Abencérage: tribu arabe établie en Espagne au VIIe siècle, dont les membres auraient presque tous été exterminés par une autre tribu, vers 1485, dans la cour des Lions du palais de l'Alhambra, à Grenade, en Espagne (➡ Image reproduite au verso de la couverture, en fin d'ouvrage).

2. Ferdinand VII (1784-1833): roi d'Espagne en 1808, puis de 1814 à 1833; **Valdez** (1767-1835): commandant de l'armée navale espagnole. Il gouverne la ville de Cadix, située dans le sud de l'Espagne, en Andalousie, et est membre des cortès de Cadix, une assemblée de libéraux opposés à la monarchie absolue.

3. De 1820 à 1823, le roi Ferdinand VII est contraint de partager le pouvoir avec les cortès de Cadix (voir note précédente). En 1823, l'armée française met en déroute celle des libéraux espagnols. Les cortès s'enfuient mais détiennent le roi. Ils négocient leur reddition en échange de la promesse de ce dernier de respecter la Constitution de Cadix. Ferdinand VII feint d'accepter, mais rétablit la monarchie absolue et lance de violentes représailles contre les libéraux.

4. A passé sur un bâtiment: a embarqué sur un navire (l'amiral Valdez s'est exilé en Angleterre pour échapper aux représailles du roi d'Espagne).

5. L'île appartient alors au duché de Savoie; elle ne dépend plus du royaume d'Espagne depuis 1713.

Français de s'assurer de ma personne[1], j'étais dans ma baronnie de Macumer, au milieu de bandits qui défient toutes les lois et toutes les vengeances. La dernière maison hispano-maure[2] de Grenade a retrouvé les déserts d'Afrique, et jusqu'au cheval sarrasin[3], dans un domaine qui lui vient des Sarrasins. Les yeux de ces bandits ont brillé d'une joie et d'un orgueil sauvages en apprenant qu'ils protégeaient contre la vendetta[4] du roi d'Espagne le duc de Soria leur maître, un Henarez enfin, le premier qui soit venu les visiter depuis le temps où l'île appartenait aux Maures, eux qui la veille craignaient ma justice ! Vingt-deux carabines se sont offertes à viser Ferdinand de Bourbon, ce fils d'une race encore inconnue au jour où les Abencérages arrivaient en vainqueurs aux bords de la Loire. Je croyais pouvoir vivre des revenus de ces immenses domaines, auxquels nous avons malheureusement si peu songé ; mais mon séjour m'a démontré mon erreur et la véracité des rapports de Queverdo. Le pauvre homme avait vingt-deux vies d'homme à mon service, et pas un réal[5] ; des savanes[6] de vingt mille arpents, et pas une maison ; des forêts vierges, et pas un meuble. Un million de piastres[7] et la présence du maître pendant un demi-siècle seraient nécessaires pour mettre en valeur ces terres magnifiques : j'y songerai. Les vaincus méditent pendant leur fuite et sur eux-mêmes et sur la partie perdue. En voyant ce beau cadavre rongé par les moines, mes yeux se sont baignés de larmes : j'y reconnaissais le triste avenir de l'Espagne. J'ai appris à Marseille la fin de Riego[8]. J'ai pensé douloureusement que ma vie aussi va se terminer par un martyre, mais obscur et long. Sera-ce donc exister que de ne

---

1. Formule ironique.
2. **Hispano-maure** : à la fois espagnole et maure, nom attribué aux peuples du nord de l'Afrique qui conquirent l'Espagne au cours du VIIIe siècle.
3. **Sarrasin** : maure (voir note précédente).
4. **Vendetta** : désir de vengeance.
5. **Réal** : ancienne monnaie d'Espagne.
6. **Savanes** : vastes prairies des régions tropicales (emploi métaphorique ici).
7. **Piastres** : pièces de monnaie.
8. **Rafael del Riego** (1785-1823) : général espagnol instigateur de l'insurrection de 1820-1823 (voir note 3, p. 51), capturé et exécuté sur ordre de Ferdinand VII.

pouvoir ni se consacrer à un pays, ni vivre pour une femme ! Aimer, conquérir, cette double face de la même idée était la loi gravée sur nos sabres, écrite en lettres d'or aux voûtes de nos palais, incessamment redite par les jets d'eau qui montaient en gerbes dans nos bassins de marbre. Mais cette loi fanatise inutilement mon cœur : le sabre est brisé, le palais est en cendres, la source vive est bue par des sables stériles.

Voici donc mon testament.

Don Fernand, vous allez comprendre pourquoi je bridais votre ardeur en vous ordonnant de rester fidèle au *rey netto*[1]. Comme ton frère et ton ami, je te supplie d'obéir ; comme votre maître, je vous le commande. Vous irez au roi, vous lui demanderez mes grandesses et mes biens, ma charge et mes titres ; il hésitera peut-être, il fera quelques grimaces royales ; mais vous lui direz que vous êtes aimé de Marie Heredia, et que Marie ne peut épouser que le duc de Soria. Vous le verrez alors tressaillant de joie : l'immense fortune des Heredia l'empêchait de consommer ma ruine ; elle lui paraîtra complète ainsi, vous aurez aussitôt ma dépouille. Vous épouserez Marie : j'avais surpris le secret de votre mutuel amour combattu. Aussi ai-je préparé le vieux comte à cette substitution. Marie et moi nous obéissions aux convenances et aux vœux de nos pères. Vous êtes beau comme un enfant de l'amour, je suis laid comme un grand d'Espagne ; vous êtes aimé, je suis l'objet d'une répugnance inavouée ; vous aurez bientôt vaincu le peu de résistance que mon malheur inspirera peut-être à cette noble Espagnole. Duc de Soria, votre prédécesseur ne veut ni vous coûter un regret ni vous priver d'un maravedi[2]. Comme les joyaux de Marie peuvent réparer le vide que les diamants de ma mère feront dans votre maison, vous m'enverrez ces diamants, qui suffiront pour assurer l'indépendance de ma vie, par ma nourrice, la vieille Urraca[3], la seule personne

1. ***Rey netto*** : roi absolu (espagnol) ; périphrase pour désigner Ferdinand VII.
2. **Maravedi** : petite monnaie de cuivre espagnole.
3. **Urraca** : prénom féminin espagnol.

que je veuille conserver des gens de ma maison : elle seule sait bien préparer mon chocolat.

Durant notre courte révolution, mes constants travaux avaient réduit ma vie au nécessaire, et les appointements[1] de ma place y pourvoyaient. Vous trouverez les revenus de ces deux dernières années entre les mains de votre intendant. Cette somme est à moi : le mariage d'un duc de Soria occasionne de grandes dépenses, nous la partagerons donc. Vous ne refuserez pas le présent de noces de votre frère le bandit. D'ailleurs, telle est ma volonté. La baronnie de Macumer n'étant pas sous la main du roi d'Espagne, elle me reste et me laisse la faculté d'avoir une patrie et un nom, si, par hasard, je voulais devenir quelque chose.

Dieu soit loué, voici les affaires finies, la maison de Soria est sauvée !

Au moment où je ne suis plus que baron de Macumer, les canons français annoncent l'entrée du duc d'Angoulême[2]. Vous comprendrez, monsieur, pourquoi j'interromps ici ma lettre…

Octobre.

En arrivant ici, je n'avais pas dix quadruples[3]. Un homme d'État n'est-il pas bien petit quand, au milieu des catastrophes qu'il n'a pas empêchées, il montre une prévoyance égoïste ? Aux Maures vaincus, un cheval et le désert ; aux chrétiens trompés dans leurs espérances, le couvent et quelques pièces d'or. Cependant ma résignation n'est encore que de la lassitude. Je ne suis point assez près du monastère pour ne pas songer à vivre. Ozalga m'avait, à tout hasard, donné des lettres de recommandation parmi lesquelles il s'en trouvait une pour un libraire qui est à nos compatriotes ce

1. **Appointements** : rémunération.
2. **Duc d'Angoulême** (1775-1844) : neveu de Louis XVIII, il commande l'expédition qui permet de rétablir le roi Ferdinand VII au pouvoir, en 1823.
3. **Quadruples** : anciennes pièces d'or d'Espagne.

que Galignani[1] est ici aux Anglais. Cet homme m'a procuré huit écoliers à trois francs par cachet[2]. Je vais chez mes élèves de deux jours l'un[3], j'ai donc quatre séances par jour et gagne douze francs, somme bien supérieure à mes besoins. À l'arrivée d'Urraca, je ferai le bonheur de quelque Espagnol proscrit[4] en lui cédant ma clientèle. Je suis logé rue Hillerin-Bertin[5] chez une pauvre veuve qui prend des pensionnaires. Ma chambre est au midi[6] et donne sur un petit jardin. Je n'entends aucun bruit, je vois de la verdure et ne dépense en tout qu'une piastre par jour ; je suis tout étonné des plaisirs calmes et purs que je goûte dans cette vie de Denys[7] à Corinthe. Depuis le lever du soleil jusqu'à dix heures, je fume et prends mon chocolat, assis à ma fenêtre, en regardant deux plantes espagnoles, un genêt qui s'élève entre les masses d'un jasmin : de l'or sur un fond blanc, une image qui fera toujours tressaillir un rejeton des Maures[8]. À dix heures, je me mets en route jusqu'à quatre heures pour donner mes leçons. À cette heure, je reviens dîner, je fume et lis après jusqu'à mon coucher. Je puis mener longtemps cette vie, que mélangent[9] le travail et la méditation, la solitude et le monde. Sois donc heureux, Fernand, mon abdication[10] est accomplie sans arrière-pensée ; elle n'est suivie d'aucun regret comme celle de

---

1. **Giovanni Galignani** (1757-1821) : libraire et éditeur italien ; il fonde une librairie et un journal anglais à Paris au début du XIXe siècle.
2. **Cachet** : leçon (l'élève remettait à son professeur une carte pour qu'il y mette sa marque afin de décompter les leçons).
3. **De deux jours l'un** : tous les deux jours.
4. **Proscrit** : hors la loi, fugitif.
5. **Rue Hillerin-Bertin** : partie de l'actuelle rue de Bellechasse, située dans le VIIe arrondissement de Paris.
6. **Au midi** : orientée vers le sud.
7. **Denys le jeune** (397-344 av. J.-C.) : tyran de la colonie grecque de Syracuse ; il aurait passé la dernière année de sa vie à Corinthe, enseignant et vivant dans une grande pauvreté.
8. Sous la Restauration, le drapeau de la monarchie française représentait des lys jaunes sur fond blanc. C'est ce drapeau qu'arbore l'expédition française menée en Espagne (voir note 2, p. 54).
9. **Que mélangent** : où alternent.
10. **Mon abdication** : la renonciation à mon titre (de duc de Soria).

Charles Quint[1], d'aucune envie de renouer la partie comme celle de Napoléon[2]. Cinq nuits et cinq jours ont passé sur mon testament, la pensée en a fait cinq siècles. Les grandesses, les titres, les biens sont pour moi comme s'ils n'eussent jamais été. Maintenant que la barrière du respect qui nous séparait est tombée, je puis, cher enfant, te laisser lire dans mon cœur. Ce cœur, que la gravité couvre d'une impénétrable armure, est plein de tendresses et de dévouements sans emploi ; mais aucune femme ne l'a deviné, pas même celle qui, dès le berceau, me fut destinée. Là est le secret de mon ardente vie politique. À défaut de maîtresse, j'ai adoré l'Espagne. L'Espagne aussi m'a échappé ! Maintenant que je ne suis plus rien, je puis contempler le *moi* détruit, me demander pourquoi la vie y est venue et quand elle s'en ira ? pourquoi la race chevaleresque par excellence a jeté dans son dernier rejeton ses premières vertus, son amour africain, sa chaude poésie ? si la graine doit conserver sa rugueuse enveloppe sans pousser de tige, sans effeuiller[3] ses parfums orientaux du haut d'un radieux calice[4] ? Quel crime ai-je commis avant de naître pour n'avoir inspiré d'amour à personne ? Dès ma naissance étais-je donc un vieux débris destiné à échouer sur une grève[5] aride ? Je retrouve en mon âme les déserts paternels, éclairés par un soleil qui les brûle sans y rien laisser croître. Reste orgueilleux d'une race déchue[6], force inutile, amour perdu, vieux jeune homme, j'attendrai donc où je suis, mieux que partout ailleurs, la dernière faveur de la mort. Hélas ! sous ce ciel brumeux, aucune étincelle ne ranimera la flamme dans toutes ces cendres. Aussi

---

1. **Charles Quint** (1500-1558) : roi très puissant, à la fois prince des Pays-Bas de 1516 à 1555, roi d'Espagne et de Sicile de 1516 à 1556 et empereur germanique de 1519 à 1556. Malade, il abdique à regret en 1555 et se retire dans un monastère.
2. Allusion au retour au pouvoir de Napoléon Ier durant l'année 1815 (voir note 2, p. 32).
3. **Effeuiller** : passer en revue.
4. **Calice** : enveloppe évasée, souvent verte, qui recouvre la partie inférieure de la fleur.
5. **Grève** : terrain plat constitué de sable et de pierres, situé en bordure d'un cours d'eau ou de la mer.
6. **Déchue** : qui a perdu son prestige.

pourrais-je dire pour dernier mot, comme Jésus-Christ : *Mon Dieu, tu m'as abandonné !*[1] Terrible parole que personne n'a osé sonder.

Juge, Fernand, combien je suis heureux de revivre en toi et en Marie ! je vous contemplerai désormais avec l'orgueil d'un créateur fier de son œuvre. Aimez-vous bien et toujours, ne me donnez pas de chagrins : un orage entre vous me ferait plus de mal qu'à vous-mêmes. Notre mère avait pressenti que les événements serviraient un jour ses espérances. Peut-être le désir d'une mère est-il un contrat passé entre elle et Dieu. N'était-elle pas d'ailleurs un de ces êtres mystérieux qui peuvent communiquer avec le ciel et qui en rapportent une vision de l'avenir ! Combien de fois n'ai-je pas lu dans les rides de son front qu'elle souhaitait à Fernand les honneurs et les biens de Felipe ! Je le lui disais, elle me répondait par deux larmes et me montrait les plaies d'un cœur qui nous était dû tout entier à l'un comme à l'autre, mais qu'un invincible amour donnait à toi seul. Aussi son ombre joyeuse planera-t-elle au-dessus de vos têtes quand vous les inclinerez à l'autel[2]. Viendrez-vous caresser enfin votre Felipe, dona Clara ? vous le voyez : il cède à votre bien-aimé jusqu'à la jeune fille que vous poussiez à regret sur ses genoux. Ce que je fais plaît aux femmes, aux morts, au roi, Dieu le voulait, n'y dérange donc rien, Fernand : obéis et tais-toi.

P.-S. Recommande à Urraca de ne pas me nommer autrement que monsieur Henarez. Ne dis pas un mot de moi à Marie. Tu dois être le seul être vivant qui sache les secrets du dernier Maure christianisé, dans les veines duquel mourra le sang de la grande famille née au désert, et qui va finir dans la solitude. Adieu.

---

1. Allusion aux paroles qu'aurait prononcées Jésus durant sa crucifixion (« Mon Dieu, mon Dieu, pourquoi m'as-Tu abandonné ? »), rapportées dans les Évangiles de Marc et de Matthieu et reprises dans le psaume 22 de la Bible.
2. Autel : dans la religion catholique, table sur laquelle le prêtre célèbre l'eucharistie, et devant laquelle sont sacrés les mariages.

VII

LOUISE DE CHAULIEU À RENÉE DE MAUCOMBE.

Janvier 1824.

Comment, bientôt mariée ! mais prend-on les gens ainsi ? Au bout d'un mois, tu te promets à un homme, sans le connaître, sans en rien savoir. Cet homme peut être sourd, on l'est de tant de manières ! il peut être maladif, ennuyeux, insupportable. Ne vois-tu pas, Renée, ce qu'on veut faire de toi ? tu leur es nécessaire pour continuer la glorieuse maison de l'Estorade, et voilà tout. Tu vas devenir une provinciale. Sont-ce là nos promesses mutuelles ? À votre place, j'aimerais mieux aller me promener aux îles d'Hyères[1] en caïque[2], jusqu'à ce qu'un corsaire algérien m'enlevât et me vendît au grand seigneur ; je deviendrais sultane, puis quelque jour validé[3] ; je mettrais le sérail[4] cen dessus dessous[5], et tant que je serais jeune et quand je serais vieille. Tu sors d'un couvent pour entrer dans un autre ! Je te connais, tu es lâche, tu vas entrer en ménage avec une soumission d'agneau. Je te donnerai des conseils, tu viendras à Paris, nous y ferons enrager les hommes et nous deviendrons des reines. Ton mari, ma belle biche, peut, dans trois ans d'ici, se faire nommer député. Je sais maintenant ce qu'est un député, je te l'expliquerai ; tu joueras très bien de cette machine[6], tu pourras demeurer à Paris et y devenir, comme dit ma mère, une femme à la mode. Oh ! je ne te laisserai certes pas dans ta bastide.

---

1. **Îles d'Hyères** : archipel français situé en mer Méditerranée.
2. **Caïque** : petit bateau à voiles qui accompagnait les galères.
3. **Validé** : titre que portait la mère du sultan régnant.
4. **Sérail** : palais du sultan.
5. **Cen dessus dessous** : sens dessus dessous, en grand désordre.
6. **Machine** : machination, procédé ingénieux.

Lundi.

Voilà quinze jours, ma chère, que je vis de la vie du monde : un soir aux Italiens[1], l'autre au grand Opéra[2], de là toujours au bal. Ah ! le monde est une féerie. La musique des Italiens me ravit, et pendant que mon âme nage dans un plaisir divin, je suis lorgnée, admirée ; mais, par un seul de mes regards, je fais baisser les yeux au plus hardi[3] jeune homme. J'ai vu là des jeunes gens charmants ; eh ! bien, pas un ne me plaît ; aucun ne m'a causé l'émotion que j'éprouve en entendant Garcia dans son magnifique duo avec Pellegrini dans *Otello*[4]. Mon Dieu ! combien ce Rossini doit être jaloux, pour avoir si bien exprimé la jalousie ? Quel cri que : *Il mio cor si divide*[5]. Je te parle grec[6], tu n'as pas entendu Garcia, mais tu sais combien je suis jalouse ! Quel triste dramaturge que Shakespeare ! Othello se prend de gloire, il remporte des victoires, il commande, il parade, il se promène en laissant Desdémone dans son coin, et Desdémone, qui le voit préférant à elle les stupidités de la vie publique, ne se fâche point ? cette brebis mérite la mort. Que celui que je daignerai aimer s'avise de faire autre chose que de m'aimer ! Moi, je suis pour les longues épreuves de l'ancienne chevalerie. Je regarde comme très impertinent et très sot ce paltoquet[7] de jeune seigneur qui a trouvé mauvais que sa souveraine l'envoyât chercher son gant au milieu des lions : elle lui réservait sans doute quelque belle fleur d'amour, et il l'a perdue après l'avoir méritée, l'insolent ! Mais je babille[8] comme si je n'avais pas de grandes nouvelles à

1. **Italiens** : ici, salle où se jouent des opéras italiens.
2. **Grand Opéra** : salle où se produit la compagnie de l'Opéra national de Paris.
3. **Hardi** : assuré, audacieux.
4. Opéra de Gioacchino Rossini (1792-1868) créé à Naples en 1816 et adapté de la tragédie *Othello* de William Shakespeare (1564-1616), jouée en 1604. Manuel Garcia y tenait le rôle d'Otello, et Felice Pellegrini celui d'Iago.
5. ***Il mio cor si divide*** : « mon cœur est partagé » (italien) ; Otello, pensant avoir été trahi par Desdémone, la femme qu'il aime, crie sa douleur à Iago dans ce duo central de l'opéra de Rossini.
6. **Je te parle grec** : on dirait aujourd'hui « je te parle chinois », c'est-à-dire une langue que tu ne peux pas comprendre.
7. **Paltoquet** : homme rustre, grossier.
8. **Babille** : tiens des propos sans importance.

t'apprendre ! Mon père va sans doute représenter le roi notre maître à Madrid : je dis notre maître, car je ferai partie de l'ambassade. Ma mère désire rester ici, mon père m'emmènera pour avoir une femme près de lui.

Ma chère, tu ne vois là rien que de simple, et néanmoins il y a là des choses monstrueuses : en quinze jours, j'ai découvert les secrets de la maison. Ma mère suivrait mon père à Madrid, s'il voulait prendre monsieur de Canalis[1] en qualité de secrétaire d'ambassade ; mais le roi désigne les secrétaires, le duc n'ose pas contrarier le roi qui est fort absolu, ni fâcher ma mère ; et ce grand politique croit avoir tranché les difficultés en laissant ici la duchesse. Monsieur de Canalis, le grand poète du jour, est le jeune homme qui cultive la société de ma mère, et qui étudie sans doute avec elle la diplomatie de trois heures à cinq heures. La diplomatie doit être une belle chose, car il est assidu comme un joueur à la Bourse. Monsieur le duc de Rhétoré, notre aîné, solennel, froid et fantasque, serait écrasé par son père à Madrid, il reste à Paris. Miss Griffith sait d'ailleurs qu'Alphonse aime une danseuse de l'Opéra. Comment peut-on aimer des jambes et des pirouettes[2] ? Nous avons remarqué que mon frère assiste aux représentations quand y danse Tullia, il applaudit les pas de cette créature et sort après. Je crois que deux filles dans une maison y font plus de ravages que n'en ferait la peste. Quant à mon second frère, il est à son régiment, je ne l'ai pas encore vu. Voilà comment je suis destinée à être l'Antigone[3] d'un ambassadeur de Sa Majesté. Peut-être me marierai-je en Espagne, et peut-être la pensée de mon père est-elle de m'y marier sans dot, absolument comme on te marie à ce reste de vieux garde d'honneur. Mon père m'a proposé de le suivre et m'a offert son maître d'espagnol. – « Vous voulez, lui ai-je dit, me

---

1. Personnage de *La Comédie humaine*.

2. Pirouettes : tours complets exécutés par un danseur ou une danseuse sur la pointe du pied.

3. Antigone : personnage de la mythologie grecque, fille d'Œdipe, mentionnée ici comme fille modèle (en opposition aux deux fils évoqués plus haut).

faire faire des mariages en Espagne ? » Il m'a, pour toute réponse, honorée d'un fin regard. Il aime depuis quelques jours à m'agacer au déjeuner, il m'étudie et je dissimule ; aussi l'ai-je, comme père et comme ambassadeur, *in petto*[1], cruellement mystifié[2]. Ne me prenait-il pas pour une sotte ? Il me demandait ce que je pensais de tel jeune homme et de quelques demoiselles avec lesquels je me suis trouvée dans plusieurs maisons. Je lui ai répondu par la plus stupide discussion sur la couleur des cheveux, sur la différence des tailles, sur la physionomie des jeunes gens. Mon père parut désappointé de me trouver si niaise, il se blâma intérieurement de m'avoir interrogée. « Cependant, mon père, ajoutai-je, je ne dis pas ce que je pense réellement : ma mère m'a dernièrement fait peur d'être inconvenante[3] en parlant de mes impressions. – En famille, vous pouvez vous expliquer sans crainte, répondit ma mère. – Eh ! bien, repris-je, les jeunes gens m'ont jusqu'à présent paru être plus intéressés qu'intéressants, plus occupés d'eux que de nous ; mais ils sont, à la vérité, très peu dissimulés : ils quittent à l'instant la physionomie qu'ils ont prise pour nous parler, et s'imaginent sans doute que nous ne savons point nous servir de nos yeux. L'homme qui nous parle est l'amant, l'homme qui ne nous parle plus est le mari. Quant aux jeunes personnes, elles sont si fausses qu'il est impossible de deviner leur caractère autrement que par celui de leur danse, il n'y a que leur taille et leurs mouvements qui ne mentent point. J'ai surtout été effrayée de la brutalité du beau monde. Quand il s'agit de souper, il se passe, toutes proportions gardées, des choses qui me donnent une image des émeutes populaires. La politesse cache très imparfaitement l'égoïsme général. Je me figurais le monde autrement. Les femmes y sont comptées

---

1. ***In petto***: « sans dire un mot » (italien).
2. **Mystifié**: trompé, berné.
3. **Inconvenante**: qui va à l'encontre de la bienséance et des convenances, des usages de la vie en société.

pour peu de chose, et peut-être est-ce un reste des doctrines[1] de Bonaparte. – Armande[2] fait d'étonnants progrès, a dit ma mère. – Ma mère, croyez-vous que je vous demanderai toujours si madame de Staël est morte ? » Mon père sourit et se leva.

Samedi.

Ma chère, je n'ai pas tout dit. Voici ce que je te réserve. L'amour que nous imaginions doit être bien profondément caché, je n'en ai vu de trace nulle part. J'ai bien surpris quelques regards rapidement échangés dans les salons[3] ; mais quelle pâleur ! Notre amour, ce monde de merveilles, de beaux songes, de réalités délicieuses, de plaisirs et de douleurs se répondant, ces sourires qui éclairent la nature, ces paroles qui ravissent, ce bonheur toujours donné, toujours reçu, ces tristesses causées par l'éloignement et ces joies que prodigue la présence de l'être aimé !… de tout cela, rien. Où toutes ces splendides fleurs de l'âme naissent-elles ? Qui ment ? nous ou le monde. J'ai déjà vu des jeunes gens, des hommes par centaines, et pas un ne m'a causé la moindre émotion ; ils m'auraient témoigné admiration et dévouement, ils se seraient battus, j'aurais tout regardé d'un œil insensible. L'amour, ma chère, comporte un phénomène si rare, qu'on peut vivre toute sa vie sans rencontrer l'être à qui la nature a departi[4] le pouvoir de nous rendre heureuses. Cette réflexion fait frémir, car si cet être se rencontre tard, qu'en dis-tu ?

Depuis quelques jours je commence à m'épouvanter de notre destinée, à comprendre pourquoi tant de femmes ont des visages attristés sous la couche de vermillon[5] qu'y mettent les fausses joies d'une fête. On se marie au hasard, et tu te maries ainsi. Des ouragans de pensées ont passé dans mon âme. Être aimée tous les

1. **Doctrines** : croyances donnant lieu à un système de règles de conduite (dans le Code civil, Napoléon impose la soumission juridique de la femme à son époux).
2. Deuxième prénom de Louise.
3. **Salons** : lieux de réunions mondaines et, par extension, ensemble des personnes participant à ces rencontres.
4. **Departi** : attribué.
5. **Vermillon** : fard à joues rouge.

jours de la même manière et néanmoins diversement, être aimée autant après dix ans de bonheur que le premier jour ! Un pareil amour veut[1] des années : il faut s'être laissé désirer pendant bien du temps, avoir éveillé bien des curiosités et les satisfaire, avoir excité bien des sympathies et y répondre. Y a-t-il donc des lois pour les créations du cœur, comme pour les créations visibles de la nature ? L'allégresse se soutient-elle[2] ? Dans quelle proportion l'amour doit-il mélanger ses larmes et ses plaisirs ? Les froides combinaisons de la vie funèbre, égale[3], permanente du couvent, m'ont alors semblé possibles ; tandis que les richesses, les magnificences, les pleurs, les délices, les fêtes, les joies, les plaisirs de l'amour égal, partagé, permis, m'ont semblé l'impossible. Je ne vois point de place dans cette ville aux douceurs de l'amour, à ses saintes promenades sous des charmilles[4], au clair de la pleine lune, quand elle fait briller les eaux et qu'on résiste à des prières. Riche, jeune et belle, je n'ai qu'à aimer, l'amour peut devenir ma vie, ma seule occupation ; or, depuis trois mois que je vais, que je viens avec une impatiente curiosité, je n'ai rien rencontré parmi ces regards brillants, avides, éveillés. Aucune voix ne m'a émue, aucun regard ne m'a illuminé ce monde. La musique seule a rempli mon âme, elle seule a été pour moi ce qu'est notre amitié. Je suis restée quelquefois pendant une heure, la nuit, à ma fenêtre, regardant le jardin, appelant des événements, les demandant à la source inconnue d'où ils sortent. Je suis quelquefois partie en voiture allant me promener, mettant pied à terre dans les Champs-Élysées en imaginant qu'un homme, que celui qui réveillera mon âme engourdie, arrivera, me suivra, me regardera ; mais, ces jours-là, j'ai vu des saltimbanques[5], des marchands de pain d'épice et des faiseurs de tours, des passants pressés d'aller à leurs affaires, ou des amoureux qui fuyaient tous les

1. **Veut** : nécessite.
2. **L'allégresse se soutient-elle** : la joie se maintient-elle, dure-t-elle.
3. **Égale** : sans surprise.
4. **Charmilles** : petits arbres (charmes) taillés.
5. **Saltimbanques** : comédiens ambulants.

regards, et j'étais tentée de les arrêter et de leur dire : Vous qui êtes heureux, dites-moi ce que c'est que l'amour ? Mais je rentrais ces folles pensées, je remontais en voiture, et je me promettais de demeurer vieille fille[1]. L'amour est certainement une incarnation[2], et quelles conditions ne faut-il pas pour qu'elle ait lieu ! Nous ne sommes pas certaines d'être toujours bien d'accord avec nous-mêmes, que sera-ce à deux ? Dieu seul peut résoudre ce problème. Je commence à croire que je retournerai au couvent. Si je reste dans le monde, j'y ferai des choses qui ressembleront à des sottises, car il m'est impossible d'accepter ce que je vois. Tout blesse mes délicatesses, les mœurs de mon âme, ou mes secrètes pensées. Ah ! ma mère est la femme la plus heureuse du monde, elle est adorée par son grand petit Canalis. Mon ange, il me prend d'horribles fantaisies de savoir ce qui se passe entre ma mère et ce jeune homme. Griffith a, dit-elle, eu toutes ces idées ; elle a eu envie de sauter au visage des femmes qu'elle voyait heureuses ; elle les a dénigrées, déchirées. Selon elle, la vertu consiste à enterrer toutes ces sauvageries-là dans le fond de son cœur. Qu'est-ce donc que le fond du cœur ? un entrepôt de tout ce que nous avons de mauvais. Je suis très humiliée de ne pas avoir rencontré d'adorateur. Je suis une fille à marier, mais j'ai des frères, une famille, des parents chatouilleux[3]. Ah ! si telle était la raison de la retenue des hommes, ils seraient bien lâches. Le rôle de Chimène, dans le *Cid*[4], et celui du Cid me ravissent. Quelle admirable pièce de théâtre ! Allons, adieu.

---

1. **Vieille fille** : célibataire.
2. **Incarnation** : union parfaite de deux personnes. Le terme renvoie à un concept chrétien : l'Incarnation du Christ, qui réunit en lui une nature humaine et une nature divine.
3. **Chatouilleux** : irritables, susceptibles.
4. Pièce de théâtre de Pierre Corneille (1606-1684), jouée en 1637, dans laquelle Rodrigue, dit « le Cid », aime Chimène mais ne peut prétendre à son amour après avoir tué son père lors d'un duel.

VIII

LA MÊME À LA MÊME.

Janvier.

Nous avons pour maître[1] un pauvre réfugié forcé de se cacher à cause de sa participation à la révolution que le duc d'Angoulême est allé vaincre ; succès auquel nous avons dû de belles fêtes. Quoique libéral[2] et sans doute bourgeois[3], cet homme m'a intéressée : je me suis imaginé qu'il était condamné à mort. Je le fais causer pour savoir son secret, mais il est d'une taciturnité castillane[4], fier comme s'il était Gonzalve de Cordoue[5], et néanmoins d'une douceur et d'une patience angéliques ; sa fierté n'est pas montée comme celle de miss Griffith, elle est tout intérieure ; il se fait rendre ce qui lui est dû en nous rendant ses devoirs, et nous écarte de lui par le respect qu'il nous témoigne. Mon père prétend qu'il y a beaucoup du grand seigneur chez le sieur Henarez, qu'il nomme entre nous Don Henarez par plaisanterie. Quand je me suis permis de l'appeler ainsi, il y a quelques jours, cet homme a relevé sur moi ses yeux, qu'il tient ordinairement baissés, et m'a lancé deux éclairs qui m'ont interdite[6] ; ma chère, il a, certes, les plus beaux yeux du monde. Je lui ai demandé si je l'avais fâché en quelque chose, et il m'a dit alors dans sa sublime et grandiose langue espagnole : – Mademoiselle, je ne viens ici que pour vous apprendre l'espagnol. Je me suis sentie humiliée, j'ai rougi ; j'allais lui répliquer par quelque bonne impertinence, quand je me suis souvenue de ce que

1. **Maître** : professeur (ici, d'espagnol) à domicile.
2. **Libéral** : favorable au libéralisme, doctrine politique qui prône l'extension des libertés individuelles contre l'autorité d'un gouvernement.
3. **Bourgeois** : classe sociale bénéficiant d'une situation aisée grâce au commerce notamment, par opposition aux nobles, dont le statut est lié à la naissance.
4. **Taciturnité castillane** : caractère silencieux qu'on prête aux Castillans, habitants du nord de l'Espagne.
5. **Gonzalve de Cordoue** (1453-1515) : général espagnol surnommé « le Grand Capitaine » en raison de ses nombreux succès militaires.
6. **Interdite** : fortement troublée.

nous disait notre chère mère en Dieu[1], et alors je lui ai répondu: – Si vous aviez à me reprendre en quoi que ce soit, je deviendrais votre obligée[2]. Il a tressailli, le sang a coloré son teint olivâtre, il m'a répondu d'une voix doucement émue: – La religion a dû vous enseigner mieux que je ne saurais le faire à respecter les grandes infortunes. Si j'étais Don[3] en Espagne, et que j'eusse tout perdu au triomphe de Ferdinand VII, votre plaisanterie serait une cruauté, mais si je ne suis qu'un pauvre maître de langue, n'est-ce pas une atroce raillerie? Ni l'une ni l'autre ne sont dignes d'une jeune fille noble. Je lui ai pris la main en lui disant: – J'invoquerai donc aussi la religion pour vous prier d'oublier mon tort. Il a baissé la tête, a ouvert mon *Don Quichotte*[4], et s'est assis. Ce petit incident m'a causé plus de trouble que tous les compliments, les regards et les phrases que j'ai recueillis pendant la soirée où j'ai été le plus courtisée. Durant la leçon, je regardais avec attention cet homme qui se laissait examiner sans le savoir: il ne lève jamais les yeux sur moi. J'ai découvert que notre maître, à qui nous donnions quarante ans, est jeune; il ne doit pas avoir plus de vingt-six à vingt-huit ans. Ma gouvernante, à qui je l'avais abandonné[5], m'a fait remarquer la beauté de ses cheveux noirs et celle de ses dents, qui sont comme des perles. Quant à ses yeux, c'est à la fois du velours et du feu. Voilà tout, il est d'ailleurs petit et laid. On nous avait dépeint les Espagnols comme étant peu propres; mais il est extrêmement soigné, ses mains sont plus blanches que son visage; il a le dos un peu voûté; sa tête est énorme et d'une forme bizarre; sa laideur assez spirituelle d'ailleurs, est aggravée par des marques de petite vérole[6] qui lui ont couturé le visage; son front est très proéminent[7],

1. **Mère en Dieu**: religieuse responsable du couvent.
2. **Obligée**: personne à qui on a rendu un service et qui nous est redevable.
3. **Don**: titre de noblesse espagnol.
4. Célèbre roman de l'écrivain espagnol Miguel de Cervantès (voir note 4, p. 48).
5. **À qui je l'avais abandonné**: avec qui je l'avais laissé seul quelques instants.
6. **Petite vérole**: maladie infectieuse, aussi nommée «variole», qui provoquait l'apparition de boutons.
7. **Proéminent**: bombé, saillant.

ses sourcils se rejoignent et sont trop épais, ils lui donnent un air dur qui repousse les âmes. Il a la figure rechignée[1] et maladive qui distingue les enfants destinés à mourir, et qui n'ont dû la vie qu'à des soins infinis, comme sœur Marthe. Enfin, comme le disait mon père, il a le masque amoindri du[2] cardinal de Ximénès[3]. Mon père ne l'aime point, il se sent gêné avec lui. Les manières de notre maître ont une dignité naturelle qui semble inquiéter le cher duc ; il ne peut souffrir la supériorité sous aucune forme auprès de lui. Dès que mon père saura l'espagnol, nous partirons pour Madrid. Deux jours après la leçon que j'avais reçue, quand Henarez est revenu, je lui ai dit, pour lui marquer une sorte de reconnaissance : « Je ne doute pas que vous n'ayez quitté l'Espagne à cause des événements politiques ; si mon père y est envoyé, comme on le dit, nous serons à même de vous y rendre quelques services et d'obtenir votre grâce au cas où vous seriez frappé par une condamnation. – Il n'est au pouvoir de personne de m'obliger[4], m'a-t-il répondu. – Comment, monsieur, lui ai-je dit, est-ce parce que vous ne voulez accepter aucune protection, ou par impossibilité ? – L'un et l'autre », m'a-t-il dit en s'inclinant et avec un accent qui m'a imposé silence. Le sang de mon père a grondé dans mes veines. Cette hauteur m'a révoltée, et j'ai laissé là le sieur Henarez. Cependant, ma chère, il y a quelque chose de beau à ne rien vouloir d'autrui. Il n'accepterait pas même notre amitié, pensais-je en conjuguant un verbe. Là, je me suis arrêtée, et je lui ai dit la pensée qui m'occupait, mais en espagnol. Le Henarez m'a répondu fort courtoisement qu'il fallait dans les sentiments une égalité qui ne s'y trouverait point et qu'alors cette question était inutile. – Entendez-vous l'égalité relativement à la réciprocité des sentiments ou à la différence des rangs ? ai-je demandé pour essayer de le faire sortir de sa gravité qui m'impatiente. Il a

1. **Rechignée** : maussade, mécontente.
2. **Le masque amoindri du** : l'expression du visage presque identique au.
3. **Cardinal de Ximénès** (1436-1517) : haut dignitaire catholique espagnol ; déterminé et sévère, il mène diverses réformes pour mieux cadrer la vie religieuse.
4. **M'obliger** : me rendre un service.

encore relevé ses redoutables yeux, et j'ai baissé les miens. Chère, cet homme est une énigme indéchiffrable. Il semblait me demander si mes paroles étaient une déclaration : il y avait dans son regard un bonheur, une fierté, une angoisse d'incertitude qui m'ont étreint le cœur. J'ai compris que ces coquetteries, qui sont en France estimées à leur valeur, prenaient une dangereuse signification avec un Espagnol, et je suis rentrée un peu sotte dans ma coquille. En finissant la leçon, il m'a saluée en me jetant un regard plein de prières humbles, et qui disait : Ne vous jouez pas d'un malheureux. Ce contraste subit avec ses façons graves et dignes m'a fait une vive impression. N'est-ce pas horrible à penser et à dire ? Il me semble qu'il y a des trésors d'affection dans cet homme.

IX

MADAME DE L'ESTORADE À MADEMOISELLE DE CHAULIEU.

Décembre.

Tout est dit et tout est fait, ma chère enfant, c'est madame de l'Estorade qui t'écrit : mais il n'y a rien de changé entre nous, il n'y a qu'une fille de moins. Sois tranquille, j'ai médité mon consentement, et ne l'ai pas donné follement[1]. Ma vie est maintenant déterminée. La certitude d'aller dans un chemin tracé convient également à mon esprit et à mon caractère. Une grande force morale a corrigé pour toujours ce que nous nommons les hasards de la vie. Nous avons des terres à faire valoir, une demeure à orner, à embellir ; j'ai un intérieur à conduire et à rendre aimable, un homme à réconcilier avec la vie. J'aurai sans doute une famille à soigner, des enfants à élever. Que veux-tu ! la vie ordinaire ne saurait être quelque chose de grand ni d'excessif. Certes, les immenses désirs qui étendent et l'âme et la pensée n'entrent pas dans ces combinaisons, en apparence du moins. Qui m'empêche de laisser voguer sur la mer de l'infini

1. **Follement** : sans y réfléchir.

les embarcations que nous y lancions ? Néanmoins, ne crois pas que les choses humbles auxquelles je me dévoue soient exemptes de passion. La tâche de faire croire au bonheur un pauvre homme qui a été le jouet des tempêtes est une belle œuvre, et peut suffire à modifier la monotonie de mon existence. Je n'ai point vu que je laissasse prise à la douleur, et j'ai vu du bien à faire. Entre nous, je n'aime pas Louis de l'Estorade de cet amour qui fait que le cœur bat quand on entend un pas, qui nous émeut profondément aux moindres sons de la voix, ou quand un regard de feu nous enveloppe ; mais il ne me déplaît point non plus. Que ferai-je, me diras-tu, de cet instinct des choses sublimes, de ces pensées fortes qui nous lient et qui sont en nous ? oui, voilà ce qui m'a préoccupée ; eh ! bien, n'est-ce pas une grande chose que de les cacher, que de les employer, à l'insu de tous, au bonheur de la famille, d'en faire les moyens de la félicité des êtres qui nous sont confiés et auxquels nous nous devons ? La saison[1] où ces facultés brillent est bien restreinte chez les femmes, elle sera bientôt passée ; et si ma vie n'aura pas été grande, elle aura été calme, unie et sans vicissitudes. Nous naissons avantagées, nous pouvons choisir entre l'amour et la maternité. Eh ! bien, j'ai choisi : je ferai mes dieux de mes enfants et mon Eldorado[2] de ce coin de terre. Voilà tout ce que je puis te dire aujourd'hui. Je te remercie de toutes les choses que tu m'as envoyées. Donne ton coup d'œil à mes commandes, dont la liste est jointe à cette lettre. Je veux vivre dans une atmosphère de luxe et d'élégance, et n'avoir de la province que ce qu'elle offre de délicieux. En restant dans la solitude, une femme ne peut jamais être provinciale, elle reste elle-même. Je compte beaucoup sur ton dévouement pour me tenir au courant de toutes les modes. Dans son enthousiasme mon beau-père ne me refuse rien et bouleverse sa maison. Nous faisons venir des ouvriers de Paris et nous modernisons tout.

---

1. **Saison** : ici, période de la vie.
2. **Eldorado** : « pays doré » (espagnol) ; pays imaginaire où rien ne manque.

X

MADEMOISELLE DE CHAULIEU À MADAME DE L'ESTORADE.

Janvier.

Ô Renée ! tu m'as attristée pour plusieurs jours. Ainsi, ce corps délicieux, ce beau et fier visage, ces manières naturellement élégantes, cette âme pleine de dons précieux, ces yeux où l'âme se désaltère comme à une vive source d'amour, ce cœur rempli de délicatesses exquises, cet esprit étendu, toutes ces facultés si rares, ces efforts de la nature et de notre mutuelle éducation, ces trésors d'où devaient sortir, pour la passion et pour le désir, des richesses uniques, des poèmes, des heures qui auraient valu des années, des plaisirs à rendre un homme esclave d'un seul mouvement gracieux, tout cela va se perdre dans les ennuis d'un mariage vulgaire[1] et commun, s'effacer dans le vide d'une vie qui te deviendra fastidieuse[2] ! Je hais d'avance les enfants que tu auras ; ils seront mal faits. Tout est prévu dans ta vie : tu n'as ni à espérer, ni à craindre, ni à souffrir. Et si tu rencontres, dans un jour de splendeur, un être qui te réveille du sommeil auquel tu vas te livrer ?... Ah ! j'ai eu froid dans le dos à cette pensée. Enfin, tu as une amie. Tu vas sans doute être l'esprit de cette vallée, tu t'initieras à ses beautés, tu vivras avec cette nature, tu te pénétreras de la grandeur des choses, de la lenteur avec laquelle procède la végétation, de la rapidité avec laquelle s'élance la pensée ; et quand tu regarderas tes riantes fleurs, tu feras des retours sur toi-même. Puis lorsque tu marcheras entre ton mari en avant et tes enfants en arrière glapissant, murmurant, jouant, l'autre muet et satisfait, je sais d'avance ce que tu m'écriras. Ta vallée fumeuse et ses collines ou arides ou garnies de beaux arbres, ta prairie si curieuse en Provence, ses eaux claires partagées en filets[3], les différentes teintes de la lumière, tout cet infini, varié par Dieu et qui t'entoure, te rappellera le monotone infini

1. **Vulgaire** : conventionnel, sans intérêt.
2. **Fastidieuse** : ennuyeuse.
3. **Filets** : écoulements d'eau continus et peu abondants.

de ton cœur. Mais enfin, je serai là, ma Renée, et tu trouveras une amie dont le cœur ne sera jamais atteint par la moindre petitesse sociale[1], un cœur tout à toi.

Lundi.

Ma chère, mon Espagnol est d'une admirable mélancolie : il y a chez lui je ne sais quoi de calme, d'austère, de digne, de profond qui m'intéresse au dernier point[2]. Cette solennité constante et le silence qui couvre cet homme ont quelque chose de provoquant pour l'âme. Il est muet et superbe[3] comme un roi déchu. Nous nous occupons de[4] lui, Griffith et moi, comme d'une énigme. Quelle bizarrerie ! un maître de langues obtient sur mon attention le triomphe qu'aucun homme n'a remporté, moi qui maintenant ai passé en revue tous les fils de famille, tous les attachés d'ambassade et les ambassadeurs, les généraux et les sous-lieutenants, les pairs de France[5], leurs fils et leurs neveux, la cour et la ville. La froideur de cet homme est irritante. Le plus profond orgueil remplit le désert qu'il essaie de mettre et qu'il met entre nous ; enfin, il s'enveloppe d'obscurité. C'est lui qui a de la coquetterie[6], et c'est moi qui ai de la hardiesse[7]. Cette étrangeté m'amuse d'autant plus que tout cela est sans conséquence. Qu'est-ce qu'un homme, un Espagnol et un maître de langues ? Je ne me sens pas le moindre respect pour quelque homme que ce soit, fût-ce un roi. Je trouve que nous valons mieux que tous les hommes, même les plus justement illustres. Oh ! comme j'aurais dominé Napoléon ! comme je lui aurais fait sentir, s'il m'eût aimée, qu'il était à ma discrétion[8] !

1. **Petitesse sociale** : condescendance, mépris.
2. **Au dernier point** : au plus haut point, beaucoup.
3. **Superbe** : majestueux.
4. **Occupons de** : intéressons à.
5. **Pairs de France** : membres de la Chambre des pairs, haute assemblée législative.
6. **Coquetterie** : ici, réserve, pudeur excessive.
7. **Qui ai de la hardiesse** : qui prends les initiatives.
8. **À ma discrétion** : soumis à mon bon vouloir.

Hier, j'ai lancé une épigramme[1] qui a dû atteindre maître Henarez au vif ; il n'a rien répondu, il avait fini sa leçon, il a pris son chapeau et m'a saluée en me jetant un regard qui me fait croire qu'il ne reviendra plus. Cela me va très fort : il y aurait quelque chose de sinistre à recommencer la *Nouvelle-Héloïse*[2] de Jean-Jacques Rousseau, que je viens de lire, et qui m'a fait prendre l'amour en haine. L'amour discuteur et phraseur me paraît insupportable. Clarisse est aussi par trop contente quand elle a écrit sa longue petite lettre[3] ; mais l'ouvrage de Richardson explique d'ailleurs, m'a dit mon père, admirablement les Anglaises. Celui de Rousseau me fait l'effet d'un sermon philosophique en lettres.

L'amour est, je crois, un poème entièrement personnel. Il n'y a rien qui ne soit à la fois vrai et faux dans tout ce que les auteurs nous en écrivent. En vérité, ma chère belle, comme tu ne peux plus me parler que d'amour conjugal, je crois, dans l'intérêt bien entendu de notre double existence, qu'il est nécessaire que je reste fille, et que j'aie quelque belle passion, pour que nous connaissions bien la vie. Raconte-moi très exactement tout ce qui t'arrivera, surtout dans les premiers jours, avec cet animal que je nomme un mari. Je te promets la même exactitude, si jamais je suis aimée. Adieu, pauvre chérie engloutie.

---

1. **Épigramme** : mot d'esprit, petite pique.
2. Roman épistolaire de Jean-Jacques Rousseau (1712-1778) paru en 1761, qui raconte une histoire d'amour impossible entre une jeune fille noble et son professeur particulier.
3. Allusion ironique à l'imposant roman épistolaire *Clarisse Harlowe* de l'auteur anglais Samuel Richardson (1689-1761), publié entre 1747 et 1748, et qui eut une grande influence morale au XVIIIe siècle. La belle et vertueuse héroïne Clarisse y est confrontée au mariage forcé et au viol.

XI

MADAME DE L'ESTORADE À MADEMOISELLE DE CHAULIEU.

À la Crampade.

Ton Espagnol et toi, vous me faites frémir, ma chère mignonne. Je t'écris ce peu de lignes pour te prier de le congédier. Tout ce que tu m'en dis se rapporte au caractère le plus dangereux de ceux de ces gens-là qui, n'ayant rien à perdre, risquent tout. Cet homme ne doit pas être ton amant et ne peut pas être ton mari. Je t'écrirai plus en détail sur les événements secrets de mon mariage, mais quand je n'aurai plus au cœur l'inquiétude que ta dernière lettre m'y a mise.

XII

DE MADEMOISELLE DE CHAULIEU
À MADAME DE L'ESTORADE.

Février.

Ma belle biche, ce matin à neuf heures, mon père s'est fait annoncer chez moi, j'étais levée et habillée ; je l'ai trouvé gravement assis au coin de mon feu dans mon salon, pensif au-delà de son habitude ; il m'a montré la bergère en face de lui, je l'ai compris, et m'y suis plongée avec une gravité qui le singeait[1] si bien, qu'il s'est pris à sourire, mais d'un sourire empreint d'une grave tristesse : « Vous êtes au moins aussi spirituelle que votre grand-mère, m'a-t-il dit. – Allons, mon père, ne soyez pas courtisan[2] ici, ai-je répondu, vous avez quelque chose à me demander ! » Il s'est levé dans une grande agitation, et m'a parlé pendant une demi-heure. Cette conversation, ma chère, mérite d'être conservée. Dès qu'il a été parti, je me suis mise à ma table en tâchant de rendre ses paroles. Voici la première fois que j'ai vu mon père déployant toute sa pensée. Il a commencé

1. **Singeait** : imitait.
2. **Courtisan** : personne qui cherche à s'attirer les faveurs par la flatterie.

par me flatter, il ne s'y est point mal pris ; je devais lui savoir bon gré[1] de m'avoir devinée et appréciée.

– Armande, m'a-t-il dit, vous m'avez étrangement trompé et agréablement surpris. À votre arrivée du couvent, je vous ai prise pour une jeune fille comme toutes les autres filles, sans grande portée, ignorante, de qui l'on pouvait avoir bon marché[2] avec des colifichets[3], une parure, et qui réfléchissent peu. – Merci, mon père, pour la jeunesse. – Oh ! il n'y a plus de jeunesse, dit-il en laissant échapper un geste d'homme d'État. Vous avez un esprit d'une étendue incroyable, vous jugez toute chose pour ce qu'elle vaut ; votre clairvoyance est extrême ; vous êtes très malicieuse : on croit que vous n'avez rien vu là où vous avez déjà les yeux sur la cause des effets que les autres examinent. Vous êtes un ministre en jupon ; il n'y a que vous qui puissiez m'entendre[4] ici ; il n'y a donc que vous-même à employer contre vous si l'on en veut obtenir quelque sacrifice. Aussi vais-je m'expliquer franchement sur les desseins que j'avais formés et dans lesquels je persiste. Pour vous les faire adopter, je dois vous démontrer qu'ils tiennent à des sentiments élevés. Je suis donc obligé d'entrer avec vous dans des considérations politiques du plus haut intérêt pour le royaume, et qui pourraient ennuyer toute autre personne que vous. Après m'avoir entendu, vous réfléchirez longtemps ; je vous donnerai six mois s'il le faut. Vous êtes votre maîtresse absolue ; et si vous vous refusez aux sacrifices que je vous demande, je subirai votre refus sans plus vous tourmenter.

À cet exorde[5], ma biche, je suis devenue réellement sérieuse, et je lui ai dit : – Parlez, mon père. Or, voici ce que l'homme d'État a prononcé : – Mon enfant, la France est dans une situation précaire qui n'est connue que du roi et de quelques esprits élevés ; mais le roi

1. **Lui savoir bon gré** : le remercier.
2. **De qui l'on pouvait avoir bon marché** : que l'on pouvait influencer aisément.
3. **Colifichets** : objets de décoration de peu de valeur.
4. **M'entendre** : me comprendre.
5. **Exorde** : introduction d'un discours.

est une tête sans bras; puis[1] les grands esprits qui sont dans le secret du danger n'ont aucune autorité sur les hommes à employer pour arriver à un résultat heureux. Ces hommes, vomis par l'élection populaire, ne veulent pas être des instruments. Quelque remarquables qu'ils soient, ils continuent l'œuvre de la destruction sociale, au lieu de nous aider à raffermir l'édifice. En deux mots, il n'y a plus que deux partis: celui de Marius et celui de Sylla[2]; je suis pour Sylla contre Marius. Voilà notre affaire en gros. En détail, la Révolution continue, elle est implantée dans la loi, elle est écrite sur le sol, elle est toujours dans les esprits: elle est d'autant plus formidable qu'elle paraît vaincue à la plupart de ces conseillers du trône qui ne lui voient ni soldats ni trésors. Le roi est un grand esprit, il y voit clair; mais de jour en jour gagné par les gens de son frère[3], qui veulent aller trop vite, il n'a pas deux ans à vivre, et ce moribond[4] arrange ses draps pour mourir tranquille. Sais-tu, mon enfant, quels sont les effets les plus destructifs de la Révolution? tu ne t'en douterais jamais. En coupant la tête à Louis XVI, la Révolution a coupé la tête à tous les pères de famille. Il n'y a plus de famille aujourd'hui, il n'y a plus que des individus. En voulant devenir une nation, les Français ont renoncé à être un empire. En proclamant l'égalité des droits à la succession paternelle, ils ont tué l'esprit de famille, ils ont créé le fisc[5]! Mais ils ont préparé la faiblesse des supériorités et la force aveugle de la masse, l'extinction des arts, le règne de l'intérêt personnel et frayé[6] les chemins à la conquête. Nous sommes entre deux systèmes: ou constituer l'État par la Famille, ou le constituer par l'intérêt personnel: la démocratie ou l'aristocratie, la discussion

1. **Puis**: de plus.
2. **Marius [...] Sylla**: généraux romains opposés en 88 av. J.-C. pour le contrôle de Rome, Marius étant pour le peuple et Sylla pour les aristocrates.
3. Le comte d'Artois, futur Charles X (1757-1836), accède au trône en 1824, à la mort de son frère. Il est le chef de file des ultraroyalistes, qui sous-estiment l'ancrage des réformes révolutionnaires et leur impact sur la société.
4. **Moribond**: personne sur le point de mourir.
5. **Fisc**: administration chargée du recouvrement des impôts.
6. **Frayé**: ouvert.

ou l'obéissance, le catholicisme ou l'indifférence religieuse, voilà la question en peu de mots. J'appartiens au petit nombre de ceux qui veulent résister à ce qu'on nomme le peuple, dans son intérêt bien compris. Il ne s'agit plus ni de droits féodaux[1], comme on le dit aux niais, ni de gentilhommerie[2], il s'agit de l'État, il s'agit de la vie de la France. Tout pays qui ne prend pas sa base dans le pouvoir paternel est sans existence assurée. Là commence l'échelle des responsabilités, et la subordination[3], qui monte jusqu'au roi. Le roi, c'est nous tous ! Mourir pour le roi, c'est mourir pour soi-même, pour sa famille, qui ne meurt pas plus que ne meurt le royaume. Chaque animal a son instinct, celui de l'homme est l'esprit de famille. Un pays est fort quand il se compose de familles riches, dont tous les membres sont intéressés à la défense du trésor commun : trésor d'argent, de gloire, de privilèges, de jouissances ; il est faible quand il se compose d'individus non solidaires, auxquels il importe peu d'obéir à sept hommes ou à un seul, à un Russe ou à un Corse, pourvu que chaque individu garde son champ ; et ce malheureux égoïste ne voit pas qu'un jour on le lui ôtera. Nous allons à un état de choses horrible, en cas d'insuccès. Il n'y aura plus que des lois pénales ou fiscales[4], la bourse ou la vie. Le pays le plus généreux de la terre ne sera plus conduit par les sentiments. On y aura développé, soigné des plaies incurables. D'abord une jalousie universelle : les classes supérieures seront confondues, on prendra l'égalité des désirs pour l'égalité des forces ; les vraies supériorités reconnues, constatées, seront envahies par les flots de la bourgeoisie. On pouvait choisir un homme entre mille, on ne peut rien trouver entre trois millions d'ambitions pareilles, vêtues de la même livrée, celle de la médiocrité. Cette masse triomphante

1. **Féodaux** : dus à un seigneur par les vassaux résidant sur ses terres (assistance à la guerre, à la justice et paiement d'impôts). Ces droits ont été abolis lors de la Révolution française.
2. **Gentilhommerie** : caractère noble du comportement.
3. **Subordination** : soumission à l'autorité, organisation hiérarchisée.
4. **Pénales ou fiscales** : relatives aux délits ou à la gestion de l'argent.

ne s'apercevra pas qu'elle aura contre elle une autre masse terrible, celle des paysans possesseurs : vingt millions d'arpents[1] de terre vivant, marchant, raisonnant, n'entendant à[2] rien, voulant toujours plus, barricadant tout, disposant de la force brutale…

– Mais, dis-je en interrompant mon père, que puis-je faire pour l'État ? Je ne me sens aucune disposition à être la Jeanne d'Arc[3] des Familles[4] et à périr à petit feu sur le bûcher d'un couvent – Vous êtes une petite peste, me dit mon père. Si je vous parle raison, vous me répondez par des plaisanteries quand je plaisante, vous me parlez comme si vous étiez ambassadeur. – L'amour vit de contrastes, lui ai-je dit. Et il a ri aux larmes. – Vous penserez à ce que je viens de vous expliquer ; vous remarquerez combien il y a de confiance et de grandeur à vous parler comme je viens de le faire, et peut-être les événements aideront-ils mes projets. Je sais que, quant à vous, ces projets sont blessants, iniques[5], aussi demandé-je leur sanction[6] moins à votre cœur et à votre imagination qu'à votre raison, je vous ai reconnu plus de raison et de sens que je n'en ai vu à qui que ce soit… – Vous vous flattez, lui ai-je dit en souriant, car je suis bien votre fille ! – Enfin, reprit-il, je ne saurais être inconséquent[7]. Qui veut la fin veut les moyens, et nous devons l'exemple à tous. Donc, vous ne devez pas avoir de fortune tant que celle de votre frère cadet ne sera pas assurée, et je veux employer tous vos capitaux[8] à lui constituer un majorât[9]. – Mais, repris-je, vous ne me défendez pas

1. **Arpents** : ancienne mesure de surface (voir note 6, p. 17) ; le terme est employé ici pour désigner les paysans à travers les terres qu'ils possèdent (métonymie).
2. **N'entendant à** : n'acceptant.
3. **Jeanne d'Arc** (1412-1431) : jeune paysanne qui prend la tête d'une petite armée pour repousser les Anglais de France entre 1428 et 1430. Capturée par les Anglais, elle meurt sur le bûcher.
4. **Des Familles** : d'aujourd'hui, de chez nous (la majuscule initiale renforce l'ironie de la comparaison à Jeanne d'Arc).
5. **Iniques** : injustes.
6. **Sanction** : approbation.
7. **Être inconséquent** : manquer de fidélité à ses convictions.
8. **Capitaux** : moyens financiers.
9. **Majorât** : jusqu'en 1849, héritage en biens immobiliers transmis au fils aîné (ici, au cadet).

de vivre à ma guise et d'être heureuse en vous laissant ma fortune? – Ah! pourvu, répondit-il, que la vie comme vous l'entendrez ne nuise en rien à l'honneur, à la considération, et je puis ajouter à la gloire de votre famille. – Allons, m'écriai-je, vous me destituez bien promptement de ma raison supérieure. – Nous ne trouverons pas en France, dit-il avec amertume, d'homme qui veuille pour femme une jeune fille de la plus haute noblesse sans dot et qui lui en reconnaisse une. Si ce mari se rencontrait, il appartiendrait à la classe des bourgeois parvenus[1] : je suis, sous ce rapport, du onzième siècle[2]. – Et moi aussi, lui ai-je dit. Mais pourquoi me désespérer? n'y a-t-il pas de vieux pairs de France? – Vous êtes bien avancée, Louise! s'est-il écrié. Puis il m'a quittée en souriant et me baisant la main.

J'avais reçu ta lettre le matin même, et elle m'avait fait songer précisément à l'abîme où tu prétends que je pourrais tomber. Il m'a semblé qu'une voix me criait en moi-même: tu y tomberas! J'ai donc pris mes précautions. Henarez ose me regarder, ma chère, et ses yeux me troublent, ils me produisent une sensation que je ne puis comparer qu'à celle d'une terreur profonde. On ne doit pas plus regarder cet homme qu'on ne regarde un crapaud, il est laid et fascinateur. Voici deux jours que je délibère avec moi-même si je dirai nettement à mon père que je ne veux plus apprendre l'espagnol, et faire congédier cet Henarez; mais après mes résolutions viriles, je me sens le besoin d'être remuée par l'horrible sensation que j'éprouve en voyant cet homme, et je dis: encore une fois, et après je parlerai. Ma chère, sa voix est d'une douceur pénétrante, il parle comme la Fodor[3] chante. Ses manières sont simples et sans la moindre affectation[4]. Et quelles belles dents! Tout à l'heure, en

1. **Parvenus**: qui ont acquis une position sociale importante sans maîtriser les codes, les manières, de la haute société.

2. **Je suis […] du onzième siècle**: je privilégie la noblesse d'épée, celle des croisades, dont les origines remontent au XIe siècle, plutôt que la noblesse d'Empire, les anoblissements du XIXe siècle étant simplement honorifiques.

3. **Joséphine Fodor** (vers 1789-1870): chanteuse d'opéra française.

4. **Affectation**: attitude qui manque de naturel et de sincérité.

me quittant, il a cru remarquer combien il m'intéresse, et il a fait le geste, très respectueux d'ailleurs, de me prendre la main pour me la baiser ; mais il l'a réprimé comme effrayé de sa hardiesse et de la distance qu'il allait franchir. Malgré le peu qu'il en a paru, je l'ai deviné ; j'ai souri, car rien n'est plus attendrissant que de voir l'élan d'une nature inférieure qui se replie ainsi sur elle-même. Il y a tant d'audace dans l'amour d'un bourgeois pour une fille noble ! Mon sourire l'a enhardi, le pauvre homme a cherché son chapeau sans le voir, il ne voulait pas le trouver, et je le lui ai gravement apporté. Des larmes contenues humectaient ses yeux. Il y avait un monde de choses et de pensées dans ce moment si court. Nous nous comprenions si bien, qu'en ce moment je lui tendis ma main à baiser. Peut-être était-ce lui dire que l'amour pouvait combler l'espace qui nous sépare. Eh ! bien, je ne sais ce qui m'a fait mouvoir : Griffith a tourné le dos, je lui ai tendu fièrement ma patte blanche, et j'ai senti le feu de ses lèvres tempéré par deux grosses larmes. Ah ! mon ange, je suis restée sans force dans mon fauteuil, pensive, j'étais heureuse, et il m'est impossible d'expliquer comment ni pourquoi. Ce que j'ai senti, c'est la poésie. Mon abaissement, dont j'ai honte à cette heure, me semblait une grandeur : il m'avait fascinée, voilà mon excuse.

Vendredi.

Cet homme est vraiment très beau. Ses paroles sont élégantes, son esprit est d'une supériorité remarquable. Ma chère, il est fort et logique comme Bossuet[1] en m'expliquant le mécanisme non seulement de la langue espagnole, mais encore de la pensée humaine et de toutes les langues. Le français semble être sa langue maternelle. Comme je lui en témoignais mon étonnement, il me répondit qu'il était venu en France très jeune avec le roi d'Espagne, à Valençay[2].

1. **Jacques Bénigne Bossuet** (1627-1704) : homme d'Église et écrivain français ; grand orateur, il est connu en particulier pour ses sermons et oraisons funèbres.
2. **Valençay** : château du centre de la France, où Ferdinand VII (voir notes 2 et 3, p. 51) fut interné par Napoléon Ier après avoir été forcé d'abdiquer, en 1808.

Que s'est-il passé dans cette âme ? il n'est plus le même : il est venu vêtu simplement, mais absolument comme un grand seigneur sorti le matin à pied. Son esprit a brillé comme un phare durant cette leçon : il a déployé toute son éloquence. Comme un homme lassé qui retrouve ses forces, il m'a révélé toute une âme soigneusement cachée. Il m'a raconté l'histoire d'un pauvre diable de valet qui s'était fait tuer pour un seul regard d'une reine d'Espagne. – Il ne pouvait que mourir ! lui ai-je dit. Cette réponse lui a mis la joie au cœur, et son regard m'a véritablement épouvantée.

Le soir, je suis allée au bal chez la duchesse de Lenoncourt[1], le prince de Talleyrand[2] s'y trouvait. Je lui ai fait demander, par monsieur de Vandenesse[3], un charmant jeune homme, s'il y avait parmi ses hôtes en 1809, à sa terre, un Henarez. – Henarez est le nom maure de la famille de Soria, qui sont, disent-ils, des Abencérages convertis au christianisme. Le vieux duc et ses deux fils accompagnèrent le roi. L'aîné, le duc de Soria d'aujourd'hui, vient d'être dépouillé de tous ses biens, honneurs et grandesses par le roi Ferdinand, qui venge une vieille inimitié. Le duc a fait une faute immense en acceptant le ministère constitutionnel avec Valdez. Heureusement, il s'est sauvé de Cadix avant l'entrée de monseigneur le duc d'Angoulême, qui, malgré sa bonne volonté, ne l'aurait pas préservé de la colère du roi[4].

Cette réponse, que le vicomte de Vandenesse m'a rapportée textuellement, m'a donné beaucoup à penser. Je ne puis dire en quelles anxiétés j'ai passé le temps jusqu'à ma première leçon, qui a eu lieu ce matin. Pendant le premier quart d'heure de la leçon, je me suis demandé, en l'examinant, s'il était duc ou bourgeois, sans pouvoir y rien comprendre. Il semblait deviner mes pensées

---

1. Nom de naissance de madame de Mortsauf, personnage de *La Comédie humaine*.
2. Talleyrand, homme d'État et diplomate français (voir note 2, p. 25), est propriétaire du château de Valençay. Il est donc responsable de la garde de Ferdinand VII et de sa suite.
3. Voir note 7, p. 27.
4. Voir notes 2 et 3, p. 51.

à mesure qu'elles naissaient et se plaire à les contrarier. Enfin je n'y tins plus, je quittai brusquement mon livre en interrompant la traduction que j'en faisais à haute voix, je lui dis en espagnol: « Vous nous trompez, monsieur. Vous n'êtes pas un pauvre bourgeois libéral, vous êtes le duc de Soria? – Mademoiselle, répondit-il avec un mouvement de tristesse, malheureusement, je ne suis pas le duc de Soria. » Je compris tout ce qu'il mit de désespoir dans le mot malheureusement[1]. Ah! ma chère, il sera, certes, impossible à aucun homme de mettre autant de passion et de choses dans un seul mot. Il avait baissé les yeux, et n'osait plus me regarder. – Monsieur de Talleyrand, lui dis-je, chez qui vous avez passé les années d'exil, ne laisse d'autre alternative à un Henarez que celle d'être ou duc de Soria disgracié ou domestique. Il leva les yeux sur moi, et me montra deux brasiers noirs et brillants, deux yeux à la fois flamboyants et humiliés. Cet homme m'a paru être alors à la torture. – Mon père, dit-il, était en effet serviteur du roi d'Espagne. Griffith ne connaissait pas cette manière d'étudier. Nous faisions des silences inquiétants à chaque demande et à chaque réponse. – Enfin, lui dis-je, êtes-vous noble ou bourgeois? – Vous savez, mademoiselle, qu'en Espagne tout le monde, même les mendiants, sont nobles. Cette réserve m'impatienta. J'avais préparé depuis la dernière leçon un de ces amusements qui sourient à l'imagination. J'avais tracé dans une lettre le portrait idéal de l'homme par qui je voudrais être aimée, en me proposant de le lui donner à traduire. Jusqu'à présent j'ai traduit de l'espagnol en français, et non du français en espagnol; je lui en fis l'observation, et priai Griffith de me chercher la dernière lettre que j'avais reçue d'une de mes amies. Je verrai, pensai-je, à l'effet que lui fera mon programme, quel sang est dans ses veines. Je pris le papier des mains de Griffith en disant: – Voyons si j'ai bien copié? car tout était de mon écriture. Je lui tendis le papier ou si tu veux le piège, et je l'examinai pendant qu'il lisait ceci:

1. S'il était resté duc, Henarez aurait pu prétendre à épouser Louise.

« L'homme qui me plaira, ma chère, devra être rude et orgueilleux avec les hommes, mais doux avec les femmes. Son regard d'aigle saura réprimer instantanément tout ce qui peut ressembler au ridicule. Il aura un sourire de pitié pour ceux qui voudraient tourner en plaisanterie les choses sacrées, celles surtout qui constituent la poésie du cœur, et sans lesquelles la vie ne serait plus qu'une triste réalité. Je méprise profondément ceux qui voudraient nous ôter la source des idées religieuses, si fertiles en consolations. Aussi, ses croyances devront-elles avoir la simplicité de celles d'un enfant unie à la conviction inébranlable d'un homme d'esprit qui a approfondi ses raisons de croire. Son esprit, neuf, original, sera sans affectation ni parade : il ne peut rien dire qui soit de trop ou déplacé ; il lui serait aussi impossible d'ennuyer les autres que de s'ennuyer lui-même, car il aura dans son âme un fonds riche. Toutes ses pensées doivent être d'un genre noble, élevé, chevaleresque, sans aucun égoïsme. En toutes ses actions, on remarquera l'absence totale du calcul ou de l'intérêt. Ses défauts proviendront de l'étendue même de ses idées, qui seront au-dessus de son temps. En toute chose, je dois le trouver en avant de[1] son époque. Plein d'attentions délicates dues aux êtres faibles, il sera bon pour toutes les femmes, mais bien difficilement épris d'aucune : il regardera cette question comme beaucoup trop sérieuse pour en faire un jeu. Il se pourrait donc qu'il passât sa vie sans aimer véritablement, en montrant en lui toutes les qualités qui peuvent inspirer une passion profonde. Mais s'il trouve une fois son idéal de femme, celle entrevue dans ces songes qu'on fait les yeux ouverts ; s'il rencontre un être qui le comprenne, qui remplisse son âme et jette sur toute sa vie un rayon de bonheur, qui brille pour lui comme une étoile à travers les nuages de ce monde si sombre, si froid, si glacé ; qui donne un charme tout nouveau à son existence, et fasse vibrer en lui des cordes muettes jusque-là, je crois inutile de dire qu'il saura reconnaître et apprécier son bonheur. Aussi la rendra-t-il

1. **En avant de** : en avance sur.

parfaitement heureuse. Jamais, ni par un mot, ni par un regard, il ne froissera ce cœur aimant qui se sera remis en ses mains avec l'aveugle amour d'un enfant qui dort dans les bras de sa mère ; car si elle se réveillait jamais de ce doux rêve, elle aurait l'âme et le cœur à jamais déchirés : il lui serait impossible de s'embarquer sur cet océan sans y mettre tout son avenir.

« Cet homme aura nécessairement la physionomie, la tournure, la démarche, enfin la manière de faire les plus grandes comme les plus petites choses, des êtres supérieurs qui sont simples et sans apprêt. Il peut être laid ; mais ses mains seront belles ; il aura la lèvre supérieure légèrement relevée par un sourire ironique et dédaigneux pour les indifférents ; enfin il réservera pour ceux qu'il aime le rayon céleste et brillant de son regard plein d'âme. »

– Mademoiselle, me dit-il en espagnol et d'une voix profondément émue, veut-elle me permettre de garder ceci en mémoire d'elle ? Voici la dernière leçon que j'aurai l'honneur de lui donner, et celle que je reçois dans cet écrit peut devenir une règle éternelle de conduite. J'ai quitté l'Espagne en fugitif et sans argent ; mais, aujourd'hui, j'ai reçu de ma famille une somme qui suffit à mes besoins. J'aurai l'honneur de vous envoyer quelque pauvre Espagnol pour me remplacer. Il semblait ainsi me dire : – Assez joué comme cela. Il s'est levé par un mouvement d'une incroyable dignité, et m'a laissée confondue[1] de cette inouïe délicatesse chez les hommes de sa classe. Il est descendu, et a fait demander à parler à mon père. Au dîner, mon père me dit en souriant : « Louise, vous avez reçu des leçons d'espagnol d'un ex-ministre du roi d'Espagne et d'un condamné à mort. – Le duc de Soria ? lui dis-je. – Le duc ! me répondit mon père. Il ne l'est plus, il prend maintenant le titre de baron de Macumer, d'un fief qui lui reste en Sardaigne. Il me paraît assez original. – Ne flétrissez[2] pas de ce mot qui, chez vous, comporte toujours un peu de moquerie et de dédain, un homme

1. **Confondue** : troublée, déconcertée.
2. **Flétrissez** : ici, déshonorez (sens figuré).

qui vous vaut, lui dis-je, et qui, je crois, a une belle âme. – Baronne de Macumer ? s'écria mon père en me regardant d'un air moqueur. J'ai baissé les yeux par un mouvement de fierté. – Mais, dit ma mère, Henarez a dû se rencontrer sur le perron avec l'ambassadeur d'Espagne ? – Oui, a répondu mon père : l'ambassadeur m'a demandé si je conspirais contre le roi son maître ; mais il a salué l'ex-grand d'Espagne avec beaucoup de déférence[1], en se mettant à ses ordres. »

Ceci, ma chère madame de l'Estorade, s'est passé depuis quinze jours, et voilà quinze jours que je n'ai vu cet homme qui m'aime, car cet homme m'aime. Que fait-il ? Je voudrais être mouche, souris, moineau. Je voudrais pouvoir le voir, seul, chez lui, sans qu'il m'aperçût. Nous avons un homme à qui je puis dire : Allez mourir pour moi !... Et il est de caractère à y aller, je le crois du moins. Enfin, il y a dans Paris un homme à qui je pense, et dont le regard m'inonde intérieurement de lumière. Oh ! c'est un ennemi que je dois fouler aux pieds. Comment, il y aurait un homme sans lequel je ne pourrais vivre, qui me serait nécessaire ! Tu te maries et j'aime ! Au bout de quatre mois ces deux colombes qui s'élevaient si haut sont tombées dans les marais de la réalité.

Dimanche.

Hier, aux Italiens, je me suis sentie regardée, mes yeux ont été magiquement attirés par deux yeux de feu qui brillaient comme deux escarboucles[2] dans un coin obscur de l'orchestre. Henarez n'a pas détaché ses yeux de dessus moi. Le monstre a cherché la seule place d'où il pouvait me voir, et il y est. Je ne sais pas ce qu'il est en politique ; mais il a le génie de l'amour.

Voilà, belle Renée, à quel point nous en sommes[3],

a dit le grand Corneille.

---

1. **Déférence** : respect, considération.
2. **Escarboucles** : pierres précieuses rouge foncé, grenats.
3. Référence au vers « Voilà, belle Émilie, à quel point nous en sommes », de la tragédie *Cinna* de Pierre Corneille (1606-1684), jouée en 1640.

XIII

MADAME DE L'ESTORADE À MADEMOISELLE DE CHAULIEU.

À la Crampade, février.

Ma chère Louise, avant de t'écrire, j'ai dû attendre ; mais maintenant je sais bien des choses, ou, pour mieux dire, je les ai apprises, et je dois te les dire pour ton bonheur à venir. Il y a tant de différence entre une jeune fille et une femme mariée, que la jeune fille ne peut pas plus la concevoir que la femme mariée ne peut redevenir jeune fille. J'ai mieux aimé être mariée à Louis de l'Estorade que de retourner au couvent. Voilà qui est clair. Après avoir deviné que si je n'épousais pas Louis je retournerais au couvent, j'ai dû, en termes de jeune fille, me résigner. Résignée, je me suis mise à examiner ma situation afin d'en tirer le meilleur parti possible.

D'abord la gravité des engagements m'a investie de terreur. Le mariage se propose[1] la vie, tandis que l'amour ne se propose que le plaisir ; mais aussi le mariage subsiste quand les plaisirs ont disparu, et donne naissance à des intérêts bien plus chers que ceux de l'homme et de la femme qui s'unissent. Aussi peut-être ne faut-il, pour faire un mariage heureux, que cette amitié qui, en vue de ses douceurs, cède sur beaucoup d'imperfections humaines. Rien ne s'opposait à ce que j'eusse de l'amitié pour Louis de l'Estorade. Bien décidée à ne pas chercher dans le mariage les jouissances de l'amour auxquelles nous pensions si souvent et avec une si dangereuse exaltation, j'ai senti la plus douce tranquillité en moi-même. Si je n'ai pas l'amour, pourquoi ne pas chercher le bonheur ? me suis-je dit. D'ailleurs, je suis aimée, et je me laisserai aimer. Mon mariage ne sera pas une servitude, mais un commandement perpétuel. Quel inconvénient cet état de choses offrira-t-il à une femme qui veut rester maîtresse absolue d'elle-même ?

Ce point si grave d'avoir le mariage sans le mari fut réglé dans une conversation entre Louis et moi, dans laquelle il m'a découvert

1. **Se propose** : se donne pour objectif.

et l'excellence de son caractère et la douceur de son âme. Ma mignonne, je souhaitais beaucoup de rester dans cette belle saison d'espérance amoureuse qui, n'enfantant point de plaisir, laisse à l'âme sa virginité. Ne rien accorder au devoir, à la loi, ne dépendre que de soi-même, et garder son libre arbitre[1] ?... quelle douce et noble chose ! Ce contrat, opposé à celui des lois et au sacrement lui-même, ne pouvait se passer qu'entre Louis et moi. Cette difficulté, la première aperçue, est la seule qui ait fait traîner la conclusion de mon mariage. Si, dès l'abord, j'étais résolue à tout pour ne pas retourner au couvent, il est dans notre nature de demander le plus après avoir obtenu le moins ; et nous sommes, chère ange, de celles qui veulent tout. J'examinais mon Louis du coin de l'œil, et je me disais : le malheur l'a-t-il rendu bon ou méchant ? À force d'étudier, j'ai fini par découvrir que son amour allait jusqu'à la passion. Une fois arrivée à l'état d'idole, en le voyant pâlir et trembler au moindre regard froid, j'ai compris que je pouvais tout oser. Je l'ai naturellement emmené loin des parents, dans des promenades où j'ai prudemment interrogé son cœur. Je l'ai fait parler, je lui ai demandé compte de ses idées, de ses plans, de notre avenir. Mes questions annonçaient tant de réflexions préconçues et attaquaient si précisément les endroits faibles de cette horrible vie à deux, que Louis m'a depuis avoué qu'il était épouvanté d'une si savante virginité. Moi, j'écoutais ses réponses ; il s'y entortillait comme ces gens à qui la peur ôte tous leurs moyens ; j'ai fini par voir que le hasard me donnait un adversaire qui m'était d'autant plus inférieur qu'il devinait ce que tu nommes si orgueilleusement ma grande âme. Brisé par les malheurs et par la misère, il se regardait comme à peu près détruit, et se perdait en trois horribles craintes. D'abord, il a trente-sept ans, et j'en ai dix-sept ; il ne mesurait donc pas sans effroi les vingt ans de différence qui sont entre nous. Puis, il est convenu que je suis très belle ; et Louis, qui partage nos opinions à ce sujet, ne voyait pas sans une profonde douleur combien les souffrances

1. **Libre arbitre** : volonté libre, sans contrainte.

lui avaient enlevé de jeunesse. Enfin, il me sentait de beaucoup supérieure comme femme à lui comme homme. Mis en défiance de lui-même par ces trois infériorités visibles, il craignait de ne pas faire mon bonheur, et se voyait pris comme un pis-aller[1]. Sans la perspective du couvent, je ne l'épouserais point, me dit-il un soir timidement. – Ceci est vrai, lui répondis-je gravement. Ma chère amie, il me causa la première grande émotion de celles qui nous viennent des hommes. Je fus atteinte au cœur par les deux grosses larmes qui roulèrent dans ses yeux. – Louis, repris-je d'une voix consolante, il ne tient qu'à vous de faire de ce mariage de convenance un mariage auquel je puisse donner un consentement entier. Ce que je vais vous demander exige de votre part une abnégation beaucoup plus belle que le prétendu servage[2] de votre amour quand il est sincère. Pouvez-vous vous élever jusqu'à l'amitié comme je la comprends ? On n'a qu'un ami dans la vie, et je veux être le vôtre. L'amitié est le lien de deux âmes pareilles, unies par leur force, et néanmoins indépendantes. Soyons amis et associés pour porter la vie ensemble. Laissez-moi mon entière indépendance. Je ne vous défends pas de m'inspirer pour vous l'amour que vous dites avoir pour moi ; mais je ne veux être votre femme que de mon gré. Donnez-moi le désir de vous abandonner mon libre arbitre, et je vous le sacrifie aussitôt. Ainsi, je ne vous défends pas de passionner cette amitié, de la troubler par la voix de l'amour : je tâcherai, moi, que notre affection soit parfaite. Surtout, évitez-moi les ennuis que la situation assez bizarre où nous serons alors me donnerait au-dehors[3]. Je ne veux paraître ni capricieuse, ni prude, parce que je ne le suis point et vous crois assez honnête homme pour vous offrir de garder les apparences du mariage. Ma chère, je n'ai jamais vu d'homme heureux comme Louis l'a été de ma proposition ; ses yeux brillaient, le feu du bonheur y avait séché les larmes. – Songez, lui dis-je en terminant, qu'il n'y a rien de bizarre dans ce que je vous demande. Cette condition tient

1. **Pis-aller** : personne à laquelle on s'adresse en dernier recours, faute de mieux.
2. **Servage** : état de soumission totale (sens figuré).
3. **Au-dehors** : aux yeux des autres.

à mon immense désir d'avoir votre estime. Si vous ne me deviez[1] qu'au mariage, me sauriez-vous beaucoup de gré un jour d'avoir vu votre amour couronné par les formalités légales ou religieuses et non par moi ? Si, pendant que vous ne me plaisez point, mais en vous obéissant passivement, comme ma très honorée mère vient de me le recommander, j'avais un enfant, croyez-vous que j'aimerais cet enfant autant que celui qui serait fils d'un même vouloir ? S'il n'est pas indispensable de se plaire l'un à l'autre autant que se plaisent des amants, convenez, monsieur, qu'il est nécessaire de ne pas se déplaire. Eh ! bien, nous allons être placés dans une situation dangereuse : nous devons vivre à la campagne, ne faut-il pas songer à toute l'instabilité des passions ? Des gens sages ne peuvent-ils pas se prémunir[2] contre les malheurs du changement ? Il fut étrangement surpris de me trouver et si raisonnable et si raisonneuse ; mais il me fit une promesse solennelle après laquelle je lui pris la main et la lui serrai affectueusement.

Nous fûmes mariés à la fin de la semaine. Sûre de garder ma liberté, je mis alors beaucoup de gaieté dans les insipides détails de toutes les cérémonies : j'ai pu être moi-même, et peut-être ai-je passé pour une commère très délurée[3], pour employer les mots de Blois[4]. On a pris pour une maîtresse femme[5] une jeune fille charmée de la situation neuve et pleine de ressources où j'avais su me placer. Chère, j'avais aperçu, comme par une vision, toutes les difficultés de ma vie, et je voulais sincèrement faire le bonheur de cet homme. Or, dans la solitude où nous vivons, si une femme ne commande pas, le mariage devient insupportable en peu de temps. Une femme doit alors avoir les charmes d'une maîtresse et les qualités d'une épouse. Mettre de l'incertitude dans les plaisirs, n'est-ce pas prolonger l'illusion

1. **Si vous ne me deviez qu'au mariage** : si je ne vous étais dévouée que grâce à notre mariage.
2. **Se prémunir** : se protéger.
3. **Commère [...] délurée** : femme décidée, énergique et qui ne se laisse pas impressionner.
4. **De Blois** : employés au couvent de Blois, où vivaient Louise et Renée.
5. **Maîtresse femme** : femme résolue, qui impose le respect par son caractère.

et perpétuer les jouissances d'amour-propre auxquelles tiennent tant et avec tant de raison toutes les créatures? L'amour conjugal, comme je le conçois, revêt alors une femme d'espérance, la rend souveraine, et lui donne une force inépuisable, une chaleur de vie qui fait tout fleurir autour d'elle. Plus elle est maîtresse d'elle-même, plus sûre elle est de rendre l'amour et le bonheur viables. Mais j'ai surtout exigé que le plus profond mystère voilât nos arrangements intérieurs. L'homme subjugué par sa femme est justement couvert de ridicule. L'influence d'une femme doit être entièrement secrète: chez nous, en tout, la grâce, c'est le mystère. Si j'entreprends de relever ce caractère abattu[1], de restituer leur lustre à des qualités que j'ai entrevues, je veux que tout semble spontané chez Louis. Telle est la tâche assez belle que je me suis donnée et qui suffit à la gloire d'une femme. Je suis presque fière d'avoir un secret pour intéresser ma vie[2], un plan auquel je rapporterai mes efforts, et qui ne sera connu que de toi et de Dieu.

Maintenant je suis presque heureuse, et peut-être ne le serais-je pas entièrement si je ne pouvais le dire à une âme aimée, car le moyen de le lui dire à lui? Mon bonheur le froisserait, il a fallu le lui cacher. Il a, ma chère, une délicatesse de femme, comme tous les hommes qui ont beaucoup souffert. Pendant trois mois nous sommes restés comme nous étions avant le mariage. J'étudiai, comme bien tu penses, une foule de petites questions personnelles, auxquelles l'amour tient beaucoup plus qu'on ne le croit. Malgré ma froideur, cette âme enhardie s'est dépliée: j'ai vu ce visage changer d'expression et se rajeunir. L'élégance que j'introduisais dans la maison a jeté des reflets sur sa personne. Insensiblement je me suis habituée à lui, j'en ai fait un autre moi-même. À force de le voir, j'ai découvert la correspondance de son âme et de sa physionomie. La bête que nous nommons un mari, selon ton expression, a disparu. J'ai vu, par je ne sais quelle douce soirée, un amant dont

1. **Relever ce caractère abattu**: consoler cet homme triste.
2. **Intéresser ma vie**: donner de l'intérêt à ma vie.

les paroles m'allaient à l'âme, et sur le bras duquel je m'appuyais avec un plaisir indicible. Enfin, pour être vraie avec toi, comme je le serais avec Dieu, qu'on ne peut pas tromper, piquée[1] peut-être par l'admirable religion avec laquelle il tenait son serment, la curiosité s'est levée dans mon cœur. Très honteuse de moi-même, je me résistais. Hélas ! quand on ne résiste plus que par dignité, l'esprit a bientôt trouvé des transactions[2]. La fête[3] a donc été secrète comme entre deux amants, et secrète elle doit rester entre nous. Lorsque tu te marieras, tu approuveras ma discrétion. Sache cependant que rien n'a manqué de ce que veut l'amour le plus délicat, ni de cet imprévu qui est, en quelque sorte, l'honneur de ce moment-là : les grâces mystérieuses que nos imaginations lui demandent, l'entraînement qui excuse, le consentement arraché, les voluptés[4] idéales longtemps entrevues et qui nous subjuguent l'âme avant que nous nous laissions aller à la réalité, toutes les séductions y étaient avec leurs formes enchanteresses.

Je t'avoue que, malgré ces belles choses, j'ai de nouveau stipulé mon libre arbitre, et je ne veux pas t'en dire toutes les raisons. Tu seras certes la seule âme en qui je verserai cette demi-confidence. Même en appartenant à son mari, adoré ou non, je crois que nous perdrions beaucoup à ne pas cacher nos sentiments et le jugement que nous portons sur le mariage. La seule joie que j'ai eue, et qui a été céleste, vient de la certitude d'avoir rendu la vie à ce pauvre être avant de la donner à des enfants. Louis a repris sa jeunesse, sa force, sa gaieté. Ce n'est plus le même homme. J'ai, comme une fée, effacé jusqu'au souvenir des malheurs. J'ai métamorphosé Louis, il est devenu charmant. Sûr de me plaire, il déploie son esprit et révèle des qualités nouvelles. Être le principe[5] constant du bonheur d'un homme quand cet homme le sait et mêle de la

---

1. **Piquée** : blessée, vexée.
2. **Transactions** : compromis, arrangements.
3. **Fête** : Renée évoque ici à demi-mot la première relation sexuelle avec son mari.
4. **Voluptés** : plaisirs des sens.
5. **Principe** : cause.

reconnaissance à l'amour, ah! chère, cette certitude développe dans l'âme une force qui dépasse celle de l'amour le plus entier. Cette force impétueuse et durable, une et variée, enfante enfin la famille, cette belle œuvre des femmes, et que je conçois maintenant dans toute sa beauté féconde. Le vieux père n'est plus avare, il donne aveuglément tout ce que je désire. Les domestiques sont joyeux; il semble que la félicité de Louis ait rayonné dans cet intérieur, où je règne par l'amour. Le vieillard s'est mis en harmonie avec toutes les améliorations, il n'a pas voulu faire tache dans mon luxe; il a pris, pour me plaire, le costume, et avec le costume les manières du temps présent. Nous avons des chevaux anglais, un coupé[1], une calèche et un tilbury[2]. Nos domestiques ont une tenue simple, mais élégante. Aussi passons-nous pour des prodigues[3]. J'emploie mon intelligence (je ne ris pas) à tenir ma maison avec économie, à y donner le plus de jouissances pour la moindre somme possible. J'ai déjà démontré à Louis la nécessité de faire des chemins, afin de conquérir la réputation d'un homme occupé du bien de son pays. Je l'oblige à compléter son instruction. J'espère le voir bientôt membre du conseil général de son département par l'influence de ma famille et de celle de sa mère. Je lui ai déclaré tout net que j'étais ambitieuse, que je ne trouvais pas mauvais que son père continuât à soigner nos biens, à réaliser des économies, parce que je le voulais tout entier à la politique; si nous avions des enfants, je les voulais voir tous heureux et bien placés dans l'État; sous peine de perdre mon estime et mon affection, il devait devenir député du département aux prochaines élections: ma famille aiderait sa candidature, et nous aurions alors le plaisir de passer tous les hivers à Paris. Ah! mon ange, à l'ardeur avec laquelle il m'a obéi, j'ai vu combien j'étais aimée. Enfin, hier, il m'a écrit cette lettre de Marseille, où il est allé pour quelques heures.

---

1. **Coupé**: voiture fermée, à un ou deux chevaux et quatre roues, généralement à deux places.
2. **Tilbury**: voiture découverte à deux roues, tirée par des chevaux, à deux places.
3. **Prodigues**: personnes qui dépensent leurs biens sans compter.

« Quand tu m'as permis de t'aimer, ma douce Renée, j'ai cru au bonheur ; mais aujourd'hui je n'en vois plus la fin. Le passé n'est plus qu'un vague souvenir, une ombre nécessaire à faire ressortir l'éclat de ma félicité. Quand je suis près de toi, l'amour me transporte au point que je suis hors d'état de t'exprimer l'étendue de mon affection : je ne puis que t'admirer, t'adorer. La parole ne me revient que loin de toi. Tu es parfaitement belle, et d'une beauté si grave, si majestueuse, que le temps l'altérera difficilement ; et, quoique l'amour entre époux ne tienne pas tant à la beauté qu'aux sentiments, qui sont exquis en toi, laisse-moi te dire que cette certitude de te voir toujours belle me donne une joie qui s'accroît à chaque regard que je jette sur toi. L'harmonie et la dignité des lignes de ton visage, où ton âme sublime se révèle, a je ne sais quoi de pur sous la mâle[1] couleur du teint. L'éclat de tes yeux noirs et la coupe hardie de ton front disent combien tes vertus sont élevées, combien ton commerce[2] est solide et ton cœur fait[3] aux orages de la vie s'il en survenait. La noblesse est ton caractère distinctif ; je n'ai pas la prétention de te l'apprendre ; mais je t'écris ce mot pour te faire bien connaître que je sais tout le prix du trésor que je possède. Le peu que tu m'accorderas sera toujours le bonheur pour moi, dans longtemps comme à présent ; car je sens tout ce qu'il y a eu de grandeur dans notre promesse de garder l'un et l'autre toute notre liberté. Nous ne devrons jamais aucun témoignage de tendresse qu'à notre vouloir. Nous serons libres malgré des chaînes étroites. Je serai d'autant plus fier de te reconquérir ainsi que je sais maintenant le prix que tu attaches à cette conquête. Tu ne pourras jamais parler ou respirer, agir, penser, sans que j'admire toujours davantage la grâce de ton corps et celle de ton âme. Il y a en toi je ne sais quoi de divin, de sensé, d'enchanteur, qui met d'accord la réflexion, l'honneur, le plaisir et l'espérance, qui donne enfin à l'amour une étendue plus spacieuse que celle de la vie. Oh ! mon

1. **Mâle** : ici, vigoureuse, éclatante.
2. **Commerce** : conversation, comportement d'une personne dans ses relations.
3. **Fait** : prêt à résister.

ange, puisse le génie de l'amour me rester fidèle et l'avenir être plein de cette volupté à l'aide de laquelle tu as embelli tout autour de moi ! Quand seras-tu mère, pour que je te voie applaudir à l'énergie de ta vie, pour que je t'entende, de cette voix si suave et avec ces idées si fines, si neuves et si curieusement bien rendues, bénir l'amour qui a rafraîchi mon âme, retrempé[1] mes facultés, qui fait mon orgueil, et où j'ai puisé, comme dans une magique fontaine, une vie nouvelle ? Oui, je serai tout ce que tu veux que je sois : je deviendrai l'un des hommes utiles de mon pays, et je ferai rejaillir sur toi cette gloire dont le principe sera ta satisfaction. »

Ma chère, voilà comment je le forme. Ce style est de fraîche date, dans un an ce sera mieux. Louis en est aux premiers transports[2], je l'attends à cette égale et continue sensation de bonheur que doit donner un heureux mariage quand, sûrs l'un de l'autre et se connaissant bien, une femme et un homme ont trouvé le secret de varier l'infini, de mettre l'enchantement dans le fond même de la vie. Ce beau secret des véritables épouses, je l'entrevois et veux le posséder. Tu vois qu'il se croit aimé, le fat[3], comme s'il n'était pas mon mari. Je n'en suis cependant encore qu'à cet attachement matériel qui nous donne la force de supporter bien des choses. Cependant Louis est aimable, il est d'une grande égalité de caractère, il fait simplement les actions dont se vanteraient la plupart des hommes. Enfin, si je ne l'aime point, je me sens très capable de le chérir.

Voilà donc mes cheveux noirs, mes yeux noirs dont les cils se déplient, selon toi, comme des jalousies[4], mon air impérial et ma personne élevée à l'état de pouvoir souverain. Nous verrons dans dix ans d'ici, ma chère, si nous ne sommes pas toutes deux bien rieuses, bien heureuses dans ce Paris, d'où je te ramènerai quelquefois dans ma belle oasis de Provence. Ô Louise, ne compromets pas notre bel avenir à toutes deux ! Ne fais pas les folies dont tu me

1. **Retrempé** : redonné de la force à.
2. **Transports** : sentiments amoureux.
3. **Fat** : orgueilleux, sûr de lui.
4. **Jalousies** : volets à lames orientables.

menaces. J'épouse un vieux jeune homme, épouse quelque jeune vieillard de la chambre des pairs. Tu es là dans le vrai.

XIV

LE DUC DE SORIA AU BARON DE MACUMER.

Madrid.

Mon cher frère, vous ne m'avez pas fait duc de Soria pour que je n'agisse pas en duc de Soria. Si je vous savais errant et sans les douceurs que la fortune donne partout, vous me rendriez mon bonheur insupportable. Ni Marie ni moi, nous ne nous marierons jusqu'à ce que nous ayons appris que vous avez accepté les sommes remises pour vous à Urraca. Ces deux millions proviennent de vos propres économies et de celles de Marie. Nous avons prié tous deux agenouillés devant le même autel, et avec quelle ferveur ! ah ! Dieu le sait ! pour ton bonheur. Ô mon frère ! nos souhaits doivent être exaucés. L'amour que tu cherches, et qui serait la consolation de ton exil, il descendra du ciel. Marie a lu ta lettre en pleurant et tu as toute son admiration. Quant à moi, j'ai accepté pour notre maison et non pour moi. Le roi a rempli ton attente. Ah ! tu lui as si dédaigneusement jeté son plaisir, comme on jette leur proie aux tigres, que, pour te venger, je voudrais lui faire savoir combien tu l'as écrasé par ta grandeur. La seule chose que j'aie prise pour moi, cher frère aimé, c'est mon bonheur, c'est Marie. Aussi serai-je toujours devant toi ce qu'est une créature devant le Créateur. Il y aura dans ma vie et dans celle de Marie un jour aussi beau que celui de notre heureux mariage, ce sera celui où nous saurons que ton cœur est compris, qu'une femme t'aime comme tu dois et veux être aimé. N'oublie pas que, si tu vis par nous, nous vivons aussi par toi. Tu peux nous écrire en toute confiance sous le couvert du nonce[1], en envoyant tes lettres par Rome. L'ambassadeur de France à Rome

1. **Nonce** : ambassadeur du pape.

se chargera sans doute de les remettre à la secrétairerie d'État, à monsignore Bemboni[1], que notre légat[2] a dû prévenir. Toute autre voie serait mauvaise. Adieu, cher dépouillé, cher exilé. Sois fier au moins du bonheur que tu nous as fait, si tu ne peux en être heureux. Dieu sans doute écoutera nos prières pleines de toi.

FERNAND.

XV

LOUISE DE CHAULIEU À MADAME DE L'ESTORADE.

Mars.

Ah ! mon ange, le mariage rend philosophe ?... Ta chère figure devait être jaune alors que tu m'écrivais ces terribles pensées sur la vie humaine et sur nos devoirs. Crois-tu donc que tu me convertiras au mariage par ce programme de travaux souterrains ? Hélas ! voilà donc où t'ont fait parvenir nos trop savantes rêveries ? Nous sommes sorties de Blois parées de toute notre innocence et armées des pointes aiguës de la réflexion : les dards[3] de cette expérience purement morale des choses se sont tournés contre toi ! Si je ne te connaissais pas pour la plus pure et la plus angélique créature du monde, je te dirais que tes calculs sentent la dépravation[4]. Comment, ma chère, dans l'intérêt de ta vie à la campagne, tu mets tes plaisirs en coupes réglées[5], tu traites l'amour comme tu traiteras tes bois ! Oh ! j'aime mieux périr dans la violence des tourbillons de mon cœur, que de vivre dans la sécheresse de ta sage arithmétique. Tu étais comme moi la jeune fille la plus instruite, parce que nous

1. Évêque fictif.
2. **Légat** : cardinal envoyé par le pape pour une mission.
3. **Dards** : pointes acérées.
4. **Dépravation** : attitude immorale, en particulier dans le domaine de la vie sexuelle.
5. **Tu mets [...] en coupes réglées** : tu ordonnes, tu réglementes (sens figuré) ; au sens propre, les coupes réglées consistent à couper chaque année une quantité de bois définie.

avions beaucoup réfléchi sur peu de choses ; mais, mon enfant, la philosophie sans l'amour, ou sous un faux amour, est la plus horrible des hypocrisies conjugales. Je ne sais pas si, de temps en temps, le plus grand imbécile de la terre n'apercevrait pas le hibou de la sagesse tapi dans ton tas de roses, découverte peu récréative qui peut faire enfuir la passion la mieux allumée. Tu te fais le destin, au lieu d'être son jouet. Nous tournons toutes les deux bien singulièrement : beaucoup de philosophie et peu d'amour, voilà ton régime ; beaucoup d'amour et peu de philosophie, voilà le mien. La Julie de Jean-Jacques[1], que je croyais un professeur, n'est qu'un étudiant auprès de toi. Vertu de femme[2] ! as-tu toisé[3] la vie ? Hélas ! je me moque de toi, peut-être as-tu raison. Tu as immolé[4] ta jeunesse en un jour, et tu t'es faite avare avant le temps. Ton Louis sera sans doute heureux. S'il t'aime, et je n'en doute pas, il ne s'apercevra jamais que tu te conduis dans l'intérêt de ta famille comme les courtisanes[5] se conduisent dans l'intérêt de leur fortune ; et certes elles rendent les hommes heureux, à en croire les folles dissipations[6] dont elles sont l'objet. Un mari clairvoyant resterait sans doute passionné pour toi ; mais ne finirait-il point par se dispenser de reconnaissance pour une femme qui fait de la fausseté une sorte de corset moral aussi nécessaire à sa vie que l'autre l'est au corps ? Mais, chère, l'amour est à mes yeux le principe de toutes les vertus rapportées à une image de la divinité ! L'amour, comme tous les principes, ne se calcule pas, il est l'infini de notre âme. N'as-tu pas voulu te justifier à toi-même l'affreuse position d'une fille mariée à un homme qu'elle ne peut qu'estimer ? Le devoir, voilà ta règle et ta mesure, mais agir par nécessité, n'est-ce pas la

---

1. Allusion à l'héroïne du roman *Julie ou la Nouvelle Héloïse* (1761) de Jean-Jacques Rousseau (voir notes 2, p. 72 et 3, p. 102).
2. Vertu de femme : modèle de moralité. Expression calquée sur le juron « vertu de Dieu ».
3. Toisé : ici, mesuré, estimé la valeur de.
4. Immolé : sacrifié.
5. Courtisanes : ici, prostituées.
6. Dissipations : plaisirs, amusements.

morale d'une société d'athées[1] ? Agir par amour et par sentiment, n'est-ce pas la loi secrète des femmes ? Tu t'es faite homme, et ton Louis va se trouver la femme ! Ô chère, ta lettre m'a plongée en des méditations infinies. J'ai vu que le couvent ne remplace jamais une mère pour des filles. Je t'en supplie, mon noble ange aux yeux noirs, si pure et si fière, si grave et si élégante, pense à ces premiers cris que ta lettre m'arrache ! Je me suis consolée en songeant qu'au moment où je me lamentais, l'amour renversait sans doute les échafaudages de la raison. Je ferai peut-être pis sans raisonner, sans calculer : la passion est un élément qui doit avoir une logique aussi cruelle que la tienne.

Lundi.

Hier au soir, en me couchant, je me suis mise à ma fenêtre pour contempler le ciel, qui était d'une sublime pureté. Les étoiles ressemblaient à des clous d'argent qui retenaient un voile bleu. Par le silence de la nuit, j'ai pu entendre une respiration, et, par le demi-jour que jetaient les étoiles, j'ai vu mon Espagnol, perché comme un écureuil dans les branches d'un des arbres de la contre-allée des boulevards, admirant sans doute mes fenêtres. Cette découverte a eu pour premier effet de me faire rentrer dans ma chambre, les pieds, les mains comme brisés ; mais, au fond de cette sensation de peur, je sentais une joie délicieuse. J'étais abattue et heureuse. Pas un de ces spirituels Français qui veulent m'épouser n'a eu l'esprit de venir passer les nuits sur un orme, au risque d'être emmené par la garde. Mon Espagnol est là sans doute depuis quelque temps. Ah ! il ne me donne plus de leçons, il veut en recevoir, il en aura. S'il savait tout ce que je me suis dit sur sa laideur apparente ! Moi aussi, Renée, j'ai philosophé. J'ai pensé qu'il y avait quelque chose d'horrible à aimer un homme beau. N'est-ce pas avouer que les sens sont les trois quarts de l'amour, qui doit être divin ? Remise de ma première peur, je tendais le cou derrière la vitre pour le revoir, et

1. **Athées** : personnes qui nient l'existence de Dieu.

bien m'en a pris ! Au moyen d'une canne creuse[1], il m'a soufflé par la fenêtre une lettre artistement enroulée autour d'un gros grain de plomb. Mon Dieu ! va-t-il croire que j'ai laissé ma fenêtre ouverte exprès ? me suis-je dit ; la fermer brusquement, ce serait me rendre sa complice. J'ai mieux fait, je suis revenue à ma fenêtre comme si je n'avais pas entendu le bruit de son billet, comme si je n'avais rien vu, et j'ai dit à haute voix : – Venez donc voir les étoiles, Griffith ? Griffith dormait comme une vieille fille. En m'entendant, le Maure a dégringolé avec la vitesse d'une ombre. Il a dû mourir de peur aussi bien que moi, car je ne l'ai pas entendu s'en aller, il est resté sans doute au pied de l'orme. Après un bon quart d'heure, pendant lequel je me noyais dans le bleu du ciel et nageais dans l'océan de la curiosité, j'ai fermé ma fenêtre, et je me suis mise au lit pour dérouler le fin papier avec la sollicitude[2] de ceux qui travaillent à Naples les volumes antiques. Mes doigts touchaient du feu. Quel horrible pouvoir cet homme exerce sur moi ! me dis-je. Aussitôt j'ai présenté le papier à la lumière pour le brûler sans le lire… Une pensée a retenu ma main. Que m'écrit-il pour m'écrire en secret ? Eh bien, ma chère, j'ai brûlé la lettre en songeant que, si toutes les filles de la terre l'eussent dévorée, moi, Armande-Louise-Marie de Chaulieu, je devais ne la point lire.

Le lendemain, aux Italiens, il était à son poste ; mais, tout premier ministre constitutionnel qu'il a été, je ne crois pas que mes attitudes lui aient révélé la moindre agitation de mon âme : je suis demeurée absolument comme si je n'avais rien vu ni reçu la veille. J'étais contente de moi, mais il était bien triste. Pauvre homme, il est si naturel en Espagne que l'amour entre par la fenêtre ! Il est venu pendant l'entracte se promener dans les corridors[3]. Le premier secrétaire de l'ambassade d'Espagne me l'a dit en m'apprenant de lui une action qui est sublime. Étant duc de Soria, il devait épouser une des plus riches héritières de l'Espagne, la jeune princesse

1. **Canne creuse** : sarbacane.
2. **Sollicitude** : soin attentif.
3. **Corridors** : couloirs.

Marie Heredia, dont la fortune eût adouci pour lui les malheurs de l'exil ; mais il paraît que, trompant les vœux de leurs pères qui les avaient fiancés dès leur enfance, Marie aimait le cadet de Soria, et mon Felipe a renoncé à la princesse Marie en se laissant dépouiller par le roi d'Espagne. « Il a dû faire cette grande chose très simplement, ai-je dit au jeune homme. – Vous le connaissez donc ? m'a-t-il répondu naïvement. Ma mère a souri. – Que va-t-il devenir ? car il est condamné à mort, ai-je dit. – S'il est mort en Espagne, il a le droit de vivre en Sardaigne. – Ah ! il y a aussi des tombes en Espagne ? dis-je pour avoir l'air de prendre cela en plaisanterie. – Il y a de tout en Espagne, même des Espagnols du vieux temps, m'a répondu ma mère. – Le roi de Sardaigne a, non sans peine, accordé au baron de Macumer un passeport, a repris le jeune diplomate ; mais enfin il est devenu sujet sarde, il possède des fiefs[1] magnifiques en Sardaigne, avec droit de haute et basse justice[2]. Il a un palais à Sassari[3]. Si Ferdinand VII mourait, Macumer entrerait vraisemblablement dans la diplomatie, et la cour de Turin en ferait un ambassadeur. Quoique jeune, il... – Ah ! il est jeune ! – Oui, mademoiselle, quoique jeune il est un des hommes les plus distingués de l'Espagne ! » Je lorgnais la salle en écoutant le secrétaire, et semblais lui prêter une médiocre attention ; mais entre nous, j'étais au désespoir d'avoir brûlé la lettre. Comment s'exprime un pareil homme quand il aime ? et il m'aime. Être aimée, adorée en secret, avoir dans cette salle où s'assemblent toutes les supériorités de Paris un homme à soi, sans que personne le sache ! Oh ! Renée, j'ai compris alors la vie parisienne, et ses bals et ses fêtes. Tout a pris sa couleur véritable à mes yeux. On a besoin des autres quand on aime, ne fût-ce que pour les sacrifier à celui qu'on aime. J'ai senti dans mon être un autre être heureux. Toutes mes vanités, mon amour-propre, mon orgueil étaient caressés. Dieu sait quel regard j'ai jeté sur le monde ! – Ah ! petite commère ! m'a

1. **Fiefs** : terres.
2. **Droit de haute et basse justice** : pouvoir de punir d'une amende les responsables de petits délits, mais aussi de condamner à mort pour de graves crimes.
3. **Sassari** : ville de Sardaigne.

dit à l'oreille la duchesse en souriant. Oui, ma très rusée mère a deviné quelque secrète joie dans mon attitude, et j'ai baissé pavillon[1] devant cette savante femme. Ces trois mots m'ont plus appris la science du monde que je n'en avais surpris[2] depuis un an, car nous sommes en mars. Hélas ! nous n'avons plus d'Italiens dans un mois. Que devenir sans cette adorable musique, quand on a le cœur plein d'amour ?

Ma chère, au retour, avec une résolution digne d'une Chaulieu, j'ai ouvert ma fenêtre pour admirer une averse. Oh ! si les hommes connaissaient la puissance de séduction qu'exercent sur nous les actions héroïques, ils seraient bien grands ; les plus lâches deviendraient des héros. Ce que j'avais appris de mon Espagnol me donnait la fièvre. J'étais sûre qu'il était là, prêt à me jeter une nouvelle lettre. Aussi n'ai-je rien brûlé : j'ai lu. Voici donc la première lettre d'amour que j'ai reçue, madame la raisonneuse : chacune la nôtre.

« Louise, je ne vous aime pas à cause de votre sublime beauté ; je ne vous aime pas à cause de votre esprit si étendu, de la noblesse de vos sentiments, de la grâce infinie que vous donnez à toutes choses, ni à cause de votre fierté, de votre royal dédain pour ce qui n'est pas de votre sphère, et qui chez vous n'exclut point la bonté, car vous avez la charité des anges ; Louise, je vous aime parce que vous avez fait fléchir toutes ces grandeurs altières[3] pour un pauvre exilé ; parce que, par un geste, par un regard, vous avez consolé un homme d'être si fort au-dessous de vous, qu'il n'avait droit qu'à votre pitié, mais à une pitié généreuse. Vous êtes la seule femme au monde qui aura tempéré pour moi la rigueur de ses yeux ; et, comme vous avez laissé tomber sur moi ce bienfaisant regard, alors que j'étais un grain dans la poussière, ce que je n'avais jamais obtenu quand j'avais tout ce qu'un sujet peut avoir de puissance, je tiens à vous faire savoir, Louise, que vous m'êtes devenue chère, que je vous aime pour vous-même et sans aucune arrière-pensée, en dépassant

1. **Baissé pavillon** : reconnu ma défaite (ici, à tenter de dissimuler mes sentiments).
2. **Surpris** : découvert.
3. **Altières** : supérieures, fières.

de beaucoup les conditions mises par vous à un amour parfait. Apprenez donc, idole placée par moi au plus haut des cieux, qu'il est dans le monde un rejeton de la race sarrasine dont la vie vous appartient, à qui vous pouvez tout demander comme à un esclave, et qui s'honorera d'exécuter vos ordres. Je me suis donné à vous sans retour, et pour le seul plaisir de me donner, pour un seul de vos regards, pour cette main tendue un matin à votre maître d'espagnol. Vous avez un serviteur, Louise, et pas autre chose. Non, je n'ose penser que je puisse être jamais aimé; mais peut-être serai-je souffert[1], et seulement à cause de mon dévouement. Depuis cette matinée où vous m'avez souri en noble fille qui devinait la misère de mon cœur solitaire et trahi, je vous ai intronisée[2]: vous êtes la souveraine absolue de ma vie, la reine de mes pensées, la divinité de mon cœur, la lumière qui brille chez moi, la fleur de mes fleurs, le baume[3] de l'air que je respire, la richesse de mon sang, la lueur dans laquelle je sommeille. Une seule pensée troublait ce bonheur: vous ignoriez avoir à vous un dévouement sans bornes, un bras fidèle, un esclave aveugle, un agent muet, un trésor, car je ne suis plus que le dépositaire de tout ce que je possède; enfin, vous ne vous saviez pas un cœur à qui vous pouvez tout confier, le cœur d'une vieille aïeule à qui vous pouvez tout demander, un père de qui vous pouvez réclamer toute protection, un ami, un frère; tous ces sentiments vous font défaut autour de vous, je le sais. J'ai surpris le secret de votre isolement! Ma hardiesse est venue de mon désir de vous révéler l'étendue de vos possessions. Acceptez tout, Louise, vous m'aurez donné la seule vie qu'il y ait pour moi dans le monde, celle de me dévouer. En me passant le collier de la servitude, vous ne vous exposez à rien: je ne demanderai jamais autre chose que le plaisir de me savoir à vous. Ne me dites même pas que vous ne m'aimerez jamais: cela doit être, je le sais; je dois

1. **Souffert**: ici, supporté, toléré.
2. **Intronisée**: installée sur un trône (sens figuré).
3. **Baume**: parfum.

aimer de loin, sans espoir et pour moi-même. Je voudrais bien savoir si vous m'acceptez pour serviteur, et je me suis creusé la tête afin de trouver une preuve qui vous atteste qu'il n'y aura de votre part aucune atteinte à votre dignité en me l'apprenant, car voici bien des jours que je suis à vous, à votre insu. Donc, vous me le diriez en ayant à la main un soir, aux Italiens, un bouquet composé d'un camélia blanc et d'un camélia rouge, l'image de tout le sang d'un homme aux ordres d'une candeur[1] adorée. Tout sera dit alors : à toute heure, dans dix ans comme demain, quoi que vous vouliez qu'il soit possible à l'homme de faire, ce sera fait dès que vous le demanderez à votre heureux serviteur,

FELIPE HENAREZ. »

P.-S. Ma chère, avoue que les grands seigneurs savent aimer ! Quel bond de lion africain ! quelle ardeur contenue ! quelle foi ! quelle sincérité ! quelle grandeur d'âme dans l'abaissement ! Je me suis sentie petite et me suis demandé, tout abasourdie : Que faire ?… Le propre d'un grand homme est de dérouter les calculs ordinaires. Il est sublime et attendrissant, naïf et gigantesque. Par une seule lettre, il est au-delà des cent lettres de Lovelace[2] et de Saint-Preux[3]. Oh ! voilà l'amour vrai sans chicanes[4] : il est ou n'est pas ; mais quand il est, il doit se produire dans son immensité. Me voilà destituée de toutes les coquetteries. Refuser ou accepter ! je suis entre ces deux termes sans un prétexte pour abriter mon irrésolution[5]. Toute discussion est supprimée. Ce n'est plus Paris, c'est l'Espagne ou l'Orient ; enfin, c'est l'Abencérage qui parle, qui s'agenouille devant l'Ève[6] catholique en lui apportant

---

1. **Candeur** : pureté.
2. **Lovelace** : personnage de séducteur dans le roman *Clarisse Harlowe* (1747-1748) de Samuel Richardson (voir note 3, p. 72).
3. **Saint-Preux** : héros du roman *Julie ou la Nouvelle Héloïse* (1761) de Jean-Jacques Rousseau (voir notes 2, p. 72 et 1, p. 96).
4. **Chicanes** : contestations, discussions inutiles.
5. **Irrésolution** : indécision, incertitude.
6. **Ève** : première femme créée par Dieu dans la Bible.

son cimeterre[1], son cheval et sa tête. Accepterai-je ce restant de Maure ? Relisez souvent cette lettre hispano-sarrasine, ma Renée, et vous y verrez que l'amour emporte toutes les stipulations judaïques[2] de votre philosophie. Tiens, Renée, j'ai ta lettre sur le cœur, tu m'as embourgeoisé la vie. Ai-je besoin de finasser[3] ? Ne suis-je pas éternellement maîtresse de ce lion qui change ses rugissements en soupirs humbles et religieux ? Oh ! combien n'a-t-il pas dû rugir dans sa tanière de la rue Hillerin-Bertin ! Je sais où il demeure, j'ai sa carte : F. BARON DE MACUMER. Il m'a rendu toute réponse impossible, il n'y a qu'à lui jeter à la figure deux camélias. Quelle science infernale possède l'amour pur, vrai, naïf ! Voilà donc ce qu'il y a de plus grand pour le cœur d'une femme réduit à une action simple et facile. Ô l'Asie ! j'ai lu les *Mille et Une Nuits*[4], en voilà l'esprit : deux fleurs, et tout est dit. Nous franchissons les quatorze volumes de *Clarisse Harlowe*[5] avec un bouquet. Je me tords devant cette lettre comme une corde au feu. Prends ou ne prends pas tes deux camélias. Oui ou non, tue ou fais vivre ! Enfin, une voix me crie : Éprouve-le ! Aussi l'éprouverai-je !

XVI

DE LA MÊME À LA MÊME.

Mars.

Je suis habillée en blanc : j'ai des camélias blancs dans les cheveux et un camélia blanc à la main, ma mère en a de rouges ; je lui en prendrai un si je veux. Il y a en moi je ne sais quelle envie de *lui* vendre son camélia rouge par un peu d'hésitation, et de ne me

1. **Cimeterre** : sabre oriental.
2. **Stipulations judaïques** : clauses suivies à la lettre.
3. **Finasser** : ruser pour l'emporter.
4. Recueil de contes persans, indiens et arabes traduits par Antoine Galland (1646-1715).
5. Voir notes 3, p. 72 et 2, p. 102.

décider que sur le terrain. Je suis bien belle ! Griffith m'a priée de me laisser contempler un moment. La solennité de cette soirée et le drame de ce consentement secret m'ont donné des couleurs ; j'ai à chaque joue un camélia rouge épanoui sur un camélia blanc !

Une heure.

Tous m'ont admirée, un seul savait m'adorer. Il a baissé la tête en me voyant un camélia blanc à la main, et je l'ai vu devenir blanc comme la fleur quand j'en ai eu pris un rouge à ma mère. Venir avec les deux fleurs pouvait être un effet du hasard ; mais cette action était une réponse. J'ai donc étendu mon aveu ! On donnait *Roméo et Juliette*[1], et comme tu ne sais pas ce qu'est le duo des deux amants, tu ne peux comprendre le bonheur de deux néophytes[2] d'amour écoutant cette divine expression de la tendresse. Je me suis couchée en entendant des pas sur le terrain sonore de la contre-allée. Oh ! maintenant, mon ange, j'ai le feu dans le cœur, dans la tête. Que fait-il ? que pense-t-il ? A-t-il une pensée, une seule qui me soit étrangère ? Est-il l'esclave toujours prêt qu'il m'a dit être ? Comment m'en assurer ? A-t-il dans l'âme le plus léger soupçon que mon acceptation comporte un blâme, un retour quelconque, un remerciement ? Je suis livrée à toutes les arguties[3] minutieuses des femmes du *Cyrus* et de *l'Astrée*[4], aux subtilités des Cours d'amour[5]. Sait-il qu'en amour les plus menues actions des femmes sont la terminaison d'un monde de réflexions, de combats intérieurs, de victoires perdues ! À quoi pense-t-il en ce moment ? Comment lui

---

1. Opéra de Niccolò Antonio Zingarelli (1752-1837) créé à Milan en 1796 et adapté de la tragédie de William Shakespeare (1564-1616), jouée vers 1595, qui raconte les amours impossibles de deux jeunes gens issus de familles ennemies.

2. Néophytes : débutants.

3. Arguties : raisonnements.

4. Allusion aux romans précieux *Artamène ou le Grand Cyrus* (1649-1653) de Madeleine (1607-1701) et Georges de Scudéry (1601-1667), et *L'Astrée* (1607-1628) d'Honoré d'Urfé (1567-1625).

5. Cours d'amour : tribunaux médiévaux ludiques qui rendaient des jugements sur des questions amoureuses, dans la tradition de l'amour courtois, entre le chevalier et sa dame.

ordonner de m'écrire le soir le détail de sa journée ? Il est mon esclave, je dois l'occuper, et je vais l'écraser de travail.

Dimanche matin.

Je n'ai dormi que très peu, le matin. Il est midi. Je viens de faire écrire la lettre suivante par Griffith.

À Monsieur le baron de Macumer.

Mademoiselle de Chaulieu me charge, monsieur le baron, de vous redemander la copie d'une lettre que lui a écrite une de ses amies, qui est de sa main et que vous avez emportée.

Agréez, etc.

GRIFFITH.

Ma chère, Griffith est sortie, elle est allée rue Hillerin-Bertin, elle a fait remettre ce poulet[1] à mon esclave qui m'a rendu sous enveloppe mon programme mouillé de larmes. Il a obéi. Oh ! ma chère, il devait y tenir ! Un autre aurait refusé en écrivant une lettre pleine de flatteries ; mais le Sarrasin a été ce qu'il avait promis d'être : il a obéi. Je suis touchée aux larmes.

XVII

DE LA MÊME À LA MÊME.

2 avril.

Hier, le temps était superbe, je me suis mise en fille aimée et qui veut plaire. À ma prière, mon père m'a donné le plus joli attelage qu'il soit possible de voir à Paris : deux chevaux gris pommelé[2] et une calèche de la dernière élégance. J'essayais mon équipage. J'étais comme une fleur sous une ombrelle doublée de soie blanche. En montant l'avenue des Champs-Élysées, j'ai vu venir à moi mon

---

1. **Poulet** : lettre.
2. **Pommelé** : couvert de taches blanches.

Abencérage sur un cheval de la plus admirable beauté : les hommes, qui maintenant sont presque tous de parfaits maquignons[1], s'arrêtaient pour le voir, pour l'examiner. Il m'a saluée, et je lui ai fait un signe amical d'encouragement ; il a modéré le pas de son cheval, et j'ai pu lui dire : « Vous ne trouverez pas mauvais, monsieur le baron, que je vous aie redemandé ma lettre, elle vous était inutile… Vous avez déjà dépassé ce programme, ai-je ajouté à voix basse. Vous avez un cheval qui vous fait bien remarquer, lui ai-je dit. – Mon intendant de Sardaigne me l'a envoyé par orgueil, car ce cheval de race arabe est né dans mes maquis[2]. »

Ce matin, ma chère, Henarez était sur un cheval anglais alezan[3], encore très beau, mais qui n'excitait plus l'attention : le peu de critique moqueuse de mes paroles avait suffi. Il m'a saluée, et je lui ai répondu par une légère inclinaison de tête. Le duc d'Angoulême a fait acheter le cheval de Macumer. Mon esclave a compris qu'il sortait de la simplicité voulue en attirant sur lui l'attention des badauds. Un homme doit être remarqué pour lui-même, et non pas pour son cheval ou pour des choses. Avoir un trop beau cheval me semble aussi ridicule que d'avoir un gros diamant à sa chemise. J'ai été ravie de le prendre en faute, et peut-être y avait-il dans son fait un peu d'amour-propre, permis à un pauvre proscrit. Cet enfantillage me plaît. Ô ma vieille raisonneuse ! Jouis-tu de mes amours autant que je me suis attristée de ta sombre philosophie ? Chère Philippe II[4] en jupon, te promènes-tu bien dans ma calèche ? Vois-tu ce regard de velours, humble et plein, fier de son servage, que me lance en passant cet homme vraiment grand qui porte ma livrée, et qui a toujours à sa boutonnière un camélia rouge, tandis que j'en ai toujours un blanc à la main ? Quelle clarté jette l'amour ! Combien je comprends Paris ! Maintenant tout m'y semble spirituel. Oui, l'amour y est plus

1. **Maquignons** : marchands de chevaux.
2. **Maquis** : terres où se développe une dense végétation de plantes broussailleuses et épineuses.
3. **Alezan** : à la crinière et à la robe rousses.
4. **Philippe II** (1527-1598) : roi d'Espagne surnommé « le roi prudent ».

joli, plus grand, plus charmant que partout ailleurs. Décidément j'ai reconnu que jamais je ne pourrais tourmenter, inquiéter un sot, ni avoir le moindre empire sur lui. Il n'y a que les hommes supérieurs qui nous comprennent bien et sur lesquels nous puissions agir. Oh ! pauvre amie, pardon, j'oubliais notre l'Estorade ; mais ne m'as-tu pas dit que tu allais en faire un génie ? Oh ! je devine pourquoi : tu l'élèves à la brochette[1] pour être comprise un jour. Adieu, je suis un peu folle et ne veux pas continuer.

XVIII

DE MADAME DE L'ESTORADE À LOUISE DE CHAULIEU.

Avril.

Chère ange, ou ne dois-je pas plutôt dire cher démon, tu m'as affligée sans le vouloir, et, si nous n'étions pas la même âme, je dirais blessée ; mais ne se blesse-t-on pas aussi soi-même ? Comme on voit bien que tu n'as pas encore arrêté ta pensée sur ce mot *indissoluble*[2], appliqué au contrat qui lie une femme à un homme ! Je ne veux pas contredire les philosophes ni les législateurs[3], ils sont bien de force à se contredire eux-mêmes ; mais chère, en rendant le mariage irrévocable et lui imposant une formule égale pour tous et impitoyable, on a fait de chaque union une chose entièrement dissemblable, aussi dissemblable que le sont les individus entre eux ; chacune d'elles a ses lois intérieures différentes ; celles d'un mariage à la campagne, où deux êtres seront sans cesse en présence, ne sont pas celles d'un ménage à la ville, où plus de distractions nuancent la vie ; et celles d'un ménage à Paris, où la vie passe comme un torrent, ne seront pas celles d'un mariage en province, où la vie est moins agitée. Si les conditions varient selon les lieux, elles varient bien davantage selon les caractères. La femme d'un

1. **Tu l'élèves à la brochette** : tu l'entoures de soins attentifs.
2. ***Indissoluble*** : indestructible.
3. **Législateurs** : personnes chargées d'établir les lois.

homme de génie n'a qu'à se laisser conduire, et la femme d'un sot doit, sous peine des plus grands malheurs, prendre les rênes de la machine si elle se sent plus intelligente que lui. Peut-être, après tout, la réflexion et la raison arrivent-elles à ce qu'on appelle dépravation. Pour nous la dépravation, n'est-ce pas le calcul dans les sentiments ? Une passion qui raisonne est dépravée ; elle n'est belle qu'involontaire et dans ces sublimes jets qui excluent tout égoïsme. Ah ! tôt ou tard, tu te diras, ma chère : Oui ! la fausseté est aussi nécessaire à la femme que son corset, si par fausseté on entend le silence de celle qui a le courage de se taire, si par fausseté l'on entend le calcul nécessaire de l'avenir. Toute femme mariée apprend à ses dépens les lois sociales qui sont incompatibles en beaucoup de points avec celles de la nature. On peut avoir en mariage une douzaine d'enfants, en se mariant à l'âge où nous sommes ; et, si nous les avions, nous commettrions douze crimes, nous ferions douze malheurs. Ne livrerions-nous pas à la misère et au désespoir de charmants êtres ? tandis que deux enfants sont deux bonheurs, deux bienfaits, deux créations en harmonie avec les mœurs et les lois actuelles. La loi naturelle et le code[1] sont ennemis, et nous sommes le terrain sur lequel ils luttent. Appelleras-tu dépravation la sagesse de l'épouse qui veille à ce que la famille ne se ruine pas par elle-même ? Un seul calcul ou mille, tout est perdu dans le cœur. Ce calcul atroce, vous le ferez un jour, belle baronne de Macumer, quand vous serez la femme heureuse et fière de l'homme qui vous adore ; ou plutôt cet homme supérieur vous l'épargnera, car il le fera lui-même. Tu vois, chère folle, que nous avons étudié le code dans ses rapports avec l'amour conjugal. Tu sauras que nous ne devons compte qu'à nous-mêmes et à Dieu des moyens que nous employons pour perpétuer le bonheur au sein de nos maisons ; et mieux vaut le calcul qui y parvient que l'amour irréfléchi qui y met le deuil, les querelles ou la désunion. J'ai cruellement étudié le rôle de l'épouse et de la mère de famille. Oui, chère ange, nous avons

1. Le Code civil (voir note 3, p. 46).

de sublimes mensonges à faire pour être la noble créature que nous sommes en accomplissant nos devoirs. Tu me taxes de fausseté parce que je veux mesurer au jour le jour à Louis la connaissance de moi-même ; mais n'est-ce pas une trop intime connaissance qui cause les désunions ? Je veux l'occuper beaucoup pour beaucoup le distraire de moi, au nom de son propre bonheur ; et tel n'est pas le calcul de la passion. Si la tendresse est inépuisable, l'amour ne l'est point : aussi est-ce une véritable entreprise pour une honnête femme que de le sagement distribuer sur toute la vie. Au risque de te paraître exécrable, je te dirai que je persiste dans mes principes en me croyant très grande et très généreuse. La vertu, mignonne, est un principe dont les manifestations diffèrent selon les milieux : la vertu de Provence, celle de Constantinople, celle de Londres et celle de Paris ont des effets parfaitement dissemblables sans cesser d'être la vertu. Chaque vie humaine offre dans son tissu les combinaisons les plus irrégulières ; mais, vues d'une certaine hauteur, toutes paraissent semblables. Si je voulais voir Louis malheureux et faire fleurir une séparation de corps, je n'aurais qu'à me mettre à sa laisse[1]. Je n'ai pas eu comme toi le bonheur de rencontrer un être supérieur, mais peut-être aurai-je le plaisir de le rendre supérieur, et je te donne rendez-vous dans cinq ans à Paris. Tu y seras prise toi-même, et tu me diras que je me suis trompée, que monsieur de l'Estorade était nativement remarquable. Quant à ces belles amours, à ces émotions que je n'éprouve que par toi ; quant à ces stations nocturnes sur le balcon, à la lueur des étoiles ; quant à ces adorations excessives, à ces divinisations de nous, j'ai su qu'il y fallait renoncer. Ton épanouissement dans la vie rayonne à ton gré ; le mien est circonscrit, il a l'enceinte[2] de La Crampade, et tu me reproches les précautions que demande un fragile, un secret, un pauvre bonheur pour devenir durable, riche et mystérieux ! Je croyais avoir trouvé les grâces d'une maîtresse dans mon état de

1. **Me mettre à sa laisse** : le laisser m'imposer sa volonté.
2. **Enceinte** : limite.

femme, et tu m'as presque fait rougir de moi-même. Entre nous deux, qui a tort, qui a raison ? Peut-être avons-nous également tort et raison toutes deux, et peut-être la société nous vend-elle fort cher nos dentelles, nos titres et nos enfants ! Moi, j'ai mes camélias rouges, ils sont sur mes lèvres, en sourires qui fleurissent pour ces deux êtres, le père et le fils, à qui je suis dévouée, à la fois esclave et maîtresse. Mais, chère ! tes dernières lettres m'ont fait apercevoir tout ce que j'ai perdu ! Tu m'as appris l'étendue des sacrifices de la femme mariée. J'avais à peine jeté les yeux sur ces beaux steppes[1] sauvages où tu bondis, et je ne te parlerai point de quelques larmes essuyées en te lisant ; mais le regret n'est pas le remords, quoiqu'il en soit un peu germain[2]. Tu m'as dit : Le mariage rend philosophe ! hélas ! non ; je l'ai bien senti quand je pleurais en te sachant emportée au torrent de l'amour. Mais mon père m'a fait lire un des plus profonds écrivains de nos contrées, un des héritiers de Bossuet, un de ces cruels politiques dont les pages engendrent la conviction. Pendant que tu lisais *Corinne*[3], je lisais Bonald[4], et voilà tout le secret de ma philosophie : la Famille sainte et forte m'est apparue. De par Bonald, ton père avait raison dans son discours. Adieu, ma chère imagination, mon amie, toi qui es ma folie !

XIX

LOUISE DE CHAULIEU À MADAME DE L'ESTORADE.

Eh ! bien, tu es un amour de femme, ma Renée ; et je suis maintenant d'accord que c'est être honnête que de tromper : es-tu contente ? D'ailleurs l'homme qui nous aime nous appartient ; nous avons le

1. **Steppes** : vastes étendues. Le mot, de genre féminin de nos jours, pouvait aussi être masculin au XIXe siècle.
2. **Germain** : cousin, proche.
3. Voir note 8, p. 34.
4. **Louis de Bonald** (1754-1840) : homme politique, écrivain et philosophe prônant le retour de la royauté et des principes de l'Église catholique.

droit d'en faire un sot ou un homme de génie ; mais, entre nous, nous en faisons le plus souvent des sots. Tu feras du tien un homme de génie, et tu garderas ton secret : deux magnifiques actions ! Ah ! s'il n'y avait pas de paradis, tu serais bien attrapée, car tu te voues à un martyre volontaire. Tu veux le rendre ambitieux et le garder amoureux ! mais, enfant que tu es, c'est bien assez de le maintenir amoureux. Jusqu'à quel point le calcul est-il la vertu ou la vertu est-elle le calcul ? Hein ? Nous ne nous fâcherons point pour cette question, puisque Bonald est là. Nous sommes et voulons être vertueuses ; mais en ce moment je crois que, malgré tes charmantes friponneries, tu vaux mieux que moi. Oui, je suis une fille horriblement fausse : j'aime Felipe, et je le lui cache avec une infâme dissimulation. Je le voudrais voir sautant de son arbre sur la crête du mur, de la crête du mur sur mon balcon ; et, s'il faisait ce que je désire, je le foudroierais de mon mépris. Tu vois, je suis d'une bonne foi terrible. Qui m'arrête ? quelle puissance mystérieuse m'empêche de dire à ce cher Felipe tout le bonheur qu'il me verse à flots par son amour pur, entier, grand, secret, plein ? Madame de Mirbel[1] fait mon portrait, je compte le lui donner, ma chère. Ce qui me surprend chaque jour davantage est l'activité que l'amour donne à la vie. Quel intérêt prennent les heures, les actions, les plus petites choses ! et quelle admirable confusion du passé, de l'avenir dans le présent ! On vit aux trois temps du verbe. Est-ce encore ainsi quand on a été heureuse ? Oh ! réponds-moi, dis-moi ce qu'est le bonheur, s'il calme ou s'il irrite. Je suis d'une inquiétude mortelle, je ne sais plus comment me conduire : il y a dans mon cœur une force qui m'entraîne vers lui, malgré la raison et les convenances. Enfin, je comprends ta curiosité avec Louis, es-tu contente ? Le bonheur que Felipe a d'être à moi, son amour à distance et son obéissance m'impatientent autant que son profond respect m'irritait quand il n'était que mon maître d'espagnol. Je suis tentée de lui crier quand

---

1. **Lizinska de Mirbel** (1796-1849) : portraitiste française spécialisée dans la miniature.

il passe : – Imbécile, si tu m'aimes en tableau, que serait-ce donc si tu me connaissais !

Oh ! Renée, tu brûles mes lettres, n'est-ce pas ? moi, je brûlerai les tiennes. Si d'autres yeux que les nôtres lisaient ces pensées qui sont versées de cœur à cœur, je dirais à Felipe d'aller les crever et de tuer un peu les gens pour plus de sûreté.

Lundi.

Ah ! Renée, comment sonder le cœur d'un homme ? Mon père doit me présenter ton monsieur Bonald, et, puisqu'il est si savant, je le lui demanderai. Dieu est bien heureux de pouvoir lire au fond des cœurs. Suis-je toujours un ange pour cet homme ? Voilà toute la question.

Si jamais, dans un geste, dans un regard, dans l'accent d'une parole, j'apercevais une diminution de ce respect qu'il avait pour moi quand il était mon maître d'espagnol, je me sens la force de tout oublier ! Pourquoi ces grands mots, ces grandes résolutions ? te diras-tu. Ah ! voilà, ma chère. Mon charmant père, qui se conduit avec moi comme un vieux cavalier servant avec une Italienne, faisait faire, je te l'ai dit, mon portrait par madame de Mirbel. J'ai trouvé moyen d'avoir une copie assez bien exécutée pour pouvoir la donner au duc et envoyer l'original à Felipe. Cet envoi a eu lieu hier, accompagné de ces trois lignes :

« Don Felipe, on répond à votre entier dévouement par une confiance aveugle : le temps dira si ce n'est pas accorder trop de grandeur à un homme. »

La récompense est grande, elle a l'air d'une promesse, et, chose horrible, d'une invitation ; mais, ce qui va te sembler plus horrible encore, j'ai voulu que la récompense exprimât promesse et invitation sans aller jusqu'à l'offre. Si dans sa réponse il y a ma Louise, ou seulement Louise, il est perdu.

Mardi.

Non ! il n'est pas perdu. Ce ministre constitutionnel[1] est un adorable amant. Voici sa lettre :

« Tous les moments que je passais sans vous voir, je demeurais occupé de vous, les yeux fermés à toute chose et attachés par la méditation sur votre image, qui ne se dessinait jamais assez promptement dans le palais obscur où se passent les songes et où vous répandiez la lumière. Désormais ma vue se reposera sur ce merveilleux ivoire[2], sur ce talisman, dois-je dire ; car pour moi vos yeux bleus s'animent, et la peinture devient aussitôt une réalité. Le retard de cette lettre vient de mon empressement à jouir de cette contemplation pendant laquelle je vous disais tout ce que je dois taire. Oui, depuis hier, enfermé seul avec vous, je me suis livré, pour la première fois de ma vie, à un bonheur entier, complet, infini. Si vous pouviez vous voir où je vous ai mise, entre la Vierge et Dieu, vous comprendriez en quelles angoisses j'ai passé la nuit ; mais, en vous les disant, je ne voudrais pas vous offenser, car il y aurait tant de tourments pour moi dans un regard dénué de cette angélique bonté qui me fait vivre, que je vous demande pardon par avance. Si donc, reine de ma vie et de mon âme, vous vouliez m'accorder un millième de l'amour que je vous porte !

« Le *si* de cette constante prière m'a ravagé l'âme. J'étais entre la croyance et l'erreur, entre la vie et la mort, entre les ténèbres et la lumière. Un criminel n'est pas plus agité pendant la délibération de son arrêt que je ne le suis en m'accusant à vous de cette audace. Le sourire exprimé sur vos lèvres, et que je venais revoir de moment en moment, calmait ces orages excités par la crainte de vous déplaire. Depuis que j'existe, personne, pas même ma mère, ne m'a souri.

---

1. Ministre constitutionnel: serviteur de constitution, qui sert de façon innée. Louise joue avec l'engagement politique de Felipe (voir lettre XXII).

2. Les portraits en miniature sont couramment exécutés sur un support en ivoire au XIXe siècle.

La belle jeune fille qui m'était destinée a rebuté mon cœur[1] et s'est éprise de mon frère. Mes efforts, en politique, ont trouvé la défaite. Je n'ai jamais vu dans les yeux de mon roi qu'un désir de vengeance ; et nous sommes si ennemis depuis notre jeunesse, qu'il a regardé comme une cruelle injure le vœu par lequel les cortès m'ont porté au pouvoir. Quelque forte que vous fassiez une âme, le doute y entrerait à moins. D'ailleurs je me rends justice : je connais la mauvaise grâce de mon extérieur, et sais combien il est difficile d'apprécier mon cœur à travers une pareille enveloppe. Être aimé, ce n'était plus qu'un rêve quand je vous ai vue. Aussi, quand je m'attachai à vous, ai-je compris que le dévouement pouvait seul faire excuser ma tendresse. En contemplant ce portrait, en écoutant ce sourire plein de promesses divines, un espoir que je ne me permettais pas à moi-même a rayonné dans mon âme. Cette clarté d'aurore est incessamment combattue par les ténèbres du doute, par la crainte de vous offenser en la laissant poindre. Non, vous ne pouvez pas m'aimer encore, je le sens ; mais, à mesure que vous aurez éprouvé la puissance, la durée, l'étendue de mon inépuisable affection, vous lui donnerez une petite place dans votre cœur. Si mon ambition est une injure, vous me le direz sans colère, je rentrerai dans mon rôle ; mais si vous vouliez essayer de m'aimer, ne le faites pas savoir sans de minutieuses précautions à celui qui mettait tout le bonheur de sa vie à vous servir uniquement. »

Ma chère, en lisant ces derniers mots, il m'a semblé le voir pâle comme il l'était le soir où je lui ai dit, en lui montrant le camélia, que j'acceptais les trésors de son dévouement. J'ai vu dans ces phrases soumises tout autre chose qu'une simple fleur de rhétorique à l'usage des amants, et j'ai senti comme un grand mouvement en moi-même… le souffle du bonheur.

Il a fait un temps détestable, il ne m'a pas été possible d'aller au Bois sans donner lieu à d'étranges soupçons ; car ma mère, qui sort souvent malgré la pluie, est restée chez elle, seule.

---

1. **Rebuté mon cœur** : repoussé mon amour de façon humiliante.

Mercredi soir.

Je viens de *le* voir à l'Opéra. Ma chère, ce n'est plus le même homme : il est venu dans notre loge présenté par l'ambassadeur de Sardaigne. Après avoir vu dans mes yeux que son audace ne déplaisait point, il m'a paru comme embarrassé de son corps, et il a dit alors mademoiselle à la marquise d'Espard[1]. Ses yeux lançaient des regards qui faisaient une lumière plus vive que celle des lustres. Enfin il est sorti comme un homme qui craignait de commettre une extravagance. « Le baron de Macumer est amoureux, a dit madame de Maufrigneuse à ma mère. – C'est d'autant plus extraordinaire que c'est un ministre tombé », a répondu ma mère. J'ai eu la force de regarder madame d'Espard, madame de Maufrigneuse et ma mère avec la curiosité d'une personne qui ne connaît pas une langue étrangère et qui voudrait deviner ce qu'on dit ; mais j'étais intérieurement en proie à une joie voluptueuse dans laquelle il me semblait que mon âme se baignait. Il n'y a qu'un mot pour t'expliquer ce que j'éprouve, c'est le ravissement. Felipe aime tant, que je le trouve digne d'être aimé. Je suis exactement le principe de sa vie, et je tiens dans ma main le fil qui mène sa pensée. Enfin, si nous devons nous tout dire, il y a chez moi le plus violent désir de lui voir franchir tous les obstacles, arriver à moi pour me demander à moi-même, afin de savoir si ce furieux amour redeviendra humble et calme à un seul de mes regards.

Ah ! ma chère, je me suis arrêtée et suis toute tremblante. En t'écrivant, j'ai entendu dehors un léger bruit et je me suis levée. De ma fenêtre, je l'ai vu allant sur la crête du mur, au risque de se tuer. Je suis allée à la fenêtre de ma chambre et je ne lui ai fait qu'un signe ; il a sauté du mur, qui a dix pieds ; puis il a couru sur la route, jusqu'à la distance où je pouvais le voir, pour me montrer qu'il ne s'était fait aucun mal. Cette attention, au moment où il devait être étourdi par sa chute, m'a tant attendrie que je pleure sans savoir pourquoi. Pauvre laid ! que venait-il chercher, que voulait-il me dire ?

1. Personnage de *La Comédie humaine*.

Je n'ose écrire mes pensées et vais me coucher dans ma joie, en songeant à tout ce que nous dirions si nous étions ensemble. Adieu, belle muette. Je n'ai pas le temps de te gronder sur ton silence ; mais voici plus d'un mois que je n'ai de tes nouvelles. Serais-tu, par hasard, devenue heureuse ? N'aurais-tu plus ce libre arbitre qui te rendait si fière et qui ce soir a failli m'abandonner ?

XX

RENÉE DE L'ESTORADE À LOUISE DE CHAULIEU.

Mai.

Si l'amour est la vie du monde, pourquoi d'austères philosophes le suppriment-ils dans le mariage ? Pourquoi la Société prend-elle pour loi suprême de sacrifier la Femme à la Famille en créant ainsi nécessairement une lutte sourde au sein du mariage ? lutte prévue par elle et si dangereuse qu'elle a inventé des pouvoirs pour en armer l'homme contre nous, en devinant que nous pouvions tout annuler soit par la puissance de la tendresse, soit par la persistance d'une haine cachée. Je vois en ce moment, dans le mariage, deux forces opposées que le législateur aurait dû réunir ; quand se réuniront-elles ? voilà ce que je me dis en te lisant. Oh ! chère, une seule de tes lettres ruine cet édifice bâti par le grand écrivain de l'Aveyron[1], et où je m'étais logée avec une douce satisfaction. Les lois ont été faites par des vieillards, les femmes s'en aperçoivent ; ils ont bien sagement décrété que l'amour conjugal exempt de passion ne nous avilissait point, et qu'une femme devait se donner sans amour une fois que la loi permettait à un homme de la faire sienne. Préoccupés de la famille, ils ont imité la nature, inquiète seulement de perpétuer l'espèce. J'étais un être auparavant, et je suis maintenant une chose ! Il est plus d'une larme que j'ai dévorée au loin, seule, et que j'aurais voulu donner en échange d'un sourire

1. Louis de Bonald (voir note 4, p. 110).

consolateur. D'où vient l'inégalité de nos destinées? L'amour permis agrandit ton âme. Pour toi, la vertu se trouvera dans le plaisir. Tu ne souffriras que de ton propre vouloir. Ton devoir, si tu épouses ton Felipe, deviendra le plus doux, le plus expansif des sentiments. Notre avenir est gros de la réponse, et je l'attends avec une inquiète curiosité.

Tu aimes, tu es adorée. Oh! chère, livre-toi tout entière à ce beau poème qui nous a tant occupées. Cette beauté de la femme, si fine et si spiritualisée en toi, Dieu l'a faite ainsi pour qu'elle charme et plaise: il a ses desseins. Oui, mon ange, garde bien le secret de ta tendresse, et soumets Felipe aux épreuves subtiles que nous inventions pour savoir si l'amant que nous rêvions serait digne de nous. Sache surtout moins s'il t'aime que si tu l'aimes: rien n'est plus trompeur que le mirage produit en notre âme par la curiosité, par le désir, par la croyance au bonheur. Toi qui, seule de nous deux, demeures intacte, chère, ne te risque pas sans arrhes[1] au dangereux marché d'un irrévocable mariage, je t'en supplie! Quelquefois un geste, une parole, un regard, dans une conversation sans témoins, quand les âmes sont déshabillées de leur hypocrisie mondaine, éclairent des abîmes. Tu es assez noble, assez sûre de toi pour pouvoir aller hardiment en des sentiers où d'autres se perdraient. Tu ne saurais croire en quelles anxiétés je te suis. Malgré la distance, je te vois, j'éprouve tes émotions. Aussi, ne manque pas à m'écrire, n'omets rien! Tes lettres me font une vie passionnée au milieu de mon ménage si simple, si tranquille, uni comme une grande route par un jour sans soleil. Ce qui se passe ici, mon ange, est une suite de chicanes avec moi-même sur lesquelles je veux garder le secret aujourd'hui, je t'en parlerai plus tard. Je me donne et me reprends avec une sombre obstination, en passant du découragement à l'espérance. Peut-être demandé-je à la vie plus de bonheur qu'elle ne nous en doit. Au jeune âge nous sommes assez portés à vouloir que l'idéal et le positif s'accordent! Mes réflexions, et maintenant je les fais toute

1. **Arrhes**: gages, assurances.

seule, assise au pied d'un rocher de mon parc, m'ont conduite à penser que l'amour dans le mariage est un hasard sur lequel il est impossible d'asseoir la loi qui doit tout régir. Mon philosophe de l'Aveyron a raison de considérer la famille comme la seule unité sociale possible et d'y soumettre la femme comme elle l'a été de tout temps. La solution de cette grande question, presque terrible pour nous, est dans le premier enfant que nous avons. Aussi voudrais-je être mère, ne fût-ce que pour donner une pâture à la dévorante activité de mon âme.

Louis est toujours d'une adorable bonté, son amour est actif et ma tendresse est abstraite ; il est heureux, il cueille à lui seul les fleurs, sans s'inquiéter des efforts de la terre qui les produit. Heureux égoïsme ! Quoi qu'il puisse m'en coûter, je me prête à ses illusions, comme une mère, d'après les idées que je me fais d'une mère, se brise pour procurer un plaisir à son enfant. Sa joie est si profonde qu'elle lui ferme les yeux et qu'elle jette ses reflets jusque sur moi. Je le trompe par le sourire ou par le regard pleins de satisfaction que me cause la certitude de lui donner le bonheur. Aussi, le nom d'amitié dont je me sers pour lui dans notre intérieur est-il : « mon enfant ! » J'attends le fruit de tant de sacrifices qui seront un secret entre Dieu, toi et moi. La maternité est une entreprise à laquelle j'ai ouvert un crédit énorme, elle me doit trop aujourd'hui, je crains de n'être pas assez payée : elle est chargée de déployer mon énergie et d'agrandir mon cœur, de me dédommager par des joies illimitées. Oh ! mon Dieu, que je ne sois pas trompée ! là est tout mon avenir, et, chose effrayante à penser, celui de ma vertu.

XXI

LOUISE DE CHAULIEU À RENÉE DE L'ESTORADE.

Juin.

Chère biche mariée, ta lettre est venue à propos pour me justifier à moi-même une hardiesse à laquelle je pensais nuit et jour. Il y a je ne sais quel appétit en moi pour les choses inconnues ou, si tu veux, défendues, qui m'inquiète et m'annonce au-dedans de moi-même un combat entre les lois du monde et celles de la nature. Je ne sais pas si la nature est chez moi plus forte que la société, mais je me surprends à conclure des transactions entre ces puissances. Enfin, pour parler clairement, je voulais causer avec Felipe, seule avec lui, pendant une heure de nuit, sous les tilleuls, au bout de notre jardin. Assurément, ce vouloir est d'une fille qui mérite le nom de *commère éveillée* que me donne la duchesse en riant et que mon père me confirme. Néanmoins, je trouve cette faute prudente et sage. Tout en récompensant tant de nuits passées au pied de mon mur, je veux savoir ce que pensera mon Felipe de mon escapade, et le juger dans un pareil moment; en faire mon cher époux, s'il divinise ma faute: ou ne le revoir jamais, s'il n'est pas plus respectueux et plus tremblant que quand il me salue en passant à cheval aux Champs-Élysées. Quant au monde, je risque moins à voir ainsi mon amoureux qu'à lui sourire chez madame de Maufrigneuse ou chez la vieille marquise de Beauséant[1], où nous sommes maintenant enveloppés d'espions, car Dieu sait de quels regards on poursuit une fille soupçonnée de faire attention à un monstre comme Macumer. Oh! si tu savais combien je me suis agitée en moi-même à rêver ce projet, combien je me suis occupée à voir par avance comment il pouvait se réaliser. Je t'ai regrettée, nous aurions bavardé pendant quelques bonnes petites heures, perdues dans les labyrinthes de l'incertitude et jouissant par avance de toutes les bonnes ou

1. Personnage de *La Comédie humaine*.

mauvaises choses d'un premier rendez-vous à la nuit, dans l'ombre et le silence, sous les beaux tilleuls de l'hôtel de Chaulieu, criblés par les mille lueurs de la lune. J'ai palpité toute seule en me disant: – Ah ! Renée, où es-tu ? Donc, ta lettre a mis le feu aux poudres, et mes derniers scrupules ont sauté. J'ai jeté par ma fenêtre à mon adorateur stupéfait le dessin exact de la clef de la petite porte au bout du jardin avec ce billet:

« On veut vous empêcher de faire des folies. En vous cassant le cou, vous raviriez l'honneur à la personne que vous dites aimer. Êtes-vous digne d'une nouvelle preuve d'estime et méritez-vous que l'on vous parle à l'heure où la lune laisse dans l'ombre les tilleuls au bout du jardin ? »

Hier, à une heure, au moment où Griffith allait se coucher, je lui ai dit: – Prenez votre châle et accompagnez-moi, ma chère, je veux aller au fond du jardin sans que personne le sache ! Elle ne m'a pas dit un mot et m'a suivie. Quelles sensations, ma Renée ! car, après l'avoir attendu en proie à une charmante petite angoisse, je l'avais vu se glissant comme une ombre. Arrivée au jardin sans encombre, je dis à Griffith : – Ne soyez pas étonnée, il y a là le baron de Macumer, et c'est bien à cause de lui que je vous ai emmenée. Elle n'a rien dit.

– Que voulez-vous de moi ? m'a dit Felipe d'une voix dont l'émotion annonçait que le bruit de nos robes dans le silence de la nuit et celui de nos pas sur le sable, quelque léger qu'il fût, l'avaient mis hors de lui.

– Je veux vous dire ce que je ne saurais écrire, lui ai-je répondu.

Griffith est allée à six pas de nous. La nuit était une de ces nuits tièdes, embaumées par les fleurs ; j'ai ressenti dans ce moment un plaisir enivrant à me trouver presque seule avec lui dans la douce obscurité des tilleuls, au-delà desquels le jardin brillait d'autant plus que la façade de l'hôtel reflétait en blanc la lueur de la lune. Ce contraste offrait une vague image du mystère de notre amour qui doit finir par l'éclatante publicité[1] du mariage. Après un moment donné de part et d'autre au plaisir de cette situation neuve pour nous deux, et où nous étions aussi étonnés l'un que l'autre, j'ai retrouvé la parole.

– Quoique je ne craigne pas la calomnie[2], je ne veux plus que vous montiez sur cet arbre, lui dis-je en lui montrant l'orme, ni sur ce mur. Nous avons assez fait, vous l'écolier, et moi la pensionnaire : élevons nos sentiments à la hauteur de nos destinées. Si vous étiez mort dans votre chute, je mourais déshonorée... Je l'ai regardé, il était blême. – Et si vous étiez surpris ainsi, ma mère ou moi nous serions soupçonnées...

– Pardon, a-t-il dit d'une voix faible.

– Passez sur le boulevard, j'entendrai votre pas, et quand je voudrai vous voir, j'ouvrirai ma fenêtre ; mais je ne vous ferai courir et je ne courrai ce danger que dans une circonstance grave. Pourquoi m'avoir forcée, par votre imprudence, à en commettre une autre et à vous donner une mauvaise opinion de moi ? J'ai vu dans ses yeux des larmes qui m'ont paru la plus belle réponse du monde. – Vous devez croire, lui dis-je en souriant, que ma démarche est excessivement hasardée...

Après un ou deux tours faits en silence sous les arbres, il a trouvé la parole. – Vous devez me croire stupide ; et je suis tellement ivre de bonheur, que je suis sans force et sans esprit ; mais sachez du moins qu'à mes yeux vous sanctifiez vos actions par cela seulement que vous vous les permettez. Le respect que j'ai pour vous ne peut se comparer qu'à celui que j'ai pour Dieu. D'ailleurs, miss Griffith est là.

– Elle est là pour les autres et non pas pour nous, Felipe, lui ai-je dit vivement. Cet homme, ma chère, m'a comprise.

– Je sais bien, reprit-il en me jetant le plus humble regard, qu'elle n'y serait pas, tout se passerait entre nous comme si elle nous voyait : si nous ne sommes pas devant les hommes, nous sommes toujours

1. **Publicité** : action de rendre public.
2. **Calomnie** : accusation mensongère.

devant Dieu, et nous avons autant besoin de notre propre estime que de celle du monde.

– Merci, Felipe, lui ai-je dit en lui tendant la main par un geste que tu dois voir. Une femme, et prenez-moi pour une femme, est bien disposée à aimer un homme qui la comprend. Oh ! seulement disposée, repris-je en levant un doigt sur mes lèvres. Je ne veux pas que vous ayez plus d'espoir que je n'en veux donner. Mon cœur n'appartiendra qu'à celui qui saura y lire et le bien connaître. Nos sentiments, sans être absolument semblables, doivent avoir la même étendue, être à la même élévation. Je ne cherche point à me grandir, car ce que je crois être des qualités comporte sans doute des défauts ; mais si je ne les avais point, je serais bien désolée.

– Après m'avoir accepté pour serviteur, vous m'avez permis de vous aimer, dit-il en tremblant et me regardant à chaque mot ; j'ai plus que je n'ai primitivement désiré.

– Mais, lui ai-je vivement répliqué, je trouve votre lot meilleur que le mien ; je ne me plaindrais pas d'en changer, et ce changement vous regarde.

– À moi maintenant de vous dire merci, m'a-t-il répondu, je sais les devoirs d'un loyal amant. Je dois vous prouver que je suis digne de vous, et vous avez le droit de m'éprouver aussi longtemps qu'il vous plaira. Vous pouvez, mon Dieu ! me rejeter si je trahissais votre espoir.

– Je sais que vous m'aimez, lui ai-je répondu. Jusqu'à présent (j'ai cruellement appuyé sur le mot) vous êtes le préféré[1], voilà pourquoi vous êtes ici.

Nous avons alors recommencé quelques tours en causant, et je dois t'avouer que, mis à l'aise, mon Espagnol a déployé la véritable éloquence du cœur en m'exprimant, non pas sa passion, mais sa tendresse ; car il a su m'expliquer ses sentiments par une adorable comparaison avec l'amour divin. Sa voix pénétrante, qui prêtait une valeur particulière à ses idées déjà si délicates, ressemblait aux

1. **Le préféré** : le favori, celui qui a le plus de chances d'être aimé.

accents du rossignol. Il parlait bas, dans le medium plein[1] de son délicieux organe, et ses phrases se suivaient avec la précipitation d'un bouillonnement : son cœur y débordait. – Cessez, lui dis-je, je resterais là plus longtemps que je ne le dois. Et, par un geste, je l'ai congédié. – Vous voilà engagée, mademoiselle, m'a dit Griffith. – Peut-être en Angleterre, mais non en France, ai-je répondu négligemment. Je veux faire un mariage d'amour et ne pas être trompée : voilà tout. Tu le vois, ma chère, l'amour ne venait pas à moi, j'ai agi comme Mahomet avec sa montagne[2].

Vendredi.

J'ai revu mon esclave : il est devenu craintif, il a pris un air mystérieux et dévot[3] qui me plaît ; il me paraît pénétré de ma gloire et de ma puissance. Mais rien, ni dans ses regards, ni dans ses manières, ne peut permettre aux devineresses[4] du monde de soupçonner en lui cet amour infini que je vois. Cependant, ma chère, je ne suis pas emportée, dominée, domptée ; au contraire, je dompte, je domine et j'emporte... Enfin je raisonne. Ah ! je voudrais bien retrouver cette peur que me causait la fascination du maître, du bourgeois à qui je me refusais. Il y a deux amours : celui qui commande et celui qui obéit ; ils sont distincts et donnent naissance à deux passions, et l'une n'est pas l'autre ; pour avoir son compte de la vie, peut-être une femme doit-elle connaître l'une et l'autre. Ces deux passions peuvent-elles se confondre ? Un homme à qui nous inspirons de l'amour nous en inspirera-t-il ? Felipe sera-t-il un jour mon maître ? tremblerai-je comme il tremble ? Ces questions me font frémir. Il est bien aveugle ! À sa place, j'aurais trouvé mademoiselle de Chaulieu sous ces tilleuls bien coquettement froide, compassée[5], calculatrice.

1. **Medium plein** : registre de voix entre l'aigu et le grave.
2. **Mahomet** (vers 570-632) : fondateur et prophète de l'islam. La formule est une allusion au proverbe : « Si la montagne ne va pas à Mahomet, Mahomet ira à la montagne. »
3. **Dévot** : qui manifeste dévouement et admiration pour quelqu'un.
4. **Devineresses** : personnes qui se vantent de deviner les secrets des autres.
5. **Compassée** : sans spontanéité.

Non, ce n'est pas aimer, cela, c'est badiner[1] avec le feu. Felipe me plaît toujours, mais je me trouve maintenant calme et à mon aise. Plus d'obstacles ! quel terrible mot. En moi tout s'affaisse, se rassoit, et j'ai peur de m'interroger. Il a eu tort de me cacher la violence de son amour, il m'a laissée maîtresse de moi. Enfin, je n'ai pas les bénéfices de cette espèce de faute. Oui, chère, quelque douceur que m'apporte le souvenir de cette demi-heure passée sous les arbres, je trouve le plaisir qu'elle m'a donné bien au-dessous des émotions que j'avais en disant : Y viendrai-je ? n'y viendrai-je pas ? lui écrirai-je ? ne lui écrirai-je point ? En serait-il donc ainsi pour tous nos plaisirs ? Serait-il meilleur de les différer que d'en jouir ? L'espérance vaudrait-elle mieux que la possession ? Les riches sont-ils les pauvres ? Avons-nous toutes deux trop étendu les sentiments en développant outre mesure les forces de notre imagination ? Il y a des instants où cette idée me glace. Sais-tu pourquoi ? Je songe à revenir sans Griffith au bout du jardin. Jusqu'où irais-je ainsi ? L'imagination n'a pas de bornes, et les plaisirs en ont. Dis-moi, cher docteur en corset, comment concilier ces deux termes de l'existence des femmes ?

XXII

LOUISE À FELIPE.

Je ne suis pas contente de vous. Si vous n'avez pas pleuré en lisant *Bérénice*[2] de Racine, si vous n'y avez pas trouvé la plus horrible des tragédies, vous ne me comprendrez point, nous ne nous entendrons jamais : brisons, ne nous voyons plus, oubliez-moi ; car si vous ne me répondez pas d'une manière satisfaisante, je vous oublierai, vous deviendrez monsieur le baron de Macumer pour moi, ou plutôt vous ne deviendrez rien, vous serez pour moi comme si vous n'aviez

1. **Badiner** : s'amuser à des jeux galants. Le feu renvoie ici à la passion amoureuse.
2. Tragédie de Jean Racine (1639-1699) jouée en 1670, qui met en scène l'empereur Titus contraint de renvoyer de Rome Bérénice, reine de Palestine, au nom du devoir d'État, alors qu'il est amoureux d'elle.

jamais existé. Hier, chez madame d'Espard, vous avez eu je ne sais quel air content qui m'a souverainement déplu. Vous paraissiez sûr d'être aimé. Enfin, la liberté de votre esprit m'a épouvantée, et je n'ai point reconnu en vous, dans ce moment, le serviteur que vous disiez être dans votre première lettre. Loin d'être absorbé comme doit l'être un homme qui aime, vous trouviez des mots spirituels. Ainsi ne se comporte pas un vrai croyant : il est toujours abattu devant la divinité. Si je ne suis pas un être supérieur aux autres femmes, si vous ne voyez pas en moi la source de votre vie, je suis moins qu'une femme, parce qu'alors je suis simplement une femme. Vous avez éveillé ma défiance, Felipe : elle a grondé de manière à couvrir la voix de la tendresse, et quand j'envisage notre passé, je me trouve le droit d'être défiante. Sachez-le, monsieur le ministre constitutionnel de toutes les Espagnes, j'ai profondément réfléchi à la pauvre condition de mon sexe. Mon innocence a tenu des flambeaux dans ses mains sans se brûler. Écoutez bien ce que ma jeune expérience m'a dit et ce que je vous répète. En toute autre chose, la duplicité[1], le manque de foi, les promesses inexécutées rencontrent des juges, et les juges infligent des châtiments ; mais il n'en est pas ainsi pour l'amour, qui doit être à la fois la victime, l'accusateur, l'avocat, le tribunal et le bourreau ; car les plus atroces perfidies, les plus horribles crimes demeurent inconnus, se commettent d'âme à âme sans témoins, et il est dans l'intérêt bien entendu de l'assassiné de se taire. L'amour a donc son code à lui, sa vengeance à lui : le monde n'a rien à y voir. Or, j'ai résolu, moi, de ne jamais pardonner un crime et il n'y a rien de léger dans les choses du cœur. Hier, vous ressembliez à un homme certain d'être aimé. Vous auriez tort de ne pas avoir cette certitude, mais vous seriez criminel à mes yeux si elle vous ôtait la grâce ingénue[2] que les anxiétés de l'espérance vous donnaient auparavant. Je ne veux vous voir ni timide ni fat, je ne veux pas que vous trembliez de perdre mon affection, parce que ce

---

1. **Duplicité** : fait d'adapter son caractère aux circonstances.
2. **Ingénue** : innocente, naïve.

serait une insulte; mais je ne veux pas non plus que la sécurité vous permette de porter légèrement votre amour[1]. Vous ne devez jamais être plus libre que je ne le suis moi-même. Si vous ne connaissez pas le supplice qu'une seule pensée de doute impose à l'âme, tremblez que je ne vous l'apprenne. Par un seul regard je vous ai livré mon âme, et vous y avez lu. Vous avez à vous les sentiments les plus purs qui jamais se soient élevés dans une âme de jeune fille. La réflexion, les méditations dont je vous ai parlé n'ont enrichi que la tête; mais quand le cœur froissé demandera conseil à l'intelligence, croyez-moi, la jeune fille tiendra de l'ange qui sait et peut tout. Je vous le jure, Felipe, si vous m'aimez comme je le crois, et si vous devez me laisser soupçonner le moindre affaiblissement dans les sentiments de crainte, d'obéissance, de respectueuse attente, de désir soumis que vous annonciez; si j'aperçois un jour la moindre diminution dans ce premier et bel amour qui de votre âme est venu dans la mienne, je ne vous dirai rien, je ne vous ennuierai point par une lettre plus ou moins digne, plus ou moins fière ou courroucée[2], ou seulement grondeuse comme celle-ci; je ne dirais rien, Felipe; vous me verriez triste à la manière des gens qui sentent venir la mort; mais je ne mourrais pas sans vous avoir imprimé la plus horrible flétrissure, sans avoir déshonoré de la manière la plus honteuse celle que vous aimiez, et vous avoir planté dans le cœur d'éternels regrets, car vous me verriez perdue ici-bas aux yeux des hommes et à jamais maudite en l'autre vie.

Ainsi, ne me rendez pas jalouse d'une autre Louise heureuse, d'une Louise saintement aimée, d'une Louise dont l'âme s'épanouissait dans un amour sans ombre, et qui possédait, selon la sublime expression de Dante[3],

---

1. **Porter légèrement votre amour**: aimer de façon légère.
2. **Courroucée**: en colère.
3. **Dante Alighieri** (1265-1321): poète italien, connu notamment pour son long poème intitulé *La Divine Comédie* (vers 1306-1321), composé de trois parties, «l'Enfer», «le Purgatoire» et «le Paradis».

* «Posséder, sans crainte, des richesses qui ne peuvent être perdues!» (*Note de l'auteur.*)

*Senza brama, sicura ricchezza !**

Sachez que j'ai fouillé son Enfer pour en rapporter la plus douloureuse des tortures, un terrible châtiment moral auquel j'associerai l'éternelle vengeance de Dieu.

Vous avez donc glissé dans mon cœur, hier, par votre conduite, la lame froide et cruelle du soupçon. Comprenez-vous ? j'ai douté de vous, et j'en ai tant souffert que je ne veux plus douter. Si vous trouvez mon servage trop dur, quittez-le, je ne vous en voudrai point. Ne sais-je donc pas que vous êtes un homme d'esprit ? réservez toutes les fleurs de votre âme pour moi, ayez les yeux ternes devant le monde, ne vous mettez jamais dans le cas de recevoir une flatterie, un éloge, un compliment de qui que ce soit. Venez me voir chargé de haine, excitant mille calomnies ou accablé de mépris, venez me dire que les femmes ne vous comprennent point, marchent auprès de vous sans vous voir, et qu'aucune d'elles ne saurait vous aimer ; vous apprendrez alors ce qu'il y a pour vous dans le cœur et dans l'amour de Louise. Nos trésors doivent être si bien enterrés, que le monde entier les foule aux pieds sans les soupçonner. Si vous étiez beau, je n'eusse sans doute jamais fait la moindre attention à vous et n'aurais pas découvert en vous le monde de raisons qui fait éclore l'amour ; et, quoique nous ne les connaissions pas plus que nous ne savons comment le soleil fait éclore les fleurs ou mûrir les fruits, néanmoins, parmi ces raisons, il en est une que je sais et qui me charme. Votre sublime visage n'a son caractère, son langage, sa physionomie que pour moi. Moi seule, j'ai le pouvoir de vous transformer, de vous rendre le plus adorable de tous les hommes ; je ne veux donc point que votre esprit échappe à ma possession : il ne doit pas plus se révéler aux autres que vos yeux, votre charmante bouche et vos traits ne leur parlent. À moi seule d'allumer les clartés de votre intelligence comme j'enflamme vos regards. Restez ce sombre et froid, ce maussade et dédaigneux grand d'Espagne que vous étiez auparavant. Vous étiez une sauvage domination détruite, dans les ruines de laquelle personne ne s'aventurait, vous étiez contemplé de loin, et voilà que vous frayez des chemins complaisants pour que tout le monde y entre, et vous allez devenir un aimable Parisien. Ne vous souvenez-vous plus de mon programme? Votre joie disait un peu trop que vous aimiez. Il a fallu mon regard pour vous empêcher de faire savoir au salon le plus perspicace, le plus railleur, le plus spirituel de Paris, qu'Armande-Louise-Marie de Chaulieu vous donnait de l'esprit. Je vous crois trop grand pour faire entrer la moindre ruse de la politique dans votre amour; mais si vous n'aviez pas avec moi la simplicité d'un enfant, je vous plaindrais; et, malgré cette première faute, vous êtes encore l'objet d'une admiration profonde pour

LOUISE DE CHAULIEU.

XXIII

FELIPE À LOUISE.

Quand Dieu voit nos fautes, il voit aussi nos repentirs; vous avez raison, ma chère maîtresse. J'ai senti que je vous avais déplu sans pouvoir pénétrer la cause de votre souci; mais vous me l'avez expliquée, et vous m'avez donné de nouvelles raisons de vous adorer. Votre jalousie à la manière de celle du Dieu d'Israël[1] m'a rempli de bonheur. Rien n'est plus saint ni plus sacré que la jalousie. Ô mon bel ange gardien, la jalousie est la sentinelle qui ne dort jamais; elle est à l'amour ce que le mal est à l'homme, un véridique avertissement. Soyez jalouse de votre serviteur, Louise: plus vous le frapperez, plus il léchera, soumis, humble et malheureux, le bâton qui lui dit en frappant combien vous tenez à lui. Mais, hélas! chère, si vous ne les avez pas aperçus, est-ce donc Dieu qui me tiendra compte de tant d'efforts pour vaincre ma timidité, pour surmonter les sentiments que vous avez crus faibles chez moi? Oui, j'ai bien

1. **Dieu d'Israël**: Yahvé («le Seigneur») qui, dans l'Ancien Testament, guide le peuple d'Israël et se définit comme un dieu jaloux.

pris sur moi pour me montrer à vous comme j'étais avant d'aimer. On goûtait quelque plaisir dans ma conversation à Madrid, et j'ai voulu vous faire connaître à vous-même ce que je valais. Est-ce une vanité ? vous l'avez bien punie. Votre dernier regard m'a laissé dans un tremblement que je n'ai jamais éprouvé, même quand j'ai vu les forces de la France devant Cadix, et ma vie mise en question dans une hypocrite phrase de mon maître. Je cherchais la cause de votre déplaisir sans pouvoir la trouver, et je me désespérais de ce désaccord de notre âme, car je dois agir par votre volonté, penser par votre pensée, voir par vos yeux, jouir de votre plaisir et ressentir votre peine, comme je sens le froid et le chaud. Pour moi, le crime et l'angoisse étaient ce défaut de simultanéité dans la vie de notre cœur que vous avez faite si belle. Lui déplaire !... ai-je répété mille fois depuis, comme un fou. Ma noble et belle Louise, si quelque chose pouvait accroître mon dévouement absolu pour vous et ma croyance inébranlable en votre sainte conscience, ce serait votre doctrine qui m'est entrée au cœur comme une lumière nouvelle. Vous m'avez dit à moi-même mes propres sentiments, vous m'avez expliqué des choses qui se trouvaient confuses dans mon esprit. Oh ! si vous pensez punir ainsi, quelles sont donc les récompenses ? Mais m'avoir accepté pour serviteur suffisait à tout ce que je veux. Je tiens de vous une vie inespérée : je suis voué, mon souffle n'est pas inutile, ma force a son emploi, ne fût-ce qu'à souffrir pour vous. Je vous l'ai dit, je vous le répète, vous me trouverez toujours semblable à ce que j'étais quand je me suis offert comme un humble et modeste serviteur ! Oui, fussiez-vous déshonorée et perdue comme vous dites que vous pourriez l'être, ma tendresse s'augmenterait de vos malheurs volontaires ! j'essuierais les plaies, je les cicatriserais, je convaincrais Dieu par mes prières que vous n'êtes pas coupable et que vos fautes sont le crime d'autrui... Ne vous ai-je pas dit que je vous porte en mon cœur les sentiments si divers qui doivent être chez un père, une mère, une sœur et un frère ? que je suis avant toute chose une famille pour vous, tout et rien, selon vos vouloirs ? Mais n'est-ce pas vous qui avez emprisonné tant de cœurs dans le cœur d'un amant ? Pardonnez-moi donc d'être de temps en temps plus amant que père et frère en apprenant qu'il y a toujours un frère, un père derrière l'amant. Si vous pouviez lire dans mon cœur, quand je vous vois belle et rayonnante, calme et admirée au fond de votre voiture aux Champs-Élysées ou dans votre loge au théâtre ?... Ah ! si vous saviez combien mon orgueil est peu personnel en entendant un éloge arraché par votre beauté, par votre maintien, et combien j'aime les inconnus qui vous admirent ? Quand par hasard vous avez fleuri mon âme par un salut, je suis à la fois humble et fier, je m'en vais comme si Dieu m'avait béni, je reviens joyeux, et ma joie laisse en moi-même une longue trace lumineuse : elle brille dans les nuages de la fumée de ma cigarette, et j'en sais mieux[1] que le sang qui bouillonne dans mes veines est tout à vous. Ne savez-vous donc pas combien vous êtes aimée ? Après vous avoir vue, je reviens dans le cabinet où brille la magnificence sarrasine, mais où votre portrait éclipse tout, lorsque je fais jouer le ressort qui doit le rendre invisible à tous les regards ; et je me lance alors dans l'infini de cette contemplation : je fais là des poèmes de bonheur. Du haut des cieux je découvre le cours de toute une vie que j'ose espérer ! Avez-vous quelquefois entendu dans le silence des nuits, ou malgré le bruit du monde, une voix résonner dans votre chère petite oreille adorée ? Ignorez-vous les mille prières qui vous sont adressées ? À force de vous contempler silencieusement, j'ai fini par découvrir la raison de tous vos traits, leur correspondance avec les perfections de votre âme ; je vous fais alors en espagnol, sur cet accord de vos deux belles natures, des sonnets que vous ne connaissez pas, car ma poésie est trop au-dessous du sujet, et je n'ose vous les envoyer. Mon cœur est si parfaitement absorbé dans le vôtre, que je ne suis pas un moment sans penser à vous ; et si vous cessiez d'animer ainsi ma vie, il y aurait souffrance en moi. Comprenez-vous maintenant, Louise, quel tourment pour moi d'être, bien involontairement, la cause d'un déplaisir pour vous et de n'en pas deviner la raison ?

---

1. **J'en sais mieux** : je prends davantage conscience.

Cette belle double vie était arrêtée, et mon cœur sentait un froid glacial. Enfin, dans l'impossibilité de m'expliquer ce désaccord, je pensais n'être plus aimé ; je revenais bien tristement, mais heureux encore, à ma condition de serviteur, quand votre lettre est arrivée, et m'a rempli de joie. Oh ! grondez-moi toujours ainsi.

Un enfant, qui s'était laissé tomber, dit à sa mère : « Pardon ! » en se relevant et lui déguisant son mal. Oui, pardon de lui avoir causé une douleur. Eh ! bien, cet enfant, c'est moi : je n'ai pas changé, je vous livre la clef de mon caractère avec une soumission d'esclave ; mais, chère Louise, je ne ferai plus de faux pas. Tâchez que la chaîne qui m'attache à vous, et que vous tenez, soit toujours assez tendue pour qu'un seul mouvement dise vos moindres souhaits à celui qui sera toujours

Votre esclave,
FELIPE.

XXIV

LOUISE DE CHAULIEU À RENÉE DE L'ESTORADE.

Octobre 1824.

Ma chère amie, toi qui t'es mariée en deux mois à un pauvre souffreteux de qui tu t'es faite la mère, tu ne connais rien aux effroyables péripéties de ce drame joué au fond des cœurs et appelé l'amour, où tout devient en un moment tragique, où la mort est dans un regard, dans une réponse faite à la légère. J'ai réservé pour dernière épreuve à Felipe une terrible mais décisive épreuve. J'ai voulu savoir si j'étais aimée *quand même*[1] ! le grand et sublime mot des royalistes, et pourquoi pas des catholiques ? Il s'est promené pendant toute une nuit avec moi sous les tilleuls au fond de notre jardin, et il n'a pas eu dans l'âme l'ombre même d'un doute. Le lendemain, j'étais plus aimée,

1. Référence à la devise « Vive le roi quand même », prononcée par les ultraroyalistes pour critiquer la politique de Louis XVIII, jugée trop clémente vis-à-vis des idées et principes hérités de la Révolution.

et pour lui tout aussi chaste, tout aussi grande, tout aussi pure que la veille ; il n'en avait pas tiré le moindre avantage. Oh ! il est bien Espagnol, bien Abencérage. Il a gravi mon mur pour venir baiser la main que je lui tendais dans l'ombre, du haut de mon balcon ; il a failli se briser ; mais combien de jeunes gens en feraient autant ? Tout cela n'est rien, les chrétiens subissent d'effroyables martyres pour aller au ciel. Avant-hier, au soir, j'ai pris[1] le futur ambassadeur du roi à la cour d'Espagne, mon très honoré père, et je lui ai dit en souriant : « Monsieur, pour un petit nombre d'amis, vous mariez au neveu d'un ambassadeur votre chère Armande à qui cet ambassadeur, désireux d'une telle alliance et qui l'a mendiée assez longtemps, assure au contrat de mariage son immense fortune et ses titres après sa mort en donnant, dès à présent, aux deux époux cent mille livres de rente et reconnaissant à la future une dot de huit cent mille francs. Votre fille pleure, mais elle plie sous l'ascendant irrésistible de votre majestueuse autorité paternelle. Quelques médisants disent que votre fille cache sous ses pleurs une âme intéressée et ambitieuse. Nous allons ce soir à l'Opéra dans la loge des gentilshommes, et monsieur le baron de Macumer y viendra. – Il ne va donc pas[2] ? me répondit mon père en souriant et me traitant en ambassadrice. – Vous prenez Clarisse Harlowe pour Figaro[3] ! lui ai-je dit en lui jetant un regard plein de dédain et de raillerie. Quand vous m'aurez vu la main droite dégantée, vous démentirez ce bruit impertinent, et vous vous en montrerez offensé. – Je puis être tranquille sur ton avenir : tu n'as pas plus la tête d'une fille que Jeanne d'Arc n'avait le cœur d'une femme. Tu seras heureuse, tu n'aimeras personne et te laisseras aimer ! » Pour cette fois, j'éclatai de rire. « Qu'as-tu, ma petite coquette ? me dit-il. – Je tremble pour les intérêts de mon pays... Et, voyant qu'il ne me comprenait pas, j'ajoutai : à Madrid ! – Vous ne sauriez croire à quel point, au bout d'une année, cette religieuse

---

1. Sous-entendu, à part.
2. Il ne va donc pas : il ne progresse donc pas.
3. Clarisse Harlowe : voir note 3, p. 72 ; **Figaro** : valet rusé de la comédie de Beaumarchais (1732-1799) *Le Barbier de Séville*, jouée en 1775.

se moque de son père, dit-il à la duchesse. – Armande se moque de tout, répliqua ma mère en me regardant. – Que voulez-vous dire ? lui demandai-je. – Mais vous ne craignez même pas l'humidité de la nuit qui peut vous donner des rhumatismes, dit-elle en me lançant un nouveau regard. – Les matinées, répondis-je, sont si chaudes ! La duchesse a baissé les yeux. – Il est bien temps de la marier, dit mon père, et ce sera, je l'espère, avant mon départ. – Oui, si vous le voulez, lui ai-je répondu simplement. »

Deux heures après, ma mère et moi, la duchesse de Maufrigneuse et madame d'Espard, nous étions comme quatre roses sur le devant de la loge. Je m'étais mise de côté, ne présentant qu'une épaule au public et pouvant tout voir sans être vue dans cette loge spacieuse qui occupe un des deux pans coupés au fond de la salle, entre les colonnes. Macumer est venu, s'est planté sur ses jambes et a mis ses jumelles devant ses yeux pour pouvoir me regarder à son aise. Au premier entracte est entré celui que j'appelle le roi des Ribauds[1], un jeune homme d'une beauté féminine. Le comte Henri de Marsay[2] s'est produit[3] dans la loge avec une épigramme dans les yeux, un sourire sur les lèvres, un air joyeux sur toute la figure. Il a fait les premiers compliments à ma mère, à madame d'Espard, à la duchesse de Maufrigneuse, au comte d'Esgrignon et à monsieur de Canalis ; puis il me dit : « Je ne sais pas si je serai le premier à vous complimenter d'un événement qui va vous rendre un objet d'envie[4]. – Ah ! un mariage, ai-je dit. Est-ce une jeune personne si récemment sortie du couvent qui vous apprendra que les mariages dont on parle ne se font jamais ? » Monsieur de Marsay s'est penché à l'oreille de Macumer, et j'ai parfaitement compris, par le seul mouvement des lèvres, qu'il lui disait : – Baron, vous aimez peut-être cette petite coquette, qui s'est servie de vous ; mais, comme il s'agit de mariage et non d'une passion, il faut toujours savoir ce qui se

1. **Roi des Ribauds** : chef des soldats qui veillaient jour et nuit sur le roi.
2. Personnage de *La Comédie humaine*.
3. **S'est produit** : s'est présenté.
4. **Qui va vous rendre un objet d'envie** : qui va vous rendre désirable.

passe. Macumer a jeté sur l'officieux[1] médisant un de ces regards qui, selon moi, sont un poème, et lui a répliqué quelque chose comme: «Je n'aime point de petite coquette!» d'un air qui m'a si bien ravie que je me suis dégantée en voyant mon père. Felipe n'avait pas eu la moindre crainte ni le moindre soupçon. Il a bien réalisé tout ce que j'attendais de son caractère: il n'a foi qu'en moi, le monde et ses mensonges ne l'atteignent pas. L'Abencérage n'a pas sourcillé, la coloration de son sang bleu n'a pas teint sa face olivâtre. Les deux jeunes comtes sont sortis. J'ai dit alors en riant à Macumer: «Monsieur de Marsay vous a fait une épigramme sur moi. – Bien plus qu'une épigramme, a-t-il répondu, un épithalame[2]. – Vous me parlez grec, lui ai-je dit en souriant et le récompensant par un certain regard qui lui fait toujours perdre contenance. – Je l'espère bien! s'est écrié mon père en s'adressant à madame de Maufrigneuse. Il court des commérages infâmes. Aussitôt qu'une jeune personne va dans le monde, on a la rage de la marier, et l'on invente des absurdités! Je ne marierai jamais Armande contre son gré. Je vais faire un tour au foyer[3], car on croirait que je laisse courir ce bruit-là pour donner l'idée de ce mariage à l'ambassadeur; et la fille de César doit être encore moins soupçonnée que sa femme, qui ne doit pas l'être du tout.»

La duchesse de Maufrigneuse et madame d'Espard regardèrent d'abord ma mère, puis le baron, d'un air pétillant, narquois[4], rusé, plein d'interrogations contenues. Ces fines couleuvres ont fini par entrevoir quelque chose. De toutes les choses secrètes l'amour est la plus publique, et les femmes l'exhalent[5], je crois. Aussi, pour le bien cacher, une femme doit-elle être un monstre! Nos yeux sont encore plus bavards que ne l'est notre langue. Après avoir joui du délicieux plaisir de trouver Felipe aussi grand que je le souhaitais,

1. **Officieux**: personne qui importune en voulant rendre service.
2. **Épithalame**: poème composé à l'occasion d'un mariage.
3. **Foyer**: ici, source, origine des rumeurs.
4. **Narquois**: moqueur.
5. **L'exhalent**: la laissent transparaître.

j'ai naturellement voulu davantage. J'ai fait alors un signal convenu pour lui dire de venir à ma fenêtre par le dangereux chemin que tu connais. Quelques heures après, je l'ai trouvé droit comme une statue, collé le long de la muraille, la main appuyée à l'angle du balcon de ma fenêtre, étudiant les reflets de la lumière de mon appartement. « Mon cher Felipe, lui ai-je dit, vous avez été bien ce soir : vous vous êtes conduit comme je me serais conduite moi-même si l'on m'eût appris que vous faisiez un mariage. – J'ai pensé que vous m'eussiez instruit avant tout le monde, a-t-il répondu. – Et quel est votre droit à ce privilège ? – Celui d'un serviteur dévoué. – L'êtes-vous vraiment ? – Oui, dit-il ; et je ne changerai jamais. – Eh ! bien, si ce mariage était nécessaire, si je me résignais… » La douce lueur de la lune a été comme éclairée par les deux regards qu'il a lancés sur moi d'abord, puis sur l'espèce d'abîme que nous faisait le mur. Il a paru se demander si nous pouvions mourir ensemble écrasés ; mais, après avoir brillé comme un éclair sur sa face et jailli de ses yeux, ce sentiment a été comprimé par une force supérieure à celle de la passion. – L'Arabe n'a qu'une parole, a-t-il dit d'une voix étranglée. Je suis votre serviteur, et vous appartiens : je vivrai toute ma vie pour vous. La main qui tenait le balcon m'a paru mollir, j'y ai posé la mienne en lui disant : – Felipe, mon ami, je suis par ma seule volonté votre femme dès cet instant. Allez me demander dans la matinée à mon père. Il veut garder ma fortune ; mais vous vous engagerez à me la reconnaître au contrat sans l'avoir reçue, et vous serez sans aucun doute agréé[1]. Je ne suis plus Armande de Chaulieu ; descendez promptement, Louise de Macumer ne veut pas commettre la moindre imprudence. Il a pâli, ses jambes ont fléchi, il s'est élancé d'environ dix pieds de haut à terre sans se faire le moindre mal ; mais, après m'avoir causé la plus horrible émotion, il m'a saluée de la main et a disparu. Je suis donc aimée, me suis-je dit, comme une femme ne le fut jamais ! Et je me suis endormie avec une satisfaction enfantine ; mon sort était à jamais fixé. Vers

1. **Agréé** : accueilli favorablement.

deux heures mon père m'a fait appeler dans son cabinet où j'ai trouvé la duchesse et Macumer. Les paroles s'y sont très gracieusement échangées. J'ai tout simplement répondu que, si monsieur Henarez s'était entendu avec mon père, je n'avais aucune raison de m'opposer à leurs désirs. Là-dessus, ma mère a retenu le baron à dîner; après quoi nous avons été tous quatre nous promener au bois de Boulogne. J'ai regardé très railleusement monsieur de Marsay quand il a passé à cheval, car il a remarqué Macumer et mon père sur le devant de la calèche.

Mon adorable Felipe a fait ainsi refaire ses cartes:

HENAREZ,
Des ducs de Soria, baron de Macumer.

Tous les matins il m'apporte lui-même un bouquet d'une délicieuse magnificence, au milieu duquel je trouve toujours une lettre qui contient un sonnet espagnol à ma louange, fait par lui pendant la nuit.

Pour ne pas grossir ce paquet, je t'envoie comme échantillon le premier et le dernier de ses sonnets, que je t'ai traduits mot à mot en te les mettant vers par vers.

PREMIER SONNET.

Plus d'une fois, couvert d'une mince veste de soie, – l'épée haute sans que mon cœur battît une pulsation de plus, – j'ai attendu l'assaut du taureau furieux, – et sa corne plus aiguë que le croissant de Phœbé[1].

J'ai gravi, fredonnant une seguidille[2] *andalouse, – le talus d'une redoute*[3] *sous une pluie de fer; – j'ai jeté ma vie sur le tapis vert du hasard – sans plus m'en soucier que d'un quadruple d'or.*

---

1. **Phœbé**: dans la mythologie grecque, géante, fille d'Ouranos (le Ciel) et de Gaïa (la Terre), associée à la lune.
2. **Seguidille (ou «séguedille»)**: danse populaire espagnole d'origine andalouse.
3. **Redoute**: ouvrage de fortification militaire.

J'aurais pris avec la main les boulets dans la gueule des canons ; – mais je crois que je deviens plus timide qu'un lièvre aux aguets ; – qu'un enfant qui voit un spectre aux plis de sa fenêtre.

Car, lorsque tu me regardes avec ta douce prunelle, – une sueur glacée couvre mon front ; mes genoux se dérobent sous moi, – je tremble, je recule, je n'ai plus de courage.

DEUXIÈME SONNET.

Cette nuit, je voulais dormir pour rêver de toi ; – mais le sommeil jaloux fuyait mes paupières ; – je m'approchai du balcon, et je regardai le ciel : – lorsque je pense à toi mes yeux se tournent toujours en haut.

Phénomène étrange, que l'amour peut seul expliquer, – le firmament avait perdu sa couleur de saphir ; – les étoiles, diamants éteints dans leur monture d'or, – ne lançaient que des œillades mortes, des rayons refroidis.

La lune, nettoyée de son fard d'argent et de lis, – roulait tristement sur le morne horizon, – car tu as dérobé au ciel toutes ses splendeurs.

La blancheur de la lune luit sur ton front charmant, – tout l'azur du ciel s'est concentré dans tes prunelles, – et tes cils sont formés par les rayons des étoiles.

Peut-on prouver plus gracieusement à une jeune fille qu'on ne s'occupe que d'elle ? Que dis-tu de cet amour qui s'exprime en prodiguant les fleurs de l'intelligence et les fleurs de la terre ? Depuis une dizaine de jours, je connais ce qu'est cette galanterie espagnole si fameuse autrefois.

Ah ! çà, chère, que se passe-t-il à La Crampade, où je me promène si souvent en examinant les progrès de notre agriculture ? N'as-tu rien à me dire de nos mûriers, de nos plantations de l'hiver dernier ? Tout y réussit-il à tes souhaits ? Les fleurs sont-elles épanouies dans ton cœur d'épouse en même temps que celles de nos massifs ? je n'ose dire de nos plates-bandes. Louis continue-t-il son système de madrigaux[1] ? Vous entendez-vous bien ? Le doux murmure de

1. **Madrigaux** : propos galants adressés à une femme.

ton filet de tendresse conjugale vaut-il mieux que la turbulence des torrents de mon amour ? Mon gentil docteur en jupon s'est-il fâché ? Je ne saurais le croire, et j'enverrais Felipe en courrier se mettre à tes genoux et me rapporter ta tête ou mon pardon, s'il en était ainsi. Je fais une belle vie ici, cher amour, et je voudrais savoir comment va celle de Provence. Nous venons d'augmenter notre famille d'un Espagnol coloré comme un cigare de La Havane, et j'attends encore tes compliments.

Vraiment, ma belle Renée, je suis inquiète, j'ai peur que tu ne dévores quelques souffrances pour ne pas en attrister mes joies, méchante ! Écris-moi promptement quelques pages où tu me peignes ta vie dans ses infiniment petits et dis-moi bien si tu résistes toujours, si ton libre arbitre est sur ses deux pieds ou à genoux, ou bien assis, ce qui serait grave. Crois-tu que les événements de ton mariage ne me préoccupent pas ? Tout ce que tu m'as écrit me rend parfois rêveuse. Souvent, lorsqu'à l'Opéra je paraissais regarder des danseuses en pirouette, je me disais : Il est neuf heures et demie, elle se couche peut-être, que fait-elle ? Est-elle heureuse ? Est-elle seule avec son libre arbitre ? ou son libre arbitre est-il où vont les libres arbitres dont on ne se soucie plus ?... Mille tendresses.

XXV

RENÉE DE L'ESTORADE À LOUISE DE CHAULIEU.

Octobre.

Impertinente, pourquoi t'aurais-je écrit? que t'eussé-je dit? Durant cette vie animée par les fêtes, par les angoisses de l'amour, par ses colères et par ses fleurs que tu me dépeins, et à laquelle j'assiste comme à une pièce de théâtre bien jouée, je mène une vie monotone et réglée à la manière d'une vie de couvent. Nous sommes toujours couchés à neuf heures et levés au jour. Nos repas sont toujours servis avec une exactitude désespérante. Pas le plus léger accident[1]. Je me suis accoutumée à cette division du temps et sans trop de peine. Peut-être est-ce naturel, que serait la vie sans cet assujettissement à des règles fixes qui, selon les astronomes et au dire de Louis, régit les mondes? L'ordre ne lasse pas. D'ailleurs, je me suis imposé des obligations de toilette qui me prennent le temps entre mon lever et le déjeuner: je tiens à y paraître charmante par obéissance à mes devoirs de femme, j'en éprouve du contentement et j'en cause un bien vif au bon vieillard et à Louis. Nous nous promenons après le déjeuner. Quand les journaux arrivent, je disparais pour m'acquitter de mes affaires de ménage ou pour lire, car je lis beaucoup, ou pour t'écrire. Je reviens une heure avant le dîner, et après on joue, on a des visites, ou l'on en fait. Je passe ainsi mes journées entre un vieillard heureux, sans désirs, et un homme pour qui je suis le bonheur. Louis est si content, que sa joie a fini par réchauffer mon âme. Le bonheur, pour nous, ne doit sans doute pas être le plaisir. Quelquefois, le soir, quand je ne suis pas utile à la partie[2], et que je suis enfoncée dans une bergère, ma pensée est assez puissante pour me faire entrer en toi; j'épouse alors ta belle vie si féconde, si nuancée, si violemment agitée, et je me demande à quoi te mèneront ces turbulentes préfaces; ne tueront-elles pas le

1. **Accident**: événement imprévu.
2. **Partie**: divertissement.

livre ? Tu peux avoir les illusions de l'amour, toi, chère mignonne ; mais moi, je n'ai plus que les réalités du ménage. Oui, tes amours me semblent un songe ! Aussi ai-je de la peine à comprendre pourquoi tu les rends si romanesques. Tu veux un homme qui ait plus d'âme que de sens, plus de grandeur et de vertu que d'amour ; tu veux que le rêve des jeunes filles à l'entrée de la vie prenne un corps ; tu demandes des sacrifices pour les récompenser ; tu soumets ton Felipe à des épreuves, pour savoir si le désir, si l'espérance, si la curiosité seront durables. Mais, enfant, derrière tes décorations fantastiques s'élève un autel où se prépare un lien éternel. Le lendemain du mariage, le terrible fait qui change la fille en femme et l'amant en mari, peut renverser les élégants échafaudages de tes subtiles précautions. Sache donc enfin que deux amoureux, tout aussi bien que deux personnes mariées comme nous l'avons été, Louis et moi, vont chercher sous les joies d'une noce, selon le mot de Rabelais[1], un grand *peut-être !*

Je ne te blâme pas, quoique ce soit un peu léger, de causer avec Don Felipe au fond du jardin, de l'interroger, de passer une nuit à ton balcon, lui sur le mur ; mais tu joues avec la vie, enfant, et j'ai peur que la vie ne joue avec toi. Je n'ose pas te conseiller ce que l'expérience me suggère pour ton bonheur ; mais laisse-moi te répéter encore, du fond de ma vallée, que le viatique[2] du mariage est dans ces mots : résignation et dévouement ! Car, je le vois, malgré tes épreuves, malgré tes coquetteries et tes observations, tu te marieras absolument comme moi. En étendant le désir, on creuse un peu plus profond le précipice, voilà tout.

Oh ! comme je voudrais voir le baron de Macumer et lui parler pendant quelques heures, tant je te souhaite de bonheur !

---

1. **François Rabelais** (vers 1483-1553) : auteur français humaniste qui aurait dit avant de mourir : « Je pars en quête d'un grand peut-être. »
2. **Viatique** : soutien, secours (sens figuré).

Arrêt sur lecture 1

Pour comprendre l'essentiel

Un roman épistolaire

1 *Mémoires de deux jeunes mariées* est un roman composé exclusivement de lettres. Listez tous les indices formels qui relèvent du genre épistolaire en ce début de roman.

2 Dans les quatre premières lettres, Louise décrit à Renée les étapes par lesquelles elle passe avant d'être confrontée au monde. Donnez à chacune de ces lettres un titre rendant compte de l'évolution de la jeune femme, puis relevez une ou plusieurs citation(s) illustrant les différentes étapes auxquelles elle est confrontée.

3 Louise, tout juste sortie du couvent, témoigne dans ses premières lettres d'une vision fantasmée de la réalité. Montrez, en vous appuyant sur les lettres V et IX, que Renée, quant à elle, est tout à fait sortie de cette phase d'idéalisation.

Louise découvre l'amour

4 Felipe est un personnage au destin hors du commun. Étudiez la manière dont il est introduit dans le roman.

5 Louise impose à Felipe de respecter les règles de l'amour courtois tel qu'on l'idéalisait au Moyen Âge. Retrouvez dans les lettres XII, XV à XVII,

XIX, XXI, XXII et XXIV ce qui rapproche Felipe du chevalier médiéval, tant dans son attitude que dans les épreuves que Louise lui impose.

6 « Ton Espagnol et toi, vous me faites frémir, ma chère mignonne », écrit Renée à Louise dans la lettre XI (p. 73, l. 1). Explicitez les raisons qui motivent l'inquiétude de Renée quant à l'avenir du couple formé par Louise et Felipe.

Deux parcours opposés

7 Renée épouse Louis, tandis que Louise entame un jeu de séduction avec Felipe. Comparez ces deux personnages masculins à l'aide d'un tableau dans lequel vous préciserez la situation (âge, titre, profession, etc.) et les caractéristiques physiques et morales de chacun. Rédigez ensuite quelques lignes pour résumer leurs points communs.

8 Dans ce début de roman, les choix de Louise sont valorisés par rapport à ceux de Renée. Étudiez comment l'auteur privilégie une trajectoire plutôt que l'autre.

9 Renée et Louise s'opposent sur leur vision de l'amour et du mariage. Résumez en quelques phrases le point de vue de chacune.

✔ *Rappelez-vous !*

• *Mémoires de deux jeunes mariées* est un **roman épistolaire**. La plupart des lettres sont écrites par deux jeunes femmes, Louise et Renée, tout juste sorties du couvent, qui découvrent la vie amoureuse. En cédant la parole aux deux protagonistes, Honoré de Balzac ne laisse jamais transparaître son point de vue sur le mariage. On voit cependant très vite que **Louise est un personnage beaucoup plus romanesque que Renée** (➡ Fiche 7, p. 300).

• Honoré de Balzac est un **auteur réaliste**. Il s'intéresse aux **mœurs de la société de son époque**, qu'il décrit ici à travers **la question du mariage et de la place de la femme**. Par ailleurs, il s'inspire du **romantisme**, mouvement antérieur au réalisme, dont l'influence est encore très perceptible, notamment pour forger le **caractère de Louise**.

Vers l'oral du Bac

Explication linéaire de la lettre III (p. 36-37, l. 13-43).

→ *Analysez la métamorphose de Louise en héroïne romantique*

Conseils pour la lecture à voix haute

– Louise s'adresse à Renée. Pensez à bien mettre en valeur par votre lecture les différents signes d'oralité et les adresses à la destinataire.

– Votre lecture doit faire entendre l'enthousiasme de Louise. Marquez bien les phrases exclamatives et insistez sur les nombreux « mais ».

– Entraînez-vous à lire les phrases plus longues pour maintenir une cohérence dans le rythme et l'intonation.

Explication linéaire du texte

Introduction

Les quatre premières lettres du roman sont écrites par Louise alors qu'elle vient tout juste de sortir du couvent, un peu après Renée. Pour elle, il s'agit d'une véritable renaissance. Elle retrouve sa famille et se prépare à faire son entrée officielle dans le monde. Au début de la lettre III, elle se dit prête à vivre cette importante étape. Elle brosse alors à Renée son autoportrait de femme transformée qui s'apprête, pour la première fois, à paraître aux yeux de la gent masculine. Les récits de métamorphoses sont nombreux, dans la littérature fantastique notamment, mais ici la transformation s'opère par le seul regard de la narratrice, comme si elle était à la fois le sculpteur et sa sculpture, Pygmalion et Galatée. Nous verrons ainsi comment, à travers cet autoportrait, Louise se métamorphose en héroïne romantique. Tout d'abord, nous analyserons les étapes de cette transformation, énoncées sous forme d'introduction. Nous nous intéresserons ensuite à la description que Louise fait de son corps, celui d'une séductrice en devenir. Enfin, nous nous attarderons sur la peinture de son visage, qui vient parfaire le portrait d'une femme romantique prête à conquérir le monde et à trouver l'amour.

Explication guidée

I. Lignes 13 à 18 : Introduction à l'autoportrait : de carmélite à fille mondaine

a. Comment perçoit-on la proximité entre Louise et Renée ?

b. Par quelles images comprend-on que Louise se détourne du passé pour se tourner vers l'avenir ?

c. À qui d'autre que Renée peut être destiné cet autoportrait ? Trois autres destinataires sont envisageables.

II. Lignes 18 à 35 : Portrait d'une séductrice en devenir

a. Quels sont les signes d'oralité dans ce passage ?

b. En quoi peut-on dire que Louise est lucide sur ses défauts ?

c. Quels éléments font cependant de ce portrait un éloge ?

III. Lignes 35 à 43 : Le visage d'une conquérante de l'amour

a. Quels procédés (figures de style, lexique, etc.) font du visage de Louise une œuvre d'art ?

b. Comment comprend-on que Louise est une femme de caractère ?

c. Quels éléments de ce portrait ont un caractère inquiétant ?

Conclusion

Au début de ce roman, on assiste à une véritable métamorphose : la jeune fille qui sort du couvent devient une jeune femme pressée de faire son entrée dans le monde et de plaire. Telle une artiste, elle se recrée elle-même, des pieds à la tête. Dans cet autoportrait physique, on perçoit très nettement les traits de caractère de Louise, qui s'impose déjà comme une jeune femme romantique, exaltée, spontanée, sûre d'elle. Implicitement, le portrait de Renée la brune se dessine en creux comme étant à l'exact opposé, une personnalité plus douce, plus lisse. On n'a d'ailleurs pas accès à ses impressions à la sortie du couvent, qu'elle a quitté quinze jours avant Louise. Cela révèle un tempérament sans doute moins exalté. Le lecteur peut d'ores et déjà s'inquiéter pour Louise, qui s'« élève » ainsi au-dessus des femmes de son temps, mais aussi avoir hâte de voir cette personnalité se confronter à la réalité de la vie mondaine.

Question de grammaire

Identifiez les différentes propositions subordonnées utilisées dans le passage allant de : « J'ai des défauts » (l. 16) à « arrondir et modeler » (l. 23).

XXVI

LOUISE DE MACUMER[1] À RENÉE DE L'ESTORADE.

Mars 1825.

Comme Felipe réalise avec une générosité de Sarrasin les plans de mon père et de ma mère, en me reconnaissant ma fortune sans la recevoir, la duchesse est devenue encore meilleure femme avec moi qu'auparavant. Elle m'appelle *petite rusée, petite commère*, elle me trouve *le bec affilé*[2]. « Mais, chère maman, lui ai-je dit la veille de la signature du contrat, vous attribuez à la politique, à la ruse, à l'habileté, les effets de l'amour le plus vrai, le plus naïf, le plus désintéressé, le plus entier qui fut jamais ! Sachez donc que je ne suis pas *la commère* pour laquelle vous me faites l'honneur de me prendre. – Allons donc, Armande, me dit-elle en me prenant par le cou, m'attirant à elle et me baisant au front, tu n'as pas voulu retourner au couvent, tu n'as pas voulu rester fille, et en grande, en belle Chaulieu que tu es, tu as senti la nécessité de relever la maison de ton père. (Si tu savais, Renée, ce qu'il y a de flatterie dans ce mot pour le duc, qui nous écoutait !) Je t'ai vue pendant tout un hiver fourrant ton petit museau dans tous les quadrilles[3], jugeant très bien les hommes et devinant le monde actuel en France. Aussi as-tu avisé le seul Espagnol capable de te faire la belle vie d'une femme maîtresse chez elle. Ma chère petite, tu l'as traité comme Tullia traite ton frère. – Quelle école que le couvent de ma sœur ! s'est écrié mon père. » Je jetai sur mon père un regard qui lui coupa net la parole ; puis je me suis retournée vers la duchesse, et lui ai dit : « Madame, j'aime mon prétendu, Felipe de Soria, de toutes les puissances de mon âme. Quoique cet amour ait été très involontaire et très combattu quand il s'est levé dans mon cœur,

1. Louise a changé de nom en épousant Felipe. Honoré de Balzac envisage un temps de faire démarrer ici la deuxième partie du roman (➡ Fiche 4, p. 294).
2. ***Le bec affilé*** : la parole vive, malicieuse.
3. **Quadrilles** : ici, bals ; le quadrille est une danse à la mode au XIXe siècle.

je vous jure que je ne m'y suis abandonnée qu'au moment où j'ai reconnu dans le baron de Macumer une âme digne de la mienne, un cœur en qui les délicatesses, les générosités, le dévouement, le caractère et les sentiments étaient conformes aux miens. – Mais, ma chère, a-t-elle repris en m'interrompant, il est laid comme… – Comme tout ce que vous voudrez, dis-je vivement, mais j'aime cette laideur. – Tiens, Armande, me dit mon père, si tu l'aimes et si tu as eu la force de maîtriser ton amour, tu ne dois pas risquer ton bonheur. Or, le bonheur dépend beaucoup des premiers jours du mariage… – Et pourquoi ne pas lui dire des premières nuits ? s'écria ma mère. Laissez-nous, monsieur, ajouta la duchesse en regardant mon père. »

– Tu te maries dans trois jours, ma chère petite, me dit ma mère à l'oreille, je dois donc te faire maintenant, sans pleurnicheries bourgeoises, les recommandations sérieuses que toutes les mères font à leurs filles. Tu épouses un homme que tu aimes. Ainsi, je n'ai pas à te plaindre, ni à me plaindre moi-même. Je ne t'ai vue que depuis un an : si ce fut assez pour t'aimer, ce n'est pas non plus assez pour que je fonde en larmes en regrettant ta compagnie. Ton esprit a surpassé ta beauté ; tu m'as flattée dans mon amour-propre de mère, et tu t'es conduite en bonne et aimable fille. Aussi me trouveras-tu toujours excellente mère. Tu souris ?… Hélas ! souvent, là où la mère et la fille ont bien vécu, les deux femmes se brouillent. Je te veux heureuse. Écoute-moi donc. L'amour que tu ressens est un amour de petite fille, l'amour naturel à toutes les femmes qui sont nées pour s'attacher à un homme, mais, hélas ! ma petite, il n'y a qu'un homme dans le monde pour nous, il n'y en a pas deux ! et celui que nous sommes appelées à chérir n'est pas toujours celui que nous avons choisi pour mari, tout en croyant l'aimer. Quelque singulières que puissent te paraître mes paroles, médite-les. Si nous n'aimons pas celui que nous avons choisi, la faute en est et à nous et à lui, quelquefois à des circonstances qui ne dépendent ni de nous ni de lui ; et néanmoins rien ne s'oppose à ce que ce soit l'homme que notre famille nous donne, l'homme à qui s'adresse notre cœur, qui soit l'homme aimé. La barrière qui plus tard se trouve entre nous et lui, s'élève souvent par un défaut de persévérance qui vient et de nous et de notre mari. Faire de son mari son amant est une œuvre aussi délicate que celle de faire de son amant son mari, et tu viens de t'en acquitter à merveille. Eh ! bien, je te le répète : je te veux heureuse. Songe donc dès à présent que dans les trois premiers mois de ton mariage tu pourrais devenir malheureuse si, de ton côté, tu ne te soumettais pas au mariage avec l'obéissance, la tendresse et l'esprit que tu as déployés dans tes amours. Car, ma petite commère, tu t'es laissée aller à tous les innocents bonheurs d'un amour clandestin. Si l'amour heureux commençait pour toi par des désenchantements, par des déplaisirs, par des douleurs même, eh ! bien, viens me voir. N'espère pas trop d'abord du mariage, il te donnera peut-être plus de peines que de joies. Ton bonheur exige autant de culture qu'en a exigé l'amour. Enfin, si par hasard tu perdais l'amant, tu retrouverais le père de tes enfants. Là, ma chère enfant, est toute la vie sociale. Sacrifie tout à l'homme dont le nom est le tien, dont l'honneur, dont la considération ne peuvent recevoir la moindre atteinte qui ne fasse chez toi la plus affreuse brèche. Sacrifier tout à son mari n'est pas seulement un devoir absolu pour des femmes de notre rang, mais encore le plus habile calcul. Le plus bel attribut des grands principes de morale, c'est d'être vrais et profitables de quelque côté qu'on les étudie. En voilà bien assez pour toi. Maintenant, je te crois encline à la jalousie ; et moi, ma chère, je suis jalouse aussi !… mais je ne te voudrais pas sottement jalouse. Écoute : la jalousie qui se montre ressemble à une politique qui mettrait cartes sur table. Se dire jalouse, le laisser voir, n'est-ce pas montrer son jeu ? Nous ne savons rien alors du jeu de l'autre. En toute chose, nous devons savoir souffrir en silence. J'aurai d'ailleurs avec Macumer un entretien sérieux à propos de toi la veille de votre mariage.

J'ai pris le beau bras de ma mère et lui ai baisé la main en y mettant une larme que son accent avait attirée dans mes yeux. J'ai deviné, dans cette haute morale, digne d'elle et de moi, la plus profonde sagesse, une tendresse sans bigoterie[1] sociale, et surtout une véritable estime de mon caractère. Dans ces simples paroles, elle a mis le résumé des enseignements que sa vie et son expérience lui ont peut-être chèrement vendus. Elle fut touchée, et me dit en me regardant : – Chère fillette ! tu vas faire un terrible passage. Et la plupart des femmes ignorantes ou désabusées sont capables d'imiter le comte de Westmoreland[2].

Nous nous mîmes à rire. Pour t'expliquer cette plaisanterie, je dois te dire qu'à table, la veille, une princesse russe nous avait raconté que le comte de Westmoreland, ayant énormément souffert du mal de mer pendant le passage de la Manche, et voulant aller en Italie, il tourna bride et revint quand on lui parla du passage des Alpes : – J'ai assez de passages comme cela ! dit-il. Tu comprends, Renée, que ta sombre philosophie et la morale de ma mère étaient de nature à réveiller les craintes qui nous agitaient à Blois. Plus le mariage approchait, plus j'amassais en moi de force, de volonté, de sentiments pour résister au terrible passage de l'état de jeune fille à l'état de femme. Toutes nos conversations me revenaient à l'esprit, je relisais tes lettres et j'y découvrais je ne sais quelle mélancolie cachée. Ces appréhensions ont eu le mérite de me rendre[3] la fiancée vulgaire[4] des gravures et du public. Aussi le monde m'a-t-il trouvée charmante et très convenable le jour de la signature du contrat. Ce matin, à la mairie où nous sommes allés sans cérémonie, il n'y a eu que les témoins. Je te finis ce bout de lettre pendant que l'on apprête ma toilette pour le dîner. Nous serons mariés à l'église de Sainte-Valère, ce soir à minuit, après une brillante soirée. J'avoue que mes craintes me donnent un air de victime et une fausse pudeur qui me vaudront des admirations auxquelles je ne comprends rien. Je suis ravie de voir mon pauvre Felipe tout aussi jeune fille que

1. **Bigoterie** : réserve excessive, pruderie.
2. Titre alors détenu par John Fane (1759-1841), un homme politique britannique. L'allusion est expliquée juste après dans le texte.
3. **Me rendre** : faire de moi.
4. **Vulgaire** : ici, ordinaire, familière.

moi, le monde le blesse, il est comme une chauve-souris dans une boutique de cristaux. – Heureusement que cette journée a un lendemain ! m'a-t-il dit à l'oreille sans y entendre malice. Il n'aurait voulu voir personne, tant il est honteux et timide. En venant signer notre contrat, l'ambassadeur de Sardaigne m'a prise à part pour m'offrir un collier de perles attachées par six magnifiques diamants. C'est le présent de ma belle-sœur la duchesse de Soria. Ce collier est accompagné d'un bracelet de saphirs sous lequel est écrit : *Je t'aime sans te connaître !* Deux lettres charmantes enveloppaient ces présents, que je n'ai pas voulu accepter sans savoir si Felipe me le permettait. – Car, lui ai-je dit, je ne voudrais vous rien voir qui ne vînt de moi. Il m'a baisé la main tout attendri, et m'a répondu : – Portez-les à cause de la devise, et de ces tendresses qui sont sincères…

Samedi soir.

Voici donc, ma pauvre Renée, les dernières lignes de la jeune fille. Après la messe de minuit, nous partirons pour une terre que Felipe a, par une délicate attention, achetée en Nivernais[1], sur la route de Provence. Je me nomme déjà Louise de Macumer, mais je quitte Paris dans quelques heures en Louise de Chaulieu. De quelque façon que je me nomme, il n'y aura jamais pour toi que

LOUISE.

XXVII

LOUISE DE MACUMER À RENÉE DE L'ESTORADE.

Octobre 1825.

Je ne t'ai plus rien écrit, chère, depuis le mariage de la mairie, et voici bientôt huit mois. Quant à toi, pas un mot ! Cela est horrible, madame.

---

1. **Nivernais** : territoire datant de l'Ancien Régime, situé dans le centre de la France, autour de Nevers.

Eh ! bien, nous sommes donc partis en poste[1] pour le château de Chantepleurs, la terre achetée par Macumer en Nivernais, sur les bords de la Loire, à soixante lieues de Paris. Nos gens, moins ma femme de chambre, y étaient déjà, nous attendaient, et nous y sommes arrivés avec une excessive rapidité, le lendemain soir. J'ai dormi depuis Paris jusqu'au-delà de Montargis. La seule licence[2] qu'ait prise mon seigneur et maître a été de me soutenir par la taille et de tenir ma tête sur son épaule, où il avait disposé plusieurs mouchoirs. Cette attention, quasi maternelle qui lui faisait vaincre le sommeil m'a causé je ne sais quelle émotion profonde. Endormie sous le feu de ses yeux noirs, je me suis réveillée sous leur flamme : même ardeur, même amour ; mais des milliers de pensées avaient passé par là ! Il avait baisé deux fois mon front.

Nous avons déjeuné dans notre voiture, à Briare. Le lendemain soir, à sept heures et demie, après avoir causé comme je causais avec toi à Blois, admirant cette Loire que nous y admirions, nous entrions dans la longue et belle avenue de tilleuls, d'acacias, de sycomores et de mélèzes qui mène à Chantepleurs. À huit heures nous dînions, à dix heures nous étions dans une charmante chambre gothique[3] embellie de toutes les inventions du luxe moderne. Mon Felipe, que tout le monde trouve laid, m'a semblé bien beau, beau de bonté, de grâce, de tendresse, d'exquise délicatesse. Des désirs de l'amour, je ne voyais pas la moindre trace. Pendant la route, il s'était conduit comme un ami que j'aurais connu depuis quinze ans. Il m'a peint, comme il sait peindre (il est toujours l'homme de sa première lettre), les effroyables orages qu'il a contenus et qui venaient mourir à la surface de son visage. – Jusqu'à présent, il n'y a rien de bien effrayant dans le mariage, dis-je en allant à la fenêtre et voyant par un clair de lune superbe un délicieux parc d'où s'exhalaient de pénétrantes odeurs. Il est venu près de moi,

1. **Poste** : voiture tirée par des chevaux, assurant le transfert des voyageurs.
2. **Licence** : ici, liberté.
3. **Gothique** : datant de la seconde moitié du Moyen Âge (du XIIe au XVIe siècle environ).

m'a reprise par la taille, et m'a dit : – Et pourquoi s'en effrayer ? Ai-je démenti[1] par un geste, par un regard, mes promesses ? Les démentirai-je un jour ? Jamais voix, jamais regard n'auront pareille puissance : la voix me remuait les moindres fibres du corps et réveillait tous les sentiments ; le regard avait une force solaire. – Oh ! lui ai-je dit, combien de perfidie mauresque n'y a-t-il pas dans votre perpétuel esclavage ! Ma chère, il m'a comprise.

Ainsi, belle biche, si je suis restée quelques mois sans t'écrire, tu devines maintenant pourquoi. Je suis forcée de me rappeler l'étrange passé de la jeune fille pour t'expliquer la femme. Renée, je te comprends aujourd'hui. Ce n'est ni à une amie intime, ni à sa mère, ni peut-être à soi-même, qu'une jeune mariée heureuse peut parler de son heureux mariage. Nous devons laisser ce souvenir dans notre âme comme un sentiment de plus qui nous appartient en propre et pour lequel il n'y a pas de nom. Comment ! on a nommé un devoir les gracieuses folies du cœur et l'irrésistible entraînement du désir. Et pourquoi ? Quelle horrible puissance a donc imaginé de nous obliger à fouler les délicatesses du goût, les mille pudeurs de la femme, en convertissant ces voluptés en devoirs ? Comment peut-on devoir ces fleurs de l'âme, ces roses de la vie, ces poèmes de la sensibilité exaltée, à un être qu'on n'aimerait pas ? Des droits dans de telles sensations ! mais elles naissent et s'épanouissent au soleil de l'amour, ou leurs germes se détruisent sous les froideurs de la répugnance et de l'aversion. À l'amour d'entretenir de tels prestiges ! Ô ma sublime Renée, je te trouve bien grande maintenant ! Je plie le genou devant toi, je m'étonne de ta profondeur et de ta perspicacité. Oui, la femme qui ne fait pas, comme moi, quelque secret mariage d'amour caché sous les noces légales et publiques, doit se jeter dans la maternité comme une âme à qui la terre manque se jette dans le ciel ! De tout ce que tu m'as écrit, il ressort un principe cruel : il n'y a que les hommes supérieurs qui sachent aimer. Je sais aujourd'hui pourquoi. L'homme obéit à deux

---

1. **Démenti** : trahi.

principes. Il se rencontre en lui le besoin et le sentiment. Les êtres inférieurs ou faibles prennent le besoin pour le sentiment ; tandis que les êtres supérieurs couvrent le besoin sous les admirables effets du sentiment : le sentiment leur communique par sa violence une excessive réserve, et leur inspire l'adoration de la femme. Évidemment la sensibilité se trouve en raison de la puissance des organisations intérieures, et l'homme de génie est alors le seul qui se rapproche de nos délicatesses : il entend, devine, comprend la femme ; il l'élève sur les ailes de son désir contenu par les timidités du sentiment. Aussi, lorsque l'intelligence, le cœur et les sens également ivres nous entraînent, n'est-ce pas sur la terre que l'on tombe ; on s'élève alors dans les sphères célestes, et malheureusement on n'y reste pas assez longtemps. Telle est, ma chère âme, la philosophie des trois premiers mois de mon mariage. Felipe est un ange. Je puis penser tout haut avec lui. Sans figure de rhétorique, il est un autre moi. Sa grandeur est inexplicable : il s'attache plus étroitement par la possession, et découvre dans le bonheur de nouvelles raisons d'aimer. Je suis pour lui la plus belle partie de lui-même. Je le vois : des années de mariage, loin d'altérer l'objet de ses délices, augmenteront sa confiance, développeront de nouvelles sensibilités, et fortifieront notre union. Quel heureux délire[1] ! Mon âme est ainsi faite que les plaisirs laissent en moi de fortes lueurs, ils me réchauffent, ils s'empreignent dans mon être intérieur : l'intervalle qui les sépare est comme la petite nuit des grands jours. Le soleil qui a doré les cimes à son coucher les retrouve presque chaudes à son lever. Par quel heureux hasard en a-t-il été pour moi sur-le-champ ainsi ? Ma mère avait éveillé chez moi mille craintes ; ses prévisions, qui m'ont semblé pleines de jalousie, quoique sans la moindre petitesse bourgeoise, ont été trompées par l'événement, car tes craintes et les siennes, les miennes, tout s'est dissipé ! Nous sommes restés à Chantepleurs sept mois et demi, comme deux amants dont l'un a enlevé l'autre, et qui ont fui des parents courroucés. Les roses du plaisir ont couronné

1. **Délire** : ici, exaltation.

notre amour, elles fleurissent notre vie à deux. Par un retour subit sur moi-même, un matin où j'étais plus pleinement heureuse, j'ai songé à ma Renée et à son mariage de convenance, et j'ai deviné ta vie, je l'ai pénétrée ! Ô mon ange, pourquoi parlons-nous une langue différente ? Ton mariage purement social, et mon mariage qui n'est qu'un amour heureux, sont deux mondes qui ne peuvent pas plus se comprendre que le fini ne peut comprendre l'infini. Tu restes sur la terre, je suis dans le ciel ! Tu es dans la sphère humaine, et je suis dans la sphère divine. Je règne par l'amour, tu règnes par le calcul et par le devoir. Je suis si haut que s'il y avait une chute je serais brisée en mille miettes. Enfin, je dois me taire, car j'ai honte de te peindre l'éclat, la richesse, les pimpantes joies d'un pareil printemps d'amour.

Nous sommes à Paris depuis dix jours, dans un charmant hôtel, rue du Bac, arrangé par l'architecte que Felipe avait chargé d'arranger Chantepleurs. Je viens d'entendre, l'âme épanouie par les plaisirs permis d'un heureux mariage, la céleste musique de Rossini[1] que j'avais entendue l'âme inquiète, tourmentée à mon insu par les curiosités de l'amour. On m'a trouvée généralement embellie, et je suis comme une enfant en m'entendant appeler *madame.*

Vendredi matin.

Renée, ma belle sainte, mon bonheur me ramène sans cesse à toi. Je me sens meilleure pour toi que je ne l'ai jamais été : je te suis si dévouée ! J'ai si profondément étudié ta vie conjugale par le commencement de la mienne, et je te vois si grande, si noble, si magnifiquement vertueuse, que je me constitue ici ton inférieure, ta sincère admiratrice, en même temps que ton amie. En voyant ce qu'est mon mariage, il m'est à peu près prouvé que je serais morte s'il en eût été autrement. Et tu vis ! par quel sentiment, dis-le-moi ? Aussi ne te ferai-je plus la moindre plaisanterie. Hélas ! la plaisanterie, mon ange, est fille de l'ignorance, on se moque de

---

1. Voir note 4, p. 59.

ce qu'on ne connaît point. Là où les recrues se mettent à rire, les soldats éprouvés sont graves, m'a dit le comte de Chaulieu, pauvre capitaine de cavalerie qui n'est encore allé que de Paris à Fontainebleau et de Fontainebleau à Paris. Aussi, ma chère aimée, deviné-je que tu ne m'as pas tout dit. Oui, tu m'as voilé quelques plaies. Tu souffres, je le sens. Je me suis fait à propos de toi des romans d'idées en voulant à distance, et par le peu que tu m'as dit de toi, trouver les raisons de ta conduite. Elle s'est seulement essayée au mariage, pensai-je un soir et ce qui se trouve bonheur pour moi n'a été que souffrance pour elle. Elle en est pour ses sacrifices[1], et veut limiter leur nombre. Elle a déguisé ses chagrins sous les pompeux axiomes[2] de la morale sociale. Ah ! Renée, il y a cela d'admirable, que le plaisir n'a pas besoin de religion, d'appareil[3], ni de grands mots, il est tout par lui-même, tandis que pour justifier les atroces combinaisons de notre esclavage et de notre vassalité[4], les hommes ont accumulé les théories et les maximes. Si tes immolations[5] sont belles, sont sublimes, mon bonheur, abrité sous le poêle blanc et or[6] de l'église et paraphé[7] par le plus maussade des maires, serait donc une monstruosité ? Pour l'honneur des lois, pour toi, mais surtout pour rendre mes plaisirs entiers, je te voudrais heureuse, ma Renée. Oh ! dis-moi que tu te sens venir au cœur un peu d'amour pour ce Louis qui t'adore ? Dis-moi que la torche symbolique et solennelle de l'hyménée[8] n'a pas servi qu'à t'éclairer des ténèbres ? car l'amour, mon ange, est bien exactement pour la nature morale ce qu'est le soleil pour la terre. Je reviens toujours à te parler de ce jour qui m'éclaire et qui, je le crains, me consumera. Chère Renée, toi qui

---

1. **Elle en est pour ses sacrifices** : elle en est pour ses frais, elle n'a pas vu ses efforts récompensés.
2. **Pompeux axiomes** : principes solennels, ridicules.
3. **Appareil** : ici, ensemble d'apprêts extérieurs, d'embellissements.
4. **Vassalité** : soumission.
5. **Immolations** : sacrifices.
6. **Poêle blanc et or** : voile que l'on tenait au-dessus de la tête des mariés pendant la cérémonie religieuse.
7. **Paraphé** : signé.
8. **Hyménée** : mariage.

disais dans tes extases[1] d'amitié, sous le berceau de vigne, au fond du couvent : – Je t'aime tant, Louise, que si Dieu se manifestait, je lui demanderais toutes les peines, et pour toi toutes les joies de la vie. Oui, j'ai la passion de la souffrance ! Eh ! bien, ma chérie, aujourd'hui je te rends la pareille, et demande à grands cris à Dieu de nous partager mes plaisirs.

Écoute : j'ai deviné que tu t'es faite ambitieuse sous le nom de Louis de l'Estorade, eh ! bien, aux prochaines élections, fais-le nommer député, car il aura près de quarante ans, et comme la chambre ne s'assemblera que six mois après les élections, il se trouvera précisément de l'âge requis pour être un homme politique. Tu viendras à Paris, je ne te dis que cela. Mon père et les amis que je vais me faire vous apprécieront, et si ton vieux beau-père veut constituer un majorât, nous t'obtiendrons le titre de comte pour Louis. Ce sera déjà cela ! Enfin nous serons ensemble.

XXVIII

RENÉE DE L'ESTORADE À LOUISE DE MACUMER.

Décembre 1825.

Ma bienheureuse Louise, tu m'as éblouie. J'ai pendant quelques instants tenu ta lettre où quelques-unes de mes larmes brillaient au soleil couchant, les bras lassés, seule sous le petit rocher aride au bas duquel j'ai mis un banc. Dans un énorme lointain, comme une lame d'acier, reluit la Méditerranée. Quelques arbres odoriférants ombragent ce banc où j'ai fait transplanter un énorme jasmin, des chèvrefeuilles et des genêts d'Espagne. Quelque jour le rocher sera couvert en entier par des plantes grimpantes. Il y a déjà de la vigne vierge de plantée. Mais l'hiver arrive, et toute cette verdure est devenue comme une vieille tapisserie. Quand je suis là, personne

1. **Extases** : terme religieux qui désigne un état second d'élan religieux, d'union avec Dieu et, par extension ici, un état de ravissement causé par la forte amitié entre Louise et Renée.

ne m'y vient troubler, on sait que j'y veux rester seule. Ce banc s'appelle le banc de Louise. N'est-ce pas te dire que je n'y suis point seule, quoique seule.

Si je te raconte ces détails, si menus pour toi, si je te peins ce verdoyant espoir qui, par avance, habille ce rocher nu, sourcilleux[1], sur le haut duquel le hasard de la végétation a placé l'un des plus beaux pins en parasol, c'est que j'ai trouvé là des images auxquelles je me suis attachée.

En jouissant de ton heureux mariage (et pourquoi ne t'avouerais-je pas tout ?), en l'enviant de toutes mes forces, j'ai senti le premier mouvement de mon enfant qui des profondeurs de ma vie a réagi sur les profondeurs de mon âme. Cette sourde sensation, à la fois un avis, un plaisir, une douleur, une promesse, une réalité ; ce bonheur qui n'est qu'à moi dans le monde et qui reste un secret entre moi et Dieu ; ce mystère m'a dit que le rocher serait un jour couvert de fleurs, que les joyeux rires d'une famille y retentiraient, que mes entrailles étaient enfin bénies et donneraient la vie à flots. Je me suis sentie née pour être mère ! Aussi la première certitude que j'ai eue de porter en moi une autre vie m'a-t-elle donné de bienfaisantes consolations. Une joie immense a couronné tous ces longs jours de dévouement qui ont fait déjà la joie de Louis.

Dévouement ! me suis-je dit à moi-même, n'es-tu pas plus que l'amour ? n'es-tu pas la volupté la plus profonde, parce que tu es une abstraite volupté, la volupté génératrice[2] ? N'es-tu pas, ô Dévouement ! la faculté supérieure à l'effet ? N'es-tu pas la mystérieuse, l'infatigable divinité cachée sous les sphères innombrables dans un centre inconnu par où passent tour à tour tous les mondes ? Le Dévouement, seul dans son secret, plein de plaisirs savourés en silence, sur lesquels personne ne jette un œil profane[3] et que personne ne soupçonne, le Dévouement, dieu jaloux et accablant, dieu vainqueur et fort, inépuisable parce qu'il tient à la nature même des choses et qu'il

1. **Sourcilleux** : imposant par sa taille.
2. **Génératrice** : qui engendre, qui fait naître.
3. **Profane** : non religieux.

est ainsi toujours égal à lui-même, malgré l'épanchement de ses forces, le Dévouement, voilà donc la signature de ma vie.

L'amour, Louise, est un effort[1] de Felipe sur toi ; mais le rayonnement de ma vie sur la famille produira une incessante réaction de ce petit monde sur moi ! Ta belle moisson dorée est passagère ; mais la mienne, pour être retardée, n'en sera-t-elle pas plus durable ? elle se renouvellera de moments en moments. L'amour est le plus joli larcin[2] que la Société ait su faire à la Nature ; mais la maternité, n'est-ce pas la Nature dans sa joie ? Un sourire a séché mes larmes. L'amour rend mon Louis heureux ; mais le mariage m'a rendue mère et je veux être heureuse aussi ! Je suis alors revenue à pas lents à ma bastide blanche aux volets verts, pour t'écrire ceci.

Donc, chère, le fait le plus naturel et le plus surprenant chez nous s'est établi chez moi depuis cinq mois ; mais je puis te dire tout bas qu'il ne trouble en rien ni mon cœur ni mon intelligence. Je les vois tous heureux : le futur grand-père empiète sur les droits de son petit-fils, il est devenu comme un enfant ; le père prend des airs graves et inquiets ; tous sont aux petits soins pour moi, tous parlent du bonheur d'être mère. Hélas ! moi seule je ne sens rien, et n'ose dire l'état d'insensibilité parfaite où je suis. Je mens un peu pour ne pas attrister leur joie. Comme il m'est permis d'être franche avec toi, je t'avoue que, dans la crise où je me trouve, la maternité ne commence qu'en imagination. Louis a été aussi surpris que moi-même d'apprendre ma grossesse. N'est-ce pas te dire que cet enfant est venu de lui-même, sans avoir été appelé autrement que par les souhaits impatiemment exprimés de son père ? Le hasard, ma chère, est le Dieu de la maternité. Quoique, selon notre médecin, ces hasards soient en harmonie avec le vœu de la nature, il ne m'a pas nié que les enfants qui se nomment si gracieusement les enfants de l'amour devaient être beaux et spirituels ; que leur vie était souvent comme protégée par le bonheur qui

1. **Effort** : ici, tentative pour faire céder l'autre, vaincre ses résistances.
2. **Larcin** : vol.

avait rayonné, brillante étoile ! à leur conception. Peut-être donc, ma Louise, auras-tu dans ta maternité des joies que je dois ignorer dans la mienne. Peut-être aime-t-on mieux l'enfant d'un homme adoré comme tu adores Felipe que celui d'un mari qu'on épouse par raison, à qui l'on se donne par devoir, et pour être femme enfin ! Ces pensées gardées au fond de mon cœur ajoutent à ma gravité de mère en espérance. Mais, comme il n'y a pas de famille sans enfant, mon désir voudrait pouvoir hâter le moment où pour moi commenceront les plaisirs de la famille, qui doivent être ma seule existence. En ce moment, ma vie est une vie d'attente et de mystères, où la souffrance la plus nauséabonde accoutume sans doute la femme à d'autres souffrances. Je m'observe. Malgré les efforts de Louis, dont l'amour me comble de soins, de douceurs, de tendresses, j'ai de vagues inquiétudes auxquelles se mêlent les dégoûts, les troubles, les singuliers appétits de la grossesse. Si je dois te dire les choses comme elles sont, au risque de te causer quelque déplaisance pour le métier[1], je t'avoue que je ne conçois pas la fantaisie que j'ai prise pour certaines oranges, goût bizarre et que je trouve naturel. Mon mari va me chercher à Marseille les plus belles oranges du monde ; il en a demandé de Malte, du Portugal, de Corse ; mais ces oranges, je les laisse. Je cours à Marseille, quelquefois à pied, y dévorer de méchantes oranges à un liard[2], quasi pourries, dans une petite rue qui descend au port, à deux pas de l'Hôtel-de-Ville ; et leurs moisissures bleuâtres ou verdâtres brillent à mes yeux comme des diamants : j'y vois des fleurs, je n'ai nul souvenir de leur odeur cadavéreuse[3] et leur trouve une saveur irritante, une chaleur vineuse[4], un goût délicieux. Eh ! bien, mon ange, voilà les premières sensations amoureuses de ma vie. Ces affreuses oranges sont mes amours. Tu ne désires pas Felipe autant que je souhaite un de ces fruits en décomposition. Enfin, je sors

1. **Métier** : ici, grossesse.
2. **Liard** : petite monnaie de bronze ou de cuivre.
3. **Cadavéreuse** : de cadavre.
4. **Vineuse** : qui rappelle le vin.

quelquefois furtivement, je galope à Marseille d'un pied agile, et il me prend des tressaillements voluptueux quand j'approche de la rue : j'ai peur que la marchande n'ait plus d'oranges pourries, je me jette dessus, je les mange, je les dévore en plein air. Il me semble que ces fruits viennent du paradis et contiennent la plus suave nourriture. J'ai vu Louis se détournant pour ne pas sentir leur puanteur. Je me suis souvenue de cette atroce phrase d'Obermann[1], sombre élégie[2] que je me repens d'avoir lue : *Les racines s'abreuvent dans une eau fétide !* Depuis que je mange de ces fruits, je n'ai plus de maux de cœur et ma santé s'est rétablie. Ces dépravations ont un sens, puisqu'elles sont un effet naturel et que la moitié des femmes éprouvent ces envies, monstrueuses quelquefois. Quand ma grossesse sera très visible, je ne sortirai plus de La Crampade : je n'aimerais pas à être vue ainsi.

Je suis excessivement curieuse de savoir à quel moment de la vie commence la maternité. Ce ne saurait être au milieu des effroyables douleurs que je redoute.

Adieu, mon heureuse ! adieu, toi en qui je renais et par qui je me figure ces belles amours, ces jalousies à propos d'un regard, ces mots à l'oreille et ces plaisirs qui nous enveloppent comme une autre atmosphère, un autre sang, une autre lumière, une autre vie ! Ah ! mignonne, moi aussi je comprends l'amour. Ne te lasse pas de me tout dire. Tenons bien nos conventions. Moi, je ne t'épargnerai rien. Aussi te dirai-je, pour finir gravement cette lettre, qu'en te relisant une invincible et profonde terreur m'a saisie. Il m'a semblé que ce splendide amour défiait Dieu. Le souverain maître de ce monde, le Malheur, ne se courroucera-t-il pas de ne point avoir sa part de votre festin ! Quelle fortune superbe[3] n'a-t-il pas renversée ! Oh ! Louise, n'oublie pas, au milieu de ton bonheur, de prier Dieu.

---

1. Personnage éponyme du roman épistolaire d'Étienne de Senancourt (1770-1846) paru en 1804.
2. Élégie : ici, œuvre plaintive, mélancolique (au sens strict, une élégie est un poème qui traite de thèmes comme la fuite du temps, le chagrin amoureux, la mort, etc.).
3. Superbe : ici, orgueilleuse.

Fais du bien, sois charitable et bonne ; enfin conjure les adversités par ta modestie. Moi, je suis devenue encore plus pieuse que je ne l'étais au couvent, depuis mon mariage. Tu ne me dis rien de la religion à Paris. En adorant Felipe, il me semble que tu t'adresses, à l'encontre du proverbe, plus au saint qu'à Dieu[1]. Mais ma terreur est excès d'amitié. Vous allez ensemble à l'église, et vous faites du bien en secret, n'est-ce pas ? Tu me trouveras peut-être bien provinciale dans cette fin de lettre ; mais pense que mes craintes cachent une excessive amitié, l'amitié comme l'entendait La Fontaine[2], celle qui s'inquiète et s'alarme d'un rêve, d'une idée à l'état de nuage[3]. Tu mérites d'être heureuse, puisque tu penses à moi dans ton bonheur, comme je pense à toi dans ma vie monotone, un peu grise, mais pleine ; sobre, mais productive : sois donc bénie !

XXIX

DE MONSIEUR DE L'ESTORADE À LA BARONNE DE MACUMER.

Décembre 1825.

MADAME,

Ma femme n'a pas voulu que vous apprissiez par le vulgaire billet de faire-part un événement qui nous comble de joie. Elle vient d'accoucher d'un gros[4] garçon, et nous retarderons son baptême jusqu'au moment où vous retournerez à votre terre de Chantepleurs. Nous espérons, Renée et moi, que vous pousserez jusqu'à La Crampade et que vous serez la marraine de notre premier-né. Dans cette espérance, je viens de le faire inscrire sur les registres de l'état civil sous les noms d'Armand-Louis de l'Estorade. Notre chère Renée a beaucoup souffert, mais avec une patience angélique. Vous la connaissez, elle a été soutenue dans cette première épreuve du

1. Le proverbe dit : « Il vaut mieux prier Dieu que ses saints. »
2. **Jean de La Fontaine** (1621-1695) : fabuliste français.
3. Allusion à la fable de Jean de La Fontaine « Les Deux Amis » (*Fables*, 1678).
4. Signe de bonne santé à l'époque.

métier de mère par la certitude du bonheur qu'elle nous donnait à tous. Sans me livrer aux exagérations un peu ridicules des pères qui sont pères pour la première fois, je puis vous assurer que le petit Armand est très beau ; mais vous le croirez sans peine quand je vous dirai qu'il a les traits et les yeux de Renée. C'est avoir eu déjà de l'esprit. Maintenant que le médecin et l'accoucheur nous ont affirmé que Renée n'a pas le moindre danger à courir, car elle nourrit, l'enfant a très bien pris le sein, le lait est abondant, la nature est si riche en elle ! nous pouvons mon père et moi nous abandonner à notre joie. Madame, cette joie est si grande, si forte, si pleine, elle anime tellement toute la maison, elle a tant changé l'existence de ma chère femme, que je désire pour votre bonheur qu'il en soit ainsi promptement pour vous. Renée a fait préparer un appartement que je voudrais rendre digne de nos hôtes, mais où vous serez reçus du moins avec une cordialité fraternelle, sinon avec faste[1].

Renée m'a dit, madame, vos intentions pour nous, et je saisis d'autant plus cette occasion de vous en remercier que rien n'est plus de saison. La naissance de mon fils a déterminé mon père à faire des sacrifices auxquels les vieillards se résolvent difficilement : il vient d'acquérir deux domaines. La Crampade est maintenant une terre qui rapporte trente mille francs. Mon père va solliciter du roi la permission de l'ériger en majorât ; mais obtenez pour lui le titre dont vous avez parlé dans votre dernière lettre, et vous aurez déjà travaillé pour votre filleul.

Quant à moi, je suivrai vos conseils uniquement pour vous réunir à Renée durant les sessions[2]. J'étudie avec ardeur et tâche de devenir ce qu'on appelle un homme spécial[3]. Mais rien ne me donnera plus de courage que de vous savoir la protectrice de mon petit Armand. Promettez-nous donc de venir jouer ici, vous si belle et si gracieuse,

---

1. **Faste** : déploiement de richesse.
2. **Sessions** : réunions du Parlement.
3. **Homme spécial** : homme aux aptitudes spéciales, promis à endosser des responsabilités.

si grande et si spirituelle, le rôle d'une fée pour mon fils aîné. Vous aurez ainsi, madame, augmenté d'une éternelle reconnaissance les sentiments d'affection respectueuse avec lesquels j'ai l'honneur d'être

Votre très humble et très obéissant serviteur,

LOUIS DE L'ESTORADE.

XXX

LOUISE DE MACUMER À RENÉE DE L'ESTORADE.

Janvier 1826.

Macumer m'a réveillée tout à l'heure avec la lettre de ton mari, mon ange. Je commence par dire *oui.* Nous irons vers la fin d'avril à Chantepleurs. Ce sera pour moi plaisir sur plaisir que de voyager, de te voir et d'être la marraine de ton premier enfant ; mais je veux Macumer pour parrain. Une alliance catholique avec un autre compère me serait odieuse. Ah ! si tu pouvais voir l'expression de son visage au moment où je lui ai dit cela, tu saurais combien cet ange m'aime.

– Je veux d'autant plus que nous allions ensemble à La Crampade, Felipe, lui ai-je dit, que là nous aurons peut-être un enfant. Moi aussi je veux être mère… quoique cependant je serais bien partagée entre un enfant et toi. D'abord, si je te voyais me préférer une créature, fût-ce mon fils, je ne sais pas ce qui en adviendrait. Médée[1] pourrait bien avoir eu raison : il y a du bon chez les anciens !

Il s'est mis à rire. Ainsi, chère biche, tu as le fruit sans avoir eu les fleurs, et moi j'ai les fleurs sans le fruit. Le contraste de notre destinée continue. Nous sommes assez philosophes pour en chercher, un jour, le sens et la morale. Bah ! je n'ai que dix mois de mariage ; convenons-en, il n'y a pas de temps perdu.

---

1. **Médée** : dans la mythologie grecque, magicienne qui tue les deux fils qu'elle a eus avec son époux Jason lorsque celui-ci l'abandonne.

Nous menons la vie dissipée, et néanmoins pleine, des gens heureux. Les jours nous semblent toujours trop courts. Le monde, qui m'a revue déguisée en femme, a trouvé la baronne de Macumer beaucoup plus jolie que Louise de Chaulieu : l'amour heureux a son fard. Quand, par un beau soleil et par une belle gelée de janvier, alors que les arbres des Champs-Élysées sont fleuris de grappes blanches étoilées, nous passons, Felipe et moi, dans notre coupé, devant tout Paris, réunis là où nous étions séparés l'année dernière, il me vient des pensées par milliers et j'ai peur d'être un peu trop insolente, comme tu le pressentais dans ta dernière lettre.

Si j'ignore les joies de la maternité, tu me les diras, et je serai mère par toi ; mais il n'y a, selon moi, rien de comparable aux voluptés de l'amour. Tu vas me trouver bien bizarre ; mais voici dix fois en dix mois que je me surprends à désirer de mourir à trente ans, dans toute la splendeur de la vie, dans les roses de l'amour, au sein des voluptés, de m'en aller rassasiée, sans mécompte[1], ayant vécu dans ce soleil, en plein dans l'éther[2], et même un peu tuée par l'amour, n'ayant rien perdu de ma couronne, pas même une feuille, et gardant toutes mes illusions. Songe donc ce que c'est que d'avoir un cœur jeune dans un vieux corps, de trouver les figures muettes, froides, là où tout le monde, même les indifférents, nous souriait, d'être enfin une femme respectable… Mais c'est un enfer anticipé.

Nous avons eu, Felipe et moi, notre première querelle à ce sujet. Je voulais qu'il eût la force de me tuer à trente ans, pendant mon sommeil, sans que je m'en doutasse, pour me faire entrer d'un rêve dans un autre. Le monstre n'a pas voulu. Je l'ai menacé de le laisser seul dans la vie, et il a pâli, le pauvre enfant ! Ce grand ministre est devenu, ma chère, un vrai bambin. C'est incroyable tout ce qu'il cachait de jeunesse et de simplicité. Maintenant que je pense tout haut avec lui comme avec toi, que je l'ai mis à ce régime de confiance, nous nous émerveillons l'un de l'autre.

---

1. **Mécompte** : espérance déçue.
2. **Éther** : ciel.

Ma chère, les deux amants, Felipe et Louise, veulent envoyer un présent à l'accouchée. Nous voudrions faire faire quelque chose qui te plût. Ainsi dis-moi franchement ce que tu désires, car nous ne donnons pas dans les surprises, à la façon des bourgeois. Nous voulons donc nous rappeler sans cesse à toi par un aimable souvenir, par une chose qui te serve tous les jours, et ne périsse point par l'usage. Notre repas le plus gai, le plus intime, le plus animé, car nous y sommes seuls, est pour nous le déjeuner ; j'ai donc pensé à t'envoyer un service spécial, appelé déjeuner, dont les ornements seraient des enfants. Si tu m'approuves, réponds-moi promptement. Pour te l'apporter, il faut le commander et les artistes de Paris sont comme des rois fainéants. Ce sera mon offrande à Lucine[1].

Adieu, chère nourrice[2], je te souhaite tous les plaisirs des mères, et j'attends avec impatience la première lettre où tu me diras bien tout, n'est-ce pas ? Cet accoucheur me fait frissonner. Ce mot de la lettre de ton mari m'a sauté non pas aux yeux, mais au cœur. Pauvre Renée, un enfant coûte cher, n'est-ce pas ? Je lui dirai combien il doit t'aimer, ce filleul. Mille tendresses, mon ange.

XXXI

RENÉE DE L'ESTORADE À LOUISE DE MACUMER.

Voici bientôt cinq mois que je suis accouchée, et je n'ai pas trouvé, ma chère âme, un seul petit moment pour t'écrire. Quand tu seras mère, tu m'excuseras plus pleinement que tu ne l'as fait, car tu m'as un peu punie en rendant tes lettres rares. Écris-moi, ma chère mignonne ! Dis-moi tous tes plaisirs, peins-moi ton bonheur à grandes teintes, verses-y l'outre-mer[3] sans crainte de m'affliger, car je suis heureuse et plus heureuse que tu ne l'imagineras jamais.

1. **Lucine** : dans la mythologie romaine, déesse de l'accouchement.
2. Allusion au fait que Renée nourrit son enfant.
3. **Outre-mer** : bleu intense (jeu avec la polysémie du terme, qui évoque aussi le dépaysement, ce qui se trouve au-delà des mers).

Je suis allée à la paroisse entendre une messe de relevailles[1], en grande pompe, comme cela se fait dans nos vieilles familles de Provence. Les deux grands-pères, le père de Louis, le mien me donnaient le bras. Ah ! jamais je ne me suis agenouillée devant Dieu dans un pareil accès de reconnaissance. J'ai tant de choses à te dire, tant de sentiments à te peindre que je ne sais par où commencer ; mais, du sein de cette confusion, s'élève un souvenir radieux, celui de ma prière à l'église !

Quand, à cette place où, jeune fille, j'ai douté de la vie et de mon avenir, je me suis retrouvée métamorphosée en mère joyeuse, j'ai cru voir la Vierge de l'autel inclinant la tête et me montrant l'Enfant divin qui a semblé me sourire ! Avec quelle sainte effusion d'amour céleste j'ai présenté notre petit Armand à la bénédiction du curé qui l'a ondoyé[2] en attendant le baptême. Mais tu nous verras ensemble, Armand et moi.

Mon enfant, voilà que je t'appelle mon enfant ! mais c'est en effet le plus doux mot qu'il y ait dans le cœur, dans l'intelligence et sur les lèvres quand on est mère. Or donc, ma chère enfant, je me suis traînée, pendant les deux derniers mois, assez languissamment[3] dans nos jardins, fatiguée, accablée par la gêne de ce fardeau que je ne savais pas être si cher et si doux malgré les ennuis de ces deux mois. J'avais de telles appréhensions, des prévisions si mortellement sinistres, que la curiosité n'était pas la plus forte : je me raisonnais, je me disais que rien de ce que veut la nature n'est à redouter, je me promettais à moi-même d'être mère. Hélas ! je ne me sentais rien au cœur, tout en pensant à cet enfant qui me donnait d'assez jolis coups de pied ; et, ma chère, on peut aimer à les recevoir quand on a déjà eu des enfants ; mais, pour la première fois, ces débats d'une vie inconnue apportent plus d'étonnement que de plaisir. Je te parle

1. **Messe de relevailles** : cérémonie religieuse donnée lorsqu'une femme revient à l'église pour la première fois après avoir accouché.
2. **Ondoyé** : béni avec de l'eau (cérémonie simplifiée, pratiquée lorsque le baptême officiel est retardé).
3. **Languissamment** : avec une grande faiblesse physique et morale.

de moi, qui ne suis ni fausse, ni théâtrale, et dont le fruit venait plus de Dieu, car Dieu donne les enfants, que d'un homme aimé. Laissons ces tristesses passées et qui ne reviendront plus, je le crois.

Quand la crise est venue, j'ai rassemblé en moi les éléments d'une telle résistance, je me suis attendue à de telles douleurs, que j'ai supporté merveilleusement, dit-on, cette horrible torture. Il y a eu, ma mignonne, une heure environ pendant laquelle je me suis abandonnée à un anéantissement dont les effets ont été ceux d'un rêve. Je me suis sentie être deux : une enveloppe tenaillée, déchirée, torturée, et une âme placide[1]. Dans cet état bizarre, la souffrance a fleuri comme une couronne au-dessus de ma tête. Il m'a semblé qu'une immense rose sortie de mon crâne grandissait et m'enveloppait. La couleur rose de cette fleur sanglante était dans l'air. Je voyais tout rouge. Ainsi parvenue au point où la séparation semble vouloir se faire entre le corps et l'âme, une douleur, qui m'a fait croire à une mort immédiate, a éclaté. J'ai poussé des cris horribles, et j'ai trouvé des forces nouvelles contre de nouvelles douleurs. Cet affreux concert de clameurs a été soudain couvert en moi par le chant délicieux des vagissements argentins[2] de ce petit être. Non, rien ne peut te peindre ce moment : il me semblait que le monde entier criait avec moi, que tout était douleur ou clameur et tout a été comme éteint par ce faible cri de l'enfant. On m'a recouchée dans mon grand lit où je suis entrée comme dans un Paradis, quoique je fusse d'une excessive faiblesse. Trois ou quatre figures joyeuses, les yeux en larmes, m'ont alors montré l'enfant. Ma chère, j'ai crié d'effroi. – Quel petit singe ! ai-je dit. Êtes-vous sûrs que ce soit un enfant ? ai-je demandé. Je me suis remise sur le flanc, assez désolée de ne pas me sentir plus mère que cela. – Ne vous tourmentez pas, ma chère, m'a dit ma mère, qui s'est constituée ma garde, vous avez fait le plus bel enfant du monde. Évitez de vous troubler l'imagination, il vous faut mettre tout votre esprit

1. **Placide** : calme, paisible.
2. **Vagissements argentins** : cris vibrants, résonnant comme de l'argent.

à devenir bête, à vous faire exactement la vache qui broute pour avoir du lait. Je me suis donc endormie avec la ferme intention de me laisser aller à la nature. Ah ! mon ange, le réveil de toutes ces douleurs, de ces sensations confuses, de ces premières journées où tout est obscur, pénible et indécis, a été divin. Ces ténèbres ont été animées par une sensation dont les délices ont surpassé celles du premier cri de mon enfant. Mon cœur, mon âme, mon être, un moi inconnu a été réveillé dans sa coque souffrante et grise jusque-là, comme une fleur s'élance de sa graine au brillant appel du soleil. Le petit monstre a pris mon sein et a tété : voilà le *fiat lux*[1] ! J'ai soudain été mère. Voilà le bonheur, la joie, une joie ineffable[2], quoiqu'elle n'aille pas sans quelques douleurs. Oh ! ma belle jalouse, combien tu apprécieras un plaisir qui n'est qu'entre nous, l'enfant et Dieu. Ce petit être ne connaît absolument que notre sein. Il n'y a pour lui que ce point brillant dans le monde, il l'aime de toutes ses forces, il ne pense qu'à cette fontaine de vie, il y vient et s'en va pour dormir, il se réveille pour y retourner. Ses lèvres ont un amour inexprimable, et, quand elles s'y collent, elles y font à la fois une douleur et un plaisir, un plaisir qui va jusqu'à la douleur, ou une douleur qui finit par un plaisir ; je ne saurais t'expliquer une sensation qui du sein rayonne en moi jusqu'aux sources de la vie, car il semble que ce soit un centre d'où partent mille rayons qui réjouissent le cœur et l'âme. Enfanter, ce n'est rien ; mais nourrir, c'est enfanter à toute heure. Oh ! Louise, il n'y a pas de caresses d'amant qui puissent valoir celles de ces petites mains roses qui se promènent si doucement, et cherchent à s'accrocher à la vie. Quels regards un enfant jette alternativement de notre sein à nos yeux ! Quels rêves on fait en le voyant suspendu par les lèvres à son trésor ? Il ne tient pas moins à toutes les forces de l'esprit qu'à toutes celles du corps, il emploie et le sang et l'intelligence, il satisfait au-delà des désirs. Cette adorable sensation de son premier cri, qui

1. ***Fiat lux*** : expression latine figurant dans la Bible lorsque Dieu crée le monde (livre de la Genèse), qui signifie littéralement : « Que la lumière soit. »
2. **Ineffable** : impossible à décrire.

fut pour moi ce que le premier rayon de soleil a été pour la terre, je l'ai retrouvée en sentant mon lait lui emplir la bouche ; je l'ai retrouvée en recevant son premier regard, je viens de la retrouver en savourant dans son premier sourire sa première pensée. Il a ri, ma chère. Ce rire, ce regard, cette morsure, ce cri, ces quatre jouissances sont infinies : elles vont jusqu'au fond du cœur, elles y remuent des cordes qu'elles seules peuvent remuer ! Les mondes doivent se rattacher à Dieu comme un enfant se rattache à toutes les fibres de sa mère : Dieu, c'est un grand cœur de mère. Il n'y a rien de visible, ni de perceptible dans la conception, ni même dans la grossesse, mais être nourrice, ma Louise, c'est un bonheur de tous les moments. On voit ce que devient le lait, il se fait chair, il fleurit au bout de ces doigts mignons qui ressemblent à des fleurs et qui en ont la délicatesse ; il grandit en ongles fins et transparents, il s'effile en cheveux, il s'agite avec les pieds. Oh ! des pieds d'enfant, mais c'est tout un langage. L'enfant commence à s'exprimer par là. Nourrir, Louise ! c'est une transformation qu'on suit d'heure en heure et d'un œil hébété. Les cris, vous ne les entendez point par les oreilles, mais par le cœur ; les sourires des yeux et des lèvres, ou les agitations des pieds, vous les comprenez comme si Dieu vous écrivait des caractères en lettres de feu dans l'espace ! Il n'y a plus rien dans le monde qui vous intéresse : le père ?... on le tuerait s'il s'avisait d'éveiller l'enfant. On est à soi seule le monde pour cet enfant, comme l'enfant est le monde pour vous ! On est si sûre que notre vie est partagée, on est si amplement récompensée des peines qu'on se donne et des souffrances qu'on endure, car il y a des souffrances, Dieu te garde d'avoir une crevasse au sein ! Cette plaie qui se rouvre sous des lèvres de rose, qui se guérit si difficilement et qui cause des tortures à rendre folle, si l'on n'avait pas la joie de voir la bouche de l'enfant barbouillée de lait, est une des plus affreuses punitions de la beauté. Ma Louise, songez-y, elle ne se fait que sur une peau délicate et fine.

Mon jeune singe est, en cinq mois, devenu la plus jolie créature que jamais une mère ait baignée de ses larmes joyeuses, lavée, brossée, peignée, pomponnée ; car Dieu sait avec quelle infatigable ardeur on pomponne, on habille, on brosse, on lave, on change, on baise ces petites fleurs ! Donc, mon singe n'est plus un singe, mais un *baby*, comme dit ma bonne Anglaise, un *baby* blanc et rose ; et comme il se sent aimé, il ne crie pas trop ; mais, à la vérité, je ne le quitte guère, et m'efforce de le pénétrer de mon âme.

Chère, j'ai maintenant dans le cœur pour Louis un sentiment qui n'est pas l'amour, mais qui doit, chez une femme aimante, compléter l'amour. Je ne sais si cette tendresse, si cette reconnaissance dégagée de tout intérêt ne va pas au-delà de l'amour. Par tout ce que tu m'en as dit, chère mignonne, l'amour a quelque chose d'affreusement terrestre, tandis qu'il y a je ne sais quoi de religieux et de divin dans l'affection que porte une mère heureuse à celui de qui procèdent ces longues, ces éternelles joies. La joie d'une mère est une lumière qui jaillit jusque sur l'avenir et le lui éclaire, mais qui se reflète sur le passé pour lui donner le charme des souvenirs.

Le vieux l'Estorade et son fils ont redoublé d'ailleurs de bonté pour moi, je suis comme une nouvelle personne pour eux : leurs paroles, leurs regards me vont à l'âme, car ils me fêtent à nouveau chaque fois qu'ils me voient et me parlent. Le vieux grand-père devient enfant, je crois ; il me regarde avec admiration. La première fois que je suis descendue à déjeuner, et qu'il m'a vue mangeant et donnant à téter à son petit-fils, il a pleuré. Cette larme dans ces deux yeux secs où il ne brille guère que des pensées d'argent, m'a fait un bien inexprimable ; il m'a semblé que le bonhomme comprenait mes joies. Quant à Louis, il aurait dit aux arbres et aux cailloux du grand chemin qu'il avait un fils. Il passe des heures entières à regarder ton filleul endormi. – Il ne sait pas, dit-il, quand il s'y habituera. Ces excessives démonstrations de joie m'ont révélé l'étendue de leurs appréhensions et de leurs craintes. Louis a fini par m'avouer qu'il doutait de lui-même, et se croyait condamné à ne jamais avoir d'enfants. Mon pauvre Louis a changé soudainement en mieux, il étudie encore plus que par le passé. Cet enfant a doublé l'ambition du père. Quant à moi, ma chère âme, je suis de moment en moment plus heureuse. Chaque heure apporte un nouveau lien entre une mère et son enfant. Ce que je sens en moi me prouve que ce sentiment est impérissable, naturel, de tous les instants ; tandis que je soupçonne l'amour, par exemple, d'avoir ses intermittences. On n'aime pas de la même manière à tous moments, il ne se brode pas sur cette étoffe de la vie des fleurs toujours brillantes, enfin l'amour peut et doit cesser ; mais la maternité n'a pas de déclin à craindre, elle s'accroît avec les besoins de l'enfant, elle se développe avec lui. N'est-ce pas à la fois une passion, un besoin, un sentiment, un devoir, une nécessité, le bonheur ? Oui, mignonne, voilà la vie particulière de la femme. Notre soif de dévouement y est satisfaite, et nous ne trouvons point là les troubles de la jalousie. Aussi peut-être est-ce pour nous le seul point où la Nature et la Société soient d'accord. En ceci, la Société se trouve avoir enrichi la Nature, elle a augmenté le sentiment maternel par l'esprit de famille, par la continuité du nom, du sang, de la fortune. De quel amour une femme ne doit-elle pas entourer le cher être qui le premier lui a fait connaître de pareilles joies, qui lui a fait déployer les forces de son âme et lui a appris le grand art de la maternité ? Le droit d'aînesse[1], qui pour l'antiquité se marie à celle du monde et se mêle à l'origine des Sociétés, ne me semble pas devoir être mis en question. Ah ! combien de choses un enfant apprend à sa mère. Il y a tant de promesses faites entre nous et la vertu dans cette protection incessante due à un être faible, que la femme n'est dans sa véritable sphère que quand elle est mère ; elle déploie alors seulement ses forces, elle pratique les devoirs de sa vie, elle en a tous les bonheurs et tous les plaisirs. Une femme qui n'est pas mère est un être incomplet et manqué. Dépêche-toi d'être mère, mon ange ! tu multiplieras ton bonheur actuel par toutes mes voluptés.

---

1. **Droit d'aînesse** : avantage donné au premier-né de sexe masculin à hériter. Prérogative abolie par le Code civil en 1804 (voir note 3, p. 46).

23.

Je t'ai quittée en entendant crier monsieur ton filleul, et ce cri je l'entends du fond du jardin. Je ne veux pas laisser partir cette lettre sans te dire un mot d'adieu ; je viens de la relire, et suis effrayée des vulgarités de sentiment qu'elle contient. Ce que je sens, hélas ! il me semble que toutes les mères l'ont éprouvé comme moi, doivent l'exprimer de la même manière, et que tu te moqueras de moi, comme on se moque de la naïveté de tous les pères qui vous parlent de l'esprit et de la beauté de leurs enfants, en leur trouvant toujours quelque chose de particulier. Enfin, chère mignonne, le grand mot de cette lettre le voici, je te le répète : je suis aussi heureuse maintenant que j'étais malheureuse auparavant. Cette bastide, qui d'ailleurs va devenir une terre, un majorât, est pour moi la terre promise. J'ai fini par traverser mon désert. Mille tendresses, chère mignonne. Écris-moi, je puis aujourd'hui lire sans pleurer la peinture de ton bonheur et celle de ton amour. Adieu.

XXXII

MADAME DE MACUMER À MADAME DE L'ESTORADE.

Mars 1826.

Comment, ma chérie, voilà plus de trois mois que je ne t'ai écrit et que je n'ai reçu de lettres de toi… Je suis la plus coupable des deux, je ne t'ai pas répondu ; mais tu n'es pas susceptible, que je sache. Ton silence a été pris par Macumer et par moi comme une adhésion pour le déjeuner orné d'enfants, et ces charmants bijoux vont partir ce matin pour Marseille ; les artistes ont mis six mois à les exécuter. Aussi me suis-je réveillée en sursaut quand Felipe m'a proposé de venir voir ce service avant que l'orfèvre ne l'emballât. J'ai soudain pensé que nous ne nous étions rien dit depuis la lettre où je me suis sentie mère avec toi.

Mon ange, le terrible Paris, voilà mon excuse à moi, j'attends la tienne. Oh ! le monde, quel gouffre. Ne t'ai-je pas dit déjà que l'on ne pouvait être que Parisienne à Paris ? Le monde y brise tous les sentiments, il vous prend toutes vos heures, il vous dévorerait le cœur si l'on n'y faisait attention. Quel étonnant chef-d'œuvre que cette création de Célimène dans le *Misanthrope* de Molière[1] ! C'est la femme du monde du temps de Louis XIV comme celle de notre temps, enfin la femme du monde de toutes les époques. Où en serais-je sans mon égide[2], sans mon amour pour Felipe ? Aussi lui ai-je dit ce matin, en faisant ces réflexions, qu'il était mon sauveur. Si mes soirées sont remplies par les fêtes, par les bals, par les concerts et les spectacles, je retrouve au retour les joies de l'amour et ses folies qui m'épanouissent le cœur, qui en effacent les morsures du monde. Je n'ai dîné chez moi que les jours où nous avons eu les gens qu'on appelle des amis, et je n'y suis restée que pour mes jours. J'ai mon jour, le mercredi, où je reçois. Je suis entrée en lutte avec mesdames d'Espard et de Maufrigneuse, avec la vieille duchesse de Lenoncourt. Ma maison passe pour être amusante. Je me suis laissé mettre à la mode[3] en voyant mon Felipe heureux de mes succès. Je lui donne les matinées ; car, depuis quatre heures jusqu'à deux heures du matin, j'appartiens à Paris. Macumer est un admirable maître de maison : il est si spirituel et si grave, si vraiment grand et d'une grâce si parfaite, qu'il se ferait aimer d'une femme qui l'aurait épousé d'abord par convenance. Mon père et ma mère sont partis pour Madrid : Louis XVIII mort, la duchesse a facilement obtenu de notre bon Charles X la nomination de son charmant poète, qu'elle emmène en qualité d'attaché[4]. Mon frère, le duc de Rhétoré, daigne me regarder comme une supériorité. Quant au comte de Chaulieu, ce militaire de fantaisie me doit une éternelle reconnaissance : ma fortune a été employée, avant le départ de

---

1. Célimène est, dans la comédie de Molière (1622-1673) *Le Misanthrope*, jouée en 1666, une jeune veuve qui aime séduire et qui considère que l'hypocrisie fait partie de la vie sociale et amoureuse.

2. Égide : ici, protection (sens figuré). Dans la mythologie grecque, l'égide est un bouclier aux propriétés magiques confié par Zeus à Athéna.

3. Mettre à la mode : devenir une personnalité mondaine.

4. Attaché : personne liée à une autre, personnellement ou professionnellement.

mon père, à lui constituer en terres un majorât de quarante mille francs de rente, et son mariage avec mademoiselle de Mortsauf, une héritière de Touraine, est tout à fait arrangé. Le roi, pour ne pas laisser s'éteindre le nom et les titres des maisons de Lenoncourt et de Givry, va autoriser par une ordonnance[1] mon frère à succéder aux noms, titres et armes des Lenoncourt-Givry. Comment en effet laisser périr ces deux beaux blasons et la sublime devise *Faciem semper monstramus*[2] ! Mademoiselle de Mortsauf, petite-fille et unique héritière du duc de Lenoncourt-Givry, réunira, dit-on, plus de cent mille livres de rente. Mon père a seulement demandé que les armes des Chaulieu fussent en abîme[3] sur celles des Lenoncourt. Ainsi, mon frère sera duc de Lenoncourt. Le jeune de Mortsauf, à qui toute cette fortune devait revenir, est au dernier degré de la maladie de poitrine ; on attend sa mort de moment en moment. L'hiver prochain, après le deuil, le mariage aura lieu. J'aurai, dit-on, pour belle-sœur, une charmante personne dans Madeleine de Mortsauf. Ainsi, comme tu le vois, mon père avait raison dans son argumentation. Ce résultat m'a valu l'admiration de beaucoup de personnes, et mon mariage s'explique. Par affection pour ma grand-mère, le prince de Talleyrand prône[4] Macumer, en sorte que notre succès est complet. Après avoir commencé par me blâmer, le monde m'approuve beaucoup. Je règne enfin dans ce Paris où j'étais si peu de chose il y a bientôt deux ans. Macumer voit son bonheur envié par tout le monde, car je suis *la femme la plus spirituelle de Paris*. Tu sais qu'il y a vingt *plus spirituelles femmes de Paris* à Paris. Les hommes me roucoulent des phrases d'amour ou se contentent de l'exprimer en regards envieux. Vraiment il y a dans ce concert de désirs et d'admiration une si constante satisfaction de la vanité,

---

1. **Ordonnance** : ici, texte rendant compte d'une décision officielle.
2. ***Faciem semper monstramus*** : expression latine qui signifie littéralement « nous montrons toujours le visage ». Cette devise insiste sur le courage car elle indique que ceux qui s'en réclament ne tournent pas le dos à l'ennemi.
3. **En abîme** : ici, placées au centre du blason.
4. **Prône** : vante publiquement.

que maintenant je comprends les dépenses excessives que font les femmes pour jouir de ces frêles et passagers avantages. Ce triomphe enivre l'orgueil, la vanité, l'amour-propre, enfin tous les sentiments du *moi*. Cette perpétuelle divinisation grise[1] si violemment, que je ne m'étonne plus de voir les femmes devenir égoïstes, oublieuses et légères au milieu de cette fête. Le monde porte à la tête[2]. On prodigue les fleurs de son esprit et de son âme, son temps le plus précieux, ses efforts les plus généreux, à des gens qui vous paient en jalousie et en sourires, qui vous vendent la fausse monnaie de leurs phrases, de leurs compliments et de leurs adulations[3] contre les lingots d'or de votre courage, de vos sacrifices, de vos inventions pour être belle, bien mise, spirituelle, affable[4] et agréable à tous. On sait combien ce commerce est coûteux, on sait qu'on y est volé ; mais on s'y adonne tout de même. Ah ! ma belle biche, combien on a soif d'un cœur ami, combien l'amour et le dévouement de Felipe sont précieux ! combien je t'aime ! Avec quel bonheur on fait ses apprêts de voyage pour aller se reposer à Chantepleurs des comédies de la rue du Bac[5] et de tous les salons de Paris ! Enfin, moi qui viens de relire ta dernière lettre, je t'aurai peint cet infernal paradis de Paris en te disant qu'il est impossible à une femme du monde d'être mère.

À bientôt, chérie, nous nous arrêterons une semaine au plus à Chantepleurs, et nous serons chez toi vers le 10 mai. Nous allons donc nous revoir après plus de deux ans. Et quels changements ! Nous voilà toutes deux femmes : moi la plus heureuse des maîtresses, toi la plus heureuse des mères. Si je ne t'ai pas écrit, mon cher amour, je

1. **Grise** : enivre (sens figuré), exalte.
2. **Le monde porte à la tête** : la vie mondaine est grisante, exaltante.
3. **Adulations** : flatteries excessives.
4. **Affable** : bienveillante, accueillante.
5. Allusion à la vie mondaine, superficielle, parisienne (l'appartement de Louise et Felipe est situé rue du Bac à Paris). Par ailleurs, le théâtre des Victoires, situé au 85, rue du Bac (actuel n° 75), donnait des vaudevilles.

ne t'ai pas oubliée. Et mon filleul, ce singe[1], est-il toujours joli ? me fait-il honneur ? il aura plus de neuf mois. Je voudrais bien assister à ses premiers pas dans le monde ; mais Macumer me dit que les enfants précoces marchent à peine à dix mois. Nous taillerons donc *des bavettes*[2], en style du Blésois[3]. Je verrai si, comme on le dit, un enfant gâte la taille.

P.-S. Si tu me réponds, mère sublime, adresse ta lettre à Chantepleurs, je pars.

XXXIII

MADAME DE L'ESTORADE À MADAME DE MACUMER.

Eh ! mon enfant, si jamais tu deviens mère, tu sauras si l'on peut écrire pendant les neuf premiers mois de la nourriture. *Mary*, ma bonne anglaise, et moi, nous sommes sur les dents[4]. Il est vrai que je ne t'ai pas dit que je tiens à tout faire moi-même. Avant l'événement, j'avais de mes doigts cousu la layette[5] et brodé, garni moi-même les bonnets. Je suis esclave, ma mignonne, esclave le jour et la nuit. Et d'abord Armand-Louis tète quand il veut et il veut toujours ; puis il faut si souvent le changer, le nettoyer, l'habiller ; la mère aime tant à le regarder endormi, à lui chanter des chansons, à le promener quand il fait beau en le tenant sur ses bras, qu'il ne lui reste pas de temps pour se soigner elle-même. Enfin, tu avais le monde, j'avais mon enfant, notre enfant ! Quelle vie riche et pleine ! Oh ! ma chère, je t'attends, tu verras ! Mais j'ai peur que le travail des dents ne commence, et que tu ne le trouves bien criard, bien pleureur. Il n'a pas encore beaucoup crié, car je suis toujours là. Les enfants

---

1. Surnom affectif (Louise reprend ici l'expression utilisée par Renée elle-même dans la lettre XXXI).
2. **Nous taillerons donc *des bavettes*** : nous passerons notre temps à bavarder, à commérer.
3. **Du Blésois** : de Blois, c'est-à-dire du couvent où elles ont été éduquées.
4. **Sur les dents** : épuisées.
5. **Layette** : linge du nouveau-né.

ne crient que parce qu'ils ont des besoins qu'on ne sait pas deviner, et je suis à la piste des siens. Oh ! mon ange, combien mon cœur s'est agrandi pendant que tu rapetissais le tien en le mettant au service du monde ! Je t'attends avec une impatience de solitaire. Je veux savoir ta pensée sur l'Estorade, comme tu veux sans doute la mienne sur Macumer. Écris-moi de ta dernière couchée[1]. Mes hommes veulent aller au-devant de nos illustres hôtes. Viens, reine de Paris, viens dans notre pauvre bastide où tu seras aimée !

XXXIV

MADAME DE MACUMER À LA VICOMTESSE DE L'ESTORADE.

Avril 1826.

L'adresse de ma lettre t'annoncera, ma chère, le succès de mes sollicitations. Voilà ton beau-père comte de l'Estorade. Je n'ai pas voulu quitter Paris sans t'avoir obtenu ce que tu désirais, et je t'écris devant le garde des Sceaux[2], qui m'est venu dire que l'ordonnance est signée.

À bientôt.

XXXV

DE MADAME DE MACUMER À LA VICOMTESSE DE L'ESTORADE.

Marseille, juillet.

Mon brusque départ va t'étonner, j'en suis honteuse ; mais, comme avant tout je suis vraie et que je t'aime toujours autant, je vais te dire naïvement tout en quatre mots : je suis horriblement jalouse. Felipe te regardait trop. Vous aviez ensemble au pied de

---

1. **Dernière couchée** : dernière étape du trajet où l'on a passé la nuit.
2. **Garde des Sceaux** : ministre de la Justice.

ton rocher de petites conversations qui me mettaient au supplice, me rendaient mauvaise et changeaient mon caractère. Ta beauté vraiment espagnole devait lui rappeler son pays et cette Marie Heredia[1], de laquelle je suis jalouse, car j'ai la jalousie du passé. Ta magnifique chevelure noire, tes beaux yeux bruns, ce front où les joies de la maternité mettent en relief tes éloquentes douleurs passées qui sont comme les ombres d'une radieuse lumière ; cette fraîcheur de peau méridionale plus blanche que ma blancheur de blonde ; cette puissance de formes, ce sein qui brille dans les dentelles comme un fruit délicieux auquel se suspend mon beau filleul, tout cela me blessait les yeux et le cœur. J'avais beau tantôt mettre des bleuets dans mes grappes de cheveux, tantôt relever la fadeur de mes tresses blondes par des rubans cerise, tout cela pâlissait devant une Renée que je ne m'attendais pas à trouver dans cette oasis de la Crampade.

Felipe enviait trop aussi cet enfant, que je me prenais à haïr. Oui, cette insolente vie qui remplit ta maison, qui l'anime, qui y crie, qui y rit, je la voulais à moi. J'ai lu des regrets dans les yeux de Macumer, j'en ai pleuré pendant deux nuits à son insu. J'étais au supplice chez toi. Tu es trop belle femme et trop heureuse mère pour que je puisse rester auprès de toi. Ah ! hypocrite, tu te plaignais ! D'abord ton l'Estorade est très bien, il cause agréablement ; ses cheveux noirs mélangés de blancs sont jolis ; il a de beaux yeux et ses façons de méridional ont ce *je ne sais quoi* qui plaît. D'après ce que j'ai vu, il sera tôt ou tard nommé député des Bouches-du-Rhône ; il fera son chemin à la Chambre, car je suis toujours à votre service en tout ce qui concerne vos ambitions. Les misères de l'exil lui ont donné cet air calme et posé qui me semble être la moitié de la politique. Selon moi, ma chère, toute la politique, c'est de paraître grave. Aussi disais-je à Macumer qu'il doit être un bien grand homme d'État.

---

1. Femme que Felipe devait épouser, et qui a finalement épousé son frère (voir lettre VI).

Enfin, après avoir acquis la certitude de ton bonheur, je m'en vais à tire-d'aile, contente, dans mon cher Chantepleurs, où Felipe s'arrangera pour être père, je ne veux t'y recevoir qu'ayant à mon sein un bel enfant semblable au tien. Je mérite tous les noms que tu voudras me donner : je suis absurde, infâme, sans esprit. Hélas ! on est tout cela quand on est jalouse. Je ne t'en veux pas, mais je souffrais, et tu me pardonneras de m'être soustraite à de telles souffrances. Encore deux jours, j'aurais commis quelque sottise. Oui, j'eusse été de mauvais goût. Malgré ces rages qui me mordaient le cœur, je suis heureuse d'être venue, heureuse de t'avoir vue mère si belle et si féconde, encore mon amie au milieu de tes joies maternelles, comme je reste toujours la tienne au milieu de mes amours. Tiens, à Marseille, à quelques pas de vous, je suis déjà fière de toi, fière de cette grande mère de famille que tu seras. Avec quel sens tu devinais ta vocation ! car tu me sembles née pour être plus mère qu'amante, comme moi je suis plus née pour l'amour que pour la maternité. Certaines femmes ne peuvent être ni mères ni amantes, elles sont ou trop laides ou trop sottes. Une bonne mère et une épouse-maîtresse doivent avoir à tout moment de l'esprit, du jugement, et savoir à tout propos déployer les qualités les plus exquises de la femme. Oh ! je t'ai bien observée, n'est-ce pas te dire, ma minette, que je t'ai admirée ? Oui, tes enfants seront heureux et bien élevés, ils seront baignés dans les effusions de ta tendresse, caressés par les lueurs de ton âme.

Dis la vérité sur mon départ à ton Louis, mais colore-la d'honnêtes prétextes aux yeux de ton beau-père qui semble être votre intendant[1], et surtout aux yeux de ta famille, une vraie famille Harlowe[2], plus l'esprit provençal. Felipe ne sait pas encore pourquoi je suis partie, il ne le saura jamais. S'il le demande, je verrai

---

1. Intendant : personne chargée de diriger une maison, de gérer les biens d'une personne (ironique ici).

2. La famille de Clarisse Harlowe, héroïne éponyme du roman de Samuel Richardson paru entre 1747 et 1748 (voir note 3, p. 72), est riche et désire acquérir des biens et des titres pour être anoblie.

à lui trouver un prétexte quelconque. Je lui dirai probablement que tu as été jalouse de moi. Fais-moi crédit de ce petit mensonge officieux[1]. Adieu, je t'écris à la hâte afin que tu aies cette lettre à l'heure de ton déjeuner, et le postillon[2], qui s'est chargé de te la faire tenir[3], est là qui boit en l'attendant. Baise bien mon cher petit filleul pour moi. Viens à Chantepleurs au mois d'octobre, j'y serai seule pendant tout le temps que Macumer ira passer en Sardaigne, où il veut faire de grands changements dans ses domaines. Du moins tel est le projet du moment, et c'est sa fatuité[4] à lui d'avoir un projet, il se croit indépendant ; aussi est-il toujours inquiet en me le communiquant. Adieu !

XXXVI

DE LA VICOMTESSE DE L'ESTORADE À LA BARONNE DE MACUMER.

Ma chère, notre étonnement à tous a été inexprimable quand, au déjeuner, on nous a dit que vous étiez partis, et surtout quand le postillon qui vous avait emmenés à Marseille m'a remis ta folle lettre. Mais, méchante, il ne s'agissait que de ton bonheur dans ces conversations au pied du rocher sur le banc de Louise, et tu as eu bien tort d'en prendre ombrage. *Ingrata*[5] ! je te condamne à revenir ici à mon premier appel. Dans cette odieuse lettre griffonnée sur du papier d'auberge, tu ne m'as pas dit où tu t'arrêteras ; je suis donc obligée de t'adresser ma réponse à Chantepleurs.

Écoute-moi, chère sœur d'élection[6], et sache, avant tout, que je te veux heureuse. Ton mari, ma Louise, a je ne sais quelle profondeur

1. **Officieux** : entre nous, non officiel.
2. **Postillon** : conducteur d'une voiture de poste, chargé de transporter le courrier et les voyageurs.
3. **Tenir** : parvenir.
4. **Fatuité** : orgueil.
5. ***Ingrata*** : « ingrate » (espagnol).
6. **D'élection** : par choix.

d'âme et de pensée qui impose autant que sa gravité naturelle et que sa contenance noble imposent; puis il y a dans sa laideur si spirituelle, dans ce regard de velours, une puissance vraiment majestueuse; il m'a donc fallu quelque temps avant d'établir cette familiarité sans laquelle il est difficile de s'observer à fond. Enfin, cet homme a été premier ministre, et il t'adore comme il adore Dieu: donc il devait dissimuler profondément; et, pour aller pêcher des secrets au fond de ce diplomate, sous les roches de son cœur, j'avais à déployer autant d'habileté que de ruse; mais j'ai fini, sans que notre homme s'en soit douté, par découvrir bien des choses desquelles ma mignonne ne se doute pas. De nous deux, je suis un peu la Raison comme tu es l'Imagination; je suis le grave Devoir comme tu es le fol Amour. Ce contraste d'esprit qui n'existait que pour nous deux, le sort s'est plu à le continuer dans nos destinées. Je suis une humble vicomtesse campagnarde excessivement ambitieuse, qui doit conduire sa famille dans une voie de prospérité; tandis que le monde sait Macumer ex-duc de Soria, et que, duchesse de droit, tu règnes sur ce Paris où il est si difficile à qui que ce soit, même aux rois, de régner. Tu as une belle fortune que Macumer va doubler, s'il réalise ses projets d'exploitation pour ses immenses domaines de Sardaigne, dont les ressources sont bien connues à Marseille[1]. Avoue que si l'une de nous deux devait être jalouse, ce serait moi? Mais rendons grâces à Dieu de ce que nous ayons chacune le cœur assez haut placé pour que notre amitié soit au-dessus des petitesses vulgaires. Je te connais: tu as honte de m'avoir quittée. Malgré ta fuite, je ne te ferai pas grâce d'une seule des paroles que j'allais te dire aujourd'hui sous le rocher. Lis-moi donc avec attention, je t'en supplie, car il s'agit encore plus de toi que de Macumer, quoiqu'il soit pour beaucoup dans ma morale. D'abord, ma mignonne, tu ne l'aimes pas. Avant deux ans, tu te fatigueras de cette adoration. Tu ne verras jamais en Felipe un mari, mais un amant de qui tu te

1. Il s'agit d'une affaire qu'Honoré de Balzac aurait aimé mener en Sardaigne si des Marseillais ne l'avaient pas devancé.

joueras sans nul souci, comme font d'un amant toutes les femmes. Non, il ne t'impose pas[1], tu n'as pas pour lui ce profond respect, cette tendresse pleine de crainte qu'une véritable amante a pour celui en qui elle voit un Dieu. Oh ! j'ai bien étudié l'amour, mon ange, et j'ai jeté plus d'une fois la sonde dans les gouffres de mon cœur. Après t'avoir bien examinée, je puis te le dire : tu n'aimes pas. Oui, chère reine de Paris, de même que les reines, tu désireras être traitée en grisette[2], tu souhaiteras être dominée, entraînée par un homme fort qui, au lieu de t'adorer, saura te meurtrir le bras en te le saisissant au milieu d'une scène de jalousie. Macumer t'aime trop pour pouvoir jamais soit te réprimander, soit te résister. Un seul de tes regards, une seule de tes paroles d'enjôleuse[3] fait fondre le plus fort de ses vouloirs. Tôt ou tard, tu le mépriseras de ce qu'il t'aime trop. Hélas ! il te gâte, comme je te gâtais quand nous étions au couvent, car tu es une des plus séduisantes femmes et un des esprits les plus enchanteurs qu'on puisse imaginer. Tu es vraie surtout, et souvent le monde exige, pour notre propre bonheur, des mensonges auxquels tu ne descendras jamais. Ainsi le monde demande qu'une femme ne laisse point voir l'empire qu'elle exerce sur son mari. Socialement parlant, un mari ne doit pas plus paraître l'amant de sa femme quand il l'aime en amant, qu'une épouse ne doit jouer le rôle d'une maîtresse. Or, vous manquez tous deux à cette loi. Mon enfant, d'abord ce que le monde pardonne le moins en le jugeant d'après ce que tu m'en as dit, c'est le bonheur, on doit le lui cacher ; mais ceci n'est rien. Il existe entre amants une égalité qui ne peut jamais, selon moi, apparaître entre une femme et son mari, sous peine d'un renversement social et sans des malheurs irréparables. Un homme nul est quelque chose d'effroyable ; mais il y a quelque chose de pire, c'est un homme annulé. Dans un temps donné tu auras réduit Macumer à n'être que l'ombre d'un homme : il n'aura plus sa volonté, il ne sera plus

1. **Il ne t'impose pas** : il ne t'inspire pas d'admiration, de respect.
2. **Grisette** : jeune ouvrière coquette aimant être courtisée.
3. **Enjôleuse** : personne experte en séduction.

lui-même, mais une chose façonnée à ton usage ; tu te le seras si bien assimilé, qu'au lieu d'être deux, il n'y aura plus qu'une personne dans votre ménage, et cet être-là sera nécessairement incomplet ; tu en souffriras, et le mal sera sans remède quand tu daigneras ouvrir les yeux. Nous aurons beau faire, notre sexe ne sera jamais doué des qualités qui distinguent l'homme ; et ces qualités sont plus que nécessaires, elles sont indispensables à la Famille. En ce moment, malgré son aveuglement, Macumer entrevoit cet avenir, il se sent diminué par son amour. Son voyage en Sardaigne me prouve qu'il va tenter de se retrouver lui-même par cette séparation momentanée. Tu n'hésites pas à exercer le pouvoir que te remet l'amour. Ton autorité s'aperçoit dans un geste, dans le regard, dans l'accent. Oh ! chère, tu es, comme te le disait ta mère, une folle courtisane. Certes, il t'est prouvé, je crois, que je suis de beaucoup supérieure à Louis ; mais m'as-tu vue jamais le contredisant ? Ne suis-je pas en public une femme qui le respecte comme le pouvoir de la famille ? Hypocrisie ! diras-tu. D'abord, les conseils que je crois utile de lui donner, mes avis, mes idées, je ne les lui soumets jamais que dans l'ombre et le silence de la chambre à coucher ; mais je puis te jurer, mon ange, qu'alors même je n'affecte envers lui aucune supériorité. Si je ne restais pas secrètement comme ostensiblement sa femme, il ne croirait pas en lui. Ma chère, la perfection de la bienfaisance consiste à s'effacer si bien que l'obligé ne se croie pas inférieur à celui qui l'oblige ; et ce dévouement caché comporte des douceurs infinies. Aussi ma gloire a-t-elle été de te tromper toi-même, et tu m'as fait des compliments de Louis. La prospérité, le bonheur, l'espoir, lui ont d'ailleurs fait regagner depuis deux ans tout ce que le malheur, les misères, l'abandon, le doute lui avaient fait perdre. En ce moment donc, d'après mes observations, je trouve que tu aimes Felipe pour toi, et non pour lui-même. Il y a du vrai dans ce que t'a dit ton père : ton égoïsme de grande dame est seulement déguisé sous les fleurs du printemps de ton amour, Ah ! mon enfant, il faut te bien aimer pour te dire de si cruelles vérités. Laisse-moi te raconter, sous la condition de ne jamais souffler de ceci le moindre mot au baron, la fin d'un de nos entretiens. Nous avions chanté tes louanges sur tous les tons, car il a bien vu que je t'aimais comme une sœur que l'on aime ; et après l'avoir amené, sans qu'il y prît garde, à des confidences : « Louise, lui ai-je dit, n'a pas encore lutté avec la vie, elle est traitée en enfant gâté par le sort, et peut-être serait-elle malheureuse si vous ne saviez pas être un père pour elle comme vous êtes un amant. – Et le puis-je ? » a-t-il dit ! Il s'est arrêté tout court, comme un homme qui voit le précipice où il va rouler. Cette exclamation m'a suffi. Si tu n'étais pas partie, il m'en aurait dit davantage quelques jours après.

Mon ange, quand cet homme sera sans forces, quand il aura trouvé la satiété dans le plaisir, quand il se sentira, je ne dis pas avili[1], mais sans sa dignité devant toi, les reproches que lui fera sa conscience lui donneront une sorte de remords, blessant pour toi par cela même que tu te sentiras coupable. Enfin tu finiras par mépriser celui que tu ne te seras pas habituée à respecter. Songes-y. Le mépris chez la femme est la première forme que prend sa haine. Comme tu es noble de cœur, tu te souviendras toujours des sacrifices que Felipe t'aura faits ; mais il n'aura plus à t'en faire après s'être en quelque sorte servi lui-même dans ce premier festin, et malheur à l'homme comme à la femme qui ne laissent rien à souhaiter ! Tout est dit. À notre honte ou à notre gloire je ne saurais décider ce point délicat, nous ne sommes exigeantes que pour l'homme qui nous aime !

Ô Louise, change, il en est temps encore. Tu peux, en te conduisant avec Macumer comme je me conduis avec l'Estorade, faire surgir le lion caché dans cet homme vraiment supérieur. On dirait que tu veux te venger de sa supériorité. Ne seras-tu donc pas fière d'exercer ton pouvoir autrement qu'à ton profit, de faire un homme de génie d'un homme grand, comme je fais un homme supérieur d'un homme ordinaire ?

---

1. **Avili** : déprécié, abaissé.

Tu serais restée à la campagne, je t'aurais toujours[1] écrit cette lettre ; j'eusse craint ta pétulance[2] et ton esprit dans une conversation, tandis que je sais que tu réfléchiras à ton avenir en me lisant. Chère âme, tu as tout pour être heureuse, ne gâte pas ton bonheur, et retourne dès le mois de novembre à Paris. Les soins et l'entraînement du monde dont je me plaignais sont des diversions nécessaires à votre existence, peut-être un peu trop intime. Une femme mariée doit avoir sa coquetterie. La mère de famille qui ne laisse pas désirer sa présence en se rendant rare au sein du ménage risque d'y faire connaître la satiété. Si j'ai plusieurs enfants, ce que je souhaite pour mon bonheur, je te jure que dès qu'ils arriveront à un certain âge je me réserverai des heures pendant lesquelles je serai seule ; car il faut se faire demander par tout le monde, même par ses enfants. Adieu, chère jalouse ! Sais-tu qu'une femme vulgaire serait flattée de t'avoir causé ce mouvement de jalousie ? Hélas ! je ne puis que m'en affliger, car il n'y a en moi qu'une mère et une sincère amie. Mille tendresses. Enfin fais tout ce que tu voudras pour excuser ton départ : si tu n'es pas sûre de Felipe, je suis sûre de Louis.

XXXVII

DE LA BARONNE DE MACUMER À LA VICOMTESSE DE L'ESTORADE.

Gênes.

Ma chère belle, j'ai eu la fantaisie de voir un peu l'Italie, et suis ravie d'y avoir entraîné Macumer, dont les projets, relativement à la Sardaigne, sont ajournés.

Ce pays m'enchante et me ravit. Ici les églises, et surtout les chapelles, ont un air amoureux et coquet qui doit donner à une protestante envie de se faire catholique. On a fêté Macumer, et l'on

1. **Toujours** : ici, quand même.
2. **Pétulance** : vivacité.

s'est applaudi d'avoir acquis un sujet[1] pareil. Si je la désirais, Felipe aurait l'ambassade de Sardaigne à Paris; car la cour est charmante pour moi. Si tu m'écris, adresse tes lettres à Florence. Je n'ai pas trop le temps de t'écrire en détail, je te raconterai mon voyage à ton premier séjour à Paris. Nous ne resterons ici qu'une semaine. De là nous irons à Florence par Livourne, nous séjournerons un mois en Toscane et un mois à Naples afin d'être à Rome en novembre. Nous reviendrons par Venise, où nous demeurerons la première quinzaine de décembre; puis nous arriverons par Milan et par Turin à Paris pour le mois de janvier. Nous voyageons en amants: la nouveauté des lieux renouvelle nos chères noces. Macumer ne connaissait point l'Italie, et nous avons débuté par ce magnifique chemin de la Corniche qui semble construit par les fées. Adieu, chérie. Ne m'en veux pas si je ne t'écris point; il m'est impossible de trouver un moment à moi en voyage; je n'ai que le temps de voir, de sentir et de savourer mes impressions. Mais, pour t'en parler, j'attendrai qu'elles aient pris les teintes du souvenir.

XXXVIII

DE LA VICOMTESSE DE L'ESTORADE À LA BARONNE DE MACUMER.

Septembre.

Ma chère, il y a pour toi à Chantepleurs une assez longue réponse à la lettre que tu m'as écrite de Marseille. Ce voyage fait en amants est si loin de diminuer les craintes que je t'y exprimais, que je te prie d'écrire en Nivernais pour qu'on t'envoie ma lettre.

Le ministère a résolu, dit-on, de dissoudre la Chambre. Si c'est un malheur pour la couronne, qui devait employer la dernière session de cette législature dévouée à faire rendre des lois nécessaires à la consolidation du pouvoir, c'en est un pour nous aussi: Louis

1. **Sujet**: personne soumise à l'autorité du roi.

n'aura quarante ans qu'à la fin de 1827[1]. Heureusement mon père, qui consent à se faire nommer député, donnera sa démission en temps utile.

Ton filleul a fait ses premiers pas sans sa marraine ; il est d'ailleurs admirable et commence à me faire de ces petits gestes gracieux qui me disent que ce n'est plus seulement un organe qui tète, une vie brutale, mais une âme : ses sourires sont pleins de pensées. Je suis si favorisée dans mon métier de nourrice que je sèvrerai notre Armand en décembre. Un an de lait suffit. Les enfants qui tètent trop deviennent des sots. Je suis pour les dictons populaires. Tu dois avoir un succès fou en Italie, ma belle blonde. Mille tendresses.

XXXIX

DE LA BARONNE DE MACUMER
À LA VICOMTESSE DE L'ESTORADE.

Rome, décembre.

J'ai ton infâme lettre, que, sur ma demande, mon régisseur[2] m'a envoyée de Chantepleurs ici. Oh ! Renée… Mais je t'épargne tout ce que mon indignation pourrait me suggérer. Je vais seulement te raconter les effets produits par ta lettre. Au retour de la fête charmante que nous a donnée l'ambassadeur et où j'ai brillé de tout mon éclat, d'où Macumer est revenu dans un enivrement de moi que je ne saurais peindre, je lui ai lu ton horrible réponse, et je la lui ai lue en pleurant, au risque de lui paraître laide. Mon cher Abencérage est tombé à mes pieds en te traitant de radoteuse[3] : il m'a emmenée au balcon du palais où nous sommes, et d'où nous voyons une partie de Rome : là, son langage a été digne de la scène qui s'offrait à nos yeux ; car il faisait un superbe clair de lune. Comme

1. Pour être élus, les députés doivent être âgés de plus de quarante ans.
2. **Régisseur** : personne chargée de gérer les biens financiers et matériels.
3. **Radoteuse** : personne qui tient des propos dénués de sens.

nous savons déjà l'italien, son amour, exprimé dans cette langue si molle et si favorable à la passion, m'a paru sublime. Il m'a dit que, quand même tu serais prophète, il préférait une nuit heureuse ou l'une de nos délicieuses matinées à toute une vie. À ce compte, il avait déjà vécu mille ans. Il voulait que je restasse sa maîtresse, et ne souhaitait pas d'autre titre que celui de mon amant. Il est si fier et si heureux de se voir chaque jour le préféré que, si Dieu lui apparaissait et lui donnait à opter entre vivre encore trente ans selon ta doctrine et avoir cinq enfants, ou n'avoir plus que cinq ans de vie en continuant nos chères amours fleuries, son choix serait fait: il aimerait mieux être aimé comme je l'aime et mourir. Ces protestations dites à mon oreille, ma tête sur son épaule, son bras autour de ma taille, ont été troublées en ce moment par les cris de quelque chauve-souris qu'un chat-huant[1] avait surprise. Ce cri de mort m'a fait une si cruelle impression que Felipe m'a emportée à demi évanouie sur mon lit. Mais rassure-toi! quoique cet horoscope ait retenti dans mon âme, ce matin je vais bien. En me levant je me suis mise à genoux devant Felipe, et, les yeux sous les siens, ses mains prises dans les miennes, je lui ai dit: – Mon ange, je suis un enfant, et Renée pourrait avoir raison: c'est peut-être seulement l'amour que j'aime en toi; mais du moins sache qu'il n'y a pas d'autre sentiment dans mon cœur, et que je t'aime alors à ma manière. Enfin si dans mes façons, dans les moindres choses de ma vie et de mon âme, il y avait quoi que ce soit de contraire à ce que tu voulais ou espérais de moi, dis-le! fais-le-moi connaître! j'aurai du plaisir à t'écouter et à ne me conduire que par la lueur de tes yeux. Renée m'effraie, elle m'aime tant!

Macumer n'a pas eu de voix pour me répondre, il fondait en larmes. Maintenant, je te remercie, ma Renée; je ne savais pas combien je suis aimée de mon beau, de mon royal Macumer. Rome est la ville où l'on aime. Quand on a une passion, c'est là qu'il faut aller en jouir: on a les arts et Dieu pour complices. Nous trouverons,

1. **Chat-huant**: oiseau nocturne proche du hibou.

à Venise, le duc et la duchesse de Soria. Si tu m'écris, écris-moi maintenant à Paris, car nous quittons Rome dans trois jours. La fête de l'ambassadeur était un adieu.

P.-S. Chère imbécile, ta lettre montre bien que tu ne connais l'amour qu'en idée. Sache donc que l'amour est un principe dont tous les effets sont si dissemblables qu'aucune théorie ne saurait les embrasser ni les régenter. Ceci est pour mon petit docteur en corset[1].

XL

DE LA COMTESSE DE L'ESTORADE À LA BARONNE DE MACUMER.

Janvier 1827.

Mon père est nommé, mon beau-père est mort, et je suis encore sur le point d'accoucher ; tels sont les événements marquants de la fin de cette année. Je te les dis sur-le-champ pour que l'impression que te fera mon cachet noir se dissipe aussitôt.

Ma mignonne, ta lettre de Rome m'a fait frémir. Vous êtes deux enfants. Felipe est, ou un diplomate qui a dissimulé, ou un homme qui t'aime comme il aimerait une courtisane à laquelle il abandonnerait sa fortune, tout en sachant qu'elle le trahit. En voilà bien assez. Vous me prenez pour une radoteuse, je me tairai. Mais laisse-moi te dire qu'en étudiant nos deux destinées j'en tire un cruel principe : Voulez-vous être aimée ? n'aimez pas.

Louis, ma chère, a obtenu la croix de la Légion d'honneur quand il a été nommé membre du conseil général. Or, comme voici bientôt trois ans qu'il est du conseil, et que mon père, que tu verras sans doute à Paris pendant la session, a demandé pour son gendre le grade d'officier, fais-moi le plaisir d'entreprendre le

1. Périphrase moqueuse pour désigner Renée, déjà employée dans la lettre XXI.

mamamouchi[1] quelconque que cette nomination regarde, et de veiller à cette petite chose. Surtout, ne te mêle pas des affaires de mon très honoré père, le comte de Maucombe, qui veut obtenir le titre de marquis ; réserve tes faveurs pour moi. Quand Louis sera député, c'est-à-dire l'hiver prochain, nous viendrons à Paris, et nous y remuerons alors ciel et terre pour le placer à quelque direction générale, afin que nous puissions économiser tous nos revenus en vivant des appointements d'une place[2]. Mon père siège entre le centre et la droite, il ne demande qu'un titre ; notre famille était déjà célèbre sous le roi René[3], le roi Charles X ne refusera pas un Maucombe ; mais j'ai peur qu'il ne prenne à mon père fantaisie de postuler quelque faveur pour mon frère cadet ; et en lui tenant la dragée du marquisat un peu haut[4], il ne pourra penser qu'à lui-même.

15 janvier.

Ah ! Louise, je sors de l'enfer ! Si j'ai le courage de te parler de mes souffrances, c'est que tu me sembles une autre moi-même. Encore ne sais-je pas si je laisserai jamais ma pensée revenir sur ces cinq fatales journées ! Le seul mot de convulsion[5] me cause un frisson dans l'âme même. Ce n'est pas cinq jours qui viennent de se passer, mais cinq siècles de douleurs. Tant qu'une mère n'a pas souffert ce martyre, elle ignorera ce que veut dire le mot souffrance. Je t'ai trouvée heureuse de ne pas avoir d'enfants, ainsi juge de ma déraison !

La veille du jour terrible, le temps, qui avait été lourd et presque chaud, me parut avoir incommodé mon petit Armand. Lui, si doux

---

1. **Mamamouchi** : nom imaginé par Molière (1622-1673) pour donner une dignité turque à monsieur Jourdain, le personnage principal de la comédie *Le Bourgeois gentilhomme*, jouée en 1670. Par extension, terme péjoratif pour désigner une personne d'autorité.
2. **Appointements d'une place** : rémunération liée à un poste important.
3. **René d'Anjou** (1409-1480) : comte de Provence de 1434 à 1480.
4. **Lui tenant la dragée [...] haut** : le faisant attendre, lui faisant miroiter.
5. **Convulsion** : mouvement incontrôlable des muscles.

et si caressant, il était grimaud[1] ; il criait à propos de tout, il voulait jouer et brisait ses joujoux. Peut-être toutes les maladies s'annoncent-elles chez les enfants par des changements d'humeur. Attentive à cette singulière méchanceté, j'observais chez Armand des rougeurs et des pâleurs que j'attribuais à la pousse de quatre grosses dents qui percent à la fois. Aussi l'ai-je couché près de moi, m'éveillant de moment en moment. Pendant la nuit, il eut un peu de fièvre qui ne m'inquiétait point ; je l'attribuais toujours aux dents. Vers le matin il dit : « Maman ! » en demandant à boire par un geste, mais avec un éclat dans la voix, avec un mouvement convulsif[2] dans le geste qui me glacèrent le sang. Je sautai hors du lit pour aller lui préparer de l'eau sucrée. Juge de mon effroi quand en lui présentant la tasse je ne lui vis faire aucun mouvement ; il répétait seulement : « Maman », de cette voix qui n'était plus sa voix, qui n'était même plus une voix. Je lui pris la main, mais elle n'obéissait plus, elle se roidissait[3]. Je lui mis alors la tasse aux lèvres ; le pauvre petit but d'une manière effrayante, par trois ou quatre gorgées convulsives, et l'eau fit un bruit singulier dans son gosier. Enfin il s'accrocha désespérément à moi, et j'aperçus ses yeux, tirés par une force intérieure, devenir blancs, ses membres perdre leur souplesse. Je jetai des cris affreux. Louis vint. – Un médecin ! un médecin ! il meurt ! lui criai-je. Louis disparut, et mon pauvre Armand dit encore : « Maman ! maman ! » en se cramponnant à moi. Ce fut le dernier moment où il sut qu'il avait une mère. Les jolis vaisseaux de son front se sont injectés, et la convulsion a commencé. Une heure avant l'arrivée des médecins, je tenais cet enfant si vivace, si blanc et rose, cette fleur qui faisait mon orgueil et ma joie, roide comme un morceau de bois, et quels yeux ! je frémis en me les rappelant. Noir, crispé, rabougri, muet, mon gentil Armand était une momie. Un médecin, deux médecins amenés de Marseille par Louis, restaient là plantés sur leurs jambes comme des oiseaux de mauvais augure, ils me faisaient frissonner.

1. **Grimaud** : maladroit.
2. **Convulsif** : brusque.
3. **Se roidissait** : devenait raide.

L'un parlait de fièvre cérébrale, l'autre voyait des convulsions comme en ont les enfants. Le médecin de notre canton me paraissait être le plus sage parce qu'il ne prescrivait rien. « C'est les dents, disait le second. – C'est une fièvre », disait le premier. Enfin, on convint de mettre des sangsues[1] au cou, et de la glace sur la tête. Je me sentais mourir. Être là, voir un cadavre bleu ou noir, pas un cri, pas un mouvement, au lieu d'une créature si bruyante et si vive ! Il y eut un moment où ma tête s'est égarée, et où j'ai eu comme un rire nerveux en voyant ce joli cou, que j'avais tant baisé, mordu par des sangsues, et cette charmante tête sous une calotte[2] de glace. Ma chère, il a fallu lui couper cette jolie chevelure que nous admirions tant, et que tu avais caressée, pour pouvoir mettre la glace. De dix en dix minutes, comme dans mes douleurs d'accouchement, la convulsion revenait, et le pauvre petit se tordait, tantôt pâle, tantôt violet. En se rencontrant, ses membres si flexibles rendaient un son comme si c'eût été du bois. Cette créature insensible m'avait souri, m'avait parlé, m'appelait naguère encore maman ! À ces idées, des masses de douleurs me traversaient l'âme, en l'agitant comme des ouragans agitent la mer, et je sentais tous les liens par lesquels un enfant tient à notre cœur ébranlés. Ma mère, qui peut-être m'aurait aidée, conseillée ou consolée, est à Paris. Les mères en savent plus sur les convulsions que les médecins, je crois. Après quatre jours et quatre nuits passés dans des alternatives et des craintes qui m'ont presque tuée, les médecins furent tous d'avis d'appliquer une affreuse pommade pour faire des plaies ! Oh ! des plaies à mon Armand qui jouait cinq jours auparavant, qui souriait, qui s'essayait à dire *marraine !* Je m'y suis refusée en voulant me confier à la nature. Louis me grondait, il croyait aux médecins. Un homme est toujours homme. Mais il y a dans ces terribles maladies des instants où elles prennent la forme de la mort ; et pendant un de ces instants, ce remède, que j'abominais, me parut être le salut d'Armand. Ma Louise, la peau

1. **Sangsues** : vers aquatiques qui sucent le sang, utilisés autrefois dans un but thérapeutique.
2. **Calotte** : petit bonnet.

était si sèche, si rude, si aride, que l'onguent[1] ne prit pas. Je me mis alors à fondre en larmes pendant si longtemps au-dessus du lit, que le chevet en fut mouillé. Les médecins dînaient, eux ! Me voyant seule, j'ai débarrassé mon enfant de tous les topiques[2] de la médecine, je l'ai pris, quasi folle, entre mes bras, je l'ai serré contre ma poitrine, j'ai appuyé mon front à son front en priant Dieu de lui donner ma vie, tout en essayant de la lui communiquer. Je l'ai tenu pendant quelques instants ainsi, voulant mourir avec lui pour n'en être séparée ni dans la vie ni dans la mort. Ma chère, j'ai senti les membres fléchir ; la convulsion a cédé, mon enfant a remué, les sinistres et horribles couleurs ont disparu ! J'ai crié comme quand il était tombé malade, les médecins ont monté, je leur ai fait voir Armand.

– Il est sauvé ! s'est écrié le plus âgé des médecins.

Oh ! quelle parole ! quelle musique ! les cieux s'ouvraient. En effet, deux heures après, Armand renaissait ; mais j'étais anéantie, il a fallu, pour m'empêcher de faire quelque maladie, le baume[3] de la joie. Ô mon Dieu ! par quelles douleurs attachez-vous l'enfant à sa mère ? quels clous vous nous enfoncez au cœur pour qu'il y tienne ! N'étais-je donc pas assez mère encore, moi que les bégaiements et les premiers pas de cet enfant ont fait pleurer de joie ! moi qui l'étudie pendant des heures entières pour bien accomplir mes devoirs et m'instruire au doux métier de mère ! Était-il besoin de causer ces terreurs, d'offrir ces épouvantables images à celle qui fait de son enfant une idole ? Au moment où je t'écris, notre Armand joue, il crie, il rit. Je cherche alors les causes de cette horrible maladie des enfants, en songeant que je suis grosse[4]. Est-ce la pousse des dents ? est-ce un travail particulier qui se fait dans le cerveau ? Les enfants qui subissent des convulsions ont-ils une imperfection dans le système nerveux ? Toutes ces idées m'inquiètent autant pour le

1. **Onguent** : pommade.
2. **Topiques** : ici, remèdes.
3. **Baume** : apaisement (sens figuré).
4. **Grosse** : enceinte.

présent que pour l'avenir. Notre médecin de campagne tient pour[1] une excitation nerveuse causée par les dents. Je donnerais toutes les miennes pour que celles de notre petit Armand fussent faites. Quand je vois une de ces perles blanches poindre au milieu de sa gencive enflammée, il me prend maintenant des sueurs froides. L'héroïsme avec lequel ce cher ange souffre m'indique qu'il aura tout mon caractère ; il me jette des regards à fendre le cœur. La médecine ne sait pas grand-chose sur les causes de cette espèce de tétanos[2] qui finit aussi rapidement qu'il commence, qu'on ne peut ni prévenir ni guérir. Je te le répète, une seule chose est certaine : voir son enfant en convulsion, voilà l'enfer pour une mère. Avec quelle rage je l'embrasse ! Oh ! comme je le tiens longtemps sur mon bras en le promenant ! Avoir eu cette douleur quand je dois accoucher de nouveau dans six semaines, c'était une horrible aggravation du martyre, j'avais peur pour l'autre ! Adieu, ma chère et bien-aimée Louise, ne désire pas d'enfants, voilà mon dernier mot.

XLI

DE LA BARONNE DE MACUMER
À LA COMTESSE DE L'ESTORADE.

Paris.

Pauvre ange, Macumer et moi nous t'avons pardonné tes *mauvaisetés*[3] en apprenant combien tu as été tourmentée. J'ai frissonné, j'ai souffert en lisant les détails de cette double torture, et me voilà moins chagrine de ne pas être mère. Je m'empresse de t'annoncer la nomination de Louis, qui peut porter la rosette d'officier[4]. Tu désirais une petite fille ; probablement tu en auras une, heureuse Renée ! Le mariage de mon frère et de mademoiselle de Mortsauf

---

1. **Tient pour** : pense qu'il s'agit de.
2. **Tétanos** : maladie qui contracte les muscles, créant des convulsions.
3. ***Mauvaisetés*** : méchancetés (allusion à la lettre XXXVI).
4. **Rosette d'officier** : décoration portée à la boutonnière par les officiers.

a été célébré à notre retour. Notre charmant roi, qui vraiment est d'une bonté admirable, a donné à mon frère la survivance de la charge[1] de premier gentilhomme de la chambre dont est revêtu son beau-père. – La charge doit aller avec les titres, a-t-il dit au duc de Lenoncourt-Givry. Seulement il a voulu que l'écusson des Mortsauf fût adossé à celui de Lenoncourt.

Mon père avait cent fois raison. Sans ma fortune rien de tout cela n'aurait eu lieu. Mon père et ma mère sont venus de Madrid pour ce mariage, et y retournent après la fête que je donne demain aux nouveaux mariés. Le carnaval sera très brillant. Le duc et la duchesse de Soria sont à Paris; leur présence m'inquiète un peu. Marie Heredia est certes une des plus belles femmes de l'Europe, je n'aime pas la manière dont Felipe la regarde. Aussi redoublé-je d'amour et de tendresse. « *Elle* ne t'aurait jamais aimée ainsi ! » est une parole que je me garde bien de dire, mais qui est écrite dans tous mes regards, dans tous mes mouvements. Dieu sait si je suis élégante et coquette. Hier, madame de Maufrigneuse me disait: – Chère enfant, il faut vous rendre les armes[2]. Enfin, j'amuse tant Felipe, qu'il doit trouver sa belle-sœur bête comme une vache espagnole. J'ai d'autant moins de regret de ne pas faire un petit Abencérage, que la duchesse accouchera sans doute à Paris, elle va devenir laide; si elle a un garçon, il se nommera Felipe en l'honneur du banni. Un malicieux hasard fera que je serai encore marraine. Adieu, chère. J'irai de bonne heure cette année à Chantepleurs, car notre voyage a coûté des sommes exorbitantes; je partirai vers la fin de mars, afin d'aller vivre avec économie en Nivernais. Paris m'ennuie d'ailleurs. Felipe soupire autant que moi après la belle solitude de notre parc, nos fraîches prairies et notre Loire pailletée par ses sables, à laquelle aucune rivière ne ressemble. Chantepleurs me paraîtra délicieux après les pompes[3] et les vanités de l'Italie;

1. **Survivance de la charge**: héritage de la fonction.
2. **Vous rendre les armes**: m'avouer vaincue.
3. **Pompes**: richesses futiles.

car, après tout, la magnificence est ennuyeuse, et le regard d'un amant est plus beau qu'un *capo d'opera*, qu'un *bel quadro*[1] *!* Nous t'y attendrons, je ne serai plus jalouse de toi. Tu pourras sonder à ton aise le cœur de mon Macumer, y pêcher des interjections[2], en ramener des scrupules, je te le livre avec une superbe confiance. Depuis la scène de Rome, Felipe m'aime davantage ; il m'a dit hier (il regarde par-dessus mon épaule) que sa belle-sœur, la Marie de sa jeunesse, sa vieille fiancée, la princesse Heredia, son premier rêve, était stupide. Oh ! chère, je suis pire qu'une fille d'Opéra, cette injure m'a causé du plaisir. J'ai fait remarquer à Felipe qu'elle ne parlait pas correctement le français ; elle prononce *esemple, sain* pour *cinq, cheu* pour *je*; enfin, elle est belle mais elle n'a pas de grâce, elle n'a pas la moindre vivacité dans l'esprit. Quand on lui adresse un compliment, elle vous regarde comme une femme qui ne serait pas habituée à en recevoir. Du caractère dont il est, il aurait quitté Marie après deux mois de mariage. Le duc de Soria, Don Fernand, est très bien assorti avec elle ; il a de la générosité, mais c'est un enfant gâté, cela se voit. Je pourrais être méchante et te faire rire ; mais je m'en tiens au vrai. Mille tendresses, mon ange.

XLII

RENÉE À LOUISE.

Ma petite fille a deux mois ; ma mère a été la marraine et un vieux grand-oncle de Louis, le parrain de cette petite, qui se nomme Jeanne-Athénaïs.

Dès que je le pourrai, je partirai pour vous aller voir à Chantepleurs, puisqu'une nourrice ne vous effraie pas. Ton filleul dit ton nom ; il le prononce *Matoumer!* car il ne peut pas dire les *c* autrement ; tu en raffoleras ; il a toutes ses dents ; il mange maintenant

---

1. ***Capo d'opera* [...] *bel quadro***: « chef-d'œuvre [...] joli tableau » (italien).
2. **Interjections**: exclamations.

de la viande comme un grand garçon, il court et trotte comme un rat, mais je l'enveloppe toujours de regards inquiets, et je suis au désespoir de ne pouvoir le garder près de moi pendant mes couches[1], qui exigent plus de quarante jours de chambre, à cause de quelques précautions ordonnées par les médecins. Hélas ! mon enfant, on ne prend pas l'habitude d'accoucher ! Les mêmes douleurs et les mêmes appréhensions reviennent. Cependant (ne montre pas ma lettre à Felipe) je suis pour quelque chose dans la façon[2] de cette petite fille, qui fera peut-être tort[3] à ton Armand.

Mon père a trouvé Felipe maigri, et ma chère mignonne un peu maigrie aussi. Cependant le duc et la duchesse de Soria sont partis ; il n'y a plus le moindre sujet de jalousie ! Me cacherais-tu quelque chagrin ? Ta lettre n'était ni aussi longue ni aussi affectueusement pensée que les autres. Est-ce seulement un caprice de ma chère capricieuse ?

En voici trop, ma garde me gronde de t'avoir écrit, et mademoiselle Athénaïs de l'Estorade veut dîner. Adieu donc, écris-moi de bonnes longues lettres.

XLIII

MADAME DE MACUMER À LA COMTESSE DE L'ESTORADE.

Pour la première fois de ma vie, ma chère Renée, j'ai pleuré seule sous un saule, sur un banc de bois, au bord de mon long étang de Chantepleurs, une délicieuse vue que tu vas venir embellir, car il n'y manque que de joyeux enfants. Ta fécondité m'a fait faire un retour sur moi-même, qui n'ai point d'enfants après bientôt trois ans de mariage. Oh ! pensais-je, quand je devrais souffrir cent fois plus que Renée n'a souffert en accouchant de mon filleul, quand

---

1. **Couches** : temps que la femme qui vient d'accoucher passe au lit.
2. **Façon** : air, allure.
3. **Fera [...] tort** : manquera.

je devrais voir mon enfant en convulsions, faites, mon Dieu, que j'aie une angélique créature comme cette petite Athénaïs que je vois d'ici aussi belle que le jour, car tu ne m'en as rien dit ! J'ai reconnu là ma Renée. Il semble que tu devines mes souffrances. Chaque fois que mes espérances sont déçues, je suis pendant plusieurs jours la proie d'un chagrin noir. Je fais alors de sombres élégies. Quand broderai-je de petits bonnets ? quand choisirai-je la toile d'une layette ? quand coudrai-je de jolies dentelles pour envelopper une petite tête ? Ne dois-je donc jamais entendre une de ces charmantes créatures m'appeler maman, me tirer par ma robe, me tyranniser ? Ne verrai-je donc pas sur le sable les traces d'une petite voiture ? Ne ramasserai-je pas des joujoux cassés dans ma cour ? N'irai-je pas, comme tant de mères que j'ai vues, chez les bimbelotiers[1] acheter des sabres, des poupées, de petits ménages[2] ? Ne verrai-je point se développer cette vie et cet ange qui sera un autre Felipe plus aimé ? Je voudrais un fils pour savoir comment on peut aimer son amant plus qu'il ne l'est dans un autre lui-même. Mon parc, le château me semblent déserts et froids. Une femme sans enfants est une monstruosité ; nous ne sommes faites que pour être mères. Oh ! docteur en corset que tu es, tu as bien vu la vie. La stérilité d'ailleurs est horrible en toute chose. Ma vie ressemble un peu trop aux bergeries de Gessner et de Florian[3], desquelles Rivarol[4] disait qu'on y désirait des loups. Je veux être dévouée aussi, moi ! Je sens en moi des forces que Felipe néglige ; et, si je ne suis pas mère, il faudra que je me passe la fantaisie[5] de quelque malheur. Voilà ce que je viens de dire à mon restant de Maure, à qui ces mots ont fait venir des larmes aux yeux ; il en a été quitte pour être appelé une sublime bête, on ne peut pas le plaisanter sur son amour.

---

1. **Bimbelotiers** : artisans qui fabriquent des jouets (bimbelots).
2. **Ménages** : dînettes d'enfant.
3. **Salomon Gessner** (1730-1788) ; **Jean-Pierre Claris de Florian** (1755-1794) : poète suisse et écrivain français ; tous deux sont notamment des auteurs de pastorales, récits narrant les amours de bergers et de bergères.
4. **Rivarol** (1753-1801) : critique et auteur d'essais et de pamphlets.
5. **Me passe la fantaisie** : satisfasse un caprice.

Par moments il me prend envie de faire des neuvaines[1], d'aller demander la fécondité à certaines madones ou à certaines eaux[2]. L'hiver prochain je consulterai des médecins. Je suis trop furieuse contre moi-même pour t'en dire davantage. Adieu.

XLIV

DE LA MÊME À LA MÊME.

Paris, 1829.

Comment, ma chère, un an sans lettre?... Je suis un peu piquée. Crois-tu que ton Louis, qui m'est venu voir presque tous les deux jours, te remplace? Il ne me suffit pas de savoir que tu n'es pas malade et que vos affaires vont bien, je veux tes sentiments et tes idées comme je te livre les miennes, au risque d'être grondée, ou blâmée, ou méconnue, car je t'aime. Ton silence et ta retraite à la campagne, quand tu pourrais jouir ici des triomphes parlementaires du comte de l'Estorade, dont la *parlotterie*[3] et le dévouement lui ont acquis une influence, et qui sera sans doute placé très haut après la session, me donnent de graves inquiétudes. Passes-tu donc ta vie à lui écrire des instructions? Numa n'était pas si loin de son Égérie[4]. Pourquoi n'as-tu pas saisi l'occasion de voir Paris? Je jouirais de toi depuis quatre mois. Louis m'a dit hier que tu viendrais le chercher et faire tes troisièmes couches à Paris, affreuse mère Gigogne[5] que tu es! Après bien des questions, et des hélas, et des plaintes, Louis, quoique diplomate, a fini par me dire que son grand-oncle, le parrain d'Athénaïs, était fort mal. Or, je te suppose, en bonne mère de

1. **Neuvaines**: prières récitées pendant neuf jours consécutifs pour obtenir quelque chose.
2. Sous-entendu, miraculeuses.
3. ***Parlotterie***: bavardage (péjoratif).
4. Dans la mythologie romaine, Égérie, une nymphe, est la conseillère du roi mythique de Rome Numa Pompilius.
5. **Mère Gigogne**: personnage de spectacles forains des XVIIe et XVIIIe siècles incarnant la fécondité inépuisable.

famille, capable de tirer parti de la gloire et des discours du député pour obtenir un legs[1] avantageux du dernier parent maternel de ton mari. Sois tranquille, ma Renée, les Lenoncourt, les Chaulieu, le salon de madame de Macumer travaillent pour Louis. Martignac[2] le mettra sans doute à la Cour des comptes. Mais, si tu ne me dis pas pourquoi tu restes en province, je me fâche. Est-ce pour ne pas avoir l'air d'être toute la politique de la maison de l'Estorade ? est-ce pour la succession de l'oncle ? as-tu craint d'être moins mère à Paris ? Oh ! comme je voudrais savoir si c'est pour ne pas t'y faire voir, pour la première fois, dans ton état de grossesse, coquette ! Adieu.

XLV

RENÉE À LOUISE.

Tu te plains de mon silence, tu oublies donc ces deux petites têtes brunes que je gouverne et qui me gouvernent ? Tu as d'ailleurs trouvé quelques-unes des raisons que j'avais pour garder la maison. Outre l'état de notre précieux oncle, je n'ai pas voulu traîner à Paris un garçon d'environ quatre ans, et une petite fille de trois ans bientôt quand je suis encore grosse. Je n'ai pas voulu embarrasser ta vie et ta maison d'un pareil ménage[3], je n'ai pas voulu paraître à mon désavantage dans le brillant monde où tu règnes, et j'ai les appartements garnis[4], la vie des hôtels en horreur. Le grand-oncle de Louis, en apprenant la nomination de son petit-neveu, m'a fait présent de la moitié de ses économies, deux cent mille francs, pour acheter à Paris une maison, et Louis est chargé d'en trouver une dans ton quartier. Ma mère me donne une trentaine de mille francs pour les meubles. Quand je viendrai m'établir pour la session à

1. **Legs** : donation.
2. **Jean-Baptiste de Martignac** (1778-1832) : chef du gouvernement français de 1828 à 1829.
3. **Ménage** : toutes les personnes qui composent une famille.
4. **Garnis** : meublés pour être loués.

Paris, j'y viendrai chez moi. Enfin, je tâcherai d'être digne de ma chère sœur d'élection, soit dit sans jeu de mots.

Je te remercie d'avoir mis Louis aussi bien en cour qu'il l'est; mais malgré l'estime que font de lui messieurs de Bourmont et de Polignac[1], qui veulent l'avoir dans leur ministère, je ne le souhaite point si fort en vue: on est alors trop compromis. Je préfère la Cour des comptes à cause de son inamovibilité[2]. Nos affaires seront ici dans de très bonnes mains; et, une fois que notre régisseur sera bien au fait, je viendrai seconder Louis, sois tranquille.

Quant à écrire maintenant de longues lettres, le puis-je? Celle-ci, dans laquelle je voudrais pouvoir te peindre le train[3] ordinaire de mes journées, restera sur ma table pendant huit jours. Peut-être Armand en fera-t-il des cocottes pour ses régiments alignés sur mes tapis ou des vaisseaux pour les flottes qui voguent sur son bain. Un seul de mes jours te suffira d'ailleurs, ils se ressemblent tous et se réduisent à deux événements: les enfants souffrent ou les enfants ne souffrent pas. À la lettre[4], pour moi, dans cette bastide solitaire, les minutes sont des heures ou les heures sont des minutes, selon l'état des enfants. Si j'ai quelques heures délicieuses, je les rencontre pendant leur sommeil, quand je ne suis pas à bercer l'une et à conter des histoires à l'autre pour les endormir. Quand je les tiens endormis près de moi, je me dis: Je n'ai plus rien à craindre. En effet, mon ange, durant le jour toutes les mères inventent des dangers. Dès que les enfants ne sont plus sous leurs yeux, c'est des rasoirs volés avec lesquels Armand a voulu jouer, le feu qui prend à sa jaquette[5], un orvet[6] qui peut le mordre, une chute en courant

---

1. **Louis de Bourmont** (1773-1846): ministre de la Guerre du gouvernement Polignac; **Jules de Polignac** (1780-1847): chef du gouvernement français de 1829 à 1830.
2. **Inamovibilité**: privilège de certains magistrats qui ne peuvent pas être déplacés, rétrogradés, révoqués ou suspendus sans une procédure complexe.
3. **Train**: déroulement.
4. **À la lettre**: au sens strict, précisément.
5. **Jaquette**: ici, tenue pour les petits garçons.
6. **Orvet**: lézard dépourvu de pattes, ressemblant à un serpent.

qui peut faire un dépôt[1] à la tête, ou les bassins où il peut se noyer. Comme tu le vois, la maternité comporte une suite de poésies[2] douces ou terribles. Pas une heure qui n'ait ses joies et ses craintes. Mais le soir, dans ma chambre, arrive l'heure de ces rêves éveillés pendant laquelle j'arrange leurs destinées. Leur vie est alors éclairée par le sourire des anges que je vois à leur chevet. Quelquefois Armand m'appelle dans son sommeil, je viens à son insu baiser son front et les pieds de sa sœur en les contemplant tous deux dans leur beauté. Voilà mes fêtes ! Hier notre ange gardien, je crois, m'a fait courir au milieu de la nuit, tout inquiète, au berceau d'Athénaïs, qui avait la tête trop bas, et j'ai trouvé notre Armand tout découvert, les pieds violets de froid. – Oh ! petite mère ! m'a-t-il dit en s'éveillant et en m'embrassant. Voilà, ma chère, une scène de nuit.

Combien il est utile à une mère d'avoir ses enfants à côté d'elle ! Est-ce une bonne, tant bonne soit-elle, qui peut les prendre, les rassurer et les rendormir quand quelque horrible cauchemar les a réveillés ? car ils ont leurs rêves ; et leur expliquer un de ces terribles rêves est une tâche d'autant plus difficile qu'un enfant écoute alors sa mère d'un œil à la fois endormi, effaré[3], intelligent et niais. C'est un point d'orgue[4] entre deux sommeils. Aussi mon sommeil est-il devenu si léger que je vois mes deux petits et les entends à travers la gaze[5] de mes paupières. Je m'éveille à un soupir, à un mouvement. Le monstre des convulsions est pour moi toujours accroupi au pied de leurs lits.

Au jour, le ramage[6] de mes deux enfants commence avec les premiers cris des oiseaux. À travers les voiles du dernier sommeil, leurs baragouinages ressemblent aux gazouillements du matin, aux disputes des hirondelles, petits cris joyeux ou plaintifs, que j'entends

1. **Dépôt** : ici, abcès, amas de pus.
2. **Poésies** : réalités (ironique).
3. **Effaré** : fortement troublé, hébété.
4. **Point d'orgue** : instant suspendu.
5. **Gaze** : tissu très fin.
6. **Ramage** : chant des oiseaux.

moins par les oreilles que par le cœur. Pendant que Naïs essaie d'arriver à moi en opérant le passage de son berceau à mon lit, en se traînant sur ses mains et faisant des pas mal assurés, Armand grimpe avec l'adresse d'un singe et m'embrasse. Ces deux petits font alors de mon lit le théâtre de leurs jeux, où la mère est à leur discrétion[1]. La petite me tire les cheveux, veut toujours téter, et Armand défend ma poitrine comme si c'était son bien. Je ne résiste pas à certaines poses, à des rires qui partent comme des fusées et qui finissent par chasser le sommeil. On joue alors à l'ogresse, et mère ogresse mange alors de caresses cette jeune chair si blanche et si douce; elle baise à outrance ces yeux si coquets dans leur malice, ces épaules de rose, et l'on excite de petites jalousies qui sont charmantes. Il y a des jours où j'essaie de mettre mes bas à huit heures, et où je n'en ai pas encore mis un à neuf heures.

Enfin, ma chère, on se lève. Les toilettes commencent. Je passe mon peignoir: on retrousse ses manches, on prend devant soi le tablier ciré; je baigne et nettoie alors mes deux petites fleurs, assistée de Mary. Moi seule je suis juge du degré de chaleur ou de tiédeur de l'eau, car la température des eaux est pour la moitié dans les cris, dans les pleurs des enfants. Alors s'élèvent les flottes[2] de papier, les petits canards de verre. Il faut amuser les enfants pour pouvoir bien les nettoyer. Si tu savais tout ce qu'il faut inventer de plaisirs à ces rois absolus pour pouvoir passer de douces éponges dans les moindres coins, tu serais effrayée de l'adresse et de l'esprit qu'exige le métier de mère accompli glorieusement. On supplie, on gronde, on promet, on devient d'une charlatanerie d'autant plus supérieure qu'elle doit être admirablement cachée. On ne saurait que devenir si à la finesse de l'enfant Dieu n'avait opposé la finesse de la mère. Un enfant est un grand politique dont on se rend maître comme du grand politique… par ses passions. Heureusement ces anges rient de tout: une brosse qui tombe, une brique de savon qui glisse, voilà

1. **Discrétion**: ici, disposition.
2. **Flottes**: nombreux bateaux.

des éclats de joie ! Enfin, si les triomphes sont chèrement achetés, il y a du moins des triomphes. Mais Dieu seul, car le père lui-même ne sait rien de cela, Dieu, toi ou les anges, vous seuls donc pourriez comprendre les regards que j'échange avec Mary quand, après avoir fini d'habiller nos deux petites créatures, nous les voyons propres au milieu des savons, des éponges, des peignes, des cuvettes, des papiers brouillards[1], des flanelles[2], des mille détails d'une véritable *nursery*[3]. Je suis devenue Anglaise en ce point, je conviens que les femmes de ce pays ont le génie de la *nourriture*. Quoiqu'elles ne considèrent l'enfant qu'au point de vue du bien-être matériel et physique, elles ont raison dans leurs perfectionnements. Aussi mes enfants auront-ils toujours les pieds dans la flanelle et les jambes nues. Ils ne seront ni serrés ni comprimés ; mais aussi jamais ne seront-ils seuls. L'asservissement de l'enfant français dans ses bandelettes[4] est la liberté de la nourrice, voilà le grand mot. Une vraie mère n'est pas libre : voilà pourquoi je ne t'écris pas, ayant sur les bras l'administration du domaine et deux enfants à élever. La science de la mère comporte des mérites silencieux, ignorés de tous, sans parade, une vertu en détail, un dévouement de toutes les heures. Il faut surveiller les soupes qui se font devant le feu. Me crois-tu femme à me dérober à un soin ? Dans le moindre soin, il y a de l'affection à récolter. Oh ! c'est si joli le sourire d'un enfant qui trouve son petit repas excellent. Armand a des hochements de tête qui valent toute une vie d'amour. Comment laisser à une autre femme le droit, le soin, le plaisir de souffler sur une cuillerée de soupe que Naïs trouvera trop chaude, elle que j'ai sevrée il y a sept mois et qui se souvient toujours du sein ? Quand une *bonne* a brûlé la langue et les lèvres d'un enfant avec quelque chose de chaud,

---

1. **Papiers brouillards** : papiers peu consistants.
2. **Flanelles** : fines étoffes.
3. ***Nursery*** : pièce réservée aux jeunes enfants (anglicisme).
4. Allusion à la pratique de l'emmaillotage, courante au XIXe siècle, qui consiste à envelopper le bas du corps des jeunes enfants de bandes de tissu serrées dans le but de les protéger du froid et de les empêcher de se déplacer librement.

elle dit à la mère qui accourt que c'est la faim qui le fait crier. Mais comment une mère dort-elle en paix avec l'idée que des haleines impures peuvent passer sur les cuillerées avalées par son enfant, elle à qui la nature n'a pas permis d'avoir un intermédiaire entre son sein et les lèvres de son nourrisson ! Découper la côtelette de Naïs qui fait ses dernières dents et mélanger cette viande cuite à point avec des pommes de terre est une œuvre de patience, et vraiment il n'y a qu'une mère qui puisse savoir dans certains cas faire manger en entier le repas à un enfant qui s'impatiente. Ni domestiques nombreux, ni bonne anglaise ne peuvent donc dispenser une mère de donner en personne sur le champ de bataille où la douceur doit lutter contre les petits chagrins de l'enfance, contre ses douleurs. Tiens, Louise, il faut soigner ces chers innocents avec son âme ; il faut ne croire qu'à ses yeux, qu'au témoignage de la main pour la toilette, pour la nourriture et pour le coucher. En principe, le cri d'un enfant est une raison absolue qui donne tort à sa mère ou à sa bonne quand le cri n'a pas pour cause une souffrance voulue par la nature. Depuis que j'en ai deux et bientôt trois à soigner, je n'ai rien dans l'âme que mes enfants ; et toi-même, que j'aime tant, tu n'es qu'à l'état de souvenir. Je ne suis pas toujours habillée à deux heures. Aussi ne croyais-je pas aux mères qui ont des appartements rangés et des cols, des robes, des affaires en ordre. Hier, aux premiers jours d'avril, il faisait beau, j'ai voulu les promener avant mes couches dont l'heure tinte ; eh ! bien, pour une mère, c'est tout un poème qu'une sortie, et l'on se le promet la veille pour le lendemain. Armand devait mettre pour la première fois une jaquette de velours noir, une nouvelle collerette que j'avais brodée, une toque écossaise aux couleurs des Stuarts[1] et à plumes de coq ; Naïs allait être en blanc et rose avec les délicieux bonnets des *baby*, car elle est encore un *baby* ; elle va perdre ce joli nom quand viendra le petit qui me donne des coups de pied et que j'appelle *mon mendiant*, car il sera le cadet. J'ai vu déjà mon enfant

1. **Stuarts** : famille écossaise qui a régné sur l'Angleterre de 1603 à 1714.

en rêve, et sais que j'aurai un garçon. Bonnets, collerettes, jaquette, les petits bas, les souliers mignons, les bandelettes roses pour les jambes, la robe en mousseline brodée à dessins en soie, tout était sur mon lit. Quand ces deux oiseaux si gais, et qui s'entendent si bien, ont eu leurs chevelures brunes bouclée chez l'un, doucement amenée sur le front et bordant le bonnet blanc et rose chez l'autre ; quand les souliers ont été agrafés ; quand ces petits mollets nus, ces pieds si bien chaussés ont trotté dans la *nursery ;* quand ces deux faces *cleanes*[1], comme dit Mary, en français limpide ; quand ces yeux pétillants ont dit : Allons ! je palpitais. Oh ! voir des enfants parés par nos mains, voir cette peau si fraîche où brillent les veines bleues quand on les a baignés, étuvés[2], épongés soi-même, rehaussée par les vives couleurs du velours ou de la soie ; mais c'est mieux qu'un poème ! Avec quelle passion, satisfaite à peine, on les rappelle pour rebaiser ces cous qu'une simple collerette rend plus jolis que celui de la plus belle femme ! Ces tableaux, devant lesquels les plus stupides lithographies[3] coloriées arrêtent toutes les mères, moi je les fais tous les jours !

Une fois sortis, jouissant de mes travaux, admirant ce petit Armand qui avait l'air du fils d'un prince et qui faisait marcher le *baby* le long de ce petit chemin que tu connais, une voiture est venue, j'ai voulu les ranger, les deux enfants ont roulé dans une flaque de boue, et voilà mes chefs-d'œuvre perdus ! Il a fallu les rentrer et les habiller autrement. J'ai pris ma petite dans mes bras, sans voir que je perdais ma robe ; Mary s'est emparée d'Armand et nous voilà rentrés. Quand un *baby* crie et qu'un enfant se mouille, tout est dit : une mère ne pense plus à elle, elle est absorbée.

Le dîner arrive, je n'ai la plupart du temps rien fait ; et comment puis-je suffire à les servir tous deux, à mettre les serviettes, à relever les manches et à les faire manger ? c'est un problème que je résous deux fois par jour. Au milieu de ces soins perpétuels, de ces fêtes

1. ***Cleanes*** : propres (anglicisme).
2. **Étuvés** : plongés dans de l'eau chaude.
3. **Lithographies** : reproductions de dessins.

ou de ces désastres, il n'y a d'oubliée que moi dans la maison. Il m'arrive souvent de rester en papillotes[1] quand les enfants ont été méchants. Ma toilette dépend de leur humeur. Pour avoir un moment à moi, pour t'écrire ces six pages, il faut qu'ils découpent les images de mes romances[2], qu'ils fassent des châteaux avec des livres, avec des échecs ou des jetons de nacre, que Naïs dévide mes soies ou mes laines à sa manière, qui, je t'assure, est si compliquée qu'elle y met toute sa petite intelligence et ne souffle mot.

Après tout, je n'ai pas à me plaindre : mes deux enfants sont robustes, libres, et ils s'amusent à moins de frais qu'on ne pense. Ils sont heureux de tout, il leur faut plutôt une liberté surveillée que des joujoux. Quelques cailloux roses, jaunes, violets, ou noirs ; de petits coquillages, les merveilles du sable font leur bonheur. Posséder beaucoup de petites choses, voilà leur richesse. J'examine Armand, il parle aux fleurs, aux mouches, aux poules, il les imite ; il s'entend avec les insectes qui le remplissent d'admiration. Tout ce qui est petit les intéresse. Armand commence à demander le *pourquoi* de toute chose, il est venu voir ce que je disais à sa marraine ; il te prend d'ailleurs pour une fée, et vois comme les enfants ont toujours raison !

Hélas ! mon ange, je ne voulais pas t'attrister en te racontant ces félicités. Voici pour te peindre ton filleul. L'autre jour, un pauvre nous suit, car les pauvres savent qu'aucune mère accompagnée de son enfant ne leur refuse jamais une aumône. Armand ne sait pas encore qu'on peut manquer de pain, il ignore ce qu'est l'argent ; mais comme il venait de désirer une trompette que je lui avais achetée, il la tend d'un air royal au vieillard en lui disant :

– Tiens, prends !

– Me permettez-vous de la garder ? me dit le pauvre.

Quoi sur la terre mettre en balance avec les joies d'un pareil moment ?

---

1. **En papillotes** : avec les cheveux enroulés dans de petits morceaux de papier pour les faire friser.
2. **Romances** : poèmes espagnols en vers qui traitent de sujets amoureux.

– C'est que, madame, moi aussi j'ai eu des enfants, me dit le vieillard en prenant ce que je lui donnais sans y faire attention.

Quand je songe qu'il faudra mettre dans un collège un enfant comme Armand, que je n'ai plus que trois ans et demi à le garder, il me prend des frissons. L'Instruction Publique fauchera les fleurs de cette enfance bénie à toute heure, *dénaturalisera* ces grâces et ces adorables franchises ! On coupera cette chevelure frisée que j'ai tant soignée, nettoyée et baisée. Que fera-t-on de cette âme d'Armand ?

Et toi, que deviens-tu ? tu ne m'as rien dit de ta vie. Aimes-tu toujours Felipe ? car je ne suis pas inquiète du Sarrasin. Adieu, Naïs vient de tomber, et si je voulais continuer, cette lettre ferait un volume.

XLVI

MADAME DE MACUMER À LA COMTESSE DE L'ESTORADE.

1829.

Les journaux t'auront appris, ma bonne et tendre Renée, l'horrible malheur qui a fondu sur moi ; je n'ai pu t'écrire un seul mot, je suis restée à son chevet pendant une vingtaine de jours et de nuits, j'ai reçu son dernier soupir, je lui ai fermé les yeux, je l'ai gardé pieusement avec les prêtres et j'ai dit les prières des morts. Je me suis infligé le châtiment de ces épouvantables douleurs, et cependant, en voyant sur ses lèvres sereines le sourire qu'il m'adressait avant de mourir, je n'ai pu croire que mon amour l'ait tué ! Enfin, *il n'est plus*, et moi *je suis !* À toi qui nous as bien connus, que puis-je dire de plus ? tout est dans ces deux phrases. Oh ! si quelqu'un pouvait me dire qu'on peut le rappeler à la vie, je donnerais ma part du ciel pour entendre cette promesse, car ce serait le revoir !... Et le ressaisir, ne fût-ce que pendant deux secondes, ce serait respirer le poignard hors du cœur ! Ne viendras-tu pas bientôt me dire cela ? ne m'aimes-tu pas assez pour me tromper ?... Mais non ! tu m'as dit à l'avance que je lui faisais de profondes blessures... Est-ce vrai ? Non, je n'ai pas mérité son amour, tu as raison, je l'ai volé. Le bonheur, je l'ai étouffé dans mes étreintes insensées ! Oh ! en t'écrivant je ne suis plus folle, mais je sens que je suis seule ! Seigneur, qu'est-ce qu'il y aura de plus dans votre enfer que ce mot-là ?

Quand on me l'a enlevé, je me suis couchée dans le même lit, espérant mourir, car il n'y avait qu'une porte entre nous, je me croyais encore assez de force pour la pousser ! Mais, hélas ! j'étais trop jeune, et après une convalescence de quarante jours, pendant lesquels on m'a nourrie avec un art affreux par les inventions d'une triste science, je me vois à la campagne, assise à ma fenêtre au milieu des belles fleurs qu'il faisait soigner pour moi, jouissant de cette vue magnifique sur laquelle ses regards ont tant de fois erré, qu'il s'applaudissait tant d'avoir découverte, puisqu'elle me plaisait. Ah ! chère, la douleur de changer de place est inouïe quand le cœur est mort. La terre humide de mon jardin me fait frissonner, la terre est comme une grande tombe et je crois marcher sur *lui !* À ma première sortie j'ai eu peur et suis restée immobile. C'est bien lugubre de voir *ses* fleurs sans *lui !*

Ma mère et mon père sont en Espagne, tu connais mes frères, et toi tu es obligée d'être à la campagne ; mais sois tranquille : deux anges avaient volé vers moi. Le duc et la duchesse de Soria, ces deux charmants êtres, sont accourus vers leur frère. Les dernières nuits ont vu nos trois douleurs calmes et silencieuses autour de ce lit où mourait l'un de ces hommes vraiment nobles et vraiment grands, qui sont si rares, et qui nous sont alors supérieurs en toute chose. La patience de mon Felipe a été divine. La vue de son frère et de Marie a pour un moment rafraîchi son âme et apaisé ses douleurs.

– Chère, m'a-t-il dit avec la simplicité qu'il mettait en toute chose, j'allais mourir en oubliant de donner à Fernand la baronnie de Macumer, il faut refaire mon testament. Mon frère me pardonnera, lui qui sait ce qu'est d'aimer !

Je dois la vie aux soins de mon beau-frère et de sa femme, ils veulent m'emmener en Espagne !

Ah ! Renée, ce désastre, je ne puis en dire qu'à toi la portée. Le sentiment de mes fautes m'accable et c'est une amère consolation que de te les confier, pauvre Cassandre inécoutée[1]. Je l'ai tué par mes exigences, par mes jalousies hors de propos, par mes continuelles tracasseries. Mon amour était d'autant plus terrible que nous avions une exquise et même sensibilité, nous parlions le même langage, il comprenait admirablement tout, et souvent ma plaisanterie allait, sans que je m'en doutasse, au fond de son cœur. Tu ne saurais imaginer jusqu'où ce cher esclave poussait l'obéissance : je lui disais parfois de s'en aller et de me laisser seule, il sortait sans discuter une fantaisie de laquelle peut-être il souffrait. Jusqu'à son dernier soupir il m'a bénie, en me répétant qu'une seule matinée, seul à seule avec moi, valait plus pour lui qu'une longue vie avec une autre femme aimée, fût-ce Marie Heredia. Je pleure en t'écrivant ces paroles.

Maintenant, je me lève à midi, je me couche à sept heures du soir, je mets un temps ridicule à mes repas, je marche lentement, je reste une heure devant une plante, je regarde les feuillages, je m'occupe avec mesure et gravité de riens, j'adore l'ombre, le silence et la nuit; enfin je combats les heures et je les ajoute avec un sombre plaisir au passé. La paix de mon parc est la seule compagnie que je veuille; j'y trouve en toute chose les sublimes images de mon bonheur éteintes, invisibles pour tous, éloquentes et vives pour moi.

Ma belle-sœur s'est jetée dans mes bras quand un matin je leur ai dit : – Vous m'êtes insupportables ! Les Espagnols ont quelque chose de plus que nous de grand dans l'âme !

Ah ! Renée, si je ne suis pas morte, c'est que Dieu proportionne sans doute le sentiment du malheur à la force des affligés. Il n'y a que nous autres femmes qui sachions l'étendue de nos pertes quand nous perdons un amour sans aucune hypocrisie, un amour de choix, une passion durable dont les plaisirs satisfaisaient à la fois l'âme et la nature. Quand rencontrons-nous un homme si plein de qualités que nous puissions l'aimer sans avilissement ? Le rencontrer est le

1. Allusion à la malédiction de Cassandre, la fille du roi Priam dans la mythologie grecque, condamnée par Apollon à faire des prédictions qui ne sont jamais crues. Elle tente ainsi de prévenir les Troyens que le monumental cheval offert par les Grecs est un piège, sans succès.

plus grand bonheur qui nous puisse advenir, et nous ne saurions le rencontrer deux fois. Hommes vraiment forts et grands, chez qui la vertu se cache sous la poésie, dont l'âme possède un charme élevé, faits pour être adorés, gardez-vous d'aimer, vous causeriez le malheur de la femme et le vôtre ! Voilà ce que je crie dans les allées de mes bois ! Et pas d'enfant de lui ! Cet intarissable amour qui me souriait toujours, qui n'avait que des fleurs et des joies à me verser, cet amour fut stérile. Je suis une créature maudite ! L'amour pur et violent comme il est quand il est absolu serait-il donc aussi infécond que l'aversion, de même que l'extrême chaleur des sables du désert et l'extrême froid du pôle empêchent toute existence ? Faut-il se marier avec un Louis de l'Estorade pour avoir une famille ! Dieu serait-il jaloux de l'amour ? Je déraisonne.

Je crois que tu es la seule personne que je puisse souffrir[1] près de moi ; viens donc, toi seule dois être avec une Louise en deuil. Quelle horrible journée que celle où j'ai mis le bonnet des veuves ! Quand je me suis vue en noir, je suis tombée sur un siège et j'ai pleuré jusqu'à la nuit, et je pleure encore en te parlant de ce terrible moment. Adieu, t'écrire me fatigue ; j'ai trop de mes idées, je ne veux plus les exprimer. Amène tes enfants, tu peux nourrir le dernier ici, je ne serai plus jalouse ; *il* n'y est plus, et mon filleul me fera bien plaisir à voir ; car Felipe souhaitait un enfant qui ressemblât à ce petit Armand. Enfin, viens prendre ta part de mes douleurs !...

XLVII

RENÉE À LOUISE.

1829.

Ma chérie, quand tu tiendras cette lettre entre les mains, je ne serai pas loin, car je pars quelques instants après te l'avoir envoyée. Nous serons seules. Louis est obligé de rester en Provence à cause

---

1. **Souffrir** : supporter.

des élections qui vont s'y faire ; il veut être réélu, et il y a déjà des intrigues de nouées contre lui par les libéraux.

Je ne viens pas te consoler, je t'apporte seulement mon cœur pour tenir compagnie au tien et pour t'aider à vivre. Je viens t'ordonner de pleurer : il faut acheter ainsi le bonheur de le rejoindre un jour, car il n'est qu'en voyage vers Dieu ; tu ne feras plus un seul pas qui ne te conduise vers lui. Chaque devoir accompli rompra quelque anneau de la chaîne qui vous sépare. Allons, ma Louise, tu te relèveras dans mes bras et tu iras à lui pure, noble, pardonnée de tes fautes involontaires, et accompagnée des œuvres que tu feras ici-bas en son nom.

Je te trace ces lignes à la hâte au milieu de mes préparatifs, de mes enfants, et d'Armand qui me crie : « Marraine ! marraine ! allons la voir ! » à me rendre jalouse : c'est presque ton fils !

Arrêt sur lecture 2

Pour comprendre l'essentiel

Le bonheur dans le mariage ou dans la maternité

1 Sept mois séparent les lettres XXVI et XXVII. Expliquez quels événements heureux se sont déroulés durant cet intervalle et décrivez l'état d'esprit de Louise, avant et après cette période, en justifiant vos propos par des citations précises du texte.

2 « Ces affreuses oranges sont mes amours », dit Renée à Louise dans la lettre XXVIII (p. 159, l. 100-101). Étudiez la métaphore filée du fruit associé à Renée dans les lettres XXVIII, XXX et XXXI, en la comparant à l'image de la fleur par laquelle Louise se caractérise (p. 164, l. 35-37).

3 Au début du roman, les lettres de Louise sont plus longues que celles de Renée. Montrez que le rapport s'inverse ensuite, et dites quelles peuvent en être les raisons.

Une amitié mise à l'épreuve

4 Le roman épistolaire impose un rythme particulier, qui n'est pas celui d'un roman classique, où action et récit coïncident. Repérez dans cette section de l'œuvre les deux moments qui créent un retournement de situation.

5 Les différences entre les points de vue de Louise et de Renée s'intensifient avec l'arrivée de l'enfant de Renée, à tel point que les deux épistolières pourraient être tentées d'interrompre leur correspondance. Analysez les figures d'opposition dans les citations suivantes, puis retrouvez des passages, dans les lettres XXVIII, XXXI, XXXVI et XLIV, où les deux héroïnes réaffirment leur volonté de continuer à s'écrire.

a. « tu as le fruit sans avoir eu les fleurs, et moi j'ai les fleurs sans le fruit. Le contraste de notre destinée continue. » (lettre XXX de Louise, p. 163, l. 15-17)

b. « il n'y a pas de caresses d'amant qui puissent valoir celles de ces petites mains roses qui se promènent si doucement » (lettre XXXI de Renée, p. 168, l. 91-93)

c. « De nous deux, je suis un peu la Raison comme tu es l'Imagination ; je suis le grave Devoir comme tu es le fol Amour. » (lettre XXXVI de Renée, p. 181, l. 22-24)

6 Louise et Renée envient tour à tour la situation de l'autre. Expliquez quelles sont les raisons de leur jalousie respective en vous appuyant sur des citations du texte, puis comparez les lettres XXVIII et XLIII.

Renversement de situation

7 Jusqu'à la lettre XXXIV, les deux épistolières semblent au comble du bonheur. Pourtant, Renée s'inquiète pour son amie. Retrouvez, dans les lettres XXV, XXVII, XXVIII et XXX, de mauvais présages qui préparent le lecteur à un renversement de situation.

8 « J'ai ton infâme lettre », dit Louise à Renée dans la lettre XXXIX (p. 187, l. 1). Précisez les points sur lesquels Renée met en garde Louise dans la lettre XXXVI, et les sentiments que Renée fait naître chez Louise, d'après sa réponse.

9 Les sentiments de Louise varient de la lettre XXVI à la lettre XLVI. Relevez dans ses lettres les termes qui traduisent ses différents sentiments, et tracez un schéma à l'aide de flèches (vers le haut ou vers le bas en fonction de son état d'esprit), afin d'observer sa trajectoire.

✔ *Rappelez-vous !*

• **Les deux épistolières suivent un parcours inverse**. Le point de bascule se situe dans la **lettre XXXV**, qui relate la **jalousie de Louise** à la suite de leur rencontre. Renée s'est sacrifiée en faisant un **mariage de convenance**, mais elle trouve finalement le bonheur dans la maternité. Louise vit une **passion romanesque** dans son mariage, comme elle en rêvait, mais elle est désespérée de ne pas avoir d'enfant. Petit à petit, **l'écart se creuse entre les deux amies**, même si **cela n'altère pas leur amitié**.

• Les délais d'acheminement des lettres, dont le roman réaliste doit tenir compte, permettent à Honoré de Balzac de **casser le rythme de l'échange épistolaire**, qui pourrait devenir monotone, en introduisant des **renversements de situation**.

Vers l'oral du Bac

Explication linéaire de la lettre XXVII (p. 153-154, l. 79-110).

→ *Montrez que l'union de Louise et Felipe s'accompagne d'une désunion de Louise et Renée*

Conseils pour la lecture à voix haute

– La lettre de Louise est très enthousiaste, prenez garde à bien marquer la ponctuation forte et les points d'exclamation et d'interrogation.
– À la fin de l'extrait, mettez en valeur les oppositions entre Louise et Renée en faisant entendre le rythme binaire des phrases.

Explication linéaire du texte

Introduction

Comme le souligne l'en-tête de la lettre XXVI, Louise a changé de nom en épousant Felipe : elle est devenue Louise de Macumer. Huit mois après son mariage, en octobre 1825, elle écrit à son amie Renée pour lui raconter son expérience et ses premières impressions de femme mariée. Alors que, de son propre aveu, elle trouvait Felipe laid, elle a soumis son amour à de nombreuses épreuves pour en connaître la sincérité, telle une dame du Moyen Âge avec son chevalier. Elle est finalement tombée amoureuse, non pas tant de l'homme que du sentiment qu'elle lui inspire. La lettre XXVII est un cri de victoire ; Louise est persuadée d'avoir fait le bon choix tant elle est heureuse d'être ainsi adorée. Nous verrons en quoi cette union que décrit Louise à son amie Renée est aussi le signe d'un éloignement des deux jeunes femmes. L'extrait est construit en trois parties que nous étudierons successivement: la première concerne Felipe; dans la deuxième, Louise évoque le couple qu'ils forment, et, dans la troisième, elle s'adresse à sa destinataire, Renée, pour opposer leurs destinées.

■ *Explication guidée*

I. Lignes 79 à 86 (jusqu'à «heureux délire»): Felipe, un mari parfait?

a. Quelles qualités de Felipe transparaissent dans le portrait que Louise fait de lui?

b. En quoi cet éloge est-il ambigu?

c. Quelle conception du mariage est implicitement soutenue par Louise?

II. Lignes 86 à 98: Louise et Felipe, un couple au comble du bonheur

a. Comment Louise transcrit-elle son bonheur?

b. Pourquoi Louise évoque-t-elle le passé, et en particulier les craintes de sa mère et de Renée?

c. Quelles images utilise Louise pour faire allusion à sa vie sexuelle de jeune mariée?

III. Lignes 98 à 110: Renée, l'amie raisonnable

a. Par quel cheminement passe-t-on de Felipe à Renée?

b. Qu'oppose Louise à la fin de l'extrait et comment cette opposition est-elle rendue perceptible?

c. Quels sont les deux écueils possibles à ce mariage que la fin de l'extrait vient souligner?

■ *Conclusion*

Ce passage est important dans le roman car Louise, en devenant Mme de Macumer, passe de jeune fille à femme. Elle confronte son idéal d'amour aristocratique à la réalité du mariage. Elle est ici au sommet de sa gloire, sûre de son choix, et regarde avec peine son amie se perdre, selon elle, dans un mariage de convenance. Mais le lecteur, comme Renée, ne manque pas de lire, entre les lignes de cette explosion

de bonheur, la menace qu'induit ce comportement égocentrique.
Le « je », qui prend toute la place, finit par effacer à la fois le « il » de Felipe et le « tu » de Renée. À force de se regarder elle-même à travers Felipe, comme Narcisse qui, dans la mythologie grecque, passe son temps à s'admirer, Louise risque bien de se noyer et d'entraîner dans sa chute son amitié avec Renée.

Question de grammaire

Étudiez les différents types de négation dans la phrase : « Ton mariage purement social [...] ne peut comprendre l'infini » (l. 102-104).

Deuxième partie

XLVIII

DE LA BARONNE DE MACUMER À LA COMTESSE DE L'ESTORADE.

15 octobre 1833.

Eh ! bien, oui, Renée, on a raison, on t'a dit vrai. J'ai vendu mon hôtel, j'ai vendu Chantepleurs et les fermes de Seine-et-Marne ; mais que je sois folle et ruinée, ceci est de trop. Comptons ! La cloche fondue[1], il m'est resté de la fortune de mon pauvre Macumer environ douze cent mille francs. Je vais te rendre un compte fidèle en sœur bien apprise[2]. J'ai mis un million dans le trois pour cent quand il était à cinquante francs, et me suis fait ainsi soixante mille francs de rentes au lieu de trente que j'avais en terres. Aller six mois de l'année en province, y passer des baux[3], y écouter les doléances[4] des fermiers, qui paient quand ils veulent, s'y ennuyer comme un chasseur par un temps de pluie, avoir des denrées à vendre et les céder à perte[5] ; habiter à Paris un hôtel qui représentait dix mille livres de rentes, placer des fonds chez des notaires, attendre les intérêts, être obligée de poursuivre les gens pour avoir

1. **La cloche fondue** : une fois la résolution prise et exécutée.
2. **Apprise** : informée.
3. **Baux** : pluriel de bail, contrat par lequel on cède la jouissance d'une propriété à quelqu'un pour un temps donné.
4. **Doléances** : plaintes.
5. **À perte** : sans en tirer de bénéfice.

ses remboursements, étudier la législation hypothécaire[1] ; enfin avoir des affaires en Nivernais, en Seine-et-Marne, à Paris, quel fardeau, quels ennuis, quels mécomptes et quelles pertes pour une veuve de vingt-sept ans ! Maintenant ma fortune est hypothéquée sur le budget. Au lieu de payer des contributions à l'État, je reçois de lui, moi-même, sans frais, trente mille francs tous les six mois au Trésor[2], d'un joli petit employé qui me donne trente billets de mille francs et qui sourit en me voyant. Si la France fait banqueroute ? me diras-tu. D'abord,

Je ne sais pas prévoir les malheurs de si loin[3].

Mais la France me retrancherait alors tout au plus la moitié de mon revenu ; je serais encore aussi riche que je l'étais avant mon placement ; puis, d'ici la catastrophe, j'aurai touché le double de mon revenu antérieur. La catastrophe n'arrive que de siècle en siècle, on a donc le temps de se faire un capital en économisant. Enfin le comte de l'Estorade n'est-il pas pair de la France semi-républicaine de Juillet[4] ? n'est-il pas un des soutiens de la couronne offerte par le *peuple* au roi des Français ? puis-je avoir des inquiétudes en ayant pour ami un président de chambre à la Cour des comptes, un grand financier ? Ose dire que je suis folle ! Je calcule presque aussi bien que ton roi-citoyen. Sais-tu ce qui peut donner cette sagesse algébrique à une femme ? L'amour ! Hélas ! le moment est venu de t'expliquer les mystères de ma conduite, dont les raisons fuyaient ta perspicacité, ta tendresse curieuse et ta finesse. Je me marie dans

1. Lorsqu'un propriétaire hypothèque sa maison, il n'en est pas dépossédé mais cela lui permet de garantir le remboursement de sa dette.
2. Trésor public, administration chargée de gérer le budget, qui relève du ministère des Finances.
3. Citation extraite de la tragédie *Andromaque* de Jean Racine (1639-1699) jouée en 1667 (acte I, scène 2).
4. À la suite de la révolution des 27, 28 et 29 juillet 1830 est instaurée une monarchie constitutionnelle, dite « monarchie de Juillet », dirigée par Louis-Philippe Ier, roi des Français jusqu'en 1848.

un village auprès de Paris, secrètement. J'aime, je suis aimée. J'aime autant qu'une femme qui sait bien ce qu'est l'amour peut aimer. Je suis aimée autant qu'un homme doit aimer la femme par laquelle il est adoré. Pardonne-moi, Renée, de m'être cachée de toi, de tout le monde. Si ta Louise trompe tous les regards, déjoue toutes les curiosités, avoue que ma passion pour mon pauvre Macumer exigeait cette tromperie. L'Estorade et toi, vous m'eussiez assassinée de doutes, étourdie de remontrances[1]. Les circonstances auraient pu d'ailleurs vous venir en aide. Toi seule sais à quel point je suis jalouse, et tu m'aurais inutilement tourmentée. Ce que tu vas nommer ma folie, ma Renée, je l'ai voulu faire à moi seule, à ma tête, à mon cœur, en jeune fille qui trompe la surveillance de ses parents. Mon amant a pour toute fortune trente mille francs de dettes que j'ai payées. Quel sujet d'observations ! Vous auriez voulu me prouver que Gaston est un intrigant, et ton mari eût espionné ce cher enfant. J'ai mieux aimé l'étudier moi-même. Voici vingt-deux mois qu'il me fait la cour ; j'ai vingt-sept ans, il en a vingt-trois. D'une femme à un homme, cette différence d'âge est énorme. Autre source de malheurs ! Enfin, il est poète, et vivait de son travail ; c'est te dire assez qu'il vivait de fort peu de chose. Ce cher lézard de poète était plus souvent au soleil à bâtir des châteaux en Espagne[2] qu'à l'ombre de son taudis à travailler des poèmes. Or, les écrivains, les artistes, tous ceux qui n'existent que par la pensée, sont assez généralement taxés d'inconstance par les gens positifs. Ils épousent et conçoivent tant de caprices, qu'il est naturel de croire que la tête réagisse sur le cœur. Malgré les dettes payées, malgré la différence d'âge, malgré la poésie, après neuf mois d'une noble défense et sans lui avoir permis de baiser ma main, après les plus chastes et les plus délicieuses amours, dans quelques jours je ne me livre pas, comme il y a huit ans, inexpériente[3], ignorante et curieuse ; je me donne, et suis attendue avec une si grande soumission, que je pourrais ajourner

1. **Remontrances** : reproches.
2. **Bâtir des châteaux en Espagne** : faire des projets irréalisables.
3. **Inexpériente** : sans expérience.

mon mariage à un an ; mais il n'y a pas la moindre servilité dans ceci : il y a servage et non soumission. Jamais il ne s'est rencontré de plus noble cœur, ni plus d'esprit dans la tendresse, ni plus d'âme dans l'amour que chez mon prétendu. Hélas ! mon ange, il a de qui tenir ! Tu vas savoir son histoire en deux mots.

Mon ami n'a pas d'autres noms que ceux de Marie Gaston. Il est fils, non pas naturel[1], mais adultérin de cette belle lady Brandon, de laquelle tu dois avoir entendu parler, et que par vengeance lady Dudley[2] a fait mourir de chagrin, une horrible histoire que ce cher enfant ignore. Marie Gaston a été mis par son frère Louis Gaston au collège de Tours, d'où il est sorti en 1827. Le frère s'est embarqué quelques jours après l'y avoir placé, allant chercher fortune, lui dit une vieille femme qui a été sa Providence, à lui. Ce frère, devenu marin, lui a écrit de loin en loin des lettres vraiment paternelles, et qui sont émanées d'une belle âme ; mais il se débat toujours au loin. Dans sa dernière lettre, il annonçait à Marie Gaston sa nomination au grade de capitaine de vaisseau dans je ne sais quelle république américaine, en lui disant d'espérer. Hélas ! depuis trois ans mon pauvre lézard n'a plus reçu de lettres, et il aime tant ce frère qu'il voulait s'embarquer à sa recherche. Notre grand écrivain Daniel d'Arthez[3] a empêché cette folie et s'est intéressé noblement à Marie Gaston auquel il a souvent *donné*, comme me l'a dit le poète dans son langage énergique, *la pâtée et la niche*[4]. En effet, juge de la détresse de cet enfant : il a cru que le génie était le plus rapide des moyens de fortune, n'est-ce pas à en rire pendant vingt-quatre heures ? Depuis 1828 jusqu'en 1833 il a donc tâché de se faire un nom dans les lettres, et naturellement il a mené la plus effroyable vie d'angoisses, d'espérances, de travail et de privations qui se puisse imaginer. Entraîné par une excessive ambition et malgré les bons conseils de d'Arthez, il n'a fait que grossir la boule de neige de

1. **Fils [...] naturel** : enfant né hors mariage.
2. **Lady Brandon, lady Dudley** : personnages de *La Comédie humaine*.
3. Personnage de *La Comédie humaine*.
4. ***La pâtée et la niche*** : le couvert et le logis.

ses dettes. Son nom commençait cependant à percer quand je l'ai rencontré chez la marquise d'Espard. Là, sans qu'il s'en doutât, je me suis sentie éprise de lui sympathiquement à la première vue. Comment n'a-t-il pas encore été aimé ? comment me l'a-t-on laissé ? Oh ! il a du génie et de l'esprit, du cœur et de la fierté ; les femmes s'effraient toujours de ces grandeurs complètes. N'a-t-il pas fallu cent victoires pour que Joséphine[1] aperçût Napoléon dans le petit Bonaparte, son mari ? L'innocente créature croit savoir combien je l'aime ! Pauvre Gaston ! il ne s'en doute pas ; mais à toi je vais le dire, il faut que tu le saches, car il y a, Renée, un peu de testament dans cette lettre. Médite bien mes paroles.

En ce moment j'ai la certitude d'être aimée autant qu'une femme peut être aimée sur cette terre, et j'ai foi dans cette adorable vie conjugale où j'apporte un amour que je ne connaissais pas... Oui, j'éprouve enfin le plaisir de la passion ressentie. Ce que toutes les femmes demandent aujourd'hui à l'amour, le mariage me le donne. Je sens en moi pour Gaston l'adoration que j'inspirais à mon pauvre Felipe ! Je ne suis pas maîtresse de moi, je tremble devant cet enfant comme l'Abencérage tremblait devant moi. Enfin, j'aime plus que je ne suis aimée ; j'ai peur de toute chose, j'ai les frayeurs les plus ridicules, j'ai peur d'être quittée, je tremble d'être vieille et laide quand Gaston sera toujours jeune et beau, je tremble de ne pas lui plaire assez ! Cependant je crois posséder les facultés, le dévouement, l'esprit nécessaires pour, non pas entretenir, mais faire croître cet amour loin du monde et dans la solitude. Si j'échouais, si le magnifique poème de cet amour secret devait avoir une fin, que dis-je une fin ! si Gaston m'aimait un jour moins que la veille, si je m'en aperçois, Renée, sache-le, ce n'est pas à lui, mais à moi que je m'en prendrai. Ce ne sera pas sa faute, ce sera la mienne. Je me connais, je suis plus amante que mère. Aussi te le dis-je d'avance, je mourrais quand même j'aurais des enfants.

1. **Joséphine de Beauharnais** (1763-1814) : épouse de Napoléon Ier et impératrice des Français de 1804 à 1809.

Avant de me lier avec moi-même[1], ma Renée, je te supplie donc, si ce malheur m'atteignait, de servir de mère à mes enfants, je te les aurai légués. Ton fanatisme pour le devoir, tes précieuses qualités, ton amour pour les enfants, ta tendresse pour moi, tout ce que je sais de toi me rendra la mort moins amère, je n'ose dire douce. Ce parti pris avec moi-même ajoute je ne sais quoi de terrible à la solennité de ce mariage ; aussi n'y veux-je point de témoins qui me connaissent ; aussi mon mariage sera-t-il célébré secrètement. Je pourrai trembler à mon aise, je ne verrai pas dans tes chers yeux une inquiétude, et moi seule saurai qu'en signant un nouvel acte de mariage je puis avoir signé mon arrêt de mort.

Je ne reviendrai plus sur ce pacte fait entre moi-même et le moi que je vais devenir ; je te l'ai confié pour que tu connusses l'étendue de tes devoirs. Je me marie séparée de biens, et tout en sachant que je suis assez riche pour que nous puissions vivre à notre aise, Gaston ignore quelle est ma fortune. En vingt-quatre heures je distribuerai ma fortune à mon gré. Comme je ne veux rien d'humiliant, j'ai fait mettre douze mille francs de rente à son nom ; il les trouvera dans son secrétaire la veille de notre mariage ; et s'il ne les acceptait pas, je suspendrais tout. Il a fallu la menace de ne pas l'épouser pour obtenir le droit de payer ses dettes. Je suis lasse de t'avoir écrit ces aveux ; après-demain je t'en dirai davantage, car je suis obligée d'aller demain à la campagne pour toute la journée.

20 octobre.

Voici quelles mesures j'ai prises pour cacher mon bonheur, car je souhaite éviter toute espèce d'occasion à ma jalousie. Je ressemble à cette belle princesse italienne qui courait comme une lionne ronger son amour dans quelque ville de Suisse, après avoir fondu sur sa proie comme une lionne. Aussi ne te parlé-je de mes dispositions que pour te demander une autre grâce, celle de ne jamais venir

1. **Me lier avec moi-même** : me prêter ce serment à moi-même.

nous voir sans que je t'en aie priée moi-même, et de respecter la solitude dans laquelle je veux vivre.

J'ai fait acheter, il y a deux ans, au-dessus des étangs de Ville-d'Avray, sur la route de Versailles, une vingtaine d'arpents de prairies, une lisière de bois et un beau jardin fruitier. Au fond des prés, on a creusé le terrain de manière à obtenir un étang d'environ trois arpents de superficie, au milieu duquel on a laissé une île gracieusement découpée. Les deux jolies collines chargées de bois qui encaissent cette petite vallée filtrent des sources ravissantes qui courent dans mon parc, où elles sont savamment distribuées par mon architecte. Ces eaux tombent dans les étangs de la couronne, dont la vue s'aperçoit par échappées. Ce petit parc, admirablement bien dessiné par cet architecte, est, suivant la nature du terrain, entouré de haies, de murs, de sauts-de-loup[1], en sorte qu'aucun point de vue n'est perdu. À mi-côte, flanqué[2] par les bois de la Ronce, dans une délicieuse exposition et devant une prairie inclinée vers l'étang, on m'a construit un chalet dont l'extérieur est en tout point semblable à celui que les voyageurs admirent sur la route de Sion à Brigg[3], et qui m'a tant séduite à mon retour d'Italie. À l'intérieur, son élégance défie celle des chalets les plus illustres. À cent pas de cette habitation rustique, une charmante maison qui fait fabrique[4] communique au chalet par un souterrain et contient la cuisine, les communs, les écuries et les remises. De toutes ces constructions en briques, l'œil ne voit qu'une façade d'une simplicité gracieuse et entourée de massifs. Le logement des jardiniers forme une autre fabrique et masque l'entrée des vergers et des potagers.

La porte de cette propriété, cachée dans le mur qui sert d'enceinte du côté des bois, est presque introuvable. Les plantations, déjà grandes, dissimuleront complètement les maisons en deux ou trois ans. Le promeneur ne devinera nos habitations qu'en voyant

1. **Sauts-de-loup** : larges fossés.
2. **Flanqué** : bordé.
3. **Sion, Brigg** : villes suisses.
4. **Fabrique** : ici, construction décorative.

la fumée des cheminées du haut des collines, ou dans l'hiver quand les feuilles seront tombées.

Mon chalet est construit au milieu d'un paysage copié sur ce qu'on appelle le Jardin du Roi à Versailles, mais il a vue sur mon étang et sur mon île. De toutes parts les collines montrent leurs masses de feuillage, leurs beaux arbres si bien soignés par ta nouvelle liste civile[1]. Mes jardiniers ont l'ordre de ne cultiver autour de moi que des fleurs odorantes et par milliers, en sorte que ce coin de terre est une émeraude parfumée. Le chalet, garni d'une vigne vierge qui court sur le toit, est exactement empaillé de plantes grimpantes, de houblon, de clématite, de jasmin, d'azaléa, de cobéa. Qui distinguera nos fenêtres pourra se vanter d'avoir une bonne vue !

Ce chalet, ma chère, est une belle et bonne maison, avec son calorifère[2] et tous les emménagements qu'a su pratiquer l'architecture moderne, qui fait des palais dans cent pieds carrés. Elle contient un appartement pour Gaston et un appartement pour moi. Le rez-de-chaussée est pris par une antichambre[3], un parloir[4] et une salle à manger. Au-dessus de nous se trouvent trois chambres destinées à la *nourricerie*. J'ai cinq beaux chevaux, un petit coupé léger et un milord[5] à deux chevaux ; car nous sommes à quarante minutes de Paris ; quand il nous plaira d'aller entendre un opéra, de voir une pièce nouvelle, nous pourrons partir après le dîner et revenir le soir dans notre nid. La route est belle et passe sous les ombrages de notre haie de clôture. Mes gens, mon cuisinier, mon cocher, le palefrenier[6], les jardiniers, ma femme de chambre sont de fort honnêtes personnes que j'ai cherchées pendant ces six derniers

1. **Liste civile** : somme d'argent prévue pour les dépenses du roi (ironique ici, car Louise fait référence au fait que c'est l'État – soit l'époux de Renée, d'où le pronom à la deuxième personne « ta » –, qui lui verse une somme d'argent chaque mois).
2. **Calorifère** : appareil produisant de la chaleur.
3. **Antichambre** : entrée.
4. **Parloir** : sorte de salon où l'on reçoit.
5. **Milord** : voiture à cheval disposant, à l'avant, d'un siège surélevé pour le conducteur et, à l'arrière, d'un siège à deux places protégé par une capote.
6. **Palefrenier** : garçon d'écurie chargé du soin des chevaux.

mois, et qui seront commandées par mon vieux Philippe. Quoique certaine de leur attachement et de leur discrétion, je les ai prises par leur intérêt ; elles ont des gages[1] peu considérables, mais qui s'accroissent chaque année de ce que nous leur donnerons au jour de l'An. Tous savent que la plus légère faute, un soupçon sur leur discrétion peut leur faire perdre d'immenses avantages. Jamais les amoureux ne tracassent leurs serviteurs, ils sont indulgents par caractère ; ainsi je puis compter sur nos gens.

Tout ce qu'il y avait de précieux, de joli, d'élégant dans ma maison de la rue du Bac, se trouve au Chalet. Le Rembrandt[2] est, ni plus ni moins qu'une croûte[3], dans l'escalier ; l'Hobbéma[4] se trouve dans *son* cabinet en face du Rubens[5] ; le Titien[6], que ma belle-sœur Marie m'a envoyé de Madrid, orne le boudoir[7] ; les beaux meubles trouvés par Felipe sont bien placés dans le parloir, que l'architecte a délicieusement décoré. Tout au Chalet est d'une admirable simplicité, de cette simplicité qui coûte cent mille francs. Construit sur des caves en pierres meulières[8] assises[9] sur du béton, notre rez-de-chaussée, à peine visible sous les fleurs et les arbustes, jouit d'une adorable fraîcheur sans la moindre humidité. Enfin une flotte de cygnes blancs vogue sur l'étang.

Ô Renée ! il règne dans ce vallon[10] un silence à réjouir les morts. On y est éveillé par le chant des oiseaux ou par le frémissement de la brise dans les peupliers. Il descend de la colline une petite source trouvée par l'architecte en creusant les fondations du mur du côté des bois, qui court sur du sable argenté vers l'étang entre

1. **Gages** : sommes d'argent versées mensuellement pour rémunérer un domestique.
2. **Rembrandt** (1606-1669) : célèbre peintre hollandais.
3. **Croûte** : tableau de mauvaise qualité.
4. **Meindert Hobbema** (1638-1709) : peintre hollandais connu pour ses paysages.
5. **Pierre Paul Rubens** (1577-1640) : peintre flamand.
6. **Titien** : peintre et graveur italien (vers 1488-1576).
7. **Boudoir** : petite pièce dans laquelle la maîtresse de maison se retire seule ou avec des proches.
8. **Pierres meulières** : pierres de construction.
9. **Assises** : posées.
10. **Vallon** : petite vallée.

deux rives de cresson[1] : je ne sais pas si quelque somme peut la payer. Gaston ne prendra-t-il pas ce bonheur trop complet en haine ? Tout est si beau que je frémis ; les vers se logent dans les bons fruits, les insectes attaquent les fleurs magnifiques. N'est-ce pas toujours l'orgueil de la forêt que ronge cette horrible larve brune dont la voracité ressemble à celle de la mort ? Je sais déjà qu'une puissance invisible et jalouse attaque les félicités complètes. Depuis longtemps tu me l'as écrit, d'ailleurs, et tu t'es trouvée prophète.

Quand, avant-hier, je suis allée voir si mes dernières fantaisies avaient été comprises, j'ai senti des larmes me venir aux yeux, et j'ai mis sur le mémoire[2] de l'architecte, à sa très grande surprise : Bon à payer. – Votre homme d'affaires ne paiera pas, madame, m'a-t-il dit, il s'agit de trois cent mille francs. J'ai ajouté : Sans discussion ! en vraie Chaulieu du dix-septième siècle. – Mais, monsieur, lui dis-je, je mets une condition à ma reconnaissance : ne parlez de ces bâtiments et du parc à qui que ce soit. Que personne ne puisse connaître le nom du propriétaire, promettez-moi sur l'honneur d'observer cette clause[3] de mon paiement.

Comprends-tu maintenant la raison de mes courses subites, de ces allées et venues secrètes ? Vois-tu où se trouvent ces belles choses qu'on croyait vendues ? Saisis-tu la haute raison du changement de ma fortune ? Ma chère, aimer est une grande affaire, et qui veut bien aimer ne doit pas en avoir d'autre. L'argent ne sera plus un souci pour moi ; j'ai rendu la vie facile, et j'ai fait une bonne fois la maîtresse de maison pour ne plus avoir à la faire, excepté pendant dix minutes tous les matins avec mon vieux majordome Philippe. J'ai bien observé la vie et ses tournants dangereux ; un jour, la mort m'a donné de cruels enseignements, et j'en veux profiter. Ma seule occupation sera de *lui* plaire et de l'aimer, de jeter la variété dans ce qui paraît si monotone aux êtres vulgaires.

---

1. **Cresson** : plante comestible.
2. **Mémoire** : ici, détail de sommes dues, facture.
3. **Clause** : condition.

Gaston ne sait rien encore. À ma demande, il s'est, comme moi, domicilié sur Ville-d'Avray; nous partons demain pour le Chalet. Notre vie sera là peu coûteuse; mais si je te disais pour quelle somme je compte ma toilette, tu dirais, et avec raison: Elle est folle! Je veux me parer pour lui, tous les jours, comme les femmes ont l'habitude de se parer pour le monde. Ma toilette à la campagne, toute l'année, coûtera vingt-quatre mille francs, et celle du jour n'est pas la plus chère. Lui peut se mettre en blouse, s'il le veut! Ne va pas croire que je veuille faire de cette vie un duel et m'épuiser en combinaisons pour entretenir l'amour: je ne veux pas avoir un reproche à me faire, voilà tout. J'ai treize ans à être jolie femme[1], je veux être aimée le dernier jour de la treizième année encore mieux que je ne le serai le lendemain de mes noces mystérieuses. Cette fois, je serai toujours humble, toujours reconnaissante, sans parole caustique[2]; et je me fais servante, puisque le commandement m'a perdue une première fois. Ô Renée, si, comme moi, Gaston a compris l'infini de l'amour, je suis certaine de vivre toujours heureuse. La nature est bien belle autour du Chalet, les bois sont ravissants. À chaque pas les plus frais paysages, des points de vue forestiers font plaisir à l'âme en réveillant de charmantes idées. Ces bois sont pleins d'amour. Pourvu que j'aie fait autre chose que de me préparer un magnifique bûcher! Après-demain, je serai madame Gaston. Mon Dieu, je me demande s'il est bien chrétien d'aimer autant un homme. « Enfin, c'est légal », m'a dit notre homme d'affaires, qui est un de mes témoins, et qui, voyant enfin l'objet de la liquidation de ma fortune, s'est écrié: – J'y perds une cliente. Toi, ma belle biche, je n'ose plus dire aimée, tu peux dire: – J'y perds une sœur.

Mon ange, adresse désormais à madame Gaston, poste restante[3], à Versailles. On ira prendre nos lettres là tous les jours. Je ne veux pas que nous soyons connus dans le pays. Nous enverrons chercher

1. Louise fixe le déclin de sa beauté à quarante ans.
2. **Caustique**: blessante.
3. **Poste restante**: service de la poste permettant de retirer son courrier au guichet et non à domicile.

toutes nos provisions à Paris. Ainsi, j'espère pouvoir vivre mystérieusement. Depuis un an que cette retraite est préparée, on n'y a vu personne, et l'acquisition a été faite pendant les mouvements qui ont suivi la révolution de Juillet[1]. Le seul être qui se soit montré dans le pays est mon architecte : on ne connaît que lui qui ne reviendra plus. Adieu. En t'écrivant ce mot, j'ai dans le cœur autant de peine que de plaisir ; n'est-ce pas te regretter aussi puissamment que j'aime Gaston ?

XLIX

MARIE GASTON À DANIEL D'ARTHEZ.

Octobre 1833.

Mon cher Daniel, j'ai besoin de deux témoins pour mon mariage ; je vous prie de venir chez moi demain soir en vous faisant accompagner de notre ami, le bon et grand Joseph Bridau[2]. L'intention de celle qui sera ma femme est de vivre loin du monde et parfaitement ignorée : elle a pressenti le plus cher de mes vœux. Vous n'avez rien su de mes amours, vous qui m'avez adouci les misères d'une vie pauvre ; mais, vous le devinez, ce secret absolu fut une nécessité. Voilà pourquoi, depuis un an, nous nous sommes si peu vus. Le lendemain de mon mariage nous serons séparés pour longtemps. Daniel, vous avez l'âme faite à me comprendre : l'amitié subsistera sans ami. Peut-être aurai-je parfois besoin de vous ; mais je ne vous verrai point, chez moi du moins. *Elle* est encore allée au-devant de nos souhaits en ceci. Elle m'a fait le sacrifice de l'amitié qu'elle a pour une amie d'enfance qui pour elle est une véritable sœur ; j'ai dû lui immoler mon ami. Ce que je vous dis ici vous fera sans doute deviner non pas une passion, mais un amour entier, complet, divin, fondé sur une intime connaissance entre les deux êtres qui

1. Voir note 4, p. 222.
2. Personnage de *La Comédie humaine*.

se lient ainsi. Mon bonheur est pur, infini ; mais, comme il est une loi secrète qui nous défend d'avoir une félicité sans mélange, au fond de mon âme et ensevelie dans le dernier repli je cache une pensée par laquelle je suis atteint tout seul, et qu'elle ignore. Vous avez trop souvent aidé ma constante misère pour ignorer l'horrible situation dans laquelle j'étais. Où puisai-je le courage de vivre lorsque l'espérance s'éteignait si souvent ? dans votre passé, mon ami, chez vous où je trouvais tant de consolations et de secours délicats. Enfin, mon cher, mes écrasantes dettes, elle les a payées. Elle est riche, et je n'ai rien. Combien de fois n'ai-je pas dit dans mes accès de paresse : Ah ! si quelque femme riche voulait de moi. Eh ! bien, en présence du fait, les plaisanteries de la jeunesse insouciante, le parti pris des malheureux sans scrupule, tout s'est évanoui. Je suis humilié, malgré la tendresse la plus ingénieuse. Je suis humilié, malgré la certitude acquise de la noblesse de son âme. Je suis humilié, tout en sachant que mon humiliation est une preuve de mon amour. Enfin, elle a vu que je n'ai pas reculé devant cet abaissement. Il est un point où, loin d'être le protecteur, je suis le protégé. Cette douleur, je vous la confie. Hors ce point, mon cher Daniel, les moindres choses accomplissent mes rêves. J'ai trouvé le beau sans tache, le bien sans défaut. Enfin, comme on dit, la mariée est trop belle : elle a de l'esprit dans la tendresse, elle a ce charme et cette grâce qui mettent de la variété dans l'amour, elle est instruite et comprend tout ; elle est jolie, blonde, mince et légèrement grasse, à faire croire que Raphaël[1] et Rubens se sont entendus pour composer une femme ! Je ne sais pas s'il m'eût jamais été possible d'aimer une femme brune autant qu'une blonde : il m'a toujours semblé que la femme brune était un garçon manqué. Elle est veuve, elle n'a point d'enfants, elle a vingt-sept ans. Quoique vive, alerte, infatigable, elle sait néanmoins se plaire aux méditations de la mélancolie. Ces dons merveilleux n'excluent pas chez elle la dignité ni la noblesse : elle est imposante. Quoiqu'elle appartienne à l'une des vieilles

---

1. **Raphaël** (1483-1520) : peintre, architecte et sculpteur italien.

familles les plus entichées de noblesse[1], elle m'aime assez pour passer par-dessus les malheurs de ma naissance. Nos amours secrets ont duré longtemps ; nous nous sommes éprouvés l'un l'autre ; nous sommes également jaloux : nos pensées sont bien les deux éclats de la même foudre. Nous aimons tous deux pour la première fois, et ce délicieux printemps a renfermé dans ses joies toutes les scènes que l'imagination a décorées de ses plus riantes, de ses plus douces, de ses plus profondes conceptions. Le sentiment nous a prodigué ses fleurs. Chacune de ces journées a été pleine, et quand nous nous quittions, nous nous écrivions des poèmes. Je n'ai jamais eu la pensée de ternir cette brillante saison par un désir, quoique mon âme en fût sans cesse troublée. Elle était veuve et libre, elle a merveilleusement compris toutes les flatteries de cette constante retenue ; elle en a souvent été touchée aux larmes. Tu entreverras donc, mon cher Daniel, une créature vraiment supérieure. Il n'y a pas même eu de premier baiser de l'amour : nous nous sommes craints l'un l'autre.

– Nous avons, m'a-t-elle dit, chacun une misère à nous reprocher.

– Je ne vois pas la vôtre.

– Mon mariage, a-t-elle répondu.

Vous qui êtes un grand homme, et qui aimez une des femmes les plus extraordinaires[2] de cette aristocratie où j'ai trouvé mon Armande, ce seul mot vous suffira pour deviner cette âme et quel sera le bonheur de

Votre ami,
MARIE GASTON.

1. **Entichées de noblesse** : fortement attachées au système d'Ancien Régime.
2. Il s'agit de Diane de Maufrigneuse, personnage de *La Comédie humaine* évoqué à plusieurs reprises dans le roman.

L

MADAME DE L'ESTORADE À MADAME DE MACUMER.

Comment, Louise, après tous les malheurs intimes que t'a donnés une passion partagée, au sein même du mariage, tu veux vivre avec un mari dans la solitude ? Après en avoir tué un en vivant dans le monde, tu veux te mettre à l'écart pour en dévorer un autre ? Quels chagrins tu te prépares ! Mais, à la manière dont tu t'y es prise, je vois que tout est irrévocable. Pour qu'un homme t'ait fait revenir de ton aversion pour un second mariage, il doit posséder un esprit angélique, un cœur divin ; il faut donc te laisser à tes illusions ; mais as-tu donc oublié ce que tu disais de la jeunesse des hommes, qui tous ont passé par d'ignobles endroits, et dont la candeur s'est perdue aux carrefours les plus horribles du chemin ? Qui a changé, toi ou eux ? Tu es bien heureuse de croire au bonheur : je n'ai pas la force de te blâmer, quoique l'instinct de la tendresse me pousse à te détourner de ce mariage. Oui, cent fois oui, la nature et la société s'entendent pour détruire l'existence des félicités entières, parce qu'elles sont à l'encontre de la nature et de la société, parce que le ciel est peut-être jaloux de ses droits. Enfin, mon amitié pressent quelque malheur qu'aucune prévision ne pourrait m'expliquer : je ne sais ni d'où il viendra, ni qui l'engendrera ; mais, ma chère, un bonheur immense et sans bornes t'accablera sans doute. On porte encore moins facilement la joie excessive que la peine la plus lourde. Je ne dis rien contre lui : tu l'aimes, et je ne l'ai sans doute jamais vu ; mais tu m'écriras, j'espère, un jour où tu seras oisive[1], un portrait quelconque de ce bel et curieux animal.

Tu me vois prenant gaiement mon parti, car j'ai la certitude qu'après la lune de miel vous ferez tous deux et d'un commun accord comme tout le monde. Un jour, dans deux ans, en nous promenant, quand nous passerons sur cette route, tu me diras :

---

1. **Oisive** : inoccupée.

– Voilà pourtant ce Chalet d'où je ne devais pas sortir ! Et tu riras de ton bon rire, en montrant tes jolies dents. Je n'ai rien dit encore à Louis, nous lui aurions trop apprêté[1] à rire. Je lui apprendrai tout uniment[2] ton mariage et le désir que tu as de le tenir secret. Tu n'as malheureusement besoin ni de mère ni de sœur pour le coucher de la mariée[3]. Nous sommes en octobre, tu commences par l'hiver, en femme courageuse. S'il ne s'agissait pas de mariage, je dirais que tu attaques le taureau par les cornes. Enfin, tu auras en moi l'amie la plus discrète et la plus intelligente. Le centre mystérieux de l'Afrique a dévoré bien des voyageurs, et il me semble que tu te jettes, en fait de sentiment, dans un voyage semblable à ceux où tant d'explorateurs ont péri, soit par les nègres, soit dans les sables. Ton désert est à deux lieues de Paris, je puis donc te dire gaiement : Bon voyage ! tu nous reviendras.

LI

DE LA COMTESSE DE L'ESTORADE À MADAME MARIE GASTON.

1835.

Que deviens-tu, ma chère ? Après un silence de deux années, il est permis à Renée d'être inquiète de Louise. Voilà donc l'amour ! il emporte, il annule une amitié comme la nôtre. Avoue que si j'adore mes enfants plus encore que tu n'aimes ton Gaston, il y a dans le sentiment maternel je ne sais quelle immensité qui permet de ne rien enlever aux autres affections, et qui laisse une femme être encore amie sincère et dévouée. Tes lettres, ta douce et charmante figure me manquent. J'en suis réduite à des conjectures[4] sur toi, ô Louise !

---

1. **Apprêté** : prêté.
2. **Tout uniment** : en une seule fois.
3. **Le coucher de la mariée** : autrefois, les femmes proches de la mariée l'aidaient à se préparer pour sa première nuit d'épouse.
4. **Conjectures** : hypothèses.

Quant à nous, je vais t'expliquer les choses le plus succinctement[1] possible.

En relisant ton avant-dernière lettre, j'ai trouvé quelques mots aigres sur notre situation politique. Tu nous as raillés d'avoir gardé la place de président de chambre à la Cour des comptes, que nous tenions, ainsi que le titre de comte, de la faveur de Charles X ; mais est-ce avec quarante mille livres de rente, dont trente appartiennent à un majorât, que je pouvais convenablement établir Athénaïs et ce pauvre petit mendiant de René ? Ne devions-nous pas vivre de notre place, et accumuler sagement les revenus de nos terres ? En vingt ans nous aurons amassé environ six cent mille francs, qui serviront à doter et ma fille et René, que je destine à la marine. Mon petit pauvre aura dix mille livres de rente, et peut-être pourrons-nous lui laisser en argent une somme qui rende sa part égale à celle de sa sœur. Quand il sera capitaine de vaisseau, mon mendiant se mariera richement, et tiendra dans le monde un rang égal à celui de son aîné.

Ces sages calculs ont déterminé dans notre intérieur l'acceptation du nouvel ordre de choses. Naturellement, la nouvelle dynastie[2] a nommé Louis pair de France et grand-officier de la Légion d'honneur. Du moment où l'Estorade prêtait serment, il ne devait rien faire à demi ; dès lors, il a rendu de grands services dans la Chambre. Le voici maintenant arrivé à une situation où il restera tranquillement jusqu'à la fin de ses jours. Il a de la dextérité[3] dans les affaires ; il est plus parleur agréable qu'orateur, mais cela suffit à ce que nous demandons à la politique. Sa finesse, ses connaissances soit en gouvernement, soit en administration, sont appréciées, et tous les partis le considèrent comme un homme indispensable. Je puis te dire qu'on lui a dernièrement offert une ambassade, mais

---

1. Succinctement : brièvement.

2. Le roi Louis-Philippe Ier appartient à la maison d'Orléans, branche cadette de la famille des Capétiens, contrairement à ses prédécesseurs, qui faisaient partie de la maison des Bourbons.

3. Dextérité : habileté.

je la lui ai fait refuser. L'éducation d'Armand, qui maintenant a treize ans ; celle d'Athénaïs, qui va sur onze ans, me retiennent à Paris, et j'y veux demeurer jusqu'à ce que mon petit René ait fini la sienne, qui commence.

Pour rester fidèle à la branche aînée[1] et retourner dans ses terres, il ne fallait pas avoir à élever et à pourvoir trois enfants. Une mère doit, mon ange, ne pas être Decius[2], surtout dans un temps où les Decius sont rares. Dans quinze ans d'ici, l'Estorade pourra se retirer à la Crampade avec une belle retraite, en installant Armand à la Cour des comptes, où il le laissera référendaire[3]. Quant à René, la marine en fera sans doute un diplomate. À sept ans ce petit garçon est déjà fin comme un vieux cardinal.

Ah ! Louise, je suis une bienheureuse mère ! Mes enfants continuent à me donner des joies sans ombre. (*Senza brama sicura richezza*[4].) Armand est au collège Henri-IV. Je me suis décidée pour l'éducation publique sans pouvoir me décider néanmoins à m'en séparer, et j'ai fait comme faisait le duc d'Orléans avant d'être et peut-être pour devenir Louis-Philippe. Tous les matins, Lucas, ce vieux domestique que tu connais, mène Armand au collège à l'heure de la première étude, et me le ramène à quatre heures et demie. Un vieux et savant répétiteur[5], qui loge chez moi, le fait travailler le soir et le réveille le matin à l'heure où les collégiens se lèvent. Lucas lui porte une collation[6] à midi pendant la récréation. Ainsi, je le vois pendant le dîner, le soir avant son coucher, et j'assiste le matin à son départ.

---

1. **Rester fidèle à la branche aînée** : suivre la tradition familiale.
2. **Ne pas être Decius** : ne pas se dévouer à la terre de ses ancêtres (en retournant vivre dans le domaine familial plutôt que d'assurer une situation à leurs enfants en restant à Paris). L'expression fait allusion au sacrifice de Publius Decius Mus (vers 377-340 av. J.-C.), consul romain, et à ses descendants, qui se dévouèrent aux Mânes, les dieux des ancêtres, et à la Terre, pour faire gagner leur armée.
3. **Référendaire** : magistrat chargé de l'examen des pièces de comptabilité.
4. Citation tirée de *La Divine Comédie* de Dante Alighieri (1265-1321), déjà reprise par Louise dans une lettre à Felipe (voir p. 127, l. 67) et signifiant : « Posséder sans crainte des richesses qui ne peuvent être perdues. »
5. **Répétiteur** : personne employée pour faire travailler un élève à la maison.
6. **Collation** : léger repas.

Armand est toujours le charmant enfant plein de cœur et de dévouement que tu aimes ; son répétiteur est content de lui. J'ai ma Naïs avec moi et le petit qui bourdonnent sans cesse, mais je suis aussi enfant qu'eux. Je n'ai pas pu me résoudre à perdre la douceur des caresses de mes chers enfants. Il y a pour moi dans la possibilité de courir, dès que je le désire, au lit d'Armand, pour le voir pendant son sommeil, ou pour aller prendre, demander, recevoir un baiser de cet ange, une nécessité de mon existence.

Néanmoins, le système de garder les enfants à la maison paternelle a des inconvénients, et je les ai bien reconnus. La Société, comme la Nature, est jalouse, et ne laisse jamais entreprendre sur ses lois ; elle ne souffre pas qu'on lui en dérange l'économie. Ainsi dans les familles où l'on conserve les enfants, ils y sont trop tôt exposés au feu du monde, ils en voient les passions, ils en étudient les dissimulations. Incapables de deviner les distinctions qui régissent la conduite des gens faits, ils soumettent le monde à leurs sentiments, à leurs passions, au lieu de soumettre leurs désirs et leurs exigences au monde ; ils adoptent le faux éclat, qui brille plus que les vertus solides, car c'est surtout les apparences que le monde met en dehors et habille de formes menteuses. Quand, dès quinze ans, un enfant a l'assurance d'un homme qui connaît le monde, il est une monstruosité, devient vieillard à vingt-cinq ans, et se rend par cette science précoce inhabile aux véritables études sur lesquelles reposent les talents réels et sérieux. Le monde est un grand comédien ; et, comme le comédien, il reçoit et renvoie tout, il ne conserve rien. Une mère doit donc, en gardant ses enfants, prendre la ferme résolution de les empêcher de pénétrer dans le monde, avoir le courage de s'opposer à leurs désirs et aux siens, de ne pas les montrer. Cornélie devait serrer ses bijoux[1]. Ainsi ferai-je, car mes enfants sont toute ma vie.

1. Allusion à Cornelia Africana (vers 189-vers 100 av. J.-C.), fille de Scipion l'Africain, qui veillait à l'éducation de ses deux fils afin qu'ils deviennent des personnalités politiques importantes, et disait d'eux : « Voilà mes joyaux. »

J'ai trente ans, voici le plus fort de la chaleur du jour passé, le plus difficile du chemin fini. Dans quelques années, je serai vieille femme, aussi puisé-je une force immense au sentiment des devoirs accomplis. On dirait que ces trois petits êtres connaissent ma pensée et s'y conforment. Il existe entre eux, qui ne m'ont jamais quittée, et moi des rapports mystérieux. Enfin, ils m'accablent de jouissances, comme s'ils savaient tout ce qu'ils me doivent de dédommagements.

Armand, qui pendant les trois premières années de ses études a été lourd, méditatif, et qui m'inquiétait, est tout à coup parti. Sans doute il a compris le but de ces travaux préparatoires que les enfants n'aperçoivent pas toujours, et qui est de les accoutumer au travail, d'aiguiser leur intelligence et de les façonner à l'obéissance, le principe des sociétés. Ma chère, il y a quelques jours, j'ai eu l'enivrante sensation de voir au concours général, en pleine Sorbonne[1], Armand couronné. Ton filleul a eu le premier prix de version[2]. À la distribution des prix du collège Henri-IV, il a obtenu deux premiers prix, celui de vers et celui de thème[3]. Je suis devenue blême[4] en entendant proclamer son nom, et j'avais envie de crier : *Je suis la mère !* Naïs me serrait la main à me faire mal, si l'on pouvait sentir une douleur dans un pareil moment. Ah ! Louise, cette fête vaut bien des amours perdues.

Les triomphes du frère ont stimulé mon petit René, qui veut aller au collège comme son aîné. Quelquefois ces trois enfants crient, se remuent dans la maison, et font un tapage à fendre la tête. Je ne sais pas comment j'y résiste, car je suis toujours avec eux ; je ne me suis jamais fiée à personne, pas même à Mary, du soin de surveiller mes enfants. Mais il y a tant de joies à recueillir dans ce beau métier de mère ! Voir un enfant quittant le jeu pour venir m'embrasser comme poussé par un besoin… quelle joie ! Puis on les observe alors bien mieux. Un des devoirs d'une mère est de démêler dès le jeune âge

1. **Sorbonne** : prestigieuse université parisienne.
2. **Version** : traduction d'un texte latin en français.
3. **Thème** : traduction d'un texte français en latin.
4. **Blême** : très blanche.

les aptitudes, le caractère, la vocation de ses enfants, ce qu'aucun pédagogue[1] ne saurait faire. Tous les enfants élevés par leurs mères ont de l'usage et du savoir-vivre, deux acquisitions qui suppléent à[2] l'esprit naturel, tandis que l'esprit naturel ne supplée jamais à ce que les hommes apprennent de leurs mères. Je reconnais déjà ces nuances chez les hommes dans les salons, où je distingue aussitôt les traces de la femme dans les manières d'un jeune homme. Comment destituer ses enfants d'un pareil avantage ? Tu le vois, mes devoirs accomplis sont fertiles en trésors, en jouissances.

Armand, j'en ai la certitude, sera le plus excellent magistrat, le plus probe[3] administrateur, le député le plus consciencieux qui puisse jamais se trouver ; tandis que mon René sera le plus hardi, le plus aventureux et en même temps le plus rusé marin du monde. Ce petit drôle[4] a une volonté de fer ; il a tout ce qu'il veut, il prend mille détours pour arriver à son but, et si les mille ne l'y mènent pas, il en trouve un mille et unième. Là où mon cher Armand se résigne avec calme en étudiant la raison des choses, mon René tempête[5], s'ingénie[6], combine en parlottant sans cesse, et finit par découvrir un joint[7] ; s'il y peut faire passer une lame de couteau, bientôt il y fait entrer sa petite voiture.

Quant à Naïs, c'est tellement moi, que je ne distingue pas sa chair de la mienne. Ah ! la chérie, la petite fille aimée que je me plais à rendre coquette, de qui je tresse les cheveux et les boucles en y mettant mes pensées d'amour, je la veux heureuse : elle ne sera donnée qu'à celui qui l'aimera et qu'elle aimera. Mais, mon Dieu ! quand je la laisse se pomponner ou quand je lui passe des rubans groseille entre les cheveux, quand je chausse ses petits pieds si mignons, il me saute au cœur et à la tête une idée qui me fait presque

1. **Pédagogue** : maître d'école.
2. **Suppléent à** : remplacent.
3. **Probe** : droit, intègre.
4. **Drôle** : ici, personnage rusé, intéressant (terme affectueux).
5. **Tempête** : exprime bruyamment son mécontentement.
6. **S'ingénie** : fait appel à toutes ses ressources pour trouver une solution.
7. **Joint** : intervalle, espace libre.

défaillir. Est-on maîtresse du sort de sa fille ? Peut-être aimera-t-elle un homme indigne d'elle, peut-être ne sera-t-elle pas aimée de celui qu'elle aimera. Souvent, quand je la contemple, il me vient des pleurs dans les yeux. Quitter une charmante créature, une fleur, une rose qui a vécu dans notre sein comme un bouton sur le rosier, et la donner à un homme qui nous ravit tout ! C'est toi qui, dans[1] deux ans, ne m'as pas écrit ces trois mots : Je suis heureuse ! c'est toi qui m'as rappelé le drame du mariage, horrible pour une mère aussi mère que je le suis. Adieu, car je ne sais pas comment je t'écris, tu ne mérites pas mon amitié. Oh ! réponds-moi, ma Louise.

LII

MADAME GASTON À MADAME DE L'ESTORADE.

Au Chalet.

Un silence de deux années a piqué ta curiosité, tu me demandes pourquoi je ne t'ai pas écrit ; mais, ma chère Renée, il n'y a ni phrases, ni mots, ni langage pour exprimer mon bonheur : nos âmes ont la force de le soutenir, voilà tout en deux mots. Nous n'avons point le moindre effort à faire pour être heureux, nous nous entendons en toutes choses. En trois ans, il n'y a pas eu la moindre dissonance dans ce concert, le moindre désaccord d'expression dans nos sentiments, la moindre différence dans les moindres vouloirs. Enfin, ma chère, il n'est pas une de ces mille journées qui n'ait porté son fruit particulier, pas un moment que la fantaisie n'ait rendu délicieux. Non seulement notre vie, nous en avons la certitude, ne sera jamais monotone, mais encore elle ne sera peut-être jamais assez étendue pour contenir les poésies de notre amour, fécond comme la nature, varié comme elle. Non, pas un mécompte ! Nous nous plaisons encore bien mieux qu'au premier jour, et nous découvrons de moments en moments de nouvelles raisons de nous aimer. Nous

1. **Dans** : en.

nous promettons tous les soirs, en nous promenant après le dîner, d'aller à Paris par curiosité, comme on dit : J'irai voir la Suisse.

– Comment ! s'écrie Gaston, mais on arrange tel boulevard, la Madeleine[1] est finie. Il faut cependant aller examiner cela.

Bah ! le lendemain nous restons au lit, nous déjeunons dans notre chambre ; midi vient, il fait chaud, on se permet une petite sieste ; puis il me demande de me laisser regarder, et il me regarde absolument comme si j'étais un tableau ; il s'abîme[2] en cette contemplation, qui, tu le devines, est réciproque. Il nous vient alors l'un à l'autre des larmes aux yeux, nous pensons à notre bonheur et nous tremblons. Je suis toujours sa maîtresse, c'est-à-dire que je parais aimer moins que je ne suis aimée. Cette tromperie est délicieuse. Il y a tant de charme pour nous autres femmes à voir le sentiment l'emporter sur le désir, à voir le maître encore timide s'arrêter là où nous souhaitons qu'il reste ! Tu m'as demandé de te dire comment il est, mais, ma Renée, il est impossible de faire le portrait d'un homme qu'on aime, on ne saurait être dans le vrai. Puis, entre nous, avouons-nous sans pruderie[3] un singulier et triste effet de nos mœurs : il n'y a rien de si différent que l'homme du monde et l'homme de l'amour ; la différence est si grande que l'un ne peut ressembler en rien à l'autre. Celui qui prend les poses les plus gracieuses du plus gracieux danseur pour nous dire au coin d'une cheminée, le soir, une parole d'amour, peut n'avoir aucune des grâces secrètes que veut une femme. Au rebours[4], un homme qui paraît laid, sans manières, mal enveloppé de drap noir, cache un amant qui possède l'esprit de l'amour, et qui ne sera ridicule dans aucune de ces positions où nous-mêmes nous pouvons périr avec toutes nos grâces extérieures. Rencontrer chez un homme un accord mystérieux entre ce qu'il paraît être et ce qu'il est, en trouver un qui dans la vie secrète du mariage ait cette grâce innée qui

1. **La Madeleine** : église située dans le VIIIe arrondissement de Paris.
2. **S'abîme** : se laisse absorber.
3. **Pruderie** : pudeur excessive.
4. **Au rebours** : à l'inverse.

ne se donne pas, qui ne s'acquiert point, que la statuaire antique a déployée dans les mariages voluptueux et chastes de ses statues, cette innocence du laisser-aller que les anciens ont mise dans leurs poèmes, et qui dans le déshabillé paraît avoir encore des vêtements pour les âmes, tout cet idéal qui ressort de nous-mêmes et qui tient au monde des harmonies, qui sans doute est le génie des choses; enfin cet immense problème cherché par l'imagination de toutes les femmes, eh! bien, Gaston en est la vivante solution. Ah! chère, je ne savais pas ce que c'était que l'amour, la jeunesse, l'esprit et la beauté réunis. Mon Gaston n'est jamais affecté[1], sa grâce est instinctive, elle se développe sans efforts. Quand nous marchons seuls dans les bois, sa main passée autour de ma taille, la mienne sur son épaule, son corps tenant au mien, nos têtes se touchant, nous allons d'un pas égal, par un mouvement uniforme et si doux, si bien le même, que pour des gens qui nous verraient passer, nous paraîtrions un même être glissant sur le sable des allées, à la façon des immortels d'Homère[2]. Cette harmonie est dans le désir, dans la pensée, dans la parole. Quelquefois, sous la feuillée encore humide d'une pluie passagère, alors qu'au soir les herbes sont d'un vert lustré par l'eau, nous avons fait des promenades entières sans nous dire un seul mot, écoutant le bruit des gouttes qui tombaient, jouissant des couleurs rouges que le couchant étalait aux cimes ou broyait sur les écorces grises. Certes alors nos pensées étaient une prière secrète, confuse, qui montait au ciel comme une excuse de notre bonheur. Quelquefois nous nous écrions ensemble, au même moment, en voyant un bout d'allée qui tourne brusquement, et qui, de loin, nous offre de délicieuses images. Si tu savais ce qu'il y a de miel et de profondeur dans un baiser presque timide qui se donne au milieu de cette sainte nature… c'est à croire que Dieu ne nous a faits que pour le prier ainsi. Et nous rentrons toujours plus amoureux l'un de l'autre. Cet

1. **N'est jamais affecté**: ne manque jamais de naturel, de sincérité.
2. **Homère** (VIIIe siècle av. J.-C.): poète grec, auteur de *L'Iliade* et de *L'Odyssée*; la périphrase désigne les divinités présentes dans ses œuvres.

amour entre deux époux semblerait une insulte à la société dans Paris, il faut s'y livrer comme des amants, au fond des bois.

Gaston, ma chère, a cette taille moyenne qui a été celle de tous les hommes d'énergie ; il n'est ni gras ni maigre, et très bien fait ; ses proportions ont de la rondeur ; il a de l'adresse dans ses mouvements, il saute un fossé avec la légèreté d'une bête fauve. En quelque position qu'il soit, il y a chez lui comme un sens qui lui fait trouver son équilibre, et ceci est rare chez les hommes qui ont l'habitude de la méditation. Quoique brun, il est d'une grande blancheur. Ses cheveux sont d'un noir de jais et produisent de vigoureux contrastes avec les tons mats de son cou et de son front. Il a la tête mélancolique de Louis XIII[1]. Il a laissé pousser ses moustaches et sa royale[2], mais je lui ai fait couper ses favoris[3] et sa barbe ; c'est devenu commun. Sa sainte misère me l'a conservé pur de toutes ces souillures qui gâtent tant de jeunes gens. Il a des dents magnifiques, il est d'une santé de fer. Son regard bleu si vif, mais pour moi d'une douceur magnétique, s'allume et brille comme un éclair quand son âme est agitée. Semblable à tous les gens forts et d'une puissante intelligence, il est d'une égalité de caractère qui te surprendrait comme elle m'a surprise. J'ai entendu bien des femmes me confier les chagrins de leur intérieur ; mais ces variations de vouloir, ces inquiétudes des hommes mécontents d'eux-mêmes, qui ne veulent pas ou ne savent pas vieillir, qui ont je ne sais quels reproches éternels de leur folle jeunesse, et dont les veines charrient des poisons, dont le regard a toujours un fond de tristesse, qui se font taquins pour cacher leurs défiances, qui vous vendent une heure de tranquillité pour des matinées mauvaises, qui se vengent sur nous de ne pouvoir être aimables, et qui prennent nos beautés en une haine secrète, toutes ces douleurs la jeunesse ne les connaît

---

1. **Louis XIII** (1601-1643) : fils d'Henri IV et de Marie de Médicis ; roi de France et de Navarre de 1610 à 1643.
2. **Royale** : barbiche sous la lèvre inférieure.
3. **Favoris** : touffes de barbe qu'on laisse pousser sur les joues, le menton étant rasé.

point, elles sont l'attribut des mariages disproportionnés. Oh ! ma chère, ne marie Athénaïs qu'avec un jeune homme. Si tu savais combien je me repais[1] de ce sourire constant que varie sans cesse un esprit fin et délicat, de ce sourire qui parle, qui dans le coin des lèvres renferme des pensées d'amour, de muets remerciements, et qui relie toujours les joies passées aux présentes ! Il n'y a jamais rien d'oublié entre nous. Nous avons fait des moindres choses de la nature des complices de nos félicités : tout est vivant, tout nous parle de nous dans ces bois ravissants. Un vieux chêne moussu, près de la maison du garde sur la route, nous dit que nous nous sommes assis fatigués sous son ombre, et que Gaston m'a expliqué là les mousses qui étaient à nos pieds, m'a fait leur histoire, et que de ces mousses nous avons monté, de science en science, jusqu'aux fins du monde. Nos deux esprits ont quelque chose de si fraternel, que je crois que c'est deux éditions du même ouvrage. Tu le vois, je suis devenue littéraire. Nous avons tous deux l'habitude ou le don de voir chaque chose dans son étendue, d'y tout apercevoir, et la preuve que nous nous donnons constamment à nous-mêmes de cette pureté du sens intérieur, est un plaisir toujours nouveau. Nous en sommes arrivés à regarder cette entente de l'esprit comme un témoignage d'amour ; et si jamais elle nous manquait, ce serait pour nous ce qu'est une infidélité pour les autres ménages.

Ma vie, pleine de plaisirs, te paraîtrait d'ailleurs excessivement laborieuse. D'abord, ma chère, apprends que Louise-Armande-Marie de Chaulieu fait elle-même sa chambre. Je ne souffrirais jamais que des soins mercenaires[2], qu'une femme ou une fille étrangère s'initiassent (femme littéraire !) aux[3] secrets de ma chambre. Ma religion embrasse les moindres choses nécessaires à son culte. Ce n'est pas jalousie, mais bien respect de soi-même. Aussi ma chambre est-elle faite avec le soin qu'une jeune amoureuse peut prendre

1. **Je me repais** : je me satisfais, je suis comblée.
2. **Mercenaires** : rémunérés, récompensés par un salaire.
3. **S'initiassent [...] aux** (verbe « s'initier » conjugué à l'imparfait du subjonctif) : prennent connaissance des.

de ses atours. Je suis méticuleuse comme une vieille fille. Mon cabinet de toilette, au lieu d'être un tohu-bohu[1], est un délicieux boudoir. Mes recherches ont tout prévu. Le maître, le souverain peut y entrer en tout temps; son regard ne sera point affligé, étonné ni désenchanté: fleurs, parfums, élégance, tout y charme la vue. Pendant qu'il dort encore, le matin, au jour, sans qu'il s'en soit encore douté, je me lève, je passe dans ce cabinet où, rendue savante par les expériences de ma mère, j'enlève les traces du sommeil avec des lotions d'eau froide. Pendant que nous dormons, la peau, moins excitée, fait mal ses fonctions; elle devient chaude, elle a comme un brouillard visible à l'œil des cirons[2], une sorte d'atmosphère. Sous l'éponge qui ruisselle, une femme sort jeune fille. Là peut-être est l'explication du mythe de Vénus[3] sortant des eaux. L'eau me donne alors les grâces piquantes de l'aurore; je me peigne, me parfume les cheveux; et, après cette toilette minutieuse, je me glisse comme une couleuvre, afin qu'à son réveil le maître me trouve pimpante comme une matinée de printemps. Il est charmé par cette fraîcheur de fleur nouvellement éclose, sans pouvoir s'expliquer le pourquoi. Plus tard, la toilette de la journée regarde[4] alors ma femme de chambre, et a lieu dans un salon d'habillement. Il y a, comme tu le penses, la toilette du coucher. Ainsi, j'en fais trois pour monsieur mon époux, quelquefois quatre; mais ceci, ma chère, tient à d'autres mythes de l'antiquité[5].

Nous avons aussi nos travaux. Nous nous intéressons beaucoup à nos fleurs, aux belles créatures de notre serre et à nos arbres. Nous sommes sérieusement botanistes, nous aimons passionnément les fleurs, le Chalet en est encombré. Nos gazons sont toujours verts, nos massifs sont soignés autant que ceux des jardins du plus riche

1. **Tohu-bohu**: grand désordre.
2. **Cirons**: insectes microscopiques.
3. **Vénus**: déesse de l'Amour dans la mythologie romaine, qui naît de la mer.
4. **Regarde**: est prise en charge par.
5. Allusion possible au poème érotique de l'abbé de Favre (1727-1783), *Les Quatre Heures de la toilette des dames* (1779), qui décrit la toilette de quatre déesses (Psyché, Diane, Europe et Thétis).

banquier. Aussi rien n'est-il beau comme notre enclos. Nous sommes excessivement gourmands de fruits, nous surveillons nos montreuils[1], nos couches[2], nos espaliers[3], nos quenouilles[4]. Mais, dans le cas où ces occupations champêtres ne satisferaient pas l'esprit de mon adoré, je lui ai donné le conseil d'achever dans le silence de la solitude quelques-unes des pièces de théâtre qu'il a commencées pendant ses jours de misère, et qui sont vraiment belles. Ce genre de travail est le seul dans les Lettres qui se puisse quitter et reprendre, car il demande de longues réflexions, et n'exige pas la ciselure[5] que veut le style. On ne peut pas toujours faire du dialogue, il y faut du trait[6], des résumés, des saillies[7] que l'esprit porte comme les plantes donnent leurs fleurs et qu'on trouve plus en les attendant qu'en les cherchant. Cette chasse aux idées me va. Je suis le collaborateur de mon Gaston, et ne le quitte ainsi jamais, pas même quand il voyage dans les vastes champs de l'imagination. Devines-tu maintenant comment je me tire des soirées d'hiver ? Notre service[8] est si doux, que nous n'avons pas eu depuis notre mariage un mot de reproche, pas une observation à faire à nos gens. Quand ils ont été questionnés sur nous, ils ont eu l'esprit de fourber[9], ils nous ont fait passer pour la dame de compagnie et le secrétaire de leurs maîtres censés en voyage ; certains de ne jamais éprouver le moindre refus, ils ne sortent point sans en demander la permission ; d'ailleurs ils sont heureux, et voient bien que leur condition ne peut être changée que par leur faute. Nous laissons les jardiniers vendre le surplus de nos fruits et de nos légumes. La vachère qui gouverne la laiterie en fait autant pour le lait, la crème et le beurre frais. Seulement les

---

1. **Montreuils** : variété de pêchers.
2. **Couches** : lamelles qui forment l'écorce.
3. **Espaliers** : disposition des arbres contre un mur sur lequel on fixe les branches pour favoriser l'ensoleillement.
4. **Quenouilles** : arbres fruitiers de forme effilée.
5. **Ciselure** : précision, soin minutieux pour atteindre la perfection.
6. **Trait** : pertinence.
7. **Saillies** : traits d'esprit.
8. **Notre service** : la manière de nous faire servir.
9. **Fourber** : ruser.

plus beaux produits nous sont réservés. Ces gens sont très contents de leurs profits, et nous sommes enchantés de cette abondance qu'aucune fortune ne peut ou ne sait se procurer dans ce terrible Paris, où les belles pêches coûtent chacune le revenu de cent francs. Tout cela, ma chère, a un sens : je veux être le monde pour Gaston ; le monde est amusant, mon mari ne doit donc pas s'ennuyer dans cette solitude. Je croyais être jalouse quand j'étais aimée et que je me laissais aimer ; mais j'éprouve aujourd'hui la jalousie des femmes qui aiment, enfin la vraie jalousie. Aussi celui de ses regards qui me semble indifférent me fait-il trembler. De temps en temps je me dis : S'il allait ne plus m'aimer ?... et je frémis. Oh ! je suis bien devant lui comme l'âme chrétienne est devant Dieu.

Hélas ! ma Renée, je n'ai toujours point d'enfants. Un moment viendra sans doute où il faudra les sentiments du père et de la mère pour animer cette retraite, où nous aurons besoin l'un et l'autre de voir des petites robes, des pèlerines, des têtes brunes ou blondes, sautant, courant à travers ces massifs et nos sentiers fleuris. Oh ! quelle monstruosité que des fleurs sans fruits. Le souvenir de ta belle famille est poignant pour moi. Ma vie, à moi, s'est restreinte, tandis que la tienne a grandi, a rayonné. L'amour est profondément égoïste, tandis que la maternité tend à multiplier nos sentiments. J'ai bien senti cette différence en lisant ta bonne, ta tendre lettre. Ton bonheur m'a fait envie en te voyant vivre dans trois cœurs ! Oui, tu es heureuse : tu as sagement accompli les lois de la vie sociale, tandis que je suis en dehors de tout. Il n'y a que des enfants aimants et aimés qui puissent consoler une femme de la perte de sa beauté. J'ai trente ans bientôt, et à cet âge une femme commence de terribles lamentations intérieures. Si je suis belle encore, j'aperçois les limites de la vie féminine ; après, que deviendrai-je ? Quand j'aurai quarante ans, *il* ne les aura pas, *il* sera jeune encore, et je serai vieille. Lorsque cette pensée pénètre dans mon cœur, je reste à ses pieds une heure, en lui faisant jurer, quand il sentira moins d'amour pour moi, de me le dire à l'instant. Mais c'est un enfant, il me le jure comme si son amour ne devait jamais diminuer, et il est si beau que… tu comprends ! je le crois. Adieu, cher ange, serons-nous encore pendant des années sans nous écrire ? Le bonheur est monotone dans ses expressions ; aussi peut-être est-ce à cause de cette difficulté que Dante[1] paraît plus grand aux âmes aimantes dans son Paradis que dans son Enfer. Je ne suis pas Dante, je ne suis que ton amie, et tiens à ne pas t'ennuyer. Toi, tu peux m'écrire, car tu as dans tes enfants un bonheur varié qui va croissant, tandis que le mien… Ne parlons plus de ceci, je t'envoie mille tendresses.

LIII

DE MADAME DE L'ESTORADE À MADAME GASTON.

Ma chère Louise, j'ai lu, relu ta lettre, et plus je m'en suis pénétrée, plus j'ai vu en toi moins une femme qu'un enfant ; tu n'as pas changé, tu oublies ce que je t'ai dit mille fois : l'Amour est un vol fait par l'état social à l'état naturel ; il est si passager dans la nature, que les ressources de la société ne peuvent changer sa condition primitive : aussi toutes les nobles âmes essaient-elles de faire un homme de cet enfant ; mais alors l'Amour devient, selon toi-même, une monstruosité. La société, ma chère, a voulu être féconde. En substituant des sentiments durables à la fugitive folie de la nature, elle a créé la plus grande chose humaine : la Famille, éternelle base des Sociétés. Elle a sacrifié l'homme aussi bien que la femme à son œuvre ; car, ne nous abusons pas, le père de famille donne son activité, ses forces, toutes ses fortunes à sa femme. N'est-ce pas la femme qui jouit de tous les sacrifices ? le luxe, la richesse, tout n'est-il pas à peu près pour elle ? pour elle la gloire et l'élégance, la douceur et la fleur de la maison. Oh ! mon ange, tu prends encore une fois très mal la vie. Être adorée est un thème de jeune fille bon pour quelques printemps, mais qui ne saurait être celui d'une femme

1. Dante Alighieri (voir notes 3, p. 126, et 4, p. 238).

épouse et mère. Peut-être suffit-il à la vanité d'une femme de savoir qu'elle peut se faire adorer. Si tu veux être épouse et mère, reviens à Paris. Laisse-moi te répéter que tu te perdras par le bonheur comme d'autres se perdent par le malheur. Les choses qui ne nous fatiguent point, le silence, le pain, l'air, sont sans reproche parce qu'elles sont sans goût; tandis que les choses pleines de saveur, en irritant nos désirs, finissent par les lasser. Écoute-moi, mon enfant! Maintenant, quand même je pourrais être aimée par un homme pour qui je sentirais naître en moi l'amour que tu portes à Gaston, je saurais rester fidèle à mes chers devoirs et à ma douce famille. La maternité, mon ange, est pour le cœur de la femme une de ces choses simples, naturelles, fertiles, inépuisables comme celles qui sont les éléments de la vie. Je me souviens d'avoir un jour, il y a bientôt quatorze ans, embrassé le dévouement comme un naufragé s'attache au mât de son vaisseau par désespoir; mais aujourd'hui, quand j'évoque par le souvenir toute ma vie devant moi, je choisirais encore ce sentiment comme le principe de ma vie, car il est le plus sûr et le plus fécond de tous. L'exemple de ta vie, assise sur un égoïsme féroce, quoique caché par les poésies du cœur, a fortifié ma résolution. Je ne te dirai plus jamais ces choses, mais je devais te les dire encore une dernière fois en apprenant que ton bonheur résiste à la plus terrible des épreuves.

Ta vie à la campagne, objet de mes méditations, m'a suggéré cette autre observation que je dois te soumettre. Notre vie est composée, pour le corps comme pour le cœur, de certains mouvements réguliers. Tout excès apporté dans ce mécanisme est une cause de plaisir ou de douleur; or, le plaisir ou la douleur est une fièvre d'âme essentiellement passagère, parce qu'elle n'est pas longtemps supportable. Faire de l'excès sa vie même, n'est-ce pas vivre malade! Tu vis malade, en maintenant à l'état de passion un sentiment qui doit devenir dans le mariage une force égale et pure. Oui, mon ange, aujourd'hui je le reconnais: la gloire du ménage est précisément dans ce calme, dans cette profonde connaissance mutuelle, dans cet échange de biens et de maux que les plaisanteries vulgaires lui reprochent. Oh! combien il est grand ce mot de la duchesse de Sully[1], la femme du grand Sully, enfin, à qui l'on disait que son mari, quelque grave qu'il parût, ne se faisait pas scrupule d'avoir une maîtresse: – C'est tout simple, a-t-elle répondu, je suis l'honneur de la maison, et serais fort chagrine d'y jouer le rôle d'une courtisane. Plus voluptueuse que tendre, tu veux être et la femme et la maîtresse. Avec l'âme d'Héloïse[2] et les sens de sainte Thérèse[3], tu te livres à des égarements sanctionnés par les lois; en un mot, tu dépraves l'institution du mariage. Oui, toi qui me jugeais si sévèrement quand je paraissais immorale en acceptant, dès la veille de mon mariage, les moyens du bonheur; en pliant tout à ton usage, tu mérites aujourd'hui les reproches que tu m'adressais. Eh! quoi, tu veux asservir et la nature et la société à ton caprice? Tu restes toi-même, tu ne te transformes point en ce que doit être une femme; tu gardes les volontés, les exigences de la jeune fille, et tu portes dans ta passion les calculs les plus exacts, les plus mercantiles[4]; ne vends-tu pas très cher tes parures? Je te trouve bien défiante avec toutes tes précautions. Oh! chère Louise, si tu pouvais connaître les douceurs du travail que les mères font sur elles-mêmes pour être bonnes et tendres à toute leur famille! L'indépendance et la fierté de mon caractère se sont fondues dans une mélancolie douce, et que les plaisirs maternels ont dissipée en la récompensant. Si la matinée fut difficile, le soir sera pur et serein. J'ai peur que ce ne soit tout le contraire pour ta vie.

En finissant ta lettre j'ai supplié Dieu de te faire passer une journée au milieu de nous pour te convertir à la famille, à ces joies

---

1. Rachel de Cochefilet (1562-1659): seconde épouse du duc de Sully, surintendant des finances du roi Henri IV de 1598 à 1611.

2. Héloïse (1101-1164): intellectuelle du Moyen Âge dont les lettres d'amour inspirent les auteurs de romans épistolaires. Elle forme avec Abélard un couple célèbre, symbole de l'amour impossible, comme Tristan et Iseut.

3. Thérèse d'Avila (1515-1582): religieuse espagnole qui témoigne de visions de Dieu, de la Vierge, de saints et d'anges au cours d'extases mystiques qui sollicitent tous ses sens.

4. Mercantiles: motivés par l'appât du gain.

indicibles, constantes, éternelles, parce qu'elles sont vraies, simples et dans la nature. Mais, hélas ! que peut ma raison contre une faute qui te rend heureuse ? J'ai les larmes aux yeux en t'écrivant ces derniers mots. J'ai cru franchement que plusieurs mois accordés à cet amour conjugal te rendraient la raison par la satiété ; mais je te vois insatiable, et après avoir tué un amant, tu en arriveras à tuer l'amour. Adieu, chère égarée, je désespère, puisque la lettre où j'espérais te rendre à la vie sociale par la peinture de mon bonheur n'a servi qu'à la glorification de ton égoïsme. Oui, il n'y a que toi dans ton amour, et tu aimes Gaston bien plus pour toi que pour lui-même.

LIV

DE MADAME GASTON À LA COMTESSE DE L'ESTORADE.

20 mai.

Renée, le malheur est venu ; non, il a fondu sur ta pauvre Louise avec la rapidité de la foudre, et tu me comprends ; le malheur pour moi, c'est le doute. La conviction, ce serait la mort. Avant-hier, après ma première toilette, en cherchant partout Gaston pour faire une petite promenade avant le déjeuner, je ne l'ai point trouvé. Je suis entrée à l'écurie, j'y ai vu sa jument trempée de sueur, et à laquelle le groom[1] enlevait, à l'aide d'un couteau, des flocons d'écume[2] avant de l'essuyer. « Qui donc a pu mettre Fedelta dans un pareil état ? ai-je dit. – Monsieur », a répondu l'enfant. J'ai reconnu sur les jarrets de la jument la boue de Paris, qui ne ressemble point à la boue de la campagne. – Il est allé à Paris, ai-je pensé. Cette pensée en a fait jaillir mille autres dans mon cœur, et y a attiré tout mon sang. Aller à Paris sans me le dire, prendre l'heure où je le laisse seul, y courir et en revenir avec tant de rapidité que Fedelta soit presque fourbue[3] !… Le soupçon m'a serrée de sa terrible ceinture à m'en

1. **Groom** : jeune valet d'écurie.
2. **Écume** : sueur du cheval.
3. **Fourbue** : harassée de fatigue.

faire perdre la respiration. Je suis allée à quelques pas de là, sur un banc, pour tâcher de reprendre mon sang-froid. Gaston m'a surprise ainsi, blême, effrayante à ce qu'il paraît, car il m'a dit : – Qu'as-tu ? si précipitamment et d'un son de voix si plein d'inquiétude, que je me suis levée et lui ai pris le bras ; mais j'avais les articulations sans force, et j'ai bien été contrainte de me rasseoir ; il m'a prise alors dans ses bras et m'a emportée à deux pas de là dans le parloir, où tous nos gens effrayés nous ont suivis ; mais Gaston les a renvoyés par un geste. Quand nous avons été seuls, j'ai pu, sans vouloir rien dire, gagner notre chambre, où je me suis enfermée pour pouvoir pleurer à mon aise. Gaston s'est tenu pendant deux heures environ écoutant mes sanglots, interrogeant avec une patience d'ange sa créature, qui ne lui répondait point. – Je vous reverrai quand mes yeux ne seront plus rouges et quand ma voix ne tremblera plus, lui ai-je dit enfin. Le *vous* l'a fait bondir hors de la maison. J'ai pris de l'eau glacée pour baigner mes yeux, j'ai rafraîchi ma figure, la porte de notre chambre s'est ouverte, je l'ai trouvé là, revenu sans que j'eusse entendu le bruit de ses pas. « Qu'as-tu ? m'a-t-il demandé. – Rien, lui dis-je. J'ai reconnu la boue de Paris aux jarrets fatigués de Fedelta, je n'ai pas compris que tu y allasses sans m'en prévenir ; mais tu es libre. – Ta punition pour tes doutes si criminels sera de n'apprendre mes motifs que demain », a-t-il répondu.

– Regarde-moi, lui ai-je dit. J'ai plongé mes yeux dans les siens : l'infini a pénétré l'infini. Non, je n'ai pas aperçu ce nuage que l'infidélité répand dans l'âme et qui doit altérer la pureté des prunelles. J'ai fait la rassurée, encore que je restasse inquiète. Les hommes savent, aussi bien que nous, tromper, mentir ! Nous ne nous sommes plus quittés. Oh ! chère, combien par moments, en le regardant je me suis trouvée indissolublement attachée à lui. Quels tremblements intérieurs m'agitèrent quand il reparut après m'avoir laissée seule pendant un moment ! Ma vie est en lui, et non en moi. J'ai donné de cruels démentis à ta cruelle lettre. Ai-je jamais senti cette dépendance avec ce divin Espagnol, pour qui j'étais ce que cet atroce bambin est pour moi ? Combien je hais cette jument !

Quelle niaiserie à moi d'avoir eu des chevaux. Mais il faudrait aussi couper les pieds à Gaston, ou le détenir dans le cottage[1]. Ces pensées stupides m'ont occupée, juge par là de ma déraison ? Si l'amour ne lui a pas construit une cage, aucun pouvoir ne saurait retenir un homme qui s'ennuie. « T'ennuyé-je ? lui ai-je dit à brûle-pourpoint[2]. – Comme tu te tourmentes sans raison, m'a-t-il répondu les yeux pleins d'une douce pitié. Je ne t'ai jamais tant aimée. – Si c'est vrai, mon ange adoré, lui ai-je répliqué, laisse-moi faire vendre Fedelta. – Vends ! » a-t-il dit. – Ce mot m'a comme écrasée, Gaston a eu l'air de me dire : Toi seule es riche ici, je ne suis rien, ma volonté n'existe pas. S'il ne l'a pas pensé, j'ai cru qu'il le pensait, et de nouveau je l'ai quitté pour m'aller coucher : la nuit était venue.

Oh ! Renée, dans la solitude, une pensée ravageuse vous conduit au suicide. Ces délicieux jardins, cette nuit étoilée, cette fraîcheur qui m'envoyait par bouffées l'encens de toutes nos fleurs, notre vallée, nos collines, tout me semblait sombre, noir et désert. J'étais comme au fond d'un précipice au milieu des serpents, des plantes vénéneuses ; je ne voyais plus de Dieu dans le ciel. Après une nuit pareille une femme a vieilli.

– Prends Fedelta, cours à Paris, lui ai-je dit le lendemain matin, ne la vendons point ; je l'aime, elle te porte ! Il ne s'est pas trompé, néanmoins, à mon accent, où perçait la rage intérieure que j'essayais de cacher. – Confiance ! a-t-il répondu en me tendant la main par un mouvement si noble et en me lançant un si noble regard que je me suis sentie aplatie. – Nous sommes bien petites, me suis-je écriée. – Non, tu m'aimes, et voilà tout, a-t-il dit en me pressant sur lui. – Va à Paris sans moi, lui ai-je dit en lui faisant comprendre que je me désarmais de mes soupçons. Il est parti, je croyais qu'il allait rester. Je renonce à te peindre mes souffrances. Il y avait en moi-même une autre moi que je ne savais pas pouvoir exister. D'abord, ces sortes de scènes, ma chère, ont une solennité tragique pour une femme qui

1. **Cottage** : maison de campagne (anglicisme).
2. **À brûle-pourpoint** : brusquement.

aime, que rien ne saurait exprimer ; toute la vie vous apparaît dans le moment où elles se passent et l'œil n'y aperçoit aucun horizon ; le rien est tout, le regard est un livre, la parole charrie des glaçons, et dans un mouvement de lèvres on lit un arrêt de mort. Je m'attendais à du retour, car m'étais-je montrée assez noble et grande ? J'ai monté jusqu'en haut du Chalet et l'ai suivi des yeux sur la route. Ah ! ma chère Renée, je l'ai vu disparaître avec une affreuse rapidité. – Comme il y court ! pensai-je involontairement. Puis, une fois seule, je suis retombée dans l'enfer des hypothèses, dans le tumulte des soupçons. Par moments, la certitude d'être trahie me semblait être un baume, comparée aux horreurs du doute ! Le doute est notre duel avec nous-mêmes, et nous nous y faisons de terribles blessures. J'allais, je tournais dans les allées, je revenais au Chalet, j'en sortais comme une folle. Parti sur les sept heures, Gaston ne revint qu'à onze heures ; et comme, par le parc de Saint-Cloud et le bois de Boulogne, une demi-heure suffit pour aller à Paris, il est clair qu'il avait passé trois heures dans Paris. Il entra triomphant en m'apportant une cravache en caoutchouc dont la poignée est en or. Depuis quinze jours j'étais sans cravache ; la mienne, usée et vieille, s'était brisée. – Voilà pourquoi tu m'as torturée ? lui ai-je dit en admirant le travail de ce bijou qui contient une cassolette[1] au bout. Puis je compris que ce présent cachait une nouvelle tromperie ; mais je lui sautai promptement au cou, non sans lui faire de doux reproches pour m'avoir imposé de si grands tourments pour une bagatelle. Il se crut bien fin. Je vis alors dans son maintien, dans son regard, cette espèce de joie intérieure qu'on éprouve en faisant réussir une tromperie ; il s'échappe comme une lueur de notre âme, comme un rayon de notre esprit qui se reflète dans les traits, qui se dégage avec les mouvements du corps. En admirant cette jolie chose, je lui demandai dans un moment où nous nous regardions bien : « Qui t'a fait cette œuvre d'art ? – Un artiste de mes amis. – Ah ! Verdier l'a montée », ajoutai-je en lisant le nom du marchand, imprimé sur

1. **Cassolette** : bijou creux en or ou en argent.

la cravache. Gaston est resté très enfant, il a rougi. Je l'ai comblé de caresses pour le récompenser d'avoir eu honte de me tromper. Je fis l'innocente, et il a pu croire tout fini.

25 mai.

Le lendemain, vers six heures, je mis mon habit de cheval, et je tombai à sept heures chez Verdier, où je vis plusieurs cravaches de ce modèle. Un commis reconnut la mienne, que je lui montrai. – Nous l'avons vendue hier à un jeune homme, me dit-il. Et sur la description que je lui fis de mon fourbe de Gaston, il n'y eut plus de doute. Je te fais grâce des palpitations de cœur qui me brisaient la poitrine en allant à Paris, et pendant cette petite scène où se décidait ma vie. Revenue à sept heures et demie, Gaston me trouva pimpante, en toilette du matin, me promenant avec une trompeuse insouciance, et sûre que rien ne trahirait mon absence, dans le secret de laquelle je n'avais mis que mon vieux Philippe. – Gaston, lui dis-je en tournant autour de notre étang, je connais assez la différence qui existe entre une œuvre d'art unique, faite avec amour pour une seule personne, et celle qui sort d'un moule. Gaston devint pâle et me regarda lui présentant la terrible pièce à conviction. – Mon ami, lui dis-je, ce n'est pas une cravache, c'est un paravent derrière lequel vous abritez un secret. Là-dessus, ma chère, je me suis donné le plaisir de le voir s'entortillant dans les charmilles du mensonge et les labyrinthes de la tromperie sans en pouvoir sortir, déployant un art prodigieux pour essayer de trouver un mur à escalader, mais contraint de rester sur le terrain devant un adversaire qui consentit enfin à se laisser abuser. Cette complaisance est venue trop tard, comme toujours dans ces sortes de scènes. D'ailleurs, j'avais commis la faute contre laquelle ma mère avait essayé de me prémunir. En se montrant à nu ma jalousie établissait la guerre et ses stratagèmes entre Gaston et moi. Ma chère, la jalousie est essentiellement bête et brutale. Je me suis alors promis de souffrir en silence, de tout espionner, d'acquérir une certitude, et d'en finir alors avec Gaston, ou de consentir à mon malheur : il n'y a pas d'autre conduite à tenir pour les femmes bien élevées. Que me cache-t-il ? car il me cache un secret. Ce secret concerne une femme. Est-ce une aventure de jeunesse de laquelle il rougisse ? Quoi ? Ce *quoi*? ma chère est gravé en quatre lettres de feu sur toutes choses. Je lis ce fatal mot en regardant le miroir de mon étang, à travers mes massifs, aux nuages du ciel, aux plafonds, à table, dans les fleurs de mes tapis. Au milieu de mon sommeil, une voix m'écrie : « Quoi ? » À compter de cette matinée, il y eut dans notre vie un cruel intérêt[1], et j'ai connu la plus âcre[2] des pensées qui puissent corroder[3] notre cœur : être à un homme que l'on croit infidèle. Oh ! ma chère, cette vie tient à la fois à l'enfer et au paradis. Je n'avais pas encore posé le pied dans cette fournaise, moi jusqu'alors si saintement adorée.

– Ah ! tu souhaitais un jour de pénétrer dans les sombres et ardents palais de la souffrance ? me disais-je. Eh ! bien, les démons ont entendu ton fatal souhait : marche, malheureuse !

30 mai.

Depuis ce jour, Gaston, au lieu de travailler mollement et avec le laisser-aller de l'artiste riche qui caresse son œuvre, se donne des tâches comme l'écrivain qui vit de sa plume. Il emploie quatre heures tous les jours à finir deux pièces de théâtre.

– Il lui faut de l'argent ! Cette pensée me fut soufflée par une voix intérieure. Il ne dépense presque rien ; nous vivons dans une absolue confiance, il n'est pas un coin de son cabinet où mes yeux et mes doigts ne puissent fouiller, sa dépense par an ne se monte pas à deux mille francs, je lui sais trente mille francs moins amassés que mis dans un tiroir. Tu me devines. Au milieu de la nuit, je suis allée pendant son sommeil voir si la somme y était toujours. Quel frisson glacial m'a saisie en trouvant le tiroir vide ! Dans la même semaine, j'ai découvert qu'il va chercher des lettres à Sèvres[4], et

1. **Intérêt** : préoccupation.
2. **Âcre** : blessante (sens figuré).
3. **Corroder** : altérer progressivement et irrémédiablement.
4. **Sèvres** : ville située à l'ouest de Paris.

il doit les déchirer aussitôt après les avoir lues, car malgré mes inventions de Figaro je n'en ai point trouvé de vestige. Hélas ! mon ange, malgré mes promesses et tous les beaux serments que je m'étais faits à moi-même à propos de la cravache, un mouvement d'âme qu'il faut appeler folie m'a poussée, et je l'ai suivi dans une de ses courses rapides au bureau de la poste. Gaston fut terrifié d'être surpris à cheval, payant le port d'une lettre qu'il tenait à la main. Après m'avoir regardée fixement, il a mis Fedelta au galop par un mouvement si rapide que je me sentis brisée en arrivant à la porte du bois dans un moment où je croyais ne pouvoir sentir aucune fatigue corporelle, tant mon âme souffrait ! Là, Gaston ne me dit rien, il sonne et attend, sans me parler. J'étais plus morte que vive. Ou j'avais raison ou j'avais tort ; mais, dans les deux cas, mon espionnage était indigne d'Armande-Louise-Marie de Chaulieu. Je roulais dans la fange[1] sociale au-dessous de la grisette, de la fille mal élevée, côte à côte avec les courtisanes, les actrices, les créatures sans éducation. Quelles souffrances ! Enfin la porte s'ouvre, il remet son cheval à son groom, et je descends alors aussi, mais dans ses bras, il me les tend ; je relève mon amazone[2] sur mon bras gauche, je lui donne le bras droit, et nous allons… toujours silencieux. Les cent pas que nous avons faits ainsi peuvent me compter pour cent ans de purgatoire[3]. À chaque pas des milliers de pensées, presque visibles, voltigeant en langues de feu sous mes yeux, me sautaient à l'âme, ayant chacune un dard, un venin différent ! Quand le groom et les chevaux furent loin, j'arrête Gaston, je le regarde, et, avec un mouvement que tu dois voir, je lui dis, en lui montrant la fatale lettre qu'il tenait toujours dans sa main droite : – Laisse-la-moi lire ? Il me la donne, je la décachette, et lis une lettre par laquelle Nathan[4], l'auteur dramatique, lui disait que l'une de nos pièces, reçue, apprise

1. **Fange** : condition sociale inférieure (sens figuré) ; boue (sens propre).
2. **Amazone** : jupe longue portée par une femme pour monter à cheval.
3. **Purgatoire** : dans la religion catholique, lieu où les âmes expient leurs péchés avant de pouvoir accéder au paradis.
4. Personnage de *La Comédie humaine*.

et mise en répétition, allait être jouée samedi prochain. La lettre contenait un coupon de loge. Quoique pour moi ce fût aller du martyre au ciel, le démon me criait toujours, pour troubler ma joie : – Où sont les trente mille francs ? Et la dignité, l'honneur, tout mon ancien *moi* m'empêchaient de faire une question ; je l'avais sur les lèvres ; je savais que si ma pensée devenait une parole, il fallait me jeter dans mon étang, et je résistais à peine au désir de parler. Chère, ne souffrais-je pas alors au-dessus des forces de la femme ? « Tu t'ennuies, mon pauvre Gaston, lui dis-je en lui rendant la lettre. Si tu veux, nous reviendrons à Paris. – À Paris, pourquoi ? dit-il. J'ai voulu savoir si j'avais du talent, et goûter au punch[1] du succès ! »

Au moment où il travaillera, je pourrais bien faire l'étonnée en fouillant dans le tiroir et n'y trouvant pas ses trente mille francs, mais n'est-ce pas aller chercher cette réponse : « J'ai obligé[2] tel ou tel ami », qu'un homme d'esprit comme Gaston ne manquerait pas de faire ?

Ma chère, la morale de ceci est que le beau succès de la pièce, à laquelle tout Paris court en ce moment nous est dû, quoique Nathan en ait toute la gloire. Je suis une des deux étoiles de ce mot : ET MM[3] **. J'ai vu la première représentation, cachée au fond d'une loge d'avant-scène au rez-de-chaussée.

1er juillet.

Gaston travaille toujours et va toujours à Paris ; il travaille à de nouvelles pièces pour avoir le prétexte d'aller à Paris et pour se faire de l'argent. Nous avons trois pièces reçues et deux de demandées. Oh ! ma chère, je suis perdue, je marche dans les ténèbres. Je brûlerai ma maison pour y voir clair. Que signifie une pareille conduite ? A-t-il honte d'avoir reçu de moi la fortune ? Il a l'âme trop grande pour se préoccuper d'une pareille niaiserie. D'ailleurs, quand un homme commence à concevoir de ces scrupules, ils lui sont inspirés

1. **Punch** : boisson alcoolisée.
2. **Obligé** : rendu service à.
3. **MM.** : messieurs (abréviation).

par un intérêt de cœur. On accepte tout de sa femme, mais on ne veut rien avoir de la femme que l'on pense quitter ou qu'on n'aime plus. S'il veut tant d'argent, il a sans doute à le dépenser pour une femme. S'il s'agissait de lui, ne prendrait-il pas dans ma bourse sans façon ? Nous avons cent mille francs d'économies ! Enfin, ma belle biche, j'ai parcouru le monde entier des suppositions, et, tout bien calculé, je suis certaine d'avoir une rivale. Il me laisse, pour qui ? je veux *la* voir.

10 juillet.

J'ai vu clair : je suis perdue. Oui, Renée, à trente ans, dans toute la gloire de la beauté, riche des ressources de mon esprit, parée des séductions de la toilette, toujours fraîche, élégante, je suis trahie, et pour qui ? pour une Anglaise qui a de gros pieds, de gros os, une grosse poitrine, quelque vache[1] britannique. Je n'en puis plus douter. Voici ce qui m'est arrivé dans ces derniers jours.

Fatiguée de douter, pensant que s'il avait secouru l'un de ses amis, Gaston pouvait me le dire, le voyant accusé par son silence, et le trouvant convié par une continuelle soif d'argent au travail ; jalouse de son travail, inquiète de ses perpétuelles courses à Paris, j'ai pris mes mesures, et ces mesures m'ont fait descendre alors si bas que je ne puis t'en rien dire. Il y a trois jours, j'ai su que Gaston se rend, quand il va à Paris, rue de la Ville-Lévêque[2], dans une maison où ses amours sont gardées par une discrétion sans exemple à Paris. Le portier, peu causeur, a dit peu de chose, mais assez pour me désespérer. J'ai fait alors le sacrifice de ma vie, et j'ai seulement voulu tout savoir. Je suis allée à Paris, j'ai pris un appartement dans la maison qui se trouve en face de celle où se rend Gaston et je l'ai pu voir de mes yeux entrant à cheval dans la cour. Oh ! j'ai eu trop tôt une horrible et affreuse révélation. Cette Anglaise, qui me paraît avoir trente-six ans, se fait appeler madame Gaston. Cette

1. **Vache** : le terme, péjoratif, peut désigner une femme aux mœurs légères ou une femme féconde.
2. Rue située dans le VIIIe arrondissement de Paris.

découverte a été pour moi le coup de la mort. Enfin, je l'ai vue se rendant aux Tuileries avec deux enfants… Oh ! ma chère, deux enfants qui sont les vivantes miniatures de Gaston. Il est impossible de ne pas être frappée d'une si scandaleuse ressemblance… Et quels jolis enfants ! ils sont habillés fastueusement, comme les Anglaises savent les arranger. Elle lui a donné des enfants ! tout s'explique. Cette Anglaise est une espèce de statue grecque descendue de quelque monument ; elle a la blancheur et la froideur du marbre, elle marche solennellement en mère heureuse. Elle est belle, il faut en convenir, mais c'est lourd comme un vaisseau de guerre. Elle n'a rien de fin ni de distingué : certes, elle n'est pas *lady*, c'est la fille de quelque fermier d'un méchant village dans un lointain comté, ou la onzième fille de quelque pauvre ministre. Je suis revenue de Paris mourante. En route, mille pensées m'ont assaillie comme autant de démons. Serait-elle mariée ? la connaissait-il avant de m'épouser ? A-t-elle été la maîtresse de quelque homme riche qui l'aurait laissée, et n'est-elle pas soudain retombée à la charge de Gaston ? J'ai fait des suppositions à l'infini, comme s'il y avait besoin d'hypothèses en présence des enfants. Le lendemain, je suis retournée à Paris, et j'ai donné assez d'argent au portier de la maison pour qu'à cette question : « Madame Gaston est-elle mariée légalement ? » il me répondît : « Oui, *mademoiselle.* »

15 juillet.

Ma chère, depuis cette matinée, j'ai redoublé d'amour pour Gaston, et je l'ai trouvé plus amoureux que jamais ; il est si jeune ! Vingt fois, à notre lever, je suis près de lui dire : « Tu m'aimes donc plus que celle de la rue de la Ville-Lévêque ? » Mais je n'ose m'expliquer le mystère de mon abnégation[1]. « Tu aimes bien les enfants ? lui ai-je demandé. – Oh ! oui, m'a-t-il répondu ; mais nous en aurons ! – Et comment ? – J'ai consulté les médecins les plus savants, et tous

1. Abnégation : capacité à supporter une situation difficile en renonçant à son intérêt personnel.

m'ont conseillé de faire un voyage de deux mois. – Gaston, lui ai-je dit, si j'avais pu aimer un absent, je serais restée au couvent pour le reste de mes jours. » Il s'est mis à rire, et moi, ma chère, le mot voyage m'a tuée. Oh ! certes, j'aime mieux sauter par la fenêtre que de me laisser rouler dans les escaliers en me retenant de marche en marche. Adieu, mon ange, j'ai rendu ma mort douce, élégante, mais infaillible. Mon testament est écrit d'hier ; tu peux maintenant me venir voir, la consigne est levée. Accours recevoir mes adieux. Ma mort sera, comme ma vie, empreinte de distinction et de grâce : je mourrai tout entière.

Adieu, cher esprit de sœur, toi dont l'affection n'a eu ni dégoûts, ni hauts, ni bas, et qui, semblable à l'égale clarté de la lune, as toujours caressé mon cœur ; nous n'avons point connu les vivacités[1], mais nous n'avons pas goûté non plus à la vénéneuse amertume de l'amour. Tu as vu sagement la vie. Adieu !

LV

LA COMTESSE DE L'ESTORADE À MADAME GASTON.

16 juillet.

Ma chère Louise, je t'envoie cette lettre par un exprès[2] avant de courir au Chalet moi-même. Calme-toi. Ton dernier mot m'a paru si insensé que j'ai cru pouvoir, en de pareilles circonstances, tout confier à Louis : il s'agissait de te sauver de toi-même. Si, comme toi, nous avons employé d'horribles moyens, le résultat est si heureux que je suis certaine de ton approbation. Je suis descendue jusqu'à faire marcher la police ; mais c'est un secret entre le préfet, nous et toi. Gaston est un ange ! Voici les faits : son frère Louis Gaston est mort à Calcutta, au service d'une compagnie marchande, au moment où il allait revenir en France riche, heureux et marié. La veuve d'un

1. **Vivacités** : emportements légers, passagers.
2. **Exprès** : messager chargé de délivrer une lettre en urgence.

négociant anglais lui avait donné la plus brillante fortune. Après dix ans de travaux entrepris pour envoyer de quoi vivre à son frère qu'il adorait et à qui jamais il ne parlait de ses mécomptes dans ses lettres pour ne pas l'affliger, il a été surpris par la faillite du fameux Halmer. La veuve a été ruinée. Le coup fut si violent que Louis Gaston en a eu la tête perdue. Le moral, en faiblissant, a laissé la maladie maîtresse du corps, et il a succombé dans le Bengale[1], où il était allé réaliser les restes de la fortune de sa pauvre femme. Ce cher capitaine avait remis chez un banquier une première somme de trois cent mille francs pour l'envoyer à son frère ; mais ce banquier, entraîné par la maison Halmer, leur a enlevé cette dernière ressource. La veuve de Louis Gaston, cette belle femme que tu prends pour ta rivale, est arrivée à Paris avec deux enfants qui sont tes neveux, et sans un sou. Les bijoux de la mère ont à peine suffi à payer le passage de sa famille. Les renseignements que Louis Gaston avait donnés au banquier pour envoyer l'argent à Marie Gaston ont servi à la veuve pour trouver l'ancien domicile de ton mari. Comme ton Gaston a disparu sans dire où il allait, on a envoyé madame Louis Gaston chez d'Arthez, la seule personne qui pût donner des renseignements sur Marie Gaston. D'Arthez a d'autant plus généreusement pourvu aux premiers besoins de cette jeune femme que Louis Gaston s'était, il y a quatre ans, au moment de son mariage, enquis de son frère auprès de notre célèbre écrivain, en le sachant l'ami de Marie. Le capitaine avait demandé à d'Arthez le moyen de faire parvenir sûrement cette somme à Marie Gaston. D'Arthez avait répondu que Marie Gaston était devenu riche par son mariage avec la baronne de Macumer. La beauté, ce magnifique présent de leur mère, avait sauvé, dans les Indes comme à Paris, les deux frères de tout malheur. N'est-ce pas une touchante histoire ? D'Arthez a naturellement fini par écrire à ton mari l'état où se trouvaient sa belle-sœur et ses neveux, en l'instruisant des généreuses intentions que le hasard avait fait avorter, mais que le Gaston des Indes avait

1. **Bengale** : région d'Asie partagée entre l'Inde et le Bangladesh.

eues pour le Gaston de Paris. Ton cher Gaston, comme tu dois l'imaginer, est accouru précipitamment à Paris. Voilà l'histoire de sa première course. Depuis cinq ans, il a mis de côté cinquante mille francs sur le revenu que tu l'as forcé de prendre, et il les a employés à deux inscriptions de chacune douze cents francs de rente au nom de ses neveux ; puis il a fait meubler cet appartement où demeure ta belle-sœur en lui promettant trois mille francs tous les trois mois. Voilà l'histoire de ses travaux au théâtre et du plaisir que lui a causé le succès de sa première pièce. Ainsi madame Gaston n'est point ta rivale, et porte ton nom très légitimement. Un homme noble et délicat comme Gaston a dû te cacher cette aventure en redoutant ta générosité. Ton mari ne regarde point comme à lui ce que tu lui as donné. D'Arthez m'a lu la lettre qu'il lui a écrite pour le prier d'être un des témoins de votre mariage : Marie Gaston y dit que son bonheur serait entier s'il n'avait pas eu de dettes à te laisser payer et s'il eût été riche. Une âme vierge n'est pas maîtresse de ne pas avoir de tels sentiments : ils sont ou ne sont pas ; et quand ils sont, leur délicatesse, leurs exigences se conçoivent. Il est tout simple que Gaston ait voulu lui-même en secret donner une existence convenable à la veuve de son frère, quand cette femme lui envoyait cent mille écus de sa propre fortune. Elle est belle, elle a du cœur, des manières distinguées, mais pas d'esprit. Cette femme est mère ; n'est-ce pas dire que je m'y suis attachée aussitôt que je l'ai vue, en la trouvant un enfant au bras et l'autre habillé comme le *baby* d'un lord. Tout pour les enfants ! est écrit chez elle dans les moindres choses. Ainsi, loin d'en vouloir à ton adoré Gaston, tu n'as que de nouvelles raisons de l'aimer ! Je l'ai entrevu, il est le plus charmant jeune homme de Paris. Oh ! oui, chère enfant, j'ai bien compris en l'apercevant qu'une femme pouvait en être folle : il a la physionomie de son âme. À ta place, je prendrais au Chalet la veuve et les deux enfants, en leur faisant construire quelque délicieux cottage, et j'en ferais mes enfants. Calme-toi donc, et prépare à ton tour cette surprise à Gaston.

LVI

DE MADAME GASTON À LA COMTESSE DE L'ESTORADE.

Ah ! ma bien-aimée, entends le terrible, le fatal, l'insolent mot de l'imbécile de La Fayette[1] à son maître, à son roi : *Il est trop tard !* Ô ! ma vie, ma belle vie, quel médecin me la rendra ? Je me suis frappée à mort. Hélas ! n'étais-je pas un feu follet[2] de femme destiné à s'éteindre après avoir brillé ? Mes yeux sont deux torrents de larmes, et… je ne peux pleurer que loin de lui… Je le fuis et il me cherche. Mon désespoir est tout intérieur. Dante a oublié mon supplice dans son Enfer. Viens me voir mourir ?

LVII

DE LA COMTESSE DE L'ESTORADE AU COMTE DE L'ESTORADE.

Au Chalet, 7 août.

Mon ami, emmène les enfants et fais le voyage de Provence sans moi ; je reste auprès de Louise qui n'a plus que quelques jours à vivre : je me dois à elle et à son mari qui deviendra fou, je crois.

Depuis le petit mot que tu connais et qui m'a fait voler, accompagnée de médecins, à Ville-d'Avray, je n'ai pas quitté cette charmante femme et n'ai pu t'écrire, car voici la quinzième nuit que je passe.

En arrivant, je l'ai trouvée avec Gaston, belle et parée, le visage riant, heureuse. Quel sublime mensonge ! Ces deux beaux enfants s'étaient expliqués. Pendant un moment j'ai, comme Gaston, été la dupe[3] de cette audace ; mais Louise m'a serré la main et m'a dit

1. **La Fayette** (1757-1834) : officier et homme politique français, aux convictions libérales, présent lorsque l'annulation des ordonnances de Charles X est rejetée. Conscient de l'irrévocabilité de la Révolution de Juillet et du renversement de Charles X, il se serait alors écrié : « Il est trop tard ! »
2. **Feu follet** : petite flamme éphémère.
3. **Dupe** : personne trompée.

à l'oreille : – Il faut le tromper, je suis mourante. Un froid glacial m'a enveloppée en lui trouvant la main brûlante et du rouge aux joues. Je me suis applaudie de ma prudence. J'avais eu l'idée, pour n'effrayer personne, de dire aux médecins de se promener dans le bois en attendant que je les fisse demander.

– Laisse-nous, dit-elle à Gaston. Deux femmes qui se revoient après cinq ans de séparation ont bien des secrets à se confier, et Renée a sans doute quelque confidence à me faire.

Une fois seule, elle s'est jetée dans mes bras sans pouvoir contenir ses larmes. « Qu'y a-t-il donc ? lui ai-je dit. Je t'amène, en tout cas, le premier chirurgien et le premier médecin de l'Hôtel-Dieu, avec Bianchon[1] ; enfin ils sont quatre. – Oh ! s'ils peuvent me sauver, s'il est temps, qu'ils viennent ! s'est-elle écriée. Le même sentiment qui me portait à mourir me porte à vivre. – Mais qu'as-tu fait ? – Je me suis rendue poitrinaire[2] au plus haut degré en quelques jours. – Et comment ? – Je me mettais en sueur la nuit et courais me placer au bord de l'étang, dans la rosée. Gaston me croit enrhumée, et je meurs. – Envoie-le donc à Paris, je vais chercher moi-même les médecins », ai-je dit en courant comme une insensée à l'endroit où je les avais laissés.

Hélas ! mon ami, la consultation faite, aucun de ces savants ne m'a donné le moindre espoir, ils pensent tous qu'à la chute des feuilles, Louise mourra. La constitution de cette chère créature a singulièrement servi son dessein, elle avait des dispositions à la maladie qu'elle a développée ; elle aurait pu vivre longtemps ; mais en quelques jours elle a rendu tout irréparable. Je ne te dirai pas mes impressions en entendant cet arrêt[3] parfaitement motivé[4]. Tu sais que j'ai tout autant vécu par Louise que par moi. Je suis restée anéantie, et n'ai point reconduit[5] ces cruels docteurs. Le visage

1. Personnage de médecin dans *La Comédie humaine*.
2. **Poitrinaire** : atteinte de tuberculose, maladie des poumons.
3. **Arrêt** : événement contre lequel on ne peut rien.
4. **Motivé** : justifié, fondé.
5. **Reconduit** : accompagné vers la sortie.

baigné de larmes, j'ai passé je ne sais combien de temps dans une douloureuse méditation. Une céleste voix m'a tirée de mon engourdissement par ces mots : « Eh ! bien, je suis condamnée », que Louise m'a dit en posant sa main sur mon épaule. Elle m'a fait lever et m'a emmenée dans son petit salon. – Ne me quitte plus, m'a-t-elle demandé par un regard suppliant, je ne veux pas voir de désespoir autour de moi ; je veux surtout *le* tromper, j'en aurai la force. Je suis pleine d'énergie, de jeunesse, et je saurai mourir debout. Quant à moi, je ne me plains pas, je meurs comme je l'ai souhaité souvent : à trente ans, jeune, belle, tout entière. Quant à lui, je l'aurais rendu malheureux, je le vois. Je me suis prise dans les lacs[1] de mes amours, comme une biche qui s'étrangle en s'impatientant d'être prise ; de nous deux, je suis la biche… et bien sauvage. Mes jalousies à faux[2] frappaient déjà sur son cœur de manière à le faire souffrir. Le jour où mes soupçons auraient rencontré l'indifférence, le loyer qui attend la jalousie, eh ! bien… je serais morte. J'ai mon compte de la vie. Il y a des êtres qui ont soixante ans de service sur les contrôles du monde et qui, en effet, n'ont pas vécu deux ans ; au rebours, je parais n'avoir que trente ans, mais, en réalité, j'ai eu soixante années d'amours. Ainsi, pour moi, pour lui, ce dénouement est heureux. Quant à nous deux, c'est autre chose : tu perds une sœur qui t'aime, et cette perte est irréparable. Toi seule, ici, tu dois pleurer ma mort. Ma mort, reprit-elle après une longue pause pendant laquelle je ne l'ai vue qu'à travers le voile de mes larmes, porte avec elle un cruel enseignement. Mon cher docteur en corset a raison : le mariage ne saurait avoir pour base la passion, ni même l'amour. Ta vie est une belle et noble vie, tu as marché dans ta voie, aimant toujours de plus en plus ton Louis ; tandis qu'en commençant la vie conjugale par une ardeur extrême, elle ne peut que décroître. J'ai eu deux fois tort, et deux fois la Mort sera venue souffleter[3] mon

1. **Lacs** : cordons disposés en nœud coulant pour capturer le gibier.
2. **À faux** : sans raison, injustifiées.
3. **Souffleter** : frapper à la joue.

bonheur de sa main décharnée. Elle m'a enlevé le plus noble et le plus dévoué des hommes ; aujourd'hui la camarde[1] m'enlève au plus beau, au plus charmant, au plus poétique époux du monde. Mais j'aurai tour à tour connu le beau idéal de l'âme et celui de la forme. Chez Felipe, l'âme domptait le corps et le transformait ; chez Gaston, le cœur, l'esprit et la beauté rivalisent. Je meurs adorée, que puis-je vouloir de plus ?... me réconcilier avec Dieu que j'ai négligé peut-être, et vers qui je m'élancerai pleine d'amour en lui demandant de me rendre un jour ces deux anges dans le ciel. Sans eux, le paradis serait désert pour moi. Mon exemple serait fatal : je suis une exception. Comme il est impossible de rencontrer des Felipe ou des Gaston, la loi sociale est en ceci d'accord avec la loi naturelle. Oui, la femme est un être faible qui doit, en se mariant, faire un entier sacrifice de sa volonté à l'homme, qui lui doit en retour le sacrifice de son égoïsme. Les révoltes et les pleurs que notre sexe a élevés et jetés dans ces derniers temps avec tant d'éclat sont des niaiseries qui nous méritent le nom d'enfants que tant de philosophes nous ont donné.

Elle a continué de parler ainsi de sa voix douce que tu connais, en disant les choses les plus sensées de la manière la plus élégante, jusqu'à ce que Gaston entrât, amenant de Paris sa belle-sœur, les deux enfants et la bonne anglaise que Louise l'avait prié d'aller chercher. – Voilà mes jolis bourreaux, a-t-elle dit en voyant ses deux neveux. Ne pouvais-je pas m'y tromper ? Comme ils ressemblent à leur oncle ! Elle a été charmante pour madame Gaston l'aînée qu'elle a priée de se regarder[2] au Chalet comme chez elle, et elle lui en a fait les honneurs avec ces façons à la Chaulieu qu'elle possède au plus haut degré. J'ai sur-le-champ écrit à la duchesse et au duc de Chaulieu, au duc de Rhétoré et au duc de Lenoncourt-Chaulieu, ainsi qu'à Madeleine. J'ai bien fait. Le lendemain, fatiguée de tant

1. **Camarde** : personne au nez aplati, allégorie pour désigner la mort, parfois représentée par un squelette dépourvu de nez.
2. **Se regarder** : se considérer.

d'efforts, Louise n'a pu se promener ; elle ne s'est même levée que pour assister au dîner. Madeleine de Lenoncourt, ses deux frères et sa mère sont venus dans la soirée. Le froid que le mariage de Louise avait mis entre elle et sa famille s'est dissipé. Depuis cette soirée, les deux frères et le père de Louise sont venus à cheval tous les matins, et les deux duchesses passent au Chalet toutes leurs soirées. La mort rapproche autant qu'elle sépare, elle fait taire les passions mesquines. Louise est sublime de grâce, de raison, de charme, d'esprit et de sensibilité. Jusqu'au dernier moment elle montre ce goût qui l'a rendue si célèbre, et nous dispense les trésors de cet esprit qui faisait d'elle une des reines de Paris.

– Je veux être jolie jusque dans mon cercueil, m'a-t-elle dit avec ce sourire qui n'est qu'à elle, en se mettant au lit pour y languir ces quinze jours-ci.

Dans sa chambre il n'y a pas trace de maladie : les boissons, les gommes[1], tout l'appareil médical est caché.

– N'est-ce pas que je fais une belle mort ? disait-elle hier au curé de Sèvres à qui elle a donné sa confiance.

Nous jouissons tous d'elle en avares. Gaston, que tant d'inquiétudes, tant de clartés affreuses ont préparé, ne manque pas de courage, mais il est atteint : je ne m'étonnerais pas de le voir suivre naturellement sa femme. Hier il m'a dit en tournant autour de la pièce d'eau : – Je dois être le père de ces deux enfants... Et il me montrait sa belle-sœur qui promenait ses neveux. Mais, quoique je ne veuille rien faire pour m'en aller de ce monde, promettez-moi d'être une seconde mère pour eux et de laisser votre mari accepter la tutelle officieuse que je lui confierai conjointement avec ma belle-sœur. Il a dit cela sans la moindre emphase et comme un homme qui se sent perdu. Sa figure répond par des sourires aux sourires de Louise, et il n'y a que moi qui ne m'y trompe pas. Il déploie un courage égal au sien. Louise a désiré voir son filleul ; mais je ne suis

1. **Gommes** : médicaments faits d'une substance provenant des arbres et qui se dissout dans l'eau.

pas fâchée qu'il soit en Provence, elle aurait pu lui faire quelques libéralités[1] qui m'auraient fort embarrassée.

Adieu, mon ami.

25 août (le jour de sa fête).

Hier au soir Louise a eu pendant quelques moments le délire ; mais ce fut un délire vraiment élégant, qui prouve que les gens d'esprit ne deviennent pas fous comme les bourgeois ou comme les sots. Elle a chanté d'une voix éteinte quelques airs italiens des *Puritani*, de la *Sonnambula* et de *Mosé*[2]. Nous étions tous silencieux autour du lit, et nous avons tous eu, même son frère Rhétoré, des larmes dans les yeux, tant il était clair que son âme s'échappait ainsi. Elle ne nous voyait plus ! Il y avait encore toute sa grâce dans les agréments[3] de ce chant faible et d'une douceur divine. L'agonie a commencé dans la nuit. Je viens, à sept heures du matin, de la lever moi-même ; elle a retrouvé quelque force, elle a voulu s'asseoir à sa croisée[4], elle a demandé la main de Gaston... Puis, mon ami, l'ange le plus charmant que nous pourrons voir jamais sur cette terre ne nous a plus laissé que sa dépouille. Administrée[5] la veille à l'insu de Gaston, qui, pendant la terrible cérémonie, a pris un peu de sommeil, elle avait exigé de moi que je lui lusse en français le *De profundis*[6], pendant qu'elle serait ainsi face à face avec la belle nature qu'elle s'était créée. Elle répétait mentalement les paroles et serrait les mains de son mari, agenouillé de l'autre côté de la bergère.

---

1. **Libéralités** : dons.
2. ***Puritani, Sonnambula, Mosé*** : opéras, de Vincenzo Bellini (1801-1835) pour les deux premiers, et de Gioacchino Rossini (1792-1868) pour le troisième, créés à Paris respectivement en 1835, 1831 et 1827.
3. **Agréments** : qualités de ce qui est agréable.
4. **Croisée** : châssis vitré qui entoure une fenêtre.
5. **Administrée** : qui a reçu d'un prêtre l'extrême-onction, le sacrement des mourants.
6. ***De Profundis*** : psaume récité ou chanté dans les prières pour les morts.

26 août.

J'ai le cœur brisé. Je viens d'aller la voir dans son linceul, elle y est devenue pâle avec des teintes violettes. Oh ! je veux voir mes enfants ! mes enfants ! Amène mes enfants au-devant de moi !

Paris, 1841.

Arrêt sur lecture 3

Pour comprendre l'essentiel

Louise, à nouveau heureuse

1 Après le désespoir lié à la mort de son premier mari Felipe, Louise retrouve le bonheur auprès de Gaston. Analysez comment s'exprime son enthousiasme dans les lettres XLVIII et LII.

2 Gaston est très différent de Felipe, et Louise a évolué depuis son premier mariage. Relevez les citations de la lettre XLVIII dans lesquelles Louise établit une comparaison entre ses deux histoires d'amour, puis trouvez l'écueil dans lequel elle risque de retomber.

3 Louise n'a pas prévenu son amie qu'elle se remariait parce qu'elle craignait sa réaction. Listez les réactions potentielles de Renée telles que Louise les retranscrit, puis analysez leur formulation.

Une nouvelle déconvenue

4 Dès le début de sa relation avec Gaston, Louise éprouve des craintes qui peuvent nous alarmer quant à la suite du roman. Relevez les funestes présages, à la fois sous la plume de Louise et sous celle de Renée, présents dans les lettres XLVIII et L.

5 Pour la seconde fois, Louise tombe douloureusement de son nuage de bonheur. Comparez les lettres XLVI et LIV en mettant en évidence, à l'aide d'un tableau, les nombreux parallèles pouvant être établis entre ces deux courriers.

6 Louise est en réalité victime d'un quiproquo. Reformulez les raisons de son erreur, puis expliquez ce qui, dans la forme même du roman épistolaire, est particulièrement propice à la tension dramatique.

Louise, une héroïne romantique jusqu'à la fin

7 À l'approche de la mort, Louise semble sereine, tandis que Renée est anéantie. Relevez dans la lettre LVII les citations qui pour vous illustrent le mieux ce contraste, puis soulignez les expressions qui font de Louise une créature divine.

8 Louise a une mort qui ressemble à sa vie : romanesque. Relevez dans la dernière lettre du roman tous les éléments scénographiques qui font de cet instant, habituellement intime, une véritable représentation.

9 Au moment de mourir, Louise chante des airs de Vincenzo Bellini (1801-1835) et Gioacchino Rossini (1792-1868). Faites une recherche sur Internet et proposez des hypothèses pour justifier le choix de ces opéras. Regardez ensuite la fin de *La Bohème*, opéra romantique de Giacomo Puccini (1858-1924) créé en 1896 à Turin (**https://www.youtube.com/watch?v=cGFZLzJQHEs**, à partir d'1 minute et 46 secondes) et explicitez les éléments romantiques communs à cet extrait d'opéra et au dénouement du roman.

✔ *Rappelez-vous !*

• Dans cette dernière partie du roman, on assiste à une **seconde chute de Louise**, qui a de nouveau **écouté ses sentiments plutôt que sa raison**. Le roman, en s'achevant sur sa mort, **pathétique et tragique**, confirme son statut d'**héroïne romantique**. Elle est jusqu'au bout **l'amante**, quand Renée reste **la mère** qui trouve son bonheur et son réconfort auprès de ses enfants.

• Jusqu'au dénouement, Honoré de Balzac **ne tranche pas clairement le débat sur le mariage**. S'il privilégie l'attitude de Renée parce qu'il considère que le mariage est au fondement de la société, Louise a plus d'épaisseur romanesque. Ainsi, **la raison l'emporte du point de vue de la morale, mais la passion a plus d'intérêt sur le plan littéraire**.

Vers l'oral du Bac

Explication linéaire de la lettre LVII (p. 268-269, l. 41-79).

→ *Étudiez le dénouement de ce récit en vous demandant s'il valorise les choix de l'une ou l'autre des deux héroïnes*

Conseils pour la lecture à voix haute

– L'extrait mêle le récit de Renée et la parole de Louise; veillez à faire entendre le passage du récit au discours.

– Le passage est pathétique, Louise étant à l'agonie. Votre intonation et le rythme de votre lecture doivent mettre en valeur l'émotion de Renée et la solennité du discours de Louise.

Explication linéaire du texte

Introduction

L'extrait est tiré de la lettre LVII, la dernière du roman. Renée raconte à son mari Louis la mort de Louise, qui a décidé de se suicider parce qu'elle pensait que son deuxième mari la trompait. Dans les lettres précédentes, on découvre que Louise avait mal jugé Gaston, qui n'était pas infidèle, mais soutenait secrètement la femme de son défunt frère, ainsi que ses neveux. Alors qu'il est trop tard pour revenir en arrière, Louise accepte son destin. Renée recueille et rapporte ses dernières paroles. Le dénouement du roman résout à la fois l'intrigue, le duel entre les deux amies qui ont choisi des voies bien différentes, et le débat autour du mariage proposé par Honoré de Balzac à travers ces deux parcours. La question se pose alors de savoir qui a finalement le dernier mot, quelle est la conclusion que l'auteur invite à tirer de ce roman. Nous analyserons successivement les deux mouvements du texte, Louise dressant d'abord le bilan de sa relation avec Gaston avant de revenir sur sa vision de l'amour, opposée à celle de Renée.

Explication guidée

I. Lignes 41-60 : Une mort sublime

a. Comment transparaît la force de caractère de Louise au début de cet extrait ?

b. Quel regard Louise porte-t-elle sur sa relation avec Gaston ?

c. Comment Louise arrive-t-elle à la conclusion surprenante que « ce dénouement est heureux » ?

II. Lignes 60-79 : La victoire de la raison ?

a. En quoi le statut de Renée est-il particulier face à la mort de Louise ? Comment cette dernière le lui fait-elle comprendre ?

b. Par quelles images Louise semble-t-elle donner raison aux choix de Renée ?

c. Comment Louise retourne-t-elle finalement son raisonnement en sa faveur ?

Conclusion

Ce dénouement est beaucoup plus ambigu que l'on ne pourrait le croire dans un premier temps. Dans les faits, Louise meurt jeune, alors même que Gaston ne l'a pas trahie, tandis que Renée va continuer de vivre avec son mari et ses enfants. Mais, par un habile retournement, c'est Louise qui apparaît sereine et sûre d'elle, et qui considère que ce « dénouement est heureux » (l. 59-60) pour elle, alors que Renée est anéantie.
Si, dans la seconde partie du texte, Louise reconnaît bien volontiers que Renée a fait les bons choix, donnant ainsi raison aux femmes qui choisissent la voie du mariage raisonnable, elle a cependant, selon elle, eu tout ce qu'elle désirait en mourant « adorée » (l. 75). En faisant de sa mort même un moment romanesque, Louise garde jusqu'au bout l'avantage littéraire sur Renée, et le roman s'éteint avec elle. Au début du projet, Honoré de Balzac souhaitait d'ailleurs centrer son intrigue

uniquement sur Louise. Mais l'introduction du personnage de Renée lui permet de faire dialoguer deux visions du monde, sans pour autant trancher entre elles. En effet, les deux héroïnes ont chacune raison sur un plan différent : Renée, sur le plan de la société, le mariage étant nécessaire à son équilibre, et Louise sur le plan littéraire, romanesque, la passion étant bien plus intéressante que la raison.

Question de grammaire

Relevez les verbes conjugués dans la première partie du texte (jusqu'à « heureux », l. 60). Pour chacun, indiquez la voix, le mode et le temps employés, et justifiez son utilisation en contexte.

Arrêt sur l'œuvre

Des questions sur l'ensemble de l'œuvre

Parcours BAC

→ *Raison et sentiments*

La forme épistolaire

1 Les *Mémoires de deux jeunes mariées* sont intégralement composés de lettres. À l'aide d'un tableau, faites ressortir la structure du roman en indiquant les suites de lettres échangées entre Louise et Renée, en précisant lesquelles marquent une étape dans la vie des deux héroïnes et lesquelles font intervenir d'autres personnages.

2 La correspondance, à l'époque, est soumise aux délais d'acheminement du courrier. Relevez les différentes dates dans l'adresse des lettres pour dégager une chronologie globale de cette correspondance, puis indiquez à quels moments du roman cette contrainte a un impact dans la suite des événements.

3 Dans cette correspondance presque exclusivement féminine, cinq lettres sont écrites par des hommes. Justifiez la présence de ces lettres en expliquant ce qu'elles apportent au récit.

Renée et Louise, entre amitié et jalousie

4 Renée et Louise se donnent de gentils surnoms mais, lorsqu'elles se sentent blessées, elles choisissent des surnoms peu flatteurs, liés à leur caractère respectif. Relevez des exemples de ces adresses péjoratives en précisant ce qui a entraîné leur utilisation.

5 Louise et Renée n'ont pas la même perception du terme « sentiment ». Recherchez, dans une version numérisée du texte (sur Gallica par exemple), les occurrences du mot « sentiment » au singulier, puis relevez les différentes expansions de ce nom, en précisant s'ils se trouvent sous la plume de l'une ou l'autre des deux héroïnes. Après comparaison, analysez les résultats de vos recherches.

6 Si Renée choisit davantage la raison, tandis que Louise privilégie la passion, l'une et l'autre éprouvent ponctuellement des regrets et une forme de jalousie. Repérez ces passages en vous appuyant sur des citations précises du texte.

Honoré de Balzac, témoin de son époque

7 *Mémoires de deux jeunes mariées* s'intègre dans l'ensemble intitulé « Scènes de la vie privée » de *La Comédie humaine* (➡ Fiche 3, p. 292). Expliquez en quoi le choix du genre épistolaire est particulièrement adapté à l'évocation de sujets intimes, puis relevez une citation dans la lettre XIX qui insiste sur le caractère privé de cette correspondance.

8 Le terme « Mémoires » renvoie à un ouvrage historique dans lequel une personne relate ce dont elle a été témoin. En vous appuyant sur des citations précises, montrez que les choix des personnages sont souvent liés au contexte historique et politique dans lequel ils évoluent.

9 Dans l'avant-propos de *La Comédie humaine*, Honoré de Balzac indique que son objectif est de se faire « le secrétaire » de la société, raison pour laquelle il ne donne pas explicitement son point de vue. Relevez dans le roman des phrases au présent de vérité générale qui donnent raison d'une part aux choix de Renée, et d'autre part à ceux de Louise (vous pouvez utiliser la fonction « rechercher » sur le texte numérisé, en tapant les mots-clés « amour » et « maternité » par exemple). Analysez ensuite les résultats de votre recherche.

Activités d'appropriation

1. Imaginer une lettre d'Honoré de Balzac justifiant le choix du roman épistolaire

Honoré de Balzac a longtemps hésité sur le titre et la forme que prendrait son roman (➡ Fiche 4, p. 294) avant d'opter pour l'échange de lettres entre deux jeunes femmes qui découvrent l'amour et le mariage. Il entretenait une correspondance fournie avec son amie romancière George Sand, ainsi qu'avec sa maîtresse, Mme Hanska, mais il n'y a pas dans leurs échanges de trace concrète du moment où il a finalement pris cette décision. Imaginez cette fameuse lettre écrite à l'une de ces femmes, en développant les arguments en faveur du roman épistolaire entre deux héroïnes. Vous respecterez pour ce faire les contraintes de la lettre (présentation et structure en paragraphes, date et lieu, formules d'adresse et de congé, adresses au destinataire, signature, etc.).

2. Reconnaître les mouvements romantiques et réalistes en peinture

Honoré de Balzac est un auteur réaliste, mais il s'inspire du mouvement romantique, qui a eu beaucoup de succès en France durant toute la première moitié du XIXe siècle. Recherchez sur Internet les caractéristiques de ces deux mouvements dans leur expression artistique, puis sélectionnez un tableau romantique et un tableau réaliste pour représenter chacune des deux héroïnes du roman. Indiquez en quoi elles vous paraissent refléter le caractère de Louise et de Renée.

3. Recréer la bibliothèque idéale de Louise ou de Renée

Les références littéraires sont nombreuses dans *Mémoires de deux jeunes mariées*. Choisissez une des deux héroïnes, puis dans le texte trois à cinq œuvres auxquelles elle se réfère, en notant bien le numéro de la lettre et celui de la page. Proposez ensuite la bibliothèque idéale de Louise ou de Renée, en précisant pour chaque référence: le titre, l'auteur, la date de parution, le mouvement littéraire s'il y a lieu, un bref résumé de l'intrigue et la raison pour laquelle cette œuvre est appréciée de l'héroïne. Dessinez ou copiez-collez la première de couverture de chaque œuvre et présentez cette sélection sous la forme d'une affiche au format A3.

4. Dresser un portrait de l'auteur sous forme de carte mentale

Regardez les différents portraits d'Honoré de Balzac présentés dans le dossier en ligne accessible sous le lien suivant : **http://www.balzac-etudes.paris-sorbonne.fr/balzac/dossiers/themas/Dossier%20portraits.pdf.** Demandez-vous pourquoi les représentations de cet auteur sont aussi nombreuses. Listez les caractéristiques qui reviennent d'un portrait à l'autre, en distinguant celles liées à son physique, à son tempérament et à son écriture (style et thèmes). Observez avec quels autres écrivains Balzac est mis en scène. Enfin, présentez vos conclusions sous la forme d'une carte mentale qui vous permettra de visualiser comment cet auteur était perçu par ses contemporains.

Prolongements artistiques et culturels

Honoré de Balzac, un romancier critiqué

➡ Images reproduites en début d'ouvrage, au verso de la couverture, et page 293

1. En quoi ces caricatures soulignent-elles le fait qu'Honoré de Balzac est un auteur reconnu et important ?

2. Quelle relation entre Honoré de Balzac et ses personnages est suggérée par certaines de ces caricatures ? Qu'est-ce qu'un « entomologiste » ? Pourquoi l'illustrateur Gustave Doré fait-il ce rapprochement ?

Felipe Henarez, descendant des Maures

➡ Images reproduites en fin d'ouvrage, au verso de la couverture

3. « Il m'avait fascinée », dit Louise à propos de Felipe dans la lettre XII (p. 79, l. 168). Quels aspects, attisant la curiosité et l'intérêt de Louise pour son professeur d'espagnol, retrouve-t-on dans ces tableaux ? En quoi cela rejoint-il le caractère épris de romantisme de la jeune femme ? En quoi Felipe s'oppose-t-il au mari de Renée, Louis ?

Louise, symbole du romantisme : ses influences littéraires

➡ Images reproduites en page I du cahier photos

4. Quelles caractéristiques du romantisme (➡ Glossaire, p. 349) retrouve-t-on dans ces images ?

5. Relisez les notes 8, p. 34, 2 et 3, p. 72, 2 et 3, p. 102, et 4, p. 103, et cherchez sur Internet des informations sur les couples représentés sur ces images. À votre avis, pourquoi Louise s'identifie-t-elle à ces héroïnes romantiques ?

Les représentations artistiques de la lettre

➡ Images reproduites en pages II-III du cahier photos

6. Observez les décors de ces différentes représentations. Quels éléments reviennent d'une image à l'autre ? Que symbolisent-ils ?

7. Concentrez-vous à présent sur les visages des personnages représentés. Quelles expressions les artistes ont-ils données à leurs sujets ? Pourquoi ?

Renée, symbole du réalisme : les représentations du mariage au XIXe siècle

➡ Images reproduites en page IV du cahier photos

8. Quelle vision du couple et du mariage est donnée à voir sur ces images ? En quoi celles-ci s'opposent-elles aux œuvres représentant des couples romantiques (➡ p. I du cahier photos) ?

9. Quels rapprochements peut-on faire entre ces images et le parcours de Renée ? Quelles expressions de Renée, dans la lettre V du roman, pourraient être illustrées par ces représentations ?

Lectures cursives

■ Émilienne Malfatto, *Que sur toi se lamente le tigre*, éditions Elyzad, 2020.
Prix Goncourt du premier roman 2021, ce récit polyphonique retrace le destin tragique d'une jeune Irakienne condamnée par sa famille pour être tombée enceinte hors mariage. Un livre fort, qui rappelle que la vie amoureuse des femmes est aujourd'hui encore soumise aux pressions sociales.

■ Stefan Zweig, *Vingt-quatre heures de la vie d'une femme* [1927], trad. de l'allemand (Autriche) par O. Le Lay, Gallimard, « Folio classique », 2013.
En vacances, lors d'une discussion animée, le narrateur prend la défense d'une femme mariée qui s'est enfuie avec un jeune homme. Pour lui, les sentiments peuvent parfois faire voler en éclats la raison. Une vieille dame qui a apprécié son intervention décide de lui raconter les vingt-quatre heures qui ont changé sa vie de femme…

■ Guy de Maupassant, *Une vie* [1883], Gallimard, « Folio classique », 1999.
Comme Renée et Louise dans le roman d'Honoré de Balzac, Jeanne quitte le couvent pour se marier. Malheureusement, elle comprend vite que son mari n'a rien du prince charmant qu'elle imaginait. L'héroïne entraîne le lecteur dans ses désillusions, dans un roman naturaliste qui dépeint l'écart entre le fantasme et la réalité.

■ George Sand, *Indiana* [1832], Gallimard, « Folio classique », 2020.
Premier roman signé sous le pseudonyme de George Sand, *Indiana* raconte le destin d'une femme qui s'ennuie dans son mariage et s'éprend du jeune Raymon. Indiana ressemble à d'autres femmes mariées et malheureuses, comme Emma Bovary, personnage éponyme du roman de Gustave Flaubert paru en 1857. Ce roman, entre romantisme et réalisme, pose la question du véritable amour, qui n'est parfois pas si loin qu'on le croit.

■ **Jane Austen, *Raison et Sentiments* [1811], trad. de l'anglais par S. Chiari, Le Livre de Poche, 2019.**
Dans ce grand classique de la littérature anglaise, deux sœurs, Elinor et Marianne Dashwood, découvrent l'amour et ses tourments. Alors que la première est aussi raisonnable que Renée, la seconde, au tempérament passionné, ressemble davantage à Louise...

■ **Pierre Choderlos de Laclos, *Les Liaisons dangereuses* [1782], Belin-Gallimard, « Classico », 2012.**
Dans ce roman épistolaire, on découvre un échange de lettres entre le vicomte de Valmont et la marquise de Merteuil, tous deux libertins, bien décidés à utiliser leur charisme et leur éloquence pour séduire. La raison devient alors une arme pour faire naître des sentiments chez leurs victimes. Les deux héros jouissent de ce pouvoir, mais ne risquent-ils pas d'être pris à leur propre piège ?

■ **Madame de La Fayette, *La Princesse de Clèves* [1678], Belin-Gallimard, « Classico », 2020.**
Dans ce célèbre roman classique, mademoiselle de Chartres, jeune femme bien éduquée, fait son entrée à la cour. Mariée au duc de Clèves qui l'aime sincèrement, elle tombe sous le charme du beau duc de Nemours, séducteur invétéré. La princesse de Clèves est alors tiraillée entre sa raison et ses sentiments...

Carnet de lecture

Préparer un exposé pour découvrir des héroïnes de romans réalistes

Après avoir lu ***Une vie*, de Guy de Maupassant**, appropriez-vous le texte en analysant le titre et dressez le portrait du personnage principal. Confrontez ces observations avec les *Mémoires de deux jeunes mariées* pour préparer un exposé comparatif sur les héroïnes d'Honoré de Balzac et de Guy de Maupassant.

Méthode

Étape 1. Éclairez votre lecture du roman de Guy de Maupassant en vous interrogeant sur le choix du titre *Une vie*. Réfléchissez en particulier au déterminant puis, en vous aidant de la fiche 7 (p. 300), expliquez en quoi ce titre annonce un roman réaliste. Faites le même travail d'analyse sur le titre *Mémoires de deux jeunes mariées*.

Étape 2. Les deux héroïnes de Balzac, comme celle de Maupassant, sortent du couvent au début du roman. Comparez leur état d'esprit (chapitre 1 d'*Une vie* ; lettres I à V des *Mémoires de deux jeunes mariées*).

Étape 3. Au fil de votre lecture d'*Une vie*, relevez les dates mentionnées ainsi que les passages évoquant la question du temps qui passe, notamment à travers des objets de l'environnement de Jeanne, comme le calendrier ou l'horloge. Montrez que sa perception du temps évolue en fonction de ce qu'elle ressent, et que le temps passe d'allié à ennemi à mesure que Jeanne prend conscience de l'écart entre ses rêves et la réalité. Renée et Louise, dans le roman de Balzac, bien qu'issues du même couvent, n'appréhendent pas le monde de la même manière. Cette différence se retrouve dans leur appréhension du temps qui passe. Montrez que leur perception du temps est liée, comme pour Jeanne dans le roman de Maupassant, à leurs conditions de vie et à leur état d'esprit.

Étape 4. Les destins de ces trois héroïnes présentent des points communs et des différences. Complétez le tableau comparatif suivant, qui pourra servir de base à votre exposé.

	Renée	**Louise**	**Jeanne**
Origines sociales			
État d'esprit à la sortie du couvent			
Conditions du mariage			
Circonstances des premières désillusions			
Rapport au temps qui passe			
Rapport à la maternité			
Fin du roman			

Le tour de l'œuvre en 10 fiches

Sommaire

Fiche 1

Honoré de Balzac en 18 dates

1799	Naissance d'Honoré Balzac à Tours.
1802	Son père, paysan devenu notable, accole la particule « de » au nom de famille.
1815-1819	Éudes de droit à Paris, où il travaille comme clerc de notaire.
1822	Début de sa relation avec Antoinette de Berny, qu'il surnomme « la *Dilecta* » (« la bien-aimée »).
1822-1827	Publication de récits mineurs, pour raisons financières, sous les pseudonymes de lord R'Hoone et Horace de Saint-Aubin. Il est tour à tour éditeur et imprimeur, activités qui le ruinent.
1829	Publication anonyme de l'essai *Physiologie du mariage* et, sous son véritable nom, du roman *Les Chouans*.
1830	Publication des *Scènes de la vie privée*, qui deviendront le premier volet de *La Comédie humaine*.
1831	*La Peau de chagrin* forme avec douze autres récits un ensemble intitulé *Romans et contes philosophiques*.
1832	Début de la correspondance avec Mme Hanska.
1833	Contrat de publication des *Études de mœurs au XIXe siècle*.
1835	Participation à *La Chronique de Paris*, journal politique et littéraire. Publication du *Père Goriot*.
1836	Publication du *Lys dans la vallée*.
1840	Fondation de la *Revue parisienne*, qui disparaît après le 3e numéro.
1841	Contrat de publication des œuvres complètes. **Les *Mémoires de deux jeunes mariées* paraissent en feuilleton dans le quotidien *La Presse*.**
1842	**Édition complète des *Mémoires de deux jeunes mariées*.**
1842-1848	Parution de *La Comédie humaine*.
1845	Honoré de Balzac est nommé chevalier de la Légion d'honneur.
1850	Honoré de Balzac épouse Mme Hanska le 14 mars. Malade et presque aveugle, il décède le 18 août et est inhumé au cimetière du Père-Lachaise.

L'œuvre dans son contexte

D'un régime à l'autre

Les *Mémoires de deux jeunes mariées* se déroulent sous la Restauration et la monarchie de Juillet, entre **1823 et 1835**. Louise évoque dans la lettre XXXII **la mort de Louis XVIII et la prise de pouvoir de Charles X**, en 1824. En 1830 a lieu la **révolution de Juillet** : à la suite de trois journées d'insurrection, dites « les Trois Glorieuses », le roi Charles X est renversé, et **Louis-Philippe prend la tête d'un régime plus libéral**. Honoré de Balzac étant légitimiste, c'est-à-dire favorable à Charles X et à la famille des Bourbons, il ne croit pas en ce nouveau système. **En 1841, lorsque le roman paraît, l'heure n'est plus à l'enthousiasme des débuts, mais à la contestation du régime en place.** Honoré de Balzac comprend et traduit dans ses œuvres l'évolution de la société qui mènera à la révolution de 1848 et à la naissance de la IIe République.

Le mariage et les droits des femmes au XIXe siècle

En France, **le divorce est interdit de 1816 à 1884** (loi Bonald), et **la femme est juridiquement soumise à son époux depuis 1804** (Code civil de Napoléon Ier). **La révocation du droit d'aînesse** durant la Révolution française aboutit en théorie à **l'égalité des droits dans la succession paternelle**, mais de nombreux nobles prélèvent l'héritage dû à leur(s) fille(s) pour **continuer de favoriser leur fils aîné**. Dans le roman, Louise et Renée ont ainsi le choix entre se marier sans dot et retourner au couvent.

Tout en défendant le droit d'aînesse, Honoré de Balzac s'érige contre l'aristocratie, qui sacrifie ses filles de cette manière. **Considérant le mariage comme une nécessité sociale, il en critique cependant les rouages dans son essai *Physiologie du mariage* (1829)**, ouvrage qui fait scandale mais signe le début de sa carrière d'auteur. *La Comédie humaine* offre ainsi **de nombreuses histoires de jeunes femmes malheureuses dans leur mariage**.

La question espagnole

Le personnage de Felipe Henarez, maure d'origine, inscrit le roman dans le contexte des relations franco-espagnoles (voir en particulier les lettres VI, VIII et XII, et les images reproduites au verso de la couverture, en fin d'ouvrage). Après avoir été contraint par Napoléon Ier à abdiquer en 1808, **le roi Ferdinand VII est restauré sur le trône d'Espagne en 1813**. Très vite, il s'avère être **un roi autoritaire. Le général Riego organise un soulèvement en 1820.** Ferdinand VII fait alors appel à l'aide de la France, qui le rétablit au pouvoir en 1823 grâce à **l'expédition de Cadix commandée par le duc d'Angoulême**. S'ouvre ensuite une période de terreur qui dure dix ans.

La Comédie humaine

Naissance du projet

Dès 1833, avec l'écriture du *Père Goriot* (qui paraît en 1834), **Honoré de Balzac a l'idée de faire revenir ses personnages d'un roman à l'autre**. Il entre alors en relation avec un nouveau libraire pour lui proposer douze volumes destinés à constituer un recueil intitulé *Études de mœurs*. Le titre *La Comédie humaine*, qui doit sans doute beaucoup à *La Divine Comédie* de Dante Alighieri (voir note 3, p. 126), apparaît pour la première fois en 1839. Le terme « comédie » renvoie à l'idée que le monde est un théâtre.

En 1841, Honoré de Balzac signe un accord avec un groupe d'éditeurs pour publier son œuvre, précédée d'un avant-propos. C'est la première édition chez Furne. Suivront les éditions Dubochet, Hetzel et Paulin entre 1842 et 1848. **Son souhait est de représenter, au plus près de la réalité, les mœurs de ses contemporains sous la Restauration et la monarchie de Juillet** (➡ Fiche 2, p. 291) : « La Société française allait être l'historien, je ne devais être que le secrétaire » (Honoré de Balzac, avant-propos de *La Comédie humaine*, 1842). Il écrit aussi dans ce texte qu'il s'agit pour lui de « faire concurrence à l'État-Civil ». Il choisit d'adopter une focalisation omnisciente pour orienter l'interprétation, et il prend le parti d'émailler ses romans de descriptions très réalistes pour montrer que **ses personnages sont influencés par le milieu dans lequel ils évoluent**. L'argent et le pouvoir en particulier ont une grande importance. Pour Honoré de Balzac, le romancier doit être un « analyste de son temps » (*Le Cabinet des antiques*, 1838).

Une œuvre colossale

Honoré de Balzac qualifie lui-même son projet « littérairement parlant » de plus vaste que « la cathédrale de Bourges architecturalement parlant » (lettre à Mme Hanska de janvier 1845). **Chaque roman a en effet pour vocation d'être comme un chapitre de l'œuvre globale.** En 1850, l'année de sa mort, il dresse un catalogue complet de *La Comédie humaine* telle qu'il l'envisage à terme. **Sur les 137 ouvrages prévus, 91 sont rédigés**. Quelques œuvres, qui ne devaient pas initialement faire partie de cet ensemble, sont insérées par la suite, au cours des rééditions. Cette fresque gigantesque compte environ **2 500 personnages**. L'ensemble est constitué de **trois parties** : les **« Étude de mœurs »**, les **« Études philosophiques »** et les **« Études analytiques »**. La première partie, la plus importante, est elle-même organisée en six livres, intitulés ***Scènes de la vie privée, Scènes de la vie de province, Scènes de la vie parisienne, Scènes de la vie politique, Scènes de la vie militaire* et *Scènes de la vie de campagne.***

Importance dans l'histoire littéraire

Personne avant Honoré de Balzac n'avait donné une telle épaisseur aux personnages, au point de leur fournir un véritable état civil. **Ils sont devenus des « types » qui ont inspiré bien d'autres auteurs par la suite.** De jeunes ambitieux comme Eugène de Rastignac dans *Le Père Goriot* (1834) ou Lucien de Rubempré dans *Illusions perdues* (1839) préfigurent ainsi le personnage de Georges Duroy dans *Bel-Ami* (1885), de Guy de Maupassant (1850-1893).

Mais la filiation la plus évidente est celle d'Émile Zola (1840-1902). *La Comédie humaine* inspire à ce romancier, admirateur d'Honoré de Balzac, un projet lui aussi monumental. Il crée **le cycle de la famille des Rougon-Macquart**. Chaque volume est consacré à l'histoire d'un membre de cette famille, qui réapparaît dans d'autres romans. Émile Zola pousse le réalisme encore plus loin, car non content de décrire de façon très documentée la réalité du Second Empire, il étudie la question de la fatalité. Alors que la science a encore peu d'éléments sur les questions d'hérédité, il analyse dans ses romans comment le contexte et les origines d'un individu le conduisent à reproduire les tares de ses ancêtres : alcoolisme, prostitution, meurtre... **Si Honoré de Balzac est reconnu comme le maître des écrivains réalistes, Émile Zola devient celui des naturalistes.**

Grandville, *L'Apothéose de Balzac*, 1835, dessin à la plume pour un projet d'éventail, maison de Balzac, Paris.

La structure de l'œuvre

D'une à deux héroïnes

Entre 1834 et 1835, Honoré de Balzac envisage de raconter l'histoire d'une religieuse dans un ouvrage qui porterait le titre ***Sœur Marie-des-Anges***. Il a ensuite l'idée d'un roman, qu'il prévoit d'intituler *Mémoires d'une jeune femme*, *Mémoires d'une jeune mariée* ou *Mémoires d'une jeune fille*, avant d'opter pour *Mémoires de deux jeunes mariées*. **Il passe donc d'une à deux héroïnes.** On voit bien, dans la répartition des lettres, qu'**une plus grande place est accordée à Louise**. L'auteur précise, dans une première préface, supprimée par la suite: « nous avons dû faire un choix [parmi toutes les réponses de Renée], uniquement pour éviter les longueurs », jouant ici avec l'effet de réel induit par la forme épistolaire (➡ Fiche 6, p. 298). Par ailleurs, **Honoré de Balzac avait d'abord prévu d'organiser son roman en trois parties, correspondant aux trois noms de famille successifs de Louise**: Louise de Chaulieu, Louise de Macumer (à partir de la lettre XXVI) et Louise Gaston (à compter de la lettre LI). L'introduction du personnage de Renée et l'utilisation du genre épistolaire lui permettent **d'opposer deux visions radicalement distinctes du mariage**.

L'ascension de Louise

Les quatre premières lettres sont écrites par Louise à destination de Renée, qui, tout comme elle, a été **éduquée au couvent** qu'elles viennent de quitter. Louise raconte à son amie son entrée dans le monde et ses premières impressions sur la gent masculine, qu'elle découvre. Renée lui apprend avoir accepté de se marier à Louis de l'Estorade pour éviter de retourner au couvent. Tandis que Louise s'intéresse à Felipe Henarez, son professeur d'espagnol, un homme laid mais mystérieux, **Renée devient Mme de l'Estorade à partir de la lettre IX.** Alors que Louise impose à Felipe de nombreuses épreuves pour tester son amour, Renée mène une vie monotone et regrette de ne pas connaître l'amour-passion que son amie lui dépeint. **Louise devient baronne de Macumer en épousant Felipe à partir de la lettre XXVI; elle est au sommet du bonheur.** Elle propose à Renée d'aider son mari à gravir les échelons sociaux.

Un itinéraire inversé

Renée voit dans la maternité l'épanouissement qu'elle n'espérait plus. **La lettre XXIX, de Louis de l'Estorade à Louise, annonce à cette dernière la naissance de son filleul Armand.** Louise rend visite à Renée entre les lettres XXXIV et XXXV. Dans cette dernière, elle explique avoir ressenti de la jalousie car Felipe « regardait trop » son amie. À partir de ce moment, **Renée met en garde Louise car elle trouve son attitude égoïste et sa relation à Felipe trop possessive**.

Louise est vexée et reproche à Renée d'être trop raisonnable. Renée, de son côté, s'épanouit en tant que mère et attend une petite fille.

La lettre XLIII marque le retournement de situation : Louise se désespère de ne pas être mère. Renée, quant à elle, annonce attendre son troisième enfant. **Le malheur de Louise s'accentue avec la mort brutale de Felipe, qu'elle annonce dans la lettre XLVI**, et dont **elle se sent responsable** pour l'avoir, comme le craignait Renée, trop maltraité.

Dans la deuxième partie, elle rencontre Marie Gaston, pour lequel **elle éprouve l'adoration qu'elle inspirait à son premier mari Felipe, et qu'elle épouse.** Pour éviter d'être jalouse, elle décide de se retirer du monde avec lui. Renée la met encore une fois en garde, mais Louise se sent de nouveau heureuse et n'écoute pas son amie. Elle déchante brutalement lorsqu'elle pense que Gaston la trompe, et décide de se suicider. Renée lui explique que sa rivale est en réalité la femme du frère défunt de Gaston, qu'il aide en secret. Mais **Louise reçoit la lettre trop tard**, et Renée ne peut qu'accompagner son agonie. Le roman s'achève sur le cri de Renée, inconsolable, qui demande à voir ses enfants.

Les **en-têtes des lettres** montrent que Louise et Renée suivent une **trajectoire exactement inverse** : si toutes les deux passent de « mademoiselle » à « madame », Louise devient immédiatement « baronne ». Renée gravit ensuite les échelons, et passe de « vicomtesse », à « comtesse », tandis que Louise, en se remariant, redevient simplement « madame ».

La répartition des lettres

Le roman est composé de **deux parties déséquilibrées**. La première s'étend **de 1823 à 1829** et propose **47 lettres** ; la seconde, en **10 lettres**, couvre la période **de 1833 à 1835**. Sur ces 57 missives, **31 sont de Louise et 21 de Renée.** Les lettres VI, XIV, XXIII, XXIX et XLIX sont **écrites par des hommes** (➡ Fiche 8, p. 302). Entre les deux parties du roman, quatre ans s'écoulent. On sait que Renée est venue consoler son amie de la mort de son mari, et **cette ellipse correspond par ailleurs à une période agitée en France, celle de la Révolution de 1830** (➡ Fiche 2, p. 291). **Alors que les lettres s'enchaînaient régulièrement au début du roman, les délais s'allongent par la suite**, comme s'en plaint Louise au début de la lettre XLIV : « Comment, ma chère, un an sans lettre ? » (p. 199, l. 1). Renée explique son silence par la présence de ses enfants, qui l'accaparent. À son tour, elle s'indigne au début de la lettre LI : « Que deviens-tu ma chère ? Après un silence de deux années, il est permis à Renée d'être inquiète de Louise » (p. 236, l. 1-2). Cette dernière se justifie par son bonheur retrouvé avec Gaston, véritable double d'elle-même. Ainsi, tant il est vrai que « le bonheur est monotone dans ses expressions » (lettre LII de Louise, p. 250, l. 226), **la parole épistolaire se tarit quand l'une ou l'autre des héroïnes trouve le bonheur**.

Fiche 5

Les grands thèmes de l'œuvre

L'amitié

Louise et Renée se sont rencontrées au couvent, où elles poursuivaient leur éducation, comme cela se faisait à l'époque. On pense, par exemple, à Emma Bovary dans le roman de Gustave Flaubert (1857), ou à Camille dans le drame d'Alfred de Musset *On ne badine pas avec l'amour* (1834). Dès les premiers mots de Louise, « Ma chère biche, je suis dehors aussi, moi ! » (p. 15, l. 1), **le couvent reste pour les deux jeunes femmes une référence commune qui réactive leur complicité initiale. Rien d'ailleurs ne vient rompre ce pacte, ni la distance géographique, ni le mariage, ni la maternité de Renée, ni les divergences d'opinion morales et politiques.** Elles se donnent des surnoms affectueux comme « ma biche », « mon enfant », « ma chérie », « ma chère amie »... L'amitié n'empêche cependant pas un **déséquilibre**. En effet, Louise apparaît plus indépendante, plus effrontée, tandis que Renée est plus raisonnable, plus soumise. S'instaure alors entre les deux héroïnes **un lien mère-enfant**, la figure de la mère étant d'ailleurs singulièrement estompée dans le roman. Renée prend pour Louise la place de sa mère, peu démonstrative et plus occupée par son amant que par sa fille. **L'amitié n'est pas purement gratuite ; toutes deux trouvent aussi un intérêt à cette relation.** Ainsi, Louise fait jouer ses relations pour soutenir la carrière du mari de Renée. De son côté, Renée utilise les relations de son mari pour obtenir des informations sur Gaston auprès du préfet (lettre LV). L'amitié de Louise et Renée s'apparente à un dédoublement, comme si elles devenaient les deux facettes d'une même personne : « Tu seras, ma chère Louise, la partie romanesque de mon existence » (p. 50, l. 147-148). On peut sourire en voyant que Renée épouse un homme prénommé Louis. Louise, quant à elle, a pour deuxième prénom Armande, et Renée dit à propos de son fils Armand, le filleul de Louise : « C'est presque ton fils » (p. 212, l. 17).

L'amour et le mariage

Si, depuis le XVIIIe siècle, la bourgeoisie associe amour et mariage, les aristocrates soumettent quant à eux le mariage aux intérêts de la lignée. Le mariage est ainsi l'occasion de gravir l'échelle sociale, et il faut éviter une « mésalliance », c'est-à-dire le fait d'épouser un homme socialement inférieur. Dans *La Comédie humaine*, on retrouve de nombreuses femmes « mal mariées », **Honoré de Balzac prétendant qu'une jeune fille laissée libre de choisir l'homme qu'elle veut épouser court à sa perte.** On peut résumer ainsi la difficulté de Louise : **elle aimerait à la fois respecter la tradition aristocratique, qui veut que le mari choisi soit à la hauteur socialement parlant, et, d'un autre côté, assouvir son idéal**

Le tour de l'œuvre en 10 fiches

d'amour romanesque. Ses deux mariages correspondent en fait à ces deux aspirations, qu'elle ne parvient pas à réconcilier : Felipe Henarez est titré, et elle aime passionnément Marie Gaston, qui ne l'est pas. Elle trouve dans ce second mariage l'union fusionnelle qu'elle recherchait : « pour des gens qui nous verraient passer, nous paraîtrions un même être glissant sur le sable des allées » (p. 244, l. 61-62). En choisissant de s'exiler avec son deuxième mari, Louise se condamne elle-même. **Renée, malgré de brefs moments de révolte ou de doute, choisit de composer avec ses devoirs et la réalité.** Quand Louise lui parle de passion, elle répond par de froides données chiffrées (lettre V notamment). Son enthousiasme rejoint finalement celui de Louise lorsqu'elle devient mère. La maternité lui permet de trouver le bonheur dans le mariage et efface les sacrifices endurés. Pour Renée, et pour Honoré de Balzac à travers elle, le mariage est le cadre social qui permet à la famille de s'épanouir. **Mais, si Renée l'emporte idéologiquement, c'est bien Louise qui a la plus forte puissance de séduction romanesque.**

L'argent et l'ambition

Alors que Louise ignore le montant exact de son héritage, Renée compte précisément l'argent lié à son mariage avant même d'évoquer son futur mari (lettre V). Elle utilise Louis pour se faire une bonne place dans la société, et Louise se met à son service pour l'y aider (voir par exemple la lettre XXXIV). Renée est prête à s'adapter au changement de régime si cela peut servir ses intérêts, comme elle l'explique à Louise dans la lettre LI : « Tu nous as raillés d'avoir gardé la place de président de chambre à la Cour des comptes, que nous tenions [...] de la faveur de Charles X ; mais est-ce avec quarante mille livres de rente [...] que je pouvais convenablement établir Athénaïs et ce pauvre petit mendiant de René ? » (p. 237, l. 12-17). À l'inverse, Louise, en se mariant avec Gaston, sait qu'elle fait une mésalliance, puisqu'elle est noble et riche et lui pauvre et non titré.

Ainsi, les deux héroïnes ont un désir irrépressible de pouvoir. Pour Renée, il s'agit de gravir les échelons à travers la carrière de son mari, tout en assurant à ses enfants un avenir ; quant à Louise, son ambition est amoureuse ; elle rêve de soumettre un homme à ses moindres désirs. Elle y parvient avec Felipe, puis tente d'inverser les choses en se faisant la servante de son deuxième mari, Gaston, mais **en réalité elle ne se dépare jamais de sa supériorité et de sa volonté de contrôle.**

Le roman épistolaire

Brève histoire du genre

Dès l'Antiquité, certains auteurs utilisent le genre épistolaire, comme **Ovide** (43 av. J.-C.-vers 17 apr. J.-C.) dans ***Les Héroïdes***, recueil de lettres d'amour fictives. En France, au XVIIe siècle, alors que le roman se développe, **Honoré d'Urfé** dans ***L'Astrée*** (1607-1628) ou **madame de la Fayette** dans ***La Princesse de Clèves*** (1678) intègrent des lettres à leur récit. Le roman épistolaire prend peu à peu de l'ampleur, tant **dans sa forme monodique** (avec un seul épistolier), comme les ***Lettres portugaises***, de **Guilleragues** (1669), **que polyphonique** (avec plusieurs scripteurs), comme les ***Lettres persanes***, de **Montesquieu** (1721), ***Julie ou la Nouvelle Héloïse***, de **Jean-Jacques Rousseau** (1761), ou encore ***Les Liaisons dangereuses***, de **Pierre Choderlos de Laclos** (1782).

Honoré de Balzac et le genre épistolaire

Honoré de Balzac, de son côté, écrit **trois romans épistolaires**: ***Sténie*** (roman inachevé, commencé en 1819), ***Le Lys dans la vallée*** (1836), roman constitué d'une seule lettre, et ***Mémoires de deux jeunes mariées***, seul roman polyphonique. C.-E. Magny y voit d'ailleurs «le plus épistolaire des romans par lettres» (introduction aux *Mémoires de deux jeunes mariées*, Club français du Livre, 1954).

En 1841, **le genre épistolaire n'est cependant plus à la mode**. J. Rousset, dans son essai *Forme et signification* (éd. Corti, 1986), précise d'ailleurs qu'il s'agit là du «dernier grand roman par lettres». Le choix d'Honoré de Balzac peut s'expliquer de plusieurs manières:

– **il s'inscrit dans une tradition**, ce qui correspond aussi à sa nostalgie de l'Ancien Régime;

– **il vise un public particulier, les femmes aristocrates**, habituelles lectrices de romans épistolaires, qui pourront s'identifier à Louise et Renée;

– **il choisit le genre idéal pour aborder les deux thèmes qui l'intéressent: l'amour et l'observation des mœurs**;

– **il choisit un genre associé au thème de l'amour-passion** par Jean-Jacques Rousseau et **au thème de l'amour maternel** par les lettres (réelles) de madame de Sévigné (1626-1696) à sa fille;

– **il répond au roman épistolaire *Jacques***, écrit en 1834 par George Sand, qui fait l'éloge de la liberté des femmes dans le mariage, et qu'il juge «vide et faux» (lettre à Mme Hanska du 18 octobre 1834).

La volonté de réalisme

La présence d'une ou de plusieurs lettres dans un roman apporte une **impression de réalisme**. Le lecteur a le sentiment d'être plus proche des personnages, de ce qu'ils pensent et ressentent, parce qu'**ils s'expriment nécessairement à la première personne du singulier et au présent**. Quand le roman est tout entier épistolaire, l'effet est encore plus important. Honoré de Balzac lui-même, dans sa préface au *Lys dans la vallée*, affirme que le roman épistolaire est « le seul système qui puisse rendre vraisemblable une histoire fictive ». **À la suite d'autres auteurs, il va jusqu'à prétendre n'avoir fait que reproduire des lettres réelles.** Montesquieu se présentait comme un simple « traducteur » des *Lettres* persanes, Jean-Jacques Rousseau n'aurait fait que « publier » la correspondance de *Julie ou la Nouvelle Héloïse*, Pierre Choderlos de Laclos aurait simplement « mis en ordre » les lettres des *Liaisons dangereuses*. **Honoré de Balzac, en devenant lui aussi un simple « metteur en œuvre », s'efface et nie le caractère fictif de son roman**. Le lecteur n'est cependant pas dupe de cet artifice.

En intitulant son roman ***« Mémoires »*** *de deux jeunes mariées* et non pas « *Lettres...* », Honoré de Balzac reprend la tradition littéraire des Mémoires, **récit que fait un témoin d'événements historiques ou privés**. Il insiste ainsi sur sa volonté de **refléter dans ce roman la réalité de son époque.**

Avantages et contraintes du genre

Le roman épistolaire laisse à l'auteur la **liberté de varier les sujets et les tonalités, mais aussi le rythme de l'action**, en jouant sur la longueur des lettres. La présence de deux rédactrices, qui au départ ont la même éducation, permet la **confrontation de deux points de vue sur le thème du mariage**. La parole n'étant pas celle de l'auteur, celui-ci peut se permettre d'exposer une opinion peu en vogue. En effet, les lecteurs de l'époque sont influencés par les théories en cours sur l'indépendance de la femme, alors qu'Honoré de Balzac affirme dans l'avant-propos de *La Comédie humaine* être – telle Renée – du côté de Bonald, en considérant la famille comme la base essentielle de la société. Toutefois, **en s'effaçant totalement, il laisse le lecteur libre de tirer ses propres conclusions**.

Le genre impose, en revanche, de tenir compte du temps d'acheminement des lettres, encore très long au XIXe siècle, le courrier étant distribué à cheval. C'est pour cette raison que les lettres de Renée et de Louise ne se répondent pas toujours, d'autant plus que, si la première est statique, la seconde voyage. **L'échange de lettres n'a pas la spontanéité du dialogue, qu'il est d'ailleurs difficile d'introduire dans le cadre épistolaire** (exception faite de la lettre XII), et l'auteur est obligé de s'arranger avec cette temporalité singulière. **Cependant, cette particularité peut aussi servir la tension dramatique.** C'est en effet à cause de ce délai de réception que Louise apprend trop tard la vérité sur ce qu'elle croit être l'infidélité de son second époux, Marie Gaston.

Le réalisme

Naissance d'un mouvement

Le romantisme a eu ses heures de gloire au début du XIXe siècle. À partir de 1840, avec la parution du dernier volume de poésie lyrique de Victor Hugo (*Les Rayons et les Ombres*, 1840) et l'échec de son drame *Les Burgraves* (1843), **le romantisme s'épuise**. L'époque voit émerger le **succès des romans populaires, et en particulier des romans-feuilletons**, publiés dans les journaux en plusieurs épisodes, comme *Les Mystères de Paris*, d'Eugène Sue (1842-1843). Les *Mémoires de deux jeunes mariées* paraissent d'ailleurs dans un premier temps en feuilleton (➡ Fiche 1, p. 290).

Le réalisme est un mouvement artistique et littéraire qui puise son inspiration dans la réalité du quotidien et s'intéresse à toutes les classes sociales. L'ambition est **de donner à voir une représentation le plus exacte possible de la réalité**, ce qui peut être mis en parallèle avec le développement, à la même époque, du procédé photographique. Les romanciers s'appuient sur des documents, ou enquêtent eux-mêmes à la recherche du « détail vrai ». Les héros deviennent alors des stéréotypes de la classe sociale que l'auteur cherche à décrire le plus précisément possible. Le roman est ainsi comme un **miroir de la réalité, que l'écriture recrée**. En littérature, **Gustave Flaubert** (1821-1880), **Honoré de Balzac** (1799-1850) et **Guy de Maupassant** (1850-1893) ont écrit des œuvres considérées comme réalistes. Par la suite, les **auteurs naturalistes** poussent l'ambition réaliste encore plus loin. **Émile Zola** (1840-1902) fait ainsi de son cycle romanesque autour de la famille des Rougon-Macquart une étude scientifique sur l'hérédité.

Un roman réaliste

Les *Mémoires de deux jeunes mariées* relèvent bien du mouvement réaliste par la profusion des précisions historiques. Quand Louise découvre sa chambre, par exemple, elle précise que le tapis « fut donné par Louis XV à [sa] grand-mère » ou que « les porcelaines de la cheminée viennent du maréchal de Saxe » (p. 22, l. 173-174). **On croise ainsi dans le roman de nombreux personnages historiques, qui côtoient les personnages fictifs de *La Comédie humaine*** (➡ Fiche 3, p. 292). L'exil de Felipe Henarez est notamment lié aux événements historiques de l'époque, comme le précise la lettre VI en particulier. Les références littéraires sont très présentes, trop nombreuses pour être toutes citées, de Dante Alighieri à Samuel Richardson en passant par François Rabelais, Molière, Pierre Corneille... **Les lieux sont également réels**, comme lorsque Louise décrit son environnement parisien au début de la lettre IV : « les Champs Élysées », « le bois de Boulogne », « les bords de la Loire », « la place Louis-XV » (p. 40-41, l. 1-4)... **Enfin, le Code civil, instauré**

par Napoléon Ier, guide les relations familiales et sociales, comme par exemple le **majorât**, héritage transmis au fils aîné, ou la **dot** qu'une femme doit apporter à son futur mari. Enfin, les lettres sont datées, parfois seulement du mois, en tenant compte du délai lié à l'acheminement des lettres, et on peut retracer l'échange, qui s'étend sur douze années. La pause de l'échange épistolaire, entre les deux parties de l'ouvrage, correspond à la rupture politique de la révolution de juillet 1830.

Réalisme contre romantisme ?

On peut être tenté de voir dans ces héroïnes les représentantes des deux mouvements littéraires qui ont influencé Honoré de Balzac. Ainsi, **Louise, en personnage romantique**, place son idéal de l'amour-passion audessus de tout. Elle s'affirme en refusant de répondre aux codes de son époque, et en cela se marginalise. Elle impose des épreuves à son chevalier, comme une dame l'aurait fait dans la littérature courtoise médiévale, et connaît une fin tragique. **À l'inverse, Renée pourrait représenter le mouvement réaliste** tant elle est lucide sur le fonctionnement de son époque. Elle met le changement de régime politique au service de ses ambitions, son objectif étant de trouver une situation idéale à Louis, son mari, et à ses enfants. **Elle demande d'ailleurs à Louise d'être « la partie romanesque de [s]on existence »** (p. 50, l. 147-148), tandis que Louise la rebaptise « cher docteur en corset » (p. 124, l. 165).

Mais cette opposition apparaît comme trop simpliste, et Honoré de Balzac déplace les frontières. Ainsi, Renée a des doutes au début du roman quant à la monotonie de son existence face à l'exaltante vie de Louise. Lorsqu'elle expérimente la maternité, elle adopte des accents lyriques dans certaines expressions qui pourraient être celles d'un écrivain romantique. À l'inverse, Louise, lorsqu'elle est sujette au doute, peut passer de l'exaltation au raisonnement et au calcul froids : « Quand j'aurai quarante ans, *il* ne les aura pas » (p. 249, l. 220). Du côté des personnages masculins, là aussi les frontières ne sont pas nettes. Gaston Marie ou M. de Canalis sont officiellement poètes, mais ce sont les sonnets de Felipe qui sont reproduits (lettre XXIV). M. de Canalis est par ailleurs réduit à la figure de l'amant sans épaisseur. **La figure du poète romantique se trouve ainsi désacralisée.** Quant à la mort de Louise, sublime et romantique, elle peut à la fois être vue comme **un hommage d'Honoré de Balzac à ce mouvement littéraire qui l'a précédé et a marqué la littérature, et comme une façon de signifier clairement la mort du romantisme et la nécessité de proposer un autre modèle**. Cette dernière hypothèse de lecture éclaire la tristesse de Renée et ses ultimes paroles, « mes enfants ! » (p. 272, l. 155-156), comme une image possible de l'auteur qui, tout en exprimant sa nostalgie du romantisme, se tourne résolument vers l'avenir.

Les personnages

Deux héroïnes opposées : Louise et Renée

Renée est brune, alors que Louise est blonde ; ces différences physiques annoncent leur caractère opposé. Louise est une femme passionnée, elle a le goût du romanesque, elle a de la répartie. Renée est plus patiente, plus raisonnable, plus calculatrice aussi. On le voit bien au vocabulaire économique qu'elle utilise, par exemple, dans la lettre XVIII. Toutes deux ont conscience du caractère éphémère de leur beauté mais, pour Renée, avoir trente ans signifie avoir fini « le plus difficile du chemin » (p. 240, l. 92-93), tandis que Louise se surprend « à désirer de mourir à trente ans, dans toute la splendeur de la vie » (p. 164, l. 33-34).

Socialement, Louise et Renée sont aussi très différentes : la première est riche et appartient à l'une des plus importantes familles du royaume, tandis que la seconde est issue d'une famille noble mais moins fortunée. Louise a de nombreux personnels à son service, notamment Griffith et Philippe ; Renée a une nurse anglaise, Mary, qui l'aide à s'occuper de ses enfants.

Les deux femmes s'opposent aussi géographiquement. Dans la première partie du roman, Louise est associée à Paris, la ville de l'amour, du divertissement. De son côté, **Renée est retirée** dans son « oasis de Provence » (p. 178, l. 19). **Dans la deuxième partie du roman, la situation s'inverse** : Louise quitte Paris pour « un village auprès de Paris » (p. 223, l. 39), alors que Renée est retenue à Paris par l'éducation de ses enfants (lettre LI).

Les amants et maris

Sur 57 lettres, **seules 5 sont écrites par des hommes.** Le point de vue principalement adopté, comme le rappelle le titre, est bien celui des femmes. La première impression que les hommes font à Louise est très déceptive, elle les trouve laids, et leur physique reflète leur intériorité (lettre IV).

Exception faite d'une lettre d'amour de Louise à Felipe (lettre XXII, et encore, la lettre s'apparente à un reproche), le **lecteur n'a pas accès aux paroles d'amour des femmes pour les hommes.**

Louis est décrit de manière peu flatteuse par Renée. Il est prématurément vieux, tout en se comportant comme un enfant : « À trente-sept ans, il a l'air d'en avoir cinquante » (p. 48, l. 89-90). **Renée le modèle à sa guise, elle fait de lui son instrument.** Elle éprouve pour lui de la compassion et un sentiment maternel de protection. Cependant, on peut lui reconnaître **une forme de dignité, il est sincèrement amoureux de Renée et se montre respectueux et conscient de ses limites.**

Felipe, noble descendant des Maures (➡ Fiche 2, p. 291), est laid et se présente comme **un homme rejeté**, à la fois par sa mère, qui lui préfère son frère, par l'Espagne, qu'il est obligé de fuir, et par la femme qu'il devait épouser et qu'il cède à son frère. Il se soumet à tous les caprices de Louise, qui lui impose des épreuves dignes de l'amour courtois. **Ce que Louise aime en Felipe, c'est l'amour qu'il lui porte** : « tu ne l'aimes pas. Avant deux ans, tu te fatigueras de cette adoration », lui dit Renée dans la lettre XXXVI (p. 181, l. 40-41). Petit à petit, Felipe s'éteint, avant de mourir (« je n'ai pu croire que mon amour l'ait tué ! », lettre XLVI de Louise à Renée, p. 208, l. 8).

Alors que Felipe était l'aîné, **Marie Gaston** est le cadet, né d'un adultère ; alors que Felipe était laid, lui est beau (lettre LII). Il est écrivain, mais on n'a pas accès à ses textes. **Sans être un personnage négatif, il n'a pas l'envergure de Felipe.** Sa relation avec Louise s'apparente plus à une fusion qu'à une relation amoureuse. Louise le domine à la fois financièrement et intellectuellement. Il a pour père de substitution Daniel d'Arthez, et devient lui-même le père de substitution de ses neveux, alors même que Louise et lui ne peuvent accéder à la parentalité. **Il est irréprochable, et Louise est la seule responsable, par sa jalousie excessive, de sa chute.**

M. de Canalis, le poète, amant de la mère de Louise, ne réussit pas par ses écrits, mais par ses relations amoureuses. On peut y voir une représentation peu flatteuse du poète Alphonse de Lamartine (1790-1869), qu'Honoré de Balzac n'appréciait pas.

Les frères

Les frères de Louise ont très peu d'épaisseur : l'aîné se montre jaloux, le cadet n'est qu'un « militaire de fantaisie » (p. 173, l. 39) qui doit sa fortune à sa sœur. Renée a deux frères elle aussi, mais seul Jean est évoqué, pour des questions d'héritage. Le frère de Felipe, Fernand, est son exact opposé, aussi beau que lui est laid. Il devient duc de Soria grâce au sacrifice de Felipe, qui lui laisse aussi la femme qu'il devait épouser, Marie.

Les pères

Le père de Louise, le duc de Chaulieu, **voudrait être une figure d'autorité**, mais sa femme finit par partir avec son amant en Espagne, et sa fille, tout en feignant de le respecter, le manipule à sa guise. Le père de Renée, M. de Maucombe, impose le mariage à sa fille et lui fait lire Bonald pour la former à son idéologie. Enfin, M. de l'Estorade, le père de Louis, est un personnage avare. L'arrivée de Renée le détrône de sa place centrale dans la famille.

La figure masculine est mise en difficulté, qu'il s'agisse du père, de l'amant ou du mari, et cela n'est pas sans faire écho à la figure royale, elle-même en crise au moment où Honoré de Balzac écrit le roman (➡ Fiche 2, p. 291). Quant aux mères, elles sont quasiment absentes, ce qui explique aussi la tentation de Renée de tenir ce rôle auprès de Louise et de son propre mari.

Raison et sentiments

Parcours BAC

Deux termes opposés

Le parcours propose deux termes coordonnés: la raison, au singulier, et les sentiments, au pluriel. Le mot «raison» vient du latin *ratio*, qui signifie **«le calcul»**. Il désigne **la faculté de penser, qui distingue l'être humain de l'animal**, d'après le philosophe grec Aristote (384-322 av. J.-C.), pour qui «l'homme est un animal doué de raison» (*Politique*, livre I). Le terme «sentiment» est parfois opposé, dans les dictionnaires, au mot «raison». Dérivé du verbe **«sentir»**, il désigne **une émotion subjective, personnelle, ressentie par quelqu'un face à une situation ou une personne. Le terme au pluriel s'emploie en particulier en amour pour caractériser l'inclination éprouvée pour un être**. Alors que la raison mobilise notre capacité de réflexion, les sentiments naissent sans qu'on le veuille, ils échappent à notre contrôle.

Renée et Louise

L'intitulé du parcours évoque le roman de Jane Austen, *Raison et Sentiments*, paru en 1811, et dont le titre original, *Sense and Sensibility*, désigne explicitement chacune des deux héroïnes, deux sœurs, dont l'une, Marianne, est «sensée», et l'autre, Elinor, est «sentimentale» (➡ Groupement, p. 318-319).

On peut être tenté d'affecter chacun de ces deux termes à l'une des héroïnes des *Mémoires de deux jeunes mariées*, comme Renée le fait elle-même: «De nous deux, je suis un peu la Raison comme tu es l'Imagination; je suis le grave Devoir comme tu es le fol Amour» (p. 181, l. 22-24), ou Louise, lorsqu'elle appelle Renée «ma vieille raisonneuse» (p. 106, l. 28). **D'un côté, Renée la raisonnable, qui décide de son destin en réfléchissant de manière pragmatique à son avenir, de l'autre, Louise l'impulsive, qui suit sans discernement ses sentiments. Tout aussi tentante est l'idée de faire de Renée la raisonnable la grande gagnante sur le sentimentalisme de Louise, qui mène cette dernière à sa perte.** Et on peut lire l'affirmation suivante d'Honoré de Balzac comme une réponse à cette hypothèse: «Mais la raison est toujours mesquine auprès du sentiment; l'une est naturellement bornée, comme tout ce qui est positif, et l'autre est infini» (*La Femme de trente ans*, 1831-1834).

Si le mariage de raison est, pour Honoré de Balzac, socialement nécessaire, la passion est beaucoup plus romanesque. Autrement dit, Renée l'emporte sur le plan social, et Louise sur le plan littéraire. Il faut également nuancer cette opposition, car **Renée n'est pas plus dépourvue de sentiments que Louise ne manque d'exercer sa raison**. La maternité déclenche chez Renée des sentiments puissants, qu'elle compare aux plaisirs amoureux. Lorsque son fils est pris de convulsions, ses sentiments maternels mettent sa raison à rude épreuve, tout comme lorsqu'elle perd son amie à la fin du roman. Dans la lettre XXXI, elle avoue ressentir pour son mari « un sentiment qui n'est pas l'amour » mais de la « tendresse », une « reconnaissance dégagée de tout intérêt » (p. 170, l. 141-142). Louise, de son côté, est bien consciente du mal qu'elle a causé à Felipe, ainsi que de la différence d'âge qui la sépare de Gaston. Face à son infertilité, elle fait « un retour sur [elle]-même » (p. 197, l. 4-5) ; autrement dit, elle mobilise sa raison pour comprendre ce qu'elle a vécu.

Enfin, **il serait également illusoire d'associer chaque terme à un sexe, de faire des hommes des êtres raisonnables et des femmes des êtres emportés par leurs sentiments**. Louise remarque elle-même que cette répartition ne correspond pas à leur expérience : « Agir par amour et par sentiment, n'est-ce pas la loi secrète des femmes ? Tu t'es faite homme, et ton Louis va se trouver la femme ! » (p. 97, l. 44-45).

Des modèles littéraires

À plusieurs reprises dans le roman, Louise mentionne des personnages qui l'inspirent, comme Othello (p. 59), Chimène (p. 64), Roméo et Juliette (p. 104), ou encore Bérénice (p. 124), qui **ont tous en commun d'être emportés par leur passion, ce qui tisse un réseau reflétant le côté sentimental de Louise. À l'inverse, Renée a des lectures beaucoup plus « raisonnables »** : elle cite **des moralistes**, comme Louis de Bonald (p. 110), Jacques Bénigne Bossuet (p. 110) ou Jean de La Fontaine (p. 161). Si elle évoque Étienne de Senancourt, écrivain romantique (p. 160), c'est pour en regretter la lecture.

Les mots du parcours

• **RAISON** (raisonnable, raisonnement, raisonneur[se])
Bon sens : capacité de discerner ce qui est évident.
Sagesse : modération et prudence dans ses choix.
Mesure : retenue, modération dans le comportement.
Lucidité : clairvoyance, acuité de l'esprit, perspicacité.
Principes : règles, convictions morales.
Jugement : avis, opinion.

• **SENTIMENTS** (sentimental-e, sentir, ressentir)
Amour (aimable, aimer, amant[e], amoureux[se])
Affectivité : ensemble des émotions et des sentiments.
Émotion : bouleversement qui rompt un état tranquille.
Passion : amour violent et exclusif.
Sensations : état de conscience plus affectif qu'intellectuel.
Sensibilité : faculté d'éprouver des sentiments intenses.

Citations

Mémoires de deux jeunes mariées

« Si l'éditeur avait voulu faire un livre au lieu de publier une des grandes actions privées de ce siècle, il s'y fût pris autrement : on doit le croire. Cependant, il ne renie point la part qu'il a dans la correction, dans l'arrangement, dans le choix de ces lettres ; mais son travail ne va pas au-delà de celui du metteur en œuvre. »

Honoré de Balzac, préface de la première édition de *Mémoires de deux jeunes mariées* (*La Presse*, 1841).

« En vérité, ma chère belle, comme tu ne peux plus me parler que d'amour conjugal, je crois, dans l'intérêt bien entendu de notre double existence, qu'il est nécessaire que je reste fille, et que j'aie quelque belle passion, pour que nous connaissions bien la vie. »

Louise, lettre X.

« L'amour, comme tous les principes, ne se calcule pas, il est l'infini de notre âme. »

Louise, lettre XV.

« Ton mariage purement social, et mon mariage qui n'est qu'un amour heureux, sont deux mondes qui ne peuvent pas plus se comprendre que le fini ne peut comprendre l'infini. Tu restes sur la terre, je suis dans le ciel ! Tu es dans la sphère humaine, et je suis dans la sphère divine. Je règne par l'amour, tu règnes par le calcul et par le devoir. Je suis si haut que s'il y avait une chute je serais brisée en mille miettes. »

Louise, lettre XXVII.

« Tu seras, ma chère Louise, la partie romanesque de mon existence. Aussi raconte-moi bien tes aventures, peins-moi les bals, les fêtes, dis-moi bien comment tu t'habilles, quelles fleurs couronnent tes beaux cheveux blonds, et les paroles des hommes et leurs façons. Tu seras deux à écouter, à danser, à sentir le bout de tes doigts pressé. »

Renée, lettre V.

« [...] nous sommes, chère ange, de celles qui veulent tout. »

Renée, lettre XIII.

« Peut-être avons-nous également tort et raison toutes deux, et peut-être la société nous vend-elle fort cher nos dentelles, nos titres et nos enfants ! »

Renée, lettre XVIII.

« De nous deux, je suis un peu la Raison comme tu es l'Imagination ; je suis le grave Devoir comme tu es le fol Amour. »

Renée, lettre XXXVI.

À propos des *Mémoires de deux jeunes mariées*

« J'aimerais mieux être tué par Louise que de vivre longtemps avec Renée. »

Honoré de Balzac, lettre à George Sand, février 1842.

« Je suis fière [...] de cette dédicace, car le livre est une des plus belles choses que vous ayez écrites. Je n'arrive pas à vos conclusions, et il me semble au contraire que vous prouvez tout l'opposé de ce que vous voulez prouver. »

« À laisser à part toute discussion de *fond*, et à ne voir que le talent, vous en avez eu dans ce livre sous une face nouvelle. Outre mille choses exquises de noblesse et de chasteté voluptueuse, il y a une peinture du sentiment maternel, puéril quelques fois (je vous admire trop pour vous cacher rien de mon impression) mais sublime presque toujours. »

« J'admire celle qui procrée, mais *j'adore* celle qui meurt d'amour. Voilà tout ce que vous avez prouvé et c'est *plus* que vous n'avez voulu. »

George Sand, lettre à Honoré de Balzac, février 1842.

« Nous sommes en présence d'une des plus belles réussites du genre. »

Roger Pierrot, préface de l'édition de la « Bibliothèque de la Pléiade », 1976.

À propos d'Honoré de Balzac et de *La Comédie humaine*

« Aussi regardé-je la Famille et non l'Individu comme le véritable élément social. Sous ce rapport, au risque d'être regardé comme un esprit rétrograde, je me range du côté de Bossuet et de Bonald, au lieu d'aller avec les novateurs modernes. »

Honoré de Balzac, avant-propos de *La Comédie humaine*, 1842.

« Tous ses livres ne forment qu'un livre, livre vivant, lumineux, profond, où l'on voit aller et venir, et marcher et se mouvoir, avec je ne sais quoi d'effaré et de terrible mêlé au réel, toute notre civilisation contemporaine, livre merveilleux que le poète a intitulé "Comédie" et qu'il aurait pu intituler "Histoire". »

Victor Hugo, oraison funèbre d'Honoré de Balzac, 29 août 1850.

« Le principal talent [d'Honoré de Balzac] est de porter la représentation d'un personnage donné jusqu'au plus haut degré d'intensité. »

Henry James, *Du roman considéré comme un des beaux-arts*, 1902.

Groupement de textes

Raison et sentiments

« Le but suprême du romancier est de nous rendre sensible l'âme humaine. » C'est ainsi que Georges Duhamel, dans *Essai sur le roman* (1925), définit la particularité du genre romanesque, qui permet d'accéder à l'intériorité des personnages. Au XVIIe siècle, Pierre Daniel Huet considère quant à lui que « l'amour doit être le principal sujet du roman » (*Traité de l'origine du roman*, 1670). Ce sentiment universel donne en effet l'occasion au romancier de sonder l'âme humaine. Qu'ils vivent un amour impossible parce que l'objet de leur passion est marié ou parce qu'ils le sont eux-mêmes, comme Tristan et Iseut (texte 1), la princesse de Clèves (texte 3), Werther (texte 5), Félix de Vandenesse (texte 7), mademoiselle Chambon (texte 9) ou Ramla, sur le point d'être mariée de force (texte 10), ou parce que la personne aimée ne donne pas la réciproque, comme la religieuse portugaise (texte 2) ou Elinor et Marianne (texte 6), les personnages de roman sont souvent confrontés à des situations mettant en tension leurs sentiments et leur raison. Parfois, la raison aveugle tant le personnage qu'il ne reconnaît pas l'amour, comme Aurélien lorsqu'il rencontre Bérénice (texte 8), ou qu'il évacue tout sentiment de ses relations, comme la marquise de Merteuil, qui fait de la raison son seul guide (texte 4).

Joseph Bédier, *Le Roman de Tristan et Iseut*

Joseph Bédier (1864-1938) reconstitue l'histoire d'amour tragique de ce mythe littéraire médiéval. Après que Tristan a demandé la main de la belle Iseut pour son oncle, le roi Marc, les deux jeunes gens boivent par erreur un philtre d'amour destiné aux futurs époux. Iseut et Marc se marient, et les deux amants s'aiment en cachette. Après avoir été découverts, ils sont condamnés au bûcher. Tristan parvient à s'échapper, tandis que le roi Marc, pour punir Iseut plus sévèrement, la remet à des lépreux. Mais Tristan libère Iseut et s'enfuit avec elle dans la forêt. Plusieurs années plus tard, Marc les surprend endormis, une épée placée entre eux. Il glisse son anneau au doigt d'Iseut, remplace l'épée de Tristan par la sienne et s'en va, leur laissant la vie sauve.

« […] Ah ! bel oncle, vaincre en bataille par l'aide de Dieu, gagner votre paix, et pour vous, revêtir encore le haubert et le heaume[1] !… Qu'ai-je pensé ? Il reprendrait Iseut : je la lui livrerais ? Que ne m'a-t-il égorgé, plutôt, dans mon sommeil ! Naguère, traqué par lui, je pouvais le haïr et l'oublier : il avait abandonné Iseut aux malades ; elle n'était plus à lui, elle était mienne. Voici que par sa compassion il a réveillé ma tendresse et reconquis la reine. La reine ? Elle était reine près de lui, et dans ce bois elle vit comme une serve[2]. Qu'ai-je fait de sa jeunesse ? Au lieu de ses chambres tendues de draps de soie, je lui donne cette forêt sauvage ; une hutte, au lieu de ses belles courtines[3] ; et c'est pour moi qu'elle suit cette route mauvaise. Au seigneur Dieu, roi du monde, je crie merci[4] et je le supplie qu'il me donne la force de rendre Iseut au roi Marc. N'est-elle pas sa femme, épousée selon la loi de Rome, devant tous les riches hommes de sa terre ? »

Tristan s'appuie sur son arc, et longuement se lamente dans la nuit.

Dans le fourré clos de ronces[5] qui leur servait de gîte, Iseut la Blonde attendait le retour de Tristan. À la clarté d'un rayon

---

1. **Le haubert et le heaume** : la chemise en mailles d'acier et le casque (la tenue de combat des chevaliers du Moyen Âge).
2. **Serve** : servante (féminin de « serf »).
3. **Courtines** : rideaux qui décorent un lit.
4. **Je crie merci** : je demande pitié.
5. **Fourré clos de ronces** : ensemble de plantes touffues entouré de ronces.

de lune, elle vit luire à son doigt l'anneau d'or que Marc y avait glissé. Elle songea :

« Celui qui par belle courtoisie m'a donné cet anneau d'or n'est pas l'homme irrité qui me livrait aux lépreux ; non, c'est le seigneur compatissant qui, du jour où j'ai abordé sur sa terre, m'accueillit et me protégea. Comme il aimait Tristan ! Mais je suis venue, et qu'ai-je fait ? Tristan ne devrait-il pas vivre au palais du roi, avec cent damoiseaux[1] autour de lui, qui seraient de sa mesnie[2] et le serviraient pour être armés chevaliers ? Ne devrait-il pas, chevauchant par les cours et les baronnies, chercher soudées[3] et aventures ? Mais, pour moi, il oublie toute chevalerie, exilé de la cour, pourchassé dans ce bois, menant cette vie sauvage !... »

Elle entendit alors sur les feuilles et les branches mortes s'approcher le pas de Tristan. Elle vint à sa rencontre comme à son ordinaire, pour lui prendre ses armes. Elle lui enleva des mains l'arc Qui-ne-faut[4] et ses flèches, et dénoua les attaches de son épée.

« Amie, dit Tristan, c'est l'épée du roi Marc. Elle devait nous égorger, elle nous a épargnés. »

Iseut prit l'épée, en baisa la garde d'or ; et Tristan vit qu'elle pleurait.

Joseph Bédier, *Le Roman de Tristan et Iseut* [1900], chapitre 10, Gallimard, « Folioplus classiques », 2009.

Guilleragues, *Lettres portugaises*

Les *Lettres portugaises*, de Guilleragues (1628-1685), sont d'abord publiées anonymement et présentées comme des traductions de missives trouvées. Dans ces cinq lettres fictives, une religieuse portugaise, amoureuse passionnée, reproche à son amant, un officier français, de l'avoir abandonnée.

1. **Damoiseaux** : jeunes gentilshommes.
2. **Mesnie** : maisonnée, ensemble de personnes vivant ensemble (ancien français).
3. **Soudées** : récompenses (ancien français).
4. **Qui-ne-faut** : nom de l'arc de Tristan, qui signifie : « qui jamais ne manque sa cible ».

Croyez-vous avoir pu impunément me tromper ? Si quelque hasard vous ramenait en ce pays, je vous déclare que je vous livrerais à la vengeance de mes parents.

J'ai vécu longtemps dans un abandon et dans une idolâtrie[1] qui me donnent de l'horreur, et mes remords me persécutent avec une rigueur insupportable. Je sens vivement la honte des crimes que vous m'avez fait commettre ; et je n'ai plus, hélas ! la passion qui m'empêchait d'en connaître l'énormité. Quand est-ce que mon cœur ne sera plus déchiré ? quand est-ce que je serai délivrée de cet embarras cruel ? – Cependant, je crois que je ne vous souhaite point de mal, et que je me résoudrais à consentir que vous fussiez heureux ; mais comment pourrez-vous l'être, si vous avez le cœur bien fait ?

Je veux vous écrire une autre lettre, pour vous faire voir que je serai peut-être plus tranquille dans quelque temps. Que j'aurai de plaisir à pouvoir vous reprocher vos procédés injustes, après que je n'en serai plus si vivement touchée ; et lorsque je vous ferai connaître que je vous méprise, que je parle avec beaucoup d'indifférence de votre trahison, que j'ai oublié tous mes plaisirs et toutes mes douleurs, et que je ne me souviens de vous que lorsque je veux m'en souvenir !

Je demeure d'accord que vous avez de grands avantages sur moi, et que vous m'avez donné une passion qui m'a fait perdre la raison ; mais vous devez en tirer peu de vanité. J'étais jeune, j'étais crédule : on m'avait enfermée dans ce couvent depuis mon enfance ; je n'avais vu que des gens désagréables ; je n'avais jamais entendu les louanges que vous me donniez incessamment : il me semblait que je vous devais les charmes et la beauté que vous me trouviez, et dont vous me faisiez apercevoir[2] : j'entendais dire du bien de vous ; tout le monde me parlait en votre faveur : vous faisiez tout ce qu'il fallait pour me donner de l'amour. Mais je suis enfin revenue de cet enchantement ; vous m'avez donné de grands secours, et j'avoue que j'en avais un extrême besoin.

1. **Idolâtrie** : au sens propre, culte voué à la représentation d'un dieu comme s'il s'agissait du dieu lui-même (péjoratif).
2. **Dont vous me faisiez apercevoir** : que je voyais grâce à vous.

En vous renvoyant vos lettres, je garderai soigneusement les deux dernières que vous m'avez écrites ; et je les relirai encore plus souvent que je n'ai lu les premières, afin de ne retomber plus dans mes faiblesses. Ah ! qu'elles me coûtent cher, et que j'aurais été heureuse, si vous eussiez voulu souffrir[1] que je vous eusse toujours aimé !

Guilleragues, *Lettres portugaises* [1669], lettre V,
Gallimard, « Folio classique », 1990.

Madame de La Fayette, *La Princesse de Clèves*

➡ **Voir explication linéaire, p. 328-329**

Ce roman de madame de La Fayette (1634-1693) se déroule à la cour d'Henri II, au XVIe siècle. Mademoiselle de Chartres est mariée très jeune à monsieur de Clèves, qui l'aime sincèrement. Lors d'un bal, la désormais princesse de Clèves tombe amoureuse du séduisant duc de Nemours. Mais une lettre tombée de sa poche, supposément écrite par l'une de ses amantes, la plonge dans le désarroi…

Elle avait ignoré jusqu'alors les inquiétudes mortelles de la défiance[2] et de la jalousie ; elle n'avait pensé qu'à se défendre d'aimer monsieur de Nemours et elle n'avait point encore commencé à craindre qu'il en aimât une autre. Quoique les soupçons que lui avait donnés cette lettre fussent effacés[3], ils ne laissèrent pas[4] de lui ouvrir les yeux sur le hasard d'être trompée et de lui donner des impressions de défiance et de jalousie qu'elle n'avait jamais eues. Elle fut étonnée de n'avoir point encore pensé combien il était peu vraisemblable qu'un homme comme monsieur de Nemours, qui avait toujours fait paraître tant de légèreté parmi les femmes, fût capable d'un attachement sincère et durable. Elle trouva qu'il était presque impossible qu'elle pût être contente

1. **Souffrir** : ici, accepter, supporter.
2. **Défiance** : méfiance (antonyme de « confiance »).
3. Madame de Clèves a appris entre-temps que la lettre incriminée appartient en réalité au vidame de Chartres.
4. **Ne laissèrent pas** : ne manquèrent pas.

de sa passion ; « Mais quand je le pourrais être, disait-elle, qu'en veux-je faire : veux-je la souffrir[1], veux-je y répondre ? Veux-je m'engager dans une galanterie[2], veux-je manquer à[3] M. de Clèves, veux-je me manquer à moi-même ? Et veux-je enfin m'exposer aux cruels repentirs et aux mortelles douleurs que donne l'amour ? Je suis vaincue et surmontée par une inclination qui m'entraîne malgré moi : toutes mes résolutions sont inutiles ; je pensais hier tout ce que je pense aujourd'hui, et je fais aujourd'hui tout le contraire de ce que je résolus hier ; il faut m'arracher de la présence de monsieur de Nemours ; il faut m'en aller à la campagne, quelque bizarre que puisse paraître mon voyage ; et si monsieur de Clèves s'opiniâtre[4] à l'empêcher ou à en vouloir savoir les raisons, peut-être lui ferai-je le mal, et à moi-même aussi, de les lui apprendre. » Elle demeura dans cette résolution, et passa tout le soir chez elle, sans aller savoir de madame la dauphine[5] ce qui était arrivé de la fausse lettre du vidame[6].

Madame de La Fayette, *La Princesse de Clèves* [1678], partie III, Belin-Gallimard, « Classico », 2020.

Groupement de textes

1. **La souffrir** : la tolérer, l'accepter.
2. **Galanterie** : aventure amoureuse.
3. **Manquer à** : mal me comporter vis-à-vis de, ne pas respecter mes engagements à l'égard de.
4. **S'opiniâtre** : s'entête, s'obstine.
5. **Dauphine** : épouse du prince héritier de la couronne.
6. **Vidame** : titre de noblesse ; il s'agit du vidame de Chartres (voir note 3, p. 313).

Pierre Choderlos de Laclos, *Les Liaisons dangereuses*

Ce roman épistolaire écrit au XVIIIe siècle par Pierre Choderlos de Laclos (1741-1803) est porté par deux héros libertins, la marquise de Merteuil et le vicomte de Valmont, qui s'enorgueillissent de parvenir à séduire de jeunes victimes vertueuses. Dans cet extrait, la marquise revient sur sa jeunesse et sur ce qui a fait d'elle la femme qu'elle est devenue.

Entrée dans le monde dans le temps où, fille[1] encore, j'étais vouée par état au silence et à l'inaction, j'ai su en profiter pour observer et réfléchir. Tandis qu'on me croyait étourdie ou distraite, écoutant peu à la vérité les discours qu'on s'empressait à me tenir, je recueillais avec soin ceux qu'on cherchait à me cacher.

Cette utile curiosité, en servant à m'instruire, m'apprit encore à dissimuler : forcée souvent de cacher les objets de mon attention[2] aux yeux de ceux qui m'entouraient, j'essayai de guider les miens à mon gré ; j'obtins dès lors de prendre à volonté ce regard distrait que vous avez loué si souvent. Encouragée par ce premier succès, je tâchai de régler de même les divers mouvements de ma figure. Ressentais-je quelque chagrin, je m'étudiais à prendre l'air de la sérénité, même celui de la joie ; j'ai porté le zèle[3] jusqu'à me causer des douleurs volontaires, pour chercher pendant ce temps l'expression du plaisir. Je me suis travaillée avec le même soin et plus de peine pour réprimer les symptômes d'une joie inattendue. C'est ainsi que j'ai su prendre, sur ma physionomie, cette puissance dont je vous ai vu quelquefois si étonné.

J'étais bien jeune encore, et presque sans intérêt : mais je n'avais à moi que ma pensée, et je m'indignais qu'on pût me la ravir ou me la surprendre contre ma volonté. Munie de ces premières armes, j'en essayai l'usage : non contente de ne plus me laisser pénétrer[4], je m'amusais à me montrer sous des formes différentes ; sûre de mes gestes, j'observais mes discours ; je réglais

1. **Fille** : jeune femme non mariée.
2. **Les objets de mon attention** : les hommes auxquels je m'intéressais.
3. **Zèle** : empressement, ardeur.
4. **Pénétrer** : ici, démasquer.

les uns et les autres, suivant les circonstances, ou même seulement suivant mes fantaisies : dès ce moment, ma façon de penser fut pour moi seule, et je ne montrai plus que celle qu'il m'était utile de laisser voir.

Ce travail sur moi-même avait fixé mon attention sur l'expression des figures et le caractère des physionomies ; et j'y gagnai ce coup d'œil pénétrant, auquel l'expérience m'a pourtant appris à ne pas me fier entièrement ; mais qui, en tout, m'a rarement trompée.

Je n'avais pas quinze ans, je possédais déjà les talents auxquels la plus grande partie de nos politiques doivent leur réputation, et je ne me trouvais encore qu'aux premiers éléments de la science que je voulais acquérir.

Pierre Choderlos de Laclos, *Les Liaisons dangereuses* [1782], lettre LXXXI, Belin-Gallimard, « Classico », 2012.

Johann Wolfgang von Goethe, *Les Souffrances du jeune Werther*

Dans ce roman épistolaire de Johann Wolfgang von Goethe (1749-1832), le héros, prénommé Werther, tombe fou amoureux de la belle Charlotte, fiancée à un certain Albert. Il essaie de l'oublier, mais continue de l'aimer après qu'elle s'est mariée.

Le 21 novembre.

Elle ne voit pas, elle ne sent pas qu'elle prépare un poison qui nous fera périr tous deux ; et moi, je bois à longs traits, avec volupté, à la coupe fatale qu'elle me présente. Pourquoi ce regard bienveillant qu'elle jette souvent sur moi ?.... souvent ? non, mais enfin quelquefois ; pourquoi cette complaisance avec laquelle elle accueille l'expression involontaire de mes sentiments, et cette compassion pour ma souffrance qui se peint sur son front ?

Hier, comme je partais, elle me tendit la main en disant : « Adieu, cher Werther ! » Cher Werther ! C'était la première fois qu'elle m'appelait cher, et cela me pénétra jusqu'à la moelle des os. Je me le répétai cent fois, et le soir, au moment de me coucher, en causant tout seul de mille choses, je me dis tout à coup :

« Bonne nuit, cher Werther ! » Et puis, je ne pus m'empêcher de rire de moi-même.

Le 22 novembre.

Je ne puis dire à Dieu : « Laisse-la-moi ! » et cependant il me semble souvent qu'elle m'appartient. Je ne puis lui dire : « Donne-la-moi ! » car elle est à un autre. Je fais de l'esprit avec ma douleur ; si je me laissais aller, je débiterais toute une litanie[1] d'antithèses.

Le 24 novembre.

Elle sent ce que je souffre. Aujourd'hui, son regard m'a pénétré jusqu'au fond du cœur. Je la trouvai seule. Je ne disais rien, et elle me regardait. Et je ne voyais plus en elle sa beauté adorable, ni le rayonnement de sa belle intelligence ; tout cela avait disparu à mes yeux. Ce qui agissait sur moi, c'était un regard bien plus beau, dont l'expression était pleine de la plus profonde sympathie, de la plus douce compassion. Pourquoi n'ai-je pu tomber à ses pieds ? Pourquoi n'ai-je pu m'élancer à son cou et lui répondre par mille baisers ?... Elle se réfugia devant son clavecin[2], et accompagna son jeu des notes harmonieuses, que sa voix suave murmurait comme un souffle.

Jamais ses lèvres ne m'ont paru si charmantes ; on eût dit qu'elles s'ouvraient parce qu'elles étaient avides d'aspirer les doux sons qui jaillissaient de l'instrument, et que cette bouche si pure ne faisait qu'en renvoyer l'écho céleste... Ah ! si je pouvais te dire tout cela comme je le sentais !... Je ne résistai plus : je m'inclinai et je fis ce serment : « Jamais je n'aurai l'audace d'imprimer sur vous un baiser, ô lèvres sur lesquelles voltigent les esprits du ciel !... » Et cependant... je veux... Ah ! vois-tu ! il y a là comme une muraille qui se dresse devant mon âme !... Une telle félicité... et puis, périr en expiation[3] de ce péché !... Ce péché ?

Johann Wolfgang von Goethe, *Les Souffrances du jeune Werther* [1774], trad. de l'allemand par C. Bachellery, Librairie des bibliophiles, 1886.

1. **Litanie** : longue prière.
2. **Clavecin** : instrument de musique à clavier(s).
3. **Expiation** : réparation d'une faute.

Jane Austen, *Raison et Sentiments*

L'auteure anglaise Jane Austen (1775-1817) narre dans ce roman les aléas amoureux de deux sœurs, Elinor et Marianne, qui, après avoir perdu leur père, emménagent avec leur mère et leur autre jeune sœur dans le Devon, au sud-ouest de l'Angleterre. Marianne, jeune femme romantique, tombe amoureuse de John Willoughby, tandis qu'Elinor, plus raisonnable, s'éprend d'Edward Ferrars. Mais le premier disparaît sans explication, tandis que le second se terre dans le silence.

Mais [Elinor] était déterminée à le cacher et à ne pas paraître plus affectée que les membres de sa famille quand Edward prit congé[1] d'elle. Elle n'eut pas recours à la méthode si judicieusement employée par Marianne en pareille occasion, à savoir exagérer et cultiver sa peine en se plongeant dans le silence, la solitude et le désœuvrement[2]. Les moyens employés étaient aussi différents que le but recherché et permettaient à chacune d'elles d'y trouver son compte.

Elinor se mit à sa table à dessin dès qu'il eut franchi le seuil de la maison et elle multiplia les activités tout au long de la journée, ne cherchant pas à ce qu'on mentionne ou qu'on évite de prononcer le nom d'Edward et paraissant s'intéresser aux préoccupations de la famille tout autant que d'habitude. Si, en agissant de la sorte, elle ne réussit guère à soulager sa peine, elle l'empêcha au moins de s'aggraver, évitant ainsi à sa mère et à ses sœurs de se faire trop de souci à son sujet.

Une telle attitude, si contraire à celle qu'elle-même avait adoptée, ne parut pas plus méritoire[3] à Marianne que la sienne lui avait paru blâmable. Elle eut vite fait de régler la question de la maîtrise de soi : quand on est passionné, la chose est impossible, tandis qu'avec des sentiments plus tièdes, on n'a à cela aucun mérite. Que les sentiments de sa sœur fussent modérés, c'était indéniable, même si elle avait un peu honte de l'admettre. Et de la force des siens, elle donnait une preuve éclatante en

1. **Prit congé** : ici, se sépara.
2. **Désœuvrement** : inactivité.
3. **Méritoire** : digne d'éloges, louable.

continuant à aimer et à respecter cette sœur, en dépit d'une conviction qui la mortifiait[1].

Sans se mettre à l'écart des siens, ni quitter la maison pour rechercher délibérément la solitude, ni rester éveillée toute la nuit pour s'abandonner à ses pensées, Elinor s'aperçut que ses journées lui laissaient suffisamment de temps pour penser à Edward et à son comportement, et cela sous toutes les formes que ses différentes humeurs à différents moments pouvaient lui inspirer : avec tendresse, en le plaignant, en étant d'accord avec lui, en lui faisant des reproches ou en étant plongée dans la perplexité. Il y avait quantité d'instants au cours desquels, non pas du fait de l'absence de sa mère et de ses sœurs, mais en raison même de la nature de leurs activités, elles ne pouvaient pas converser ensemble. C'est alors qu'elle ressentait tous les effets de la solitude. Inévitablement, son esprit vagabondait et ses pensées ne pouvaient s'attacher à rien d'autre ; accaparée qu'elle était par un tel sujet, le passé et le futur ne cessaient de se présenter à son esprit, fixaient son attention et sollicitaient sa mémoire, sa réflexion, et son imagination.

Jane Austen, *Raison et Sentiments* [1811], chapitre XIX,
trad. de l'anglais par S. Chiari,

Groupement de textes

Honoré de Balzac, *Le Lys dans la vallée*

Ce roman d'Honoré de Balzac (1799-1850) se présente sous la forme d'une unique lettre, dans laquelle Félix de Vandenesse raconte à son amante Natalie de Manerville comment il est tombé éperdument amoureux d'Henriette, épouse du comte de Mortsauf. Dans cet extrait, Félix relate la vision du mariage donnée par le comte, qui ignore tout de cet amour.

– […] Si la vertu[2] ne consiste pas à se sacrifier pour ses enfants et pour son mari, qu'est-ce donc que la vertu ?

---

1. **Mortifiait** : faisait souffrir.
2. **Vertu** : disposition d'un individu à se conformer à un idéal moral.

– Se sa-cri-fi-er ! reprit le comte, en faisant de chaque syllabe un coup de barre sur le cœur de sa victime. Que sacrifiez-vous donc à vos enfants ? que me sacrifiez-vous donc ? qui ? quoi ! répondez ? répondrez-vous ? Que se passe-t-il donc ici ? que voulez-vous dire ?

– Monsieur, répondit-elle, seriez-vous donc satisfait d'être aimé pour l'amour de Dieu, ou de savoir votre femme vertueuse pour la vertu en elle-même ?

— Madame a raison, dis-je en prenant la parole d'une voix émue qui vibra dans ces deux cœurs où je jetai mes espérances à jamais perdues, et que je calmai par l'expression de la plus haute de toutes les douleurs dont le cri sourd éteignit cette querelle comme quand le lion rugit, tout se tait. Oui, le plus beau privilège que nous ait conféré la raison, est de pouvoir rapporter nos vertus[1] aux êtres de qui le bonheur est notre ouvrage[2], et que nous ne rendons heureux ni par calcul, ni par devoir, mais par une inépuisable et volontaire affection.

En entendant ces mots, une larme brilla dans les yeux d'Henriette.

– Et, cher comte, si par hasard une femme était involontairement soumise à quelque sentiment étranger à ceux que la société lui impose, avouez que plus ce sentiment serait irrésistible, plus elle serait vertueuse en l'étouffant, en se *sacrifiant* à ses enfants, à son mari. Cette théorie n'est d'ailleurs applicable ni à moi, qui malheureusement offre un exemple du contraire, ni à vous qu'elle ne concernera jamais…

Une main à la fois moite et brûlante se posa sur ma main et s'y appuya silencieusement.

– Vous êtes une belle âme, Félix, dit le comte qui passa non sans grâce sa main sur la taille de sa femme et l'amena doucement à lui, pour lui dire : pardonnez, ma chère, à un pauvre malade qui voudrait sans doute être aimé plus qu'il ne le mérite.

– Il est des cœurs qui sont tout générosité, répondit-elle en appuyant sa tête sur l'épaule du comte qui prit cette phrase pour lui. Cette erreur causa je ne sais quel frémissement à la comtesse,

---

1. **Rapporter nos vertus** : rattacher nos qualités morales.
2. **Ouvrage** : œuvre, réalisation.

Groupement de textes

son peigne[1] tomba, ses cheveux se dénouèrent, elle pâlit; son mari qui la soutenait poussa une sorte de rugissement en la sentant défaillir; il la saisit comme il eût fait de sa fille, et la porta sur le canapé du salon où nous l'entourâmes. Henriette garda ma main dans la sienne, comme pour me dire que nous seuls savions le secret de cette scène si simple en apparence, si épouvantable par les déchirements de son âme.

Honoré de Balzac, *Le Lys dans la vallée* [1836],
Gallimard, « Folio classique », 2004.

Louis Aragon, *Bérénice*

Louis Aragon (1897-1982) relate dans ce roman l'amour impossible d'Aurélien, rescapé de la Grande Guerre, et Bérénice, une jeune provinciale en visite à Paris, dans les années 1920. Dans cet incipit, le narrateur évoque la première rencontre des deux protagonistes.

La première fois qu'Aurélien vit Bérénice, il la trouva franchement laide. Elle lui déplut, enfin. Il n'aima pas comment elle était habillée. Une étoffe qu'il n'aurait pas choisie. Il avait des idées sur les étoffes. Une étoffe qu'il avait vue sur plusieurs femmes. Cela lui fit mal augurer de celle-ci qui portait un nom de princesse d'Orient[2] sans avoir l'air de se considérer dans l'obligation d'avoir du goût. Ses cheveux étaient ternes ce jour-là, mal tenus. Les cheveux coupés, ça demande des soins constants. Aurélien n'aurait pas pu dire si elle était blonde ou brune. Il l'avait mal regardée. Il lui en demeurait une impression vague, générale, d'ennui et d'irritation. Il se demanda même pourquoi. C'était disproportionné. Plutôt petite, pâle, je crois… Qu'elle se fût appelée Jeanne ou Marie, il n'y aurait pas repensé, après coup. Mais Bérénice. Drôle de superstition. Voilà bien ce qui l'irritait.

Il y avait un vers de Racine que ça lui remettait dans la tête, un vers qui l'avait hanté pendant la guerre, dans les tranchées,

1. **Peigne**: ici, objet servant à maintenir la chevelure.
2. Allusion à Bérénice (vers 28-vers 79), reine de Judée et héroïne des tragédies *Bérénice*, de Jean Racine, jouée en 1670, et *Tite et Bérénice*, de Pierre Corneille, représentée la même année.

et plus tard démobilisé[1]. Un vers qu'il ne trouvait même pas un beau vers, ou enfin dont la beauté lui semblait douteuse, inexplicable, mais qui l'avait obsédé, qui l'obsédait encore :

Je demeurai longtemps errant dans Césarée[2]...

En général, les vers, lui... Mais celui-ci revenait et revenait. Pourquoi ? C'est ce qu'il ne s'expliquait pas. Tout à fait indépendamment de l'histoire de Bérénice... l'autre, la vraie... D'ailleurs il ne se rappelait que dans ses grandes lignes cette romance, cette scie[3]. Brune alors, la Bérénice de la tragédie. Césarée, c'est du côté d'Antioche, de Beyrouth. Territoire sous mandat[4]. Assez moricaude[5] même, des bracelets en veux-tu en voilà, et des tas de chichis, de voiles. Césarée... un beau nom pour une ville. Ou pour une femme. Un beau nom en tout cas. Césarée... *Je demeurai longtemps...* je deviens gâteux. Impossible de se souvenir : comment s'appelait-il, le type qui disait ça, une espèce de grand bougre ravagé, mélancolique, flemmard, avec des yeux de charbon, la malaria[6]... qui avait attendu pour se déclarer que Bérénice fût sur le point de se mettre en ménage, à Rome, avec un bellâtre[7] potelé, ayant l'air d'un marchand de tissus qui fait l'article, à la manière dont il portait la toge[8]. Tite[9]. Sans rire. Tite.

Je demeurai longtemps errant dans Césarée...

Louis Aragon, *Bérénice* [1944], Gallimard, « Folio plus », 1986.

1. **Démobilisé** : libéré de son devoir militaire, retourné à la vie civile.
2. **Césarée** : ville antique de Judée. Le vers provient de la tragédie *Bérénice*, de Jean Racine (1670), acte I, scène IV.
3. **Scie** : ici, rengaine, refrain obsédant.
4. **Sous mandat** : administré par un État étranger (ici, la France).
5. **Moricaude** : personne qui a le teint très brun.
6. **Malaria** : maladie transmise par un moustique.
7. **Bellâtre** : qui fait le beau, dont la beauté est fade, sans caractère.
8. **Toge** : vêtement long du citoyen romain.
9. **Titus** (39-81) : empereur de Rome, amoureux de Bérénice (voir note 2, p. 321). Tous deux représentent l'amour impossible, les Romains n'acceptant pas une reine étrangère.

Éric Holder, *Mademoiselle Chambon*

➡ Voir commentaire, p. 336-337

Éric Holder (1960-2019) narre dans ce court roman l'amour fou qui naît entre Antonio, marié et père de Kévin, et Véronique Chambon, l'institutrice de ce dernier. Dans l'extrait qui suit, mademoiselle Chambon est bouleversée par les sentiments qui la submergent.

Je ne comprends rien à mon état, qui est d'errer la journée durant dans l'appartement. Je m'assois au bord du lit, je crois encore y être, et me voici sur une chaise, cette fois, à l'autre bout de la pièce, regardant avec stupéfaction une pomme dans laquelle je viens de mordre.

Tantôt je me retrouve le front collé au carreau de la fenêtre, tantôt je suis debout, une main posée sur le dessus du Frigidaire. Depuis combien de temps cette main est-elle là ? Qu'étais-je venue chercher ? Je tâche de me souvenir et je ne me souviens pas.

J'ai conscience que la chaleur, au-dehors, a commencé d'augmenter de façon anormale. Pourtant, ici, je frissonne, il me faut un châle de toute urgence. À peine l'ai-je mis que je dois l'enlever. Je m'endors le matin, ou l'après-midi. Je me réveille, il fait nuit noire.

Ce petit miroir, suspendu dans un coin de l'appartement, et dans lequel je vérifiais autrefois avec une sorte de joie que tout était en place, les pommettes sous un léger blush[1], les sourcils épilés – mes seules concessions à un peu d'artifice, et l'on ébouriffait du bout des doigts, sur le front, les cheveux, c'était le signe que ça allait, qu'on était prête pour la vie –, voilà que je passe à présent des heures devant. Je cherche quelque chose, ou bien quelqu'un à qui me raccrocher dans les joues trop creuses, leur peau trop blanche, les cernes sous les yeux et le nez en arête[2]. Je ne trouve personne. Et ce que je n'attrape plus dans mon reflet, il n'y a que l'écriture, je crois, pour me le rendre.

1. **Blush** : maquillage pour les joues.
2. **Nez en arête** : nez fin, effilé.

Groupement de textes

Il y a donc les moments d'absence, où j'oublie ce que je faisais la minute d'avant. Il y a aussi les moments de présence, rares – je me dis qu'il faudrait que je descende acheter à manger, ou bien je passe l'aspirateur. Les gens qui ont perdu un être cher doivent éprouver cela. La différence, c'est que lorsqu'ils se souviennent de lui, je pense à toi.

Ce sont tes mains, d'abord. Tu as des mains d'homme du désert, faites pour toucher la pierre et le sable, la bride[1], le crin[2]. Et puis c'est ton visage. Mais, de la même façon, ce n'est pas exactement ton visage, c'est ce qu'il crée en moi, et que je n'aurais su dire avant que tu m'emmènes là-haut, au-dessus des champs de blé. Car si j'évoque maintenant tes yeux, ta bouche, ton front, je vois ce que tu m'as montré, les tiges qui ployaient sous le poids des épis lourds, le creux très doux en bas de la pente, et cette ville dont les lumières s'allumaient comme une promesse, comme un miracle à venir.

Ce n'est qu'un début Antonio. J'imagine ensuite l'avenir, j'imagine ce qui se passerait si tu me touchais. J'échafaude des dizaines de stratagèmes qui aboutissent, tous, à cet instant-là.

Soudain, on rouvre les yeux. On est assise au bord du lit. Ou bien sur une chaise. On croque dans une pomme.

Éric Holder, *Mademoiselle Chambon* [1996], chapitre XVIII,

Djaïli Amadou Amal, *Les Impatientes*

➡ **Voir explication linéaire, p. 330-332**

Au Cameroun, selon la tradition peule, les pères de famille choisissent le mari de leurs filles. Ce roman de Djaïli Amadou Amal (née en 1975) suit le destin terrible de trois femmes : Ramla, sa sœur Hindou et Safira. Dans l'extrait suivant, Ramla, qui aime Aminou et est aimée de lui, apprend par sa mère, qu'elle surnomme « Diddi », que leur mariage, pourtant convenu, n'est plus à l'ordre du jour…

---

1. **Bride** : courroie passée autour du cou du cheval pour le guider.
2. **Crin** : poils du cheval au niveau de l'encolure.

« Mère, que se passe-t-il ?

– Rien de grave, bien au contraire. Rien que du bonheur ! *Alhamdulillahi*[1] ! Ta bonne fortune[2] se réveille. Enfin, je pourrai relever la tête avec fierté et cela, grâce à toi. Enfin, ma dignité est assurée. Mais je ne suis pas si surprise. Je savais que tu devais avoir une vie exceptionnelle.

– Quoi donc ?

– Ton oncle Hayatou a accordé ta main à un autre. Tu n'épouseras plus Aminou. Ton père te le fait savoir.

– Qui c'est ?

– Alhadji Issa ! L'homme le plus important de la ville. Tu gagnes au change. Ma seule inquiétude, c'est qu'il a déjà une épouse. J'aurais voulu t'épargner la polygamie. Moi qui en souffre tous les jours. Mais, de toute façon, si tu ne trouves pas une femme en entrant dans un foyer, tu es rattrapée par une autre, fatalement, tôt ou tard. Mieux vaut finalement en trouver une que d'en attendre une autre ! Une nouvelle qui fera pâlir d'envie et de jalousie plus d'une dans ce repaire de louves. Il me faut déjà penser à te protéger de tes sorcières de marâtres[3].

– Mais, Diddi, je ne le connais pas !

– Lui, il te connaît. Apparemment, il a beaucoup insisté pour t'épouser. Ton père en est très fier, tu sais ?

– Mais j'aime Aminou ! C'est avec lui que je veux me marier.

– L'amour n'existe pas avant le mariage, Ramla. Il est temps que tu redescendes sur terre. On n'est pas chez les Blancs ici. Ni chez les Hindous[4]. Tu comprends pourquoi ton père ne voulait pas que vous regardiez toutes ces chaînes de télé ! Tu feras ce que ton père et tes oncles te diront. D'ailleurs, as-tu le choix ? Épargne-toi des soucis inutiles, ma fille. Épargne-moi aussi, car

1. ***Alhamdulillahi*** : Dieu soit loué.
2. **Bonne fortune** : tour favorable que prend une situation, chance.
3. **Marâtres** : belles-mères (il s'agit ici des autres épouses du père de Ramla).
4. La mère de Ramla évoque d'une part le mariage d'amour occidental (les Blancs), par opposition au mariage arrangé, et d'autre part le mariage de tradition hindoue où, même si les parents choisissent le futur époux de leur fille, celle-ci peut (théoriquement) refuser le prétendant. Les parents doivent alors lui en présenter un deuxième, voire un troisième.

ne te leurre pas, la moindre de tes désobéissances retombera invariablement sur ma tête. »

Elle continua longuement sur ce ton, essuyant de temps à autre ses yeux, alors que je pleurais éperdument, étouffant le bruit de mes sanglots dans l'épaisseur de mes pagnes[1].

« Inutile de te mettre dans cet état. Je te le répète, tu as de la chance, et moi aussi. Crois en mon expérience de femme. Tu es trop jeune pour comprendre l'importance d'une telle alliance. Dans un mariage, on ne recherche pas que l'amour. Le plus important pour une femme est d'être à l'abri du besoin. Protégée, adulée[2].

« Au-delà de l'homme, c'est d'abord le père de tes futurs enfants que tu dois voir en un éventuel époux. Sa noblesse, sa famille, son comportement, sa situation sociale. Essuie donc tes yeux et recouche-toi. […] »

Djaïli Amadou Amal, *Les Impatientes* [2020], « Ramla », chapitre V, J'ai lu, 2022.

Groupement de textes

1. **Pagnes** : vêtements portés dans les pays chauds, qui vont de la taille aux genoux.
2. **Adulée** : adorée.

Questions sur le groupement de textes

1. Quelle vision de la femme est donnée à travers ces extraits ? Attribuez à chacun des personnages suivants deux ou trois adjectifs pour qualifier son caractère.

Iseut | Charlotte | Marianne | Ramla

Mme de Merteuil | Mme de Clèves | Elinor | Henriette

La religieuse portugaise | Mlle Chambon | La mère de Ramla

2. Quels obstacles la morale dresse-t-elle contre l'amour ? Retrouvez, au sein des extraits cités ci-dessous, des arguments liés à la morale ; relevez les citations correspondantes et repérez le vocabulaire religieux.

Le Roman de Tristan et Iseut | *La Princesse de Clèves*

Les Souffrances du jeune Werther | *Le Lys dans la vallée*

3. À l'aide d'un tableau, relevez, pour chacun des extraits du groupement, les termes et expressions appartenant au champ lexical de la raison d'une part, et ceux liés aux sentiments d'autre part. Réécrivez ensuite l'incipit de *Bérénice* en poursuivant après cette phrase, modifiée : « La première fois qu'Aurélien vit Bérénice, il la trouva franchement **belle** », et en imaginant qu'Aurélien ne peut aimer Bérénice à cause de son prénom pour une raison que vous inventerez. Veillez à réutiliser le vocabulaire que vous avez répertorié et à traduire le déchirement du personnage, pris entre sa raison et ses sentiments.

Vers l'oral du Bac

Madame de La Fayette, *La Princesse de Clèves*, p. 313-314

→ *Par quel cheminement l'héroïne décide-t-elle de privilégier la raison sur ses sentiments ?*

Conseils pour la lecture à voix haute

– Soulignez par votre intonation la structure du texte en deux parties, en insistant sur les interrogatives dans le monologue intérieur.

– Mettez en valeur le lexique des sentiments, qui abonde dans ce texte.

Explication linéaire du texte

Introduction

Madame de La Fayette écrit *La Princesse de Clèves* en 1678. Au XVIe siècle, à la cour du roi Henri II, la jeune mademoiselle de Chartres fait son entrée dans le monde, après avoir été rigoureusement éduquée par sa mère, qui lui ordonne de soigner sa vertu et de faire attention aux hommes. Elle est très vite mariée à monsieur de Clèves, qu'elle n'aime pas. Lors d'un bal, elle rencontre monsieur de Nemours, et ils tombent amoureux l'un de l'autre. Alors que monsieur de Nemours a été blessé au cours d'un tournoi, la dauphine montre à la princesse de Clèves une lettre qui serait tombée de sa veste et qui aurait été écrite par l'une de ses amantes. Alors qu'elle a compris que cette lettre n'était pas à monsieur de Nemours, elle réalise, en se découvrant jalouse, à quel point sa passion est devenue dévorante. L'intérêt de ce passage réside donc dans le dilemme qui habite madame de Clèves et oppose sa raison et ses sentiments. Nous verrons comment elle finit par privilégier la raison au détriment de ses sentiments en analysant successivement les deux mouvements du texte. Dans un premier temps, le malentendu lié à la lettre agit sur madame de Clèves comme un révélateur de ses propres sentiments. Dans un second temps, on accède, par le monologue intérieur, au dilemme qui agite l'héroïne et mène à une décision radicale.

■ *Explication guidée*

I. Lignes 1 à 13 : La lettre, un épisode révélateur

a. Quels sentiments habitent la princesse de Clèves au début de l'extrait ? Que nous dévoile cet extrait du caractère de cette héroïne ?

b. Comment comprend-on que la découverte de cette lettre représente pour la princesse de Clèves une rupture ? Quels procédés stylistiques soulignent l'idée d'un « avant » et d'un « après » ?

c. Comment perçoit-on que raison et sentiments s'opposent dans l'esprit de madame de Clèves ? Quels termes peut-on rattacher à l'un ou l'autre des deux mots-clés du parcours ?

II. Lignes 13 à 28 : Du doute à la prise de décision

a. Comment l'autrice nous fait-elle entrer dans les tourments de son héroïne ? En quoi celle-ci est-elle une héroïne tragique ?

b. Par quels procédés perçoit-on l'attitude paradoxale de madame de Clèves ? Qu'oppose-t-elle dans sa réflexion ?

c. Comment comprend-on que madame de Clèves a pris sa décision ? Quelle est-elle ?

■ *Conclusion*

Cet épisode est central dans le roman. Malgré les mises en garde répétées, de sa mère en particulier, la princesse de Clèves n'a jusqu'à ce moment pas réellement pris conscience de ses sentiments pour monsieur de Nemours. L'épisode de la lettre lui permet de se confronter à la réalité, d'être enfin lucide sur ce qui l'habite. Elle se trouve ici, comme tous les héros tragiques, face à un dilemme qui la met dans une situation très inconfortable, car elle doit trahir soit ses sentiments, soit sa vertu. L'héroïne souffre et se débat ; on assiste à ses doutes et au cheminement de sa pensée, mais la raison l'emporte finalement. La passion cède devant la moralité, et ce passage annonce la fin du roman, madame de Clèves préférant se retirer dans un couvent plutôt que de risquer de ne pas respecter son engagement.

Question de grammaire

Transformez les interrogatives directes de madame de Clèves en interrogatives indirectes, en respectant les temps utilisés et en vous montrant attentif(ve) à la modification des pronoms et de la ponctuation : « *Mais quand elle pourrait être contente de sa passion, elle ne sait pas [...]* ».

Djaïli Amadou Amal, *Les Impatientes*, p. 324-326

→ *En quoi cet extrait de roman dénonce-t-il le mariage forcé ?*

Conseils pour la lecture à voix haute

– Le texte est un dialogue ; faites bien entendre le passage d'une voix à l'autre sans pour autant contrefaire votre voix.

– Entraînez-vous à lire l'expression « *Alhamdulillahi* » et le nom du futur marié, « Alhadji Issa ».

Explication linéaire du texte

Introduction

Au XXIe siècle, le mariage forcé existe encore dans certains pays, comme au Cameroun, dont est originaire Djaïli Amadou Amal. Dans son roman *Les Impatientes*, paru en 2020, elle dénonce cette situation à travers le parcours de trois jeunes femmes, Ramla, sa sœur Hindou et sa concubine Safira. L'extrait étudié est tiré de la première partie. Ramla est une jeune fille attachante, qui aimerait devenir pharmacienne et est amoureuse d'Aminou. Mais son monde s'effondre quand sa mère lui annonce qu'elle est promise à un homme qu'elle ne connaît pas, déjà marié à une première femme. On comprend grâce au dialogue entre la mère et la fille quels sont les rouages, terriblement huilés, du mariage forcé. Nous nous intéresserons successivement à l'annonce du mariage en tant que telle, que la mère présente comme une « bonne » nouvelle, puis aux deux conceptions du mariage qui s'opposent ici.

Explication guidée

I. Lignes 1 à 22 : Une « bonne » nouvelle

a. Comment perçoit-on l'enthousiasme de la mère de Ramla ? Quels éléments sont pour elle essentiels dans le mariage qui s'annonce ?

b. De quelles menaces s'accompagne cette annonce ? Pourquoi le lecteur ne peut-il partager l'enthousiasme de la mère ?

c. Que penser de la réaction de Ramla ? Est-elle à la hauteur de ce à quoi l'on pourrait s'attendre ?

II. Ligne 23 à 29 : Mariage ou amour

a. En quoi les conceptions de Ramla et de sa mère sur le mariage s'opposent-elles ? Comment expriment-elles chacune sa conception ?

b. Comment la mère de Ramla explique-t-elle son désaccord avec sa fille ? Quels sont d'après elle les défauts de cette dernière ?

c. Que penser de la relation de la mère et la fille ? Comment la mère de Ramla fait-elle pression sur sa fille ?

Conclusion

Dans cet extrait, et plus largement dans le roman, Djaïli Amadou Amal dénonce la situation de femmes contraintes, aujourd'hui encore, de se marier contre leur gré. Ce texte relève de l'argumentation indirecte. L'autrice passe par la fiction, par des personnages, pour nous faire comprendre ce que vivent ces jeunes Camerounaises. Le lecteur est touché par les larmes de Ramla, tout en découvrant que le mariage forcé est une réalité complexe, qui enchaîne non seulement les jeunes femmes mais aussi leur mère, leur(s) co-épouse(s), leur amoureux… Les sentiments n'ont pas la place de s'exprimer ici face à la barbarie d'un système très ancré dans les mœurs. S'opposer à ce discours aliénant relève pour ces jeunes femmes de la prouesse. L'attribution à cet ouvrage du prix Goncourt par les lycéens, en 2020, montre que ce thème est encore une préoccupation à notre époque, et que l'écriture de ce roman est une façon de s'engager pour les droits des femmes.

Question de grammaire

Repérez les quatre propositions relatives du texte, puis indiquez la fonction des pronoms relatifs simples utilisés.

Vers le Bac

Vers l'oral du Bac

Explications linéaires proposées dans l'ouvrage

Honoré de Balzac, *Mémoires de deux jeunes mariées*

Parcours : Raison et sentiments

Vers l'exposé et l'entretien avec l'examinateur

Lors de la seconde partie de l'épreuve orale, vous devrez présenter **une œuvre au choix, parmi celles étudiées en classe ou proposées en lecture cursive**. Cet exposé sera suivi d'un **entretien avec l'examinateur.**

L'examinateur évaluera vos capacités à **rendre compte de votre connaissance de l'œuvre**, à **partager vos impressions de lecture**, mais aussi à **défendre votre point de vue** en argumentant et en dialoguant et à **témoigner de votre implication personnelle.**

■ *Préparer votre présentation*

Choisissez l'œuvre que vous allez présenter en fonction de **vos goûts personnels** : n'oubliez pas que vous devrez **justifier votre choix**, **montrer votre enthousiasme** et partager vos réflexions sur votre expérience de lecture.

Préparez une présentation synthétique en constituant des **fiches de révision** ou un **dossier**. Notez **vos impressions de lecture**, mais aussi vos **analyses et interprétations** de l'œuvre (structure, thèmes, personnages...). Vous pouvez vous appuyer sur vos **activités d'appropriation**.

✔ *Aide*

Si vous avez choisi de présenter *Mémoires de deux jeunes mariées*, vous pouvez préparer votre présentation en vous aidant des rubriques suivantes :

➡ Fiches (p. 290-308)

➡ Carnet de lecture (p. 286)

➡ Activités d'appropriation (p. 281-282)

➡ Prolongements artistiques et culturels (p. 282-283)

Élargissez vos connaissances de l'œuvre en faisant quelques **recherches sur l'auteur**, le **contexte historique** et le **mouvement artistique et culturel**.

Témoignez également de **votre culture personnelle** en établissant des **liens avec d'autres œuvres, artistiques, cinématographiques ou littéraires**, pour les comparer au texte que vous aurez choisi.

Préparer l'entretien avec l'examinateur

Voici quelques questions que vous pouvez vous poser pour préparer au mieux l'entretien avec l'examinateur :

– Pourquoi avez-vous choisi cette œuvre ? En quoi vous a-t-elle intéressé(e) ?

– Que savez-vous de l'auteur et de la réception de cette œuvre ?

– Quelles émotions avez-vous ressenties à la lecture ou quelles réactions la lecture de cette œuvre a-t-elle suscitées chez vous ?

– À quoi vous attendiez-vous avant de lire cette œuvre ? Avez-vous changé d'avis au fil de la lecture ?

– Pouvez-vous commenter le titre du parcours associé ? En quoi l'œuvre que vous avez choisie se rattache-t-elle à ce parcours ?

Si vous avez choisi de présenter *Mémoires de deux jeunes mariées*, vous pouvez également vous interroger sur les points suivants :

– Quels aspects font de ce roman une œuvre réaliste ?

– Qu'apporte la présence de deux héroïnes ?

– Quelle place ont les personnages secondaires ?

– Avez-vous été surpris(e) par la fin du roman ? À quoi vous attendiez-vous ?

– Pourquoi ce roman vous est-il proposé dans le cadre d'un parcours intitulé « Raison et sentiments » ?

– Quel(s) intérêt(s) présente la forme épistolaire ?

– Quelles visions du mariage s'opposent dans ce roman ?

– Pourquoi avoir intitulé ce roman « *Mémoires* » ?

– Ce roman vous paraît-il encore d'actualité ? Pourquoi ?

– Pouvez-vous citer un passage du roman qui vous a particulièrement plu ou marqué(e) ? Justifiez votre réponse.

– Quelle(s) difficulté(s) avez-vous rencontrée(s) à la lecture de ce roman ?

Vers l'écrit du Bac

Commentaire

■ ***Sujet***

Vous commenterez l'extrait de *Mademoiselle Chambon*, d'Éric Holder, proposé dans le parcours « Raison et sentiments » (p. 323-324).

Vous étudierez tout d'abord les caractéristiques de cet autoportrait, puis vous vous intéresserez au rapport que la narratrice entretient avec le rêve et la réalité dans cet extrait.

Problématique

En quoi cet autoportrait permet-il de faire exister un amour impossible ?

Introduction rédigée

Mademoiselle Chambon est un roman d'amour écrit en 1996 par Éric Holder. Antonio tombe éperdument amoureux de l'institutrice de son fils, Véronique Chambon. Dans le chapitre XVII, Antonio a avoué son amour à Véronique lors d'une balade romantique, mais elle l'a repoussé. Alors que le roman est écrit à la troisième personne du singulier, le chapitre XVIII est une parenthèse, à la première personne du singulier, sur le ton de la confession intime. Mademoiselle Chambon décrit ici son trouble, dans un autoportrait qui lui permet de libérer ses sentiments et de faire exister, pour un temps, cet amour impossible. Nous verrons tout d'abord à quel point cette femme est submergée par ses sentiments, avant d'analyser comment l'écriture fournit à cet amour fantasmé un lieu pour exister.

Plan détaillé

I. L'autoportrait d'une femme dépassée par ses sentiments

a. Mademoiselle Chambon fait d'elle un autoportrait en action. Retrouvez dans le texte les objets de son quotidien, et qualifiez la tonalité de ce texte.

b. La narratrice dit ne rien comprendre à son état. Relevez les procédés stylistiques qui illustrent sa confusion.

c. Véronique Chambon constate qu'elle a changé. Montrez qu'il y a un « avant » et un « après » la balade avec Antonio au-dessus des champs de blé, et que le regard qu'elle pose sur lui et sur elle n'est plus le même.

II. Une rencontre fantasmée, rendue possible par l'écriture

a. Avec Antonio, c'est le rêve qui fait irruption dans la vie de mademoiselle Chambon. Analysez comment cet homme réenchante son quotidien.

b. Mademoiselle Chambon imagine une relation amoureuse avec cet homme. Montrez que le fantasme l'emporte sur la raison.

c. Mais le rêve n'est qu'une parenthèse enchantée. Expliquez comment se passe le retour brutal à la réalité, en repérant deux objets qui établissent symboliquement un lien entre réalité et illusion.

Conclusion rédigée

Dans cet extrait, Éric Holder nous fait entrer dans la tête de son héroïne pour nous permettre de mieux comprendre les sentiments qui l'agitent. Il reprend les *topoï* du coup de foudre : la confusion, l'admiration, l'exaltation, le fantasme et la déception du retour à la réalité. De ce fait, il ne s'agit pas seulement de l'expérience personnelle d'une femme, mais de sentiments universels : toute personne amoureuse peut se reconnaître dans ce passage et s'identifier à mademoiselle Chambon. La rencontre des deux amoureux, qui a lieu grâce à l'écriture, ne se concrétise pas dans la suite du roman. Cette relation reste de l'ordre du rêve, de la chimère, et n'existe que par l'écriture, seul espace où cet amour est possible. Tout comme la tragédie empêche les personnages de sortir de leur enfermement identitaire, le titre du roman enferme Véronique dans son identité de « mademoiselle » ; à l'image de Roméo, qui sera toujours un Montaigu et, par-là, un ennemi des Capulet, mademoiselle Chambon est condamnée à rester seule…

Méthode BAC

Le commentaire

Étape 1 Comprendre et situer le texte

• Il est nécessaire de lire plusieurs fois l'extrait. Notez au brouillon ou soulignez dans le texte tous les mots qui vous paraissent importants. Résumez le texte en quelques lignes pour vous assurer d'avoir bien compris l'extrait.

• Observez attentivement le nom de l'auteur, le titre de l'œuvre, la date de publication, et identifiez le genre, le contexte historique et le mouvement littéraire auxquels le texte appartient.

Étape 2 Dégager les enjeux

• Relisez l'extrait et répondez aux questions suivantes afin d'identifier les sujets et les thèmes principaux : Où ? Quand ? Qui ? Quoi ? Repérez d'éventuels effets d'opposition ou de parallélisme.

• Analysez les stratégies d'écriture mises en œuvre en étudiant l'énonciation (qui parle ? à qui ? comment ?), les figures de style, les verbes, les pronoms, etc.

• Interrogez-vous sur les effets produits sur les lecteurs en vous appuyant sur les tonalités.

Étape 3 Formuler une problématique et élaborer un plan

• La problématique prend la forme d'une question qui admet pour réponse les axes de lecture. La recherche de la problématique et l'élaboration du plan sont donc étroitement liées.

• Préférez une problématique commençant par « Comment » ou « En quoi ». Ne formulez pas une question dont la réponse vous amènerait à résumer le texte.

• Formulez des axes de lecture (parties) et des idées directrices (sous-parties) en associant un élément ou un aspect du texte et une « propriété » qui relève de l'interprétation personnelle et qu'il faudra démontrer. Appuyez-vous sur la structure suivante : groupe nominal + adjectif ou proposition relative. Exemple : « Un paysage exotique », « Un héros tragique », « Un dialogue qui révèle un conflit violent ».
• Exploitez des outils d'analyse (procédés d'écriture) pour développer chaque paragraphe (sous-partie) en prenant soin d'interpréter toutes les citations.

Fenêtres sur...

Des ouvrages à lire

D'autres œuvres d'Honoré de Balzac

- *Gobseck* [1830], Gallimard, « Folio classique », 2019.
- *Le Chef-d'œuvre inconnu* [1831], Gallimard, « Folio classique », 2015.
- *Le Colonel Chabert* [1832], Belin-Gallimard, « Classico », 2016.
- *Eugénie Grandet* [1834], Gallimard, « Folio classique », 2021.

D'autres romans ou nouvelles réalistes

- Gustave Flaubert, *Trois Contes* [1877], Gallimard, « Folioplus classiques », 2003.
- Émile Zola, *La Mort d'Olivier Bécaille* [1884], dans *Nouvelles naturalistes*, Belin-Gallimard, « Classico », 2012.
- Guy de Maupassant, *Bel-Ami* [1885], Belin-Gallimard, « Classico », 2019.
- Guy de Maupassant, *Pierre et Jean* [1887], Belin-Gallimard, « Classico », 2011.

D'autres romans épistolaires

- Montesquieu, *Lettres persanes* [1721], Belin-Gallimard, « Classico », 2019.
- Johann Wolfgang von Goethe, *Les Souffrances du jeune Werther* [1774], trad. de l'allemand par B. Groethuysen, Gallimard, « Folio classique », 1973.
- George Sand, *Flavie* [1859], éditions Paleo, 2017.
- Kressmann Taylor, *Inconnu à cette adresse* [1938], trad. de l'anglais (États-Unis) par M. Levy-Bram, Le Livre de Poche Jeunesse, 2012.
- Éric-Emmanuel Schmitt, *Oscar et la Dame rose* [2002], Le Livre de Poche, 2021.

Sur le roman épistolaire

- Jean Rousset, *Forme et signification*, José Corti, 1966 (en particulier le chapitre IV, « Une forme littéraire : le roman par lettres »).

Des films à voir

Une adaptation pour la télévision

- *Mémoires de deux jeunes mariées* de Marcel Cravenne, avec Fanny Ardant et Martine Chevallier, 1981.

Des adaptations d'autres œuvres d'Honoré de Balzac

- *Les Chouans*, d'Henri Calef, avec Jean Marais, Marcel Herrand et Pierre Dux, 1947.
- *Le Colonel Chabert*, d'Yves Angelo, avec Gérard Depardieu, Fanny Ardant et Fabrice Luchini, 1994.
- *Eugénie Grandet*, de Marc Dugain, avec Joséphine Japy, Olivier Gourmet et Valérie Bonneton, 2021.
- *Illusions perdues*, de Xavier Giannoli, avec Benjamin Voisin, Cécile de France et Vincent Lacoste, 2021.

@ *Des sites Internet à consulter*

Sur Honoré de Balzac

- Le dossier « Les essentiels/Littérature » de la BnF :
  https://gallica.bnf.fr/essentiels/balzac
- Le site de la Société des amis de Balzac :
  https://www.lesamisdebalzac.org/
- Le site de l'université de la Sorbonne :
  http://www.balzac-etudes.paris-sorbonne.fr/balzac/index.php?section=0&part=1

Des émissions de radio à écouter

- Sur France Culture, « La Compagnie des auteurs », par Matthieu Garrigou-Lagrange :
  https://www.franceculture.fr/emissions/la-compagnie-des-auteurs/honore-de-balzac
- Sur France Inter, « Grand bien vous fasse – Comment Balzac peut nous aider dans la vie ? », par Ali Rebeihi :
  https://www.franceinter.fr/emissions/grand-bien-vous-fasse/grand-bien-vous-fasse-28-janvier-2020

Des lieux à visiter

- La maison de Balzac :
  https://www.maisondebalzac.paris.fr/
- Le château de Saché, musée Balzac :
  http://www.lysdanslavallee.fr/fr/contenu/musee-balzac

Glossaire des personnages

Les personnages indiqués par une ▶ figurent dans plusieurs romans de *La Comédie humaine*.

▶ **Arthez (Daniel d')** : écrivain pauvre mais obstiné, ami de Lucien de Rubempré dans ***Illusions perdues*** (1837-1843). Il fait partie du Cénacle, groupe qui réunit des scientifiques, écrivains et artistes talentueux, comme Joseph Bridau, Horace Bianchon et Marie Gaston, et devient un écrivain célèbre. Il est l'amant de Diane de Maufrigneuse.

▶ **Beauséant (vicomtesse de)** : née Claire de Bourgogne, cousine d'Eugène de Rastignac, elle apparaît notamment dans ***Le Père Goriot*** (1835). Malheureuse en amour, elle donne de grandes réceptions chez elle, à Paris, où sont notamment reçus la marquise d'Espard, la duchesse de Maufrigneuse, les Vandenesse, lady Brandon...

Bemboni (monsignore) : évêque de Rome chargé de transmettre les lettres de Felipe Henarez, baron de Macumer, à son frère Fernand, duc de Soria.

▶ **Bianchon (Horace)** : docteur en médecine, officier de la Légion d'honneur. Dans ***Le Père Goriot*** (1835), il apparaît comme étant un proche d'Eugène de Rastignac. Il soigne Lucien de Rubempré dans ***Illusions perdues*** (1837-1843) et devient l'ami de Raphaël de Valentin dans ***La Peau de chagrin*** (1831). On le retrouve dans de nombreux romans, mais on a finalement peu d'informations sur sa personnalité.

- **Brandon (lady)** : mère de Louis et Marie Gaston, enfants nés d'un adultère. Elle apparaît dans ***La Grenadière*** (1832), ***Le Lys dans la vallée*** (1836) et ***Le Député d'Arcis*** (1854).
- **Bridau (Joseph)** : enfant pauvre d'une famille ruinée, peintre, il illustre les œuvres de Melchior de Canalis et devient très riche. Dans le roman, il est le témoin de mariage de Marie Gaston. Il apparaît dans de nombreux romans de ***La Comédie humaine***, notamment ***La Rabouilleuse*** (1842), où il peut rappeler le peintre Eugène Delacroix (1798-1863).
- **Canalis (Melchior de)** : poète fréquentant assidûment la duchesse Éléonore de Chaulieu. C'est un personnage récurrent de ***La Comédie humaine***, occupant la toile de fond de la vie mondaine et intellectuelle parisienne. Sa personnalité est plus amplement détaillée dans ***Modeste Mignon*** (1844).
- **Chargebœuf (Bathilde de)** : jeune femme belle et ambitieuse, appartenant à une famille noble mais pauvre, originaire de Troyes. Elle est évoquée en particulier dans le roman ***Pierrette*** (1840).
- **Chaulieu (comte de)** : frère cadet de Louise, capitaine de cavalerie. Il épouse Madeleine de Mortsauf et devient duc de Lenoncourt-Chaulieu.
- **Chaulieu (Éléonore, duchesse de)** : mère de Louise, issue de la haute aristocratie. Elle apparaît dans de nombreux romans de ***La Comédie humaine***, notamment dans ***Modeste Mignon*** (1844).
- **Chaulieu (Henri, duc de)** : père de Louise. Proche du roi Charles X, il est pair de France et devient au cours du roman ambassadeur de France en Espagne. Il apparaît dans plusieurs romans de ***La Comédie humaine***, notamment dans ***Splendeurs et misères des courtisanes*** (1838-1847).
- **Chaulieu (Louise Armande de)** : héroïne des ***Mémoires de deux jeunes mariées***. Fille du duc et de la duchesse de Chaulieu, famille de la haute noblesse. Il est aussi question d'elle dans ***Madame Firmani*** (1832) et ***Béatrix*** (1839).
- **Dudley (lady Arabelle)** : femme noble issue d'une illustre famille anglaise. Elle est la mère d'Henri de Marsay, né d'un adultère. Personnage cruel, elle joue avec les sentiments de Raphaël

de Valentin dans ***La Peau de chagrin*** (1831) ; elle séduit Félix de Vandenesse dans ***Le Lys dans la vallée*** (1836), pour le détourner de madame de Mortsauf. Jalouse de madame de Vandenesse, elle manœuvre ensuite pour que celle-ci tombe amoureuse du poète Nathan. Enfin, comme on l'apprend page 224 du roman, elle fait mourir de chagrin lady Brandon.

▶ **Espard (Jeanne Clémentine Athénaïs, marquise d')** : femme froide, égoïste et coquette, séparée de son mari, dont elle a deux fils. Personnage principal du roman ***L'Interdiction*** (1839), elle apparaît dans de nombreux autres romans. Elle tient un salon réputé et serait la femme de Paris le plus à la mode (d'après Horace Bianchon).

Estorade (baron, puis comte de l') : père de Louis et beau-père de Renée. Il vit avec le jeune couple et administre leurs biens.

Estorade (Louis de l') : fils aîné du baron de l'Estorade, porté disparu à la suite des guerres napoléoniennes. Sa famille est riche. Il épouse Renée sans dot et devient, avec l'aide de cette dernière et de Louise, député et pair de France.

▶ **Gaston (Marie)** : second époux de Louise, poète sans fortune, aux origines troubles (fils adultérin de lady Brandon). Son histoire familiale est plus précisément évoquée dans ***La Grenadière*** (1832).

▶ **Henarez (Felipe, baron de Macumer)** : issu d'une famille noble d'Espagne, il abandonne son titre de duc de Soria et s'exile à Paris pour fuir les représailles politiques de Ferdinand VIII, roi d'Espagne. Sa mort est évoquée dans ***Splendeurs et misères des courtisanes*** (1838-1847).

Henarez (Fernand, duc de Soria) : frère cadet de Felipe, il hérite du titre et des biens de ce dernier en Espagne, devenant duc de Soria.

Heredia (Marie) : jeune femme issue de la noblesse espagnole ; promise à Felipe, elle épouse finalement le frère de ce dernier lorsque celui-ci abandonne son titre et quitte l'Espagne, devenant duchesse de Soria.

▶ **Marsay (Henri de)** : comte, fils de lord Dudley, il apparaît surtout dans ***La Fille aux yeux d'or*** (1835). C'est un personnage dépensier et ambitieux.

▶ **Maucombe (Renée de)** : héroïne des ***Mémoires de deux jeunes mariées***. Issue d'une vieille famille provençale, elle a trois enfants avec Louis de l'Estorade : Armand-Louis, Jeanne-Athénaïs et René. Elle apparaît aussi dans ***Béatrix*** (1839), ***La Fausse Maîtresse***, ***Ursule Mirouët*** et ***Modeste Mignon*** (1844).

▶ **Maufrigneuse (Diane de)** : duchesse puis princesse de Cadignan, elle a un fils unique, Georges. Elle est la maîtresse de nombreux héros, comme Eugène de Rastignac, Lucien de Rubempré (***Splendeurs et misères des courtisanes***, 1838-1847) ou Daniel d'Arthez (***Les Secrets de la princesse de Cadignan***, 1839). Elle apparaît encore dans de très nombreux romans, comme ***Le Cabinet des antiques*** (1838) ou ***Modeste Mignon*** (1844).

▶ **Montriveau (Armand de)** : général, marquis. Orphelin, il entre dans l'armée au service de Napoléon. Il participe notamment à la bataille de Waterloo. Il courtise Mme Rogron, née Bathilde de Chargebœuf. Il apparaît dans de nombreux récits, en particulier ***Autre étude de femme*** (1842) et ***La Duchesse de Langeais*** (1834).

▶ **Mortsauf (Madeleine, duchesse de Lenoncourt)** : fille d'Henriette de Mortsauf, héroïne du ***Lys dans la vallée*** (1836).

▶ **Nathan (Raoul)** : écrivain remarqué vivant à Paris, loué par Lucien de Rubempré. Méprisé par lady Dudley, il séduit madame de Vandenesse avant de se marier avec sa maîtresse Florine. Il apparaît pour la première fois dans ***Une fille d'Ève*** (1838), puis dans de nombreux romans, comme ***Splendeurs et misères des courtisanes*** (1838-1847).

▶ **Rhétoré (Alphonse, duc de)** : frère aîné de Louise, épris d'une danseuse de l'Opéra. Il apparaît dans de nombreux romans de ***La Comédie humaine***, notamment dans ***Albert Savarus*** (1842), où il épouse la duchesse d'Argaïolo.

▶ **Vandenesse (Félix de)** : vicomte puis comte à la mort de son père. Proche de Talleyrand, auprès de qui il se renseigne sur Felipe Henarez. Il a une liaison platonique avec Henriette de Mortsauf, qu'il raconte dans ***Le Lys dans la vallée***, paru en 1836 (➡ voir p. 319-321). Il épouse Angélique-Marie de Granville et est l'amant de lady Dudley. Il est présent dans de nombreux autres romans de ***La Comédie humaine***.

Glossaire

Amour courtois: au Moyen Âge, idéal amoureux associé aux valeurs nobles (« de la cour »). Le chevalier doit prouver à sa dame sa bravoure et la force de ses sentiments en se soumettant à diverses épreuves.

Dénouement: conclusion d'une œuvre littéraire, durant laquelle l'intrigue est résolue, où le « nœud » de l'action est dénoué (ce terme s'oppose à l'« exposition », moment de l'œuvre où l'action se noue).

Dilemme: choix qui se présente entre deux solutions tout aussi insatisfaisantes l'une que l'autre.

Ellipse: passage passé sous silence dans le cours d'un récit; saut dans le temps.

Éloge: louange, témoignage enthousiaste d'une opinion très positive. En littérature, le terme désigne aussi un discours élogieux.

Énonciation: production d'un énoncé. On parle de « situation d'énonciation » pour désigner le contexte dans lequel est produit l'énoncé (locuteur, destinataire, lieu et moment).

Épistolaire: qui est propre à la correspondance par lettres. En littérature, il s'agit d'un genre qui concerne aussi bien la publication de lettres réelles que celle de lettres fictives, dans les romans par lettres.

Éponyme: terme d'origine grecque signifiant « qui donne son nom à quelqu'un ou à quelque chose » (à une œuvre par exemple).

Essai : ouvrage qui présente une réflexion personnelle et argumentée sur un sujet.

Explicit : dernière(s) page(s) d'une œuvre littéraire.

Fantastique : genre littéraire né à la fin du XVIIIe siècle, caractérisé par l'irruption de phénomènes surnaturels dans un univers en apparence ordinaire.

Feuilleton : en littérature, roman paraissant en plusieurs fragments, publiés à intervalles réguliers dans un journal. On parle de « roman-feuilleton ».

Figures d'opposition : procédés stylistiques qui consistent à opposer deux idées (ex. : antithèse, oxymore, chiasme...).

Focalisation (ou point de vue) : regard à travers lequel une histoire est racontée. Le point de vue peut être :
- **externe** : le narrateur n'a pas accès aux pensées des personnages, il ne sait rien des événements qui vont arriver et n'est qu'un observateur de l'histoire qui se déroule sous ses yeux ;
- **interne** : le narrateur est un personnage de l'histoire, il épouse son point de vue et ses sentiments ;
- **omniscient** : le narrateur connaît tout de la situation et a accès à l'intériorité des personnages.

Différents points de vue peuvent être adoptés alternativement au sein d'un même récit.

Incipit : première(s) page(s) d'une œuvre littéraire.

Lyrisme : expression de sentiments personnels. Tonalité très présente chez les auteurs romantiques.

Mémoires (toujours au masculin pluriel) : récit de moments historiques importants écrit par un auteur ayant lui-même assisté ou participé aux événements.

Métaphore : rapprochement implicite de deux éléments, animés ou inanimés, reposant sur une ressemblance (physique ou morale) sans mot de comparaison. Ex. : « Je suis un très joli fruit vert » (affirmation de Louise, p. 36).

Métaphore filée : métaphore qui se poursuit sur plusieurs lignes, voire plusieurs pages.

Monologue intérieur : dans un récit, développement par lequel le lecteur accède aux pensées du personnage, restituées à la manière d'un discours direct, à la première personne du singulier, mais non prononcées.

Moraliste : écrivain qui décrit et analyse les mœurs d'une époque.

Narrateur, narratrice : celui ou celle qui raconte l'histoire dans un récit, à ne pas confondre avec l'auteur(trice), sauf dans le cadre de l'autobiographie ou des Mémoires. Il (elle) fait parfois partie de l'histoire (voir « Focalisation »).

Occurrence : apparition d'un terme dans un texte.

Pathétique : tonalité utilisée pour évoquer une situation douloureuse de manière à susciter la pitié ou la compassion.

Périphrase : procédé stylistique qui consiste à décrire quelqu'un ou quelque chose plutôt que de le désigner directement par le terme couramment utilisé. Dire « la capitale de la France » est par exemple une périphrase pour désigner « Paris ».

Préface : texte proposé en tête d'un ouvrage pour le présenter et le défendre face aux critiques éventuelles.

Quiproquo : malentendu entre des personnages.

Réalisme : esthétique littéraire, née au XIXe siècle, qui s'exprime principalement dans les romans et les nouvelles. Les auteurs réalistes (comme Honoré de Balzac, Gustave Flaubert ou Stendhal) ont la volonté de représenter la réalité le plus fidèlement possible.

Romanesque : digne de figurer dans un roman par son caractère exceptionnel.

Romantisme : mouvement littéraire et artistique né en Allemagne et en Angleterre à la fin du XVIIIe siècle et qui s'est répandu en France au XIXe siècle. Les auteurs romantiques abordent des thèmes variés comme l'amour (souvent malheureux), la mort, la nature (sauvage), la mélancolie, le rêve, le voyage (les pays exotiques, en particulier, stimulent leur imagination)... en mettant en avant leurs sentiments personnels.

Scénographie : aménagement de l'espace scénique, mise en scène.

Scripteur : émetteur d'un message écrit.

Tension narrative : dans un récit, passage qui crée chez le lecteur un vif désir de connaître le dénouement de l'histoire.

Tonalité : effet qu'un texte produit sur le lecteur. On parle par exemple de tonalités lyrique, tragique, pathétique, comique…

***Topos* (*topoï* au pluriel)** : lieu commun, thème ou motif souvent traité dans la littérature ou au cinéma.

Tragique : tonalité des tragédies, et de tout texte dont le héros est impuissant face à une force qui le conduit à sa perte.

Pour obtenir plus d'informations, bénéficier d'offres spéciales enseignants ou nous communiquer vos attentes, renseignez-vous sur **www.collection-classico.com** ou envoyez un courriel à **contact.classico@editions-belin.fr**

Cet ouvrage a été composé par Palimpseste à Chevreuse.
La pâte à papier utilisée pour la fabrication du papier de cet ouvrage provient de forêts certifiées et gérées durablement.
Imprimé en Espagne par Novoprint (Barcelone)
Dépôt légal : mai 2022 – N° d'édition : 03582253-01

PEFC PEFC/14-38-00277